기억의
연금술

기억의 연금술

한국 근대문학의 새 구상

초판 1쇄 발행 / 2021년 11월 25일

지은이 / 최원식
펴낸이 / 강일우
책임편집 / 정편집실 · 박지영
조판 / 박아경
펴낸곳 / (주)창비
등록 / 1986년 8월 5일 제85호
주소 / 10881 경기도 파주시 회동길 184
전화 / 031-955-3333
팩시밀리 / 영업 031-955-3399 편집 031-955-3400
홈페이지 / www.changbi.com
전자우편 / lit@changbi.com

ⓒ 최원식 2021
ISBN 978-89-364-6356-4 03810

한국 근대문학의 새 구상

최원식 지음

기억의
연금술

창비

　이 논문집은 문학사 작업을 위한 예비적 점검이다. 퇴직 이후 자의 반 타의 반 지워진 문학사를 염두에 두면서 우선 내 문서고를 뒤졌다. 솔직 히 나도 내 공부가 어디까지 미쳐 있는지 흐릿한지라, 그사이 평론집 내 면서 짐짓 젖혀놓았던 관련 논문들을 점검하는 것으로 시작했다. 글들이 적지 않다. 그래도 대개 21세기 들어서면서부터 쓴 글들인지라 조금은 안 심이 됐다. 출판사의 부담을 덜기 위해서라도 한권에 묶으려고 했지만 도 저히 불가해 해방을 기점으로 '근대편'과 '현대편'으로 갈랐다. 먼저 '근 대편'을 정리한다.

　우리 근대문학의 몸통이라고 할 20세기 전반기 문학의 성격을 해외 망 명파의 부정론을 비판적으로 조감하면서 분석한 「식민지문학의 존재론」 (2009)을 서장으로, 해방을 고비로 5인(김광섭·유치진·마해송·박팔양·김태준)이 걸어간 행적을 통해 분단시대 문학의 향방을 가늠한 「나라 만들기, 우리 문인들의 선택」(2005)을 종장으로 삼고, 13편의 글을 3부로 나누어 배치했 다. 1부 '신문학으로 가는 길'에는 계몽주의문학을 다룬 3편, 2부 '비평적 대화의 맥락'에는 1920년대 신문학운동에서 일제 말에 이르기까지 치열하게 전개된 문학적 토론, 실은 정치논쟁을 분석한 4편, 그리고 3부 '분화하는 창작방법론'에는 구체적 작가·작품 들을 다룬 6편을 배치했다. 물론 그냥 작가론 또는 작품론을 뜻한 것은 아니다. 어느 작가, 어느 작품 하면 으레 떠오르는 통설들을 가로질러 낯설게 보려고 시도한바, 이 또한 단순한 '낯설게하기'는 아니다. 해석적 유연성을 견지하되 그 유연성을 종결할 마디를 찾는 것이 문학적 통찰의 핵임을 마음에 챙기면서 궁극에는 한국 근대문학의 줄기를 찾자는 것이거니와, 누차 강조했듯이 이인직-이광수 축을 이해조-염상섭으로 바꾼다는 기본에서, 누구를 또는 어떤 흐름을 염상섭 이후의 축으로 삼을지에 대한 궁리일 터다. 아직은 안갯속이지만 하나 분명한 것은 정지용과 『문장』이 해방 전과 후의 우리 문학을 꿰는 결정적 고리라는 점이다. 이것이 수확이라면 수확이다.

하나 양해를 구할 점은 「심훈 연구 서설」이다. 이 글은 원래 1990년에 발표한 것인데 『한국근대문학을 찾아서』(인하대 출판부 1999)에 이미 수록한바, 이번에 싣는 「서구 근대소설 대 동아시아 서사: 『직녀성』의 계보」(2001)에 이왕이면 그 서론 격인 「서설」도 함께하는 것이 좋을 듯싶어 염치없지만 재수록했다. 물론 전면 개고했다. 다른 글들도 다 그렇지만 「서설」도 이것이 정본이다. '보유'로 이인직·조영출·백석 3인의 새 자료들을 실었다. 친일파의 다른 구석을 엿볼 이인직의 자료도 흥미롭지만 특히 조영출·백석의 시편은 만만치 않다. 널리 활용되면 좋겠다. 누워서 침 뱉기지만 우리 국문학 연구는 아직도 기초가 튼튼치 않다. 연구자가 연보부터 텍스트부터 일일이 챙겨야 하는 수공업을 벗어나지 못했으니 어느 겨를에 관(觀)을 세우고 어느 겨를에 논(論)을 구축할까. 좀 건방진 얘기지만 근대문학을 검토할 때마다 기존의 통설들이 좀 아니다 싶은 것투성이라는 점에 내심 당황하기도 했다. 이 논문집에 실린 글들 또한 대개 내가 새로 읽은 실감에 기초한 것임을 짐짓 자부한다.

　이번에도 강경석 위원이 졸가리를 세웠다. 내가 보낸 원고뭉치를 분석하여 수록 원고를 구분하고 다시금 각 부로 정렬했는데 책 제목까지 「식민지문학의 존재론」에서 발굴하여 붙였다. 내가 한 일이라곤 각 부의 제목들을 궁리한 것뿐이다. 이 또한 강위원의 제안을 참고하여 수정했으니, 어느새 출판쟁이가 다 됐다. 오랜만에 일을 맞춘 김정혜 실장이 들쑥날쑥한 원고 보느라 고생했다. 창비 출신 아니랄까봐 샅샅이 점검한 덕분에 한결 책꼴이 정비되었다. 실무를 총괄한 박지영 팀장도 고맙고, 류수연 교수와 윤미란 연구원에게 감사한다. 지근에서 돕는 두 제자가 없었다면 퇴직 후 내 연구·집필 생활이 용이치 않았을 것을 생각하매 나는 참 복도 많다.

　학자의 황혼은 마음이 바쁘다. 바쁘지 않은 척하는 것도 우습지만 바쁘게 군다고 갑자기 공부가 느는 것도 아닌지라 그야말로 횡보(橫步)다. 추임새가 고법보다 어렵다는 어느 고수(鼓手)의 말씀이 문득 떠오른다. "추임새도 복판을 가려서 해야 한다." 참 어렵다, 복판 찾기도 간단치 않은데 또 그 복판을 가려서 하라니. 무릇 공부하는 마음 또한 이럴지니, 다시금 자강불식! 새삼 내게 학은을 베푼 모든 분들, 특히 창비의 학인공동체에 감사한다.

강호제현의 질정을 바라며
2021년 10월 29일
새 동이서옥에서 저자 삼가 씀

차례

제3부

분화하는 창작방법론

보유

식민지문학의 존재론*

◆

약간의 소묘

1. 추억과 기억

최근 한국에서는 『친일인명사전』 발간을 즈음하여 한바탕 충돌이 일어났다. '우파'는 특히 박정희(朴正熙)가 포함된 것에 분노하며 이 사전 발간을 대한민국의 정통성을 부인하려는 '좌파'의 음모로 비난한다. 말하자면 색깔 논쟁으로 몰아가려는 것이다. 그런데 이 사전에는 전설적 무용가 최승희(崔承喜, 1911~69)를 비롯한 월북한 '좌파'들도 등재되었기 때문에 '우파'들의 공격은 초점을 잃었다고 하겠다.

한국에서 좌우파 분류는 간단치가 않다. 그 구분 자체가 본디 상대적이어서 그렇기도 하지만, 전향의 문제를 고려해야 하기 때문이다. 원래 전향이란 좌파가 국가폭력의 강제로 자신의 신념을 포기하는 행위를 일컫거니와, 박정희 또한 순전한 우파는 아니다. 알다시피 그는 한때 좌파였다.

---

* 이 글은 '제국의 추억, 식민의 기억'이란 주제로 열린 '2009 동아시아한국학 국제학술회의'(인하대 12.3)의 기조강연문이다. 원제는 '식민지문학의 동아시아적 맥락'인데 이번에 퇴고하면서 개제하였다.

나는 앞에서 최승희를 '월북한 좌파'라고 지칭했지만 이 또한 정확하다고 하기 어렵다. 그녀가 월북한 것은 엄연한 사실임에도, 좌파라서 그리했는지는 확실치 않다. 식민지시대부터 좌파로 활동한 남편 안막(安漠, 1910~?)을 따라 북으로 갔다고 하는 편이 더 적확할 것이다. 사실 월북한 문인, 예술가 가운데 상당수는 좌파이기 때문이 아니라, 친일파가 패를 잡은 남한 현실에 대한 환멸 속에 부득이 북을 택한 경우가 적지 않았던 것이다.

『친일인명사전』논란을 색깔 논쟁, 즉 이념 문제로 끌고 가려는 것은 따라서 합리적이지 않다. 친일 문제는 '좌파냐 우파냐'가 아니라 '민족적이냐 비민족적이냐'가 핵심이기 때문이다. 그런데 한국에서는 우파가 일제 말 대체로 친일에 앞장선 탓에 친일 문제와 이념 문제가 혼동된 것이 특성이라면 특성이다. 그 혼동이 더욱 악화된 요인은 남북분단이다. 초대 대통령 이승만(李承晩)은 친일파를 청산한 것이 아니라 오히려 그들을 기반으로 권력을 구축함으로써 남한 단독정부 수립에 성공하였다. 이 기이한 사태가 출현할 수 있었던 것 또한 국제공산주의의 현전(現前) 때문임을 염두에 둘 때, 김일성(金日成)의 북조선이야말로 이승만정부의 출생을 도왔다고 해도 지나친 말이 아닐 것이다. 물론 그 역도 성립한다. 6·25전쟁(1950~53)으로 남북의 두 독재정권이 더욱 강화된 점 또한 통렬하기 짝이 없는데, 이 역설 속에서 친일 문제는 수면 아래로 가라앉아버리고 말았던 것이다.

남북 두 독재정권의 적대적 공존에 기초한 분단체제의 전개과정 속에서 해결은커녕 검토조차 지연되기 마련인 친일 문제가 다시 쟁점화한 것은 한국 민주화의 획기로 되는 6월항쟁(1987) 이후의 일이다. 탈냉전의 물결 속에서 분단체제 와해의 징표로서 출현한 문민정부 출범(1993) 이래, 민주파의 연속적인 집권에 힘입어 친일 문제를 공식적으로 다루는 기관 '친일반민족행위진상규명위원회'(약칭 반민규명위)가 2005년 설치되고, 민족문제연구소(1991년 설립된 민간기관)의 『친일인명사전』이 우여곡절에도 불구하고 드디어 출간되기에 이른 것이다.

이 사태를 두고 일제로부터 해방된 지 60년이 넘어서야 겨우 나올 수 있었다고 한탄할 일도 아니고, 나라를 망칠 짓이라고 분개할 일은 더욱 아니다. 합리적 토론을 통해 청산론과 변호론의 단순 이분법을 넘어서[1] 친일 또는 식민지 문제를 여여(如如)히 파악하는 계기로 진전되기를 비는 마음 간절하다. 무엇보다 '추억'을 해체하는 일이 중요롭다. '역사는 추억'이라는 코바야시 히데오(小林秀雄)의 키워드를 '정신적 잡거성'을 특징으로 하는 일본 현대사상의 정황과 연관지은 마루야마 마사오(丸山眞男)는 '추억'의 발생학을 예리하게 분석한다. "과거는 과거로서 자각적으로 현재와 마주 서지 않고, 옆으로 밀려나거나, 혹은 밑으로 가라앉아서 의식에서 사라져가(…)므로, 이는 때로 갑자기 '생각남'으로써 솟아오르(분출)게 되는 것이다."[2] 바깥에서 이식된 새로운 것들이 의식화의 단계를 거른 채 곧바로 과거로 가라앉는 과정이 거듭되매, 그 과거들은 추억이라는 유령의 형태로 불쑥불쑥 현재로 틈입하곤 한다. 냉전시대의 도래로 패전 후 맥아더 사령부(GHQ)에 의해 추진되었던 제국주의 해체 작업이 서둘러 봉합되는 바람에 지금도 여전히 일본사회 일각에서 준동하는 제국의 추억은 대표적이다. 그런데 추억은 식민본국에만 떠도는 것이 아니다. 냉전과 분단이 동시에 작동함으로써 식민지 문제에 대한 본격적 대결이 간단없이 미끄러진 한반도에도 추억은 생활세계 도처에 안개처럼 숨어 있다. 추억을 분해하는 것은 무엇인가? "과거를 기억할 수 없는 자들은 그것을 반복하게끔 되어 있다"[3]라는 산타야나(George Santayana)의 경구가 날카롭게 환기하듯, '기억'이 중요롭다. 한국과 일본의 변호론

---

1 졸고 「친일문제에 접근하는 다른 길」(2006), 『문학과 진보』, 창비 2018, 49~63면.
2 마루야마 마사오, 박준황 옮김 『일본의 현대사상』, 종로서적주식회사 1981, 149면.
3 George Santayana, "Those who cannot remember the past are condemned to repeat it," Iris Chang, *The Rape of Nanking*, Penguin Books 1998, 16면에서 재인용.

자들은 바로 이 상처투성이 기억을 왜 자꾸 되살리려고 하는지 강한 의문을 제기하곤 하는데, "기억 없는 화해란 있을 수 없"[4]다. 제국의 추억을 제국의 기억으로, 식민의 추억을 식민의 기억으로 전환하는 연금술이 요구되거니와, 그 연금술은 어떻게 가능할까? 기억을 묻어둠으로써 추억이 유령처럼 출몰하는 것도 아니고, 묵은 상처를 덧냄으로써 기억이 급기야 횡포한 무기로 되는 것도 아닌 길은, 기억의 끝을 화해에 두는, 다시 말하면 '화해를 위한 기억'이라는 경건한 원칙을 명념하는 데서 비롯될 터이다.

2. 식민지문학을 보는 눈들

김학철(金學鐵, 1916~2001)의 자서전에는 식민지 조선문학에 대한 통렬한 야유를 담은 흥미로운 일화가 나온다. 태항산(太行山)에서 조선의용군으로 활동하던 1937년 여름, 팔로군(八路軍) 다른 연대에서 싸우던 어느 조선인 장교가 죽은 적병의 잡낭(雜囊) 속에서 꺼낸 단편집을 김학철에게 기증한다. "앞뒤 뚜껑이 다 떨어져나간 수진본(袖珍本, 소매 안에 넣을 수 있도록 작게 만든 책—인용자)"[5]이니, 하필 적병으로 징병된 그 조선인의 애독서일 터다. 김학철의 독후감은 이렇다.

나중에 나는 그 단편집 중에서 「발가락이 닮았다」라는 매우 기발한 제목의 단편 하나를 읽어보고 일변으로는 우스우면서도 한편으로는 어지간히 한심스러웠다.

성병으로 생식 기능을 상실한 한 남자가 행실이 부정한 그 아내의 낳아

---

4 1985년 5월 8일, 종전 40주년 기념 하원 연설에 나오는 리하르트 폰 바이츠제커 (Richard von Weizsäcker) 당시 독일 대통령의 발언이다.
5 김학철『최후의 분대장』, 문학과지성사 1995, 265면.

놓은 아이를 제 아이로 믿으려고 애를 쓰는데, 닮은 데가 하나도 없어서 무진 고민을 한 끝에 마침내 아이의 발가락이 자신을 닮았다고 '내 아들에 틀림없다'고 좋아하는 내용이었기 때문이다.

　── 망국의 비운도 아랑곳없이 이따위 너절한 소설들을 쓰고 있다니!

　아마도 그 개죽음을 당한 적병(…)은 조선적(籍)의 무슨 지원병 따위였기가 쉽다.

　해방 후 서울에서 사귄 이태준(李泰俊)·김남천(金南天) 두 분과 한담을 하다가 이 이야기를 하고 "그게 대체 어느 양반의 걸작이냐"고 물어봤더니 두 분은 박장대소를 하며 그 작자의 이름을 대주는 것이었다.[6]

　알다시피 「발가락이 닮았다」는 김동인(金東仁)의 단편으로 원래는 『동광(東光)』1932년 1월호에 발표되었다. 발표 당시부터 작품 외적 추문, 즉 그 모델이 염상섭(廉想涉)이라는 소문으로 제대로 된 조명을 받지 못한 불우한(?) 단편이기도 하거니와, 나는 물론 김학철의 비판을 충분히 이해한다. 혹독한 환경에서 일본군과 싸우는 전사의 입장에서 이 단편을 처음 읽었을 때 느낌직한 어떤 황당함을 부정하기 어렵기 때문이다. 그에 앞서 단재(丹齋) 신채호(申采浩, 1880~1936) 또한 망명지 베이징에서 식민지문학을 질타한바, "예술주의의 문예라 하면 현 조선을 그리는 예술이 되여야 할 것이며 인도주의의 문예라 하면 조선을 구(救)하는 인도(人道)가 되여야 할 것이니 지금에 민중에 관계가 없이 다만 간접의 해를 끼치는 사회의 모든 운동을 소멸하는 문예는 우리의 취할 바가 아니다."[7] 해외혁명파들은 대체로 식민지 조선문학에 부정적이었던 것이다.

　그렇다면 민족의 자유와 민중의 해방이라는 대의에 직간접으로 연관된

---

6 같은 책 265~66면.
7 신채호 「낭객(浪客)의 신년만필(新年漫筆)」, 『동아일보』 1925.1.2; 『단재 신채호 전집 제6권』, 독립기념관 한국독립운동사연구소 2008, 203면.

작품들을 제외하고, 국내에서 영위된 식민지시기(1910~45)의 조선문학을 한국문학사에서 전부 추방해야 할 것인가? 물론 그럴 수는 없다. 아마 단재도 그렇게 진전시키자는 것은 아닐 터인데, 그럼에도 국내의 생활세계와 격절되기 마련인 해외혁명파의 발언에는 그런 기분이 물씬하다. 채만식(蔡萬植, 1902~50)은 단편 「민족의 죄인」(1948)에서 "복종이 싫고 용기가 있는 사람들은 외국으로 달리어 민족해방의 투쟁을 하였다. 더 용맹한 사람들은 외국으로 망명도 않고 지하로 숨어 다니면서 꾸준히 투쟁을 하였다"[8]라고 지적함으로써, 망명지 해외의 운동보다 온갖 훼손의 위험을 무릅쓰고 이루어지는 국내의 투쟁을 우위에 두었다. 이는 생활세계와 분리되어서 존재하기 어려운 문학에서는 더욱 절실할 것이다.

　이쯤에서 김동인의 「발가락이 닮았다」를 다시 생각해보자. 과연 김학철이 지적한 대로 이 단편은 '한심한' 작품일까? 사실 이 작품이 다룬 현실은 추악하다. 가난한 집안 출신으로 어려운 학창시절을 거쳐 "매우 불안정한 어떤 회사의 월급쟁이"[9]로 일하는 주인공 M은 바로 그 때문에 노총각을 면치 못하는데, 문제는 "체질상, 성욕이 강한"(46면)바, 성적(性的) 실업 상태에서 탈출할 값싼 해결책은 매춘, 그것도 "가장 하류에 속하는 방탕"(46면)뿐이다. 그는 결국 성병으로 생식능력을 상실하는 지경에 이른다. 그런 노총각이 몰래 결혼식을 치렀는데, "모 여고보 출신인 신부"(53면)가 임신하면서 고민에 빠진다. 제재로 보건대 매춘과 성병과 불륜으로 얼룩진 이 작품은 암흑의 자연주의 소설처럼 보이게 마련이다. 김동인은 원래 자연주의 취향이 강한 작가다. 정직한 농민의 딸이 타락을 거듭하다 파멸하는 이야기를 통해 시간의 가차없는 파괴 작용에 기초한 냉철한 페시미즘을 보여준 「감자」(1925)는 전형이다. 그런데 「발가락이 닮

---

8 『채만식전집 8』, 창작과비평사 1989, 434면.
9 김동인 선(選) 『김동인단편선』, 박문서관 1939, 45면. 이하 본문의 인용은 면수만 표기.

았다」는 다르다. 이 작품을 「감자」의 자연주의로부터 구원하는 힘은 어디에서 오는가? 이 작품이 1인칭관찰자(I as witness)시점을 취한 점에 주목해야 한다. 의사 '나'가 관찰자이자 화자로서 주인공 M의 결혼 전후 이야기를 독자들에게 들려주는데, 화자와 주인공의 관계는 친한 벗이라기보다는 지인에 가깝다. 둘은 출신이 다르다. 화자가 부르주아 출신이라면 주인공은 프롤레타리아 출신이다. 특히 주인공을 바라보는 화자의 태도는 그리하여 결코 우호적이지 않다. 그런데 소설이 진행되면서 어조(tone)가 변한다. 냉소에서 해학으로, 다시 말하면 화자가 주인공의 곤경을 감싸안게 되는 것이다. 발가락이 닮았다는 주인공의 말에 화자는 응수한다. "발가락뿐 아니라, 얼굴도 닮은 데가 있네."(68면) 그런데 화자의 심리적 변화가 주인공으로부터 기원했음도 잊을 수 없다. 아내의 불륜과 기만에 고뇌하던 주인공은 기꺼이는 아니지만 아이를 마침내 수용하기 때문이다. 일종의 '깜짝 끝내기' 수법을 원용했음에도 호들갑스럽지 않아 파토스(pathos)마저 움직이는 이 단편은 김동인으로서는 드물게 따뜻한 작품이다. 속악한 제재 속에서 인간적 진실을 길어올린 이 작품의 주제 또한 가볍지 않다. 화자와 주인공 사이를 가로지르는 계급의 문제와, 매춘과 불륜을 통해 드러나는 근대 가족의 위기 등은 오히려 식민지 지식인의 곤경을 음화(陰畵)로서 드러내는 것이 아닐까?

3. 식민지문학의 다른 가능성

나는 이 시기를 '일제강점기'라고 지칭하는 것에 유보적이다. 언제부턴가 '일제시대' 또는 '식민지시대'를 대신해서 이 용어가 아주 널리 쓰이는데, '일본제국주의에 의해 강제점령된 시기'라는 뜻일 테다. 이렇게 풀면 딱히 틀렸다고 하기 어렵지만, '강점'의 뉘앙스는 좀 각별하다. 이 용어는 우리 스스로를 외부로부터의 해방의 대상으로 격하하는 것은 아닐까 싶기 때문이다. 아무리 어렵더라도 기본은 내부적 극복에 있을진대, '강점'은 바로 그 가능성을 묻어버리는 것이 되기 쉽다. 냉전시대의 남북대결을 상기하자. 북은 남을 '미제에 의해 강점된 땅'으로 규정하고, 남은 북을 '공산괴뢰에 의해 도둑맞은 땅'으로 설정했다. 해방 또는 수복의 대상으로만 조정되는 이 가난한 수사학 속에서 남한의 삶도 북조선의 삶도 가뭇없이 사라지게 마련인바, '일제강점기'라는 용어를 선택하는 순간 20세기 전반기에 우리가 겪었던 식민지 35년의 집합적 삶 전체가 홀연 증발할까 두렵다. 일찍이 김수영(金洙暎, 1921~68)이 노래하지 않았던가, "나에게 놋주발보다도 더 쨍쨍 울리는 추억이/있는 한" "역사는 아무리/더러운 역사라도 좋다"(「거대한 뿌리」, 1964)라고.

식민지근대화론을 긍정하는 것은 물론 아니다. 일제강점기라는 말에 밴 고색창연한 완고를 덜어내는 일이 식민지를 둘러싸고 벌어지게 마련인 '침략과 저항의 긴장'마저 소거하자는 것은 아니기 때문이다. 식민지, 반(半)식민지, 신식민지, 또는 탈식민의 이름을 뒤집어 쓴 유사-식민지이건, 식민지적인 것은 근본적으로 극복되어야 할 유산이다. 식민지의 근대성을 강조하면서 일제시대를 근대 일반으로 해소해버리는 시각에 나는 비판적이다. 그럼에도 침략과 저항의 격돌 지점이 또한 접촉권역(contact zone)이라는 점에도 유의할 일이다. 다양한 접촉을 통한 변이 양상들에 대한 곡진한 검토야말로 진정한 의미의 탈식민을 더욱 촉진할 것이기 때문이다.

식민지문학은 자칫 식민주의자들의 의도대로 주조될 수도 있다. 식민지문학은 근본적으로 근대문학을 지향하는데, 그 낙후성으로 말미암아 식민모국 또는 식민모국의 원본에 해당하는 서양문학을 추종하기 쉽기 때문이다. 그런데 모방과 이식의 과정은, 특히 고전문학의 전통이 만만치 않을 경우 일방적일 수 없다. 바로 이 변이와 전유(專有)의 장에서 식민지

문학의 다른 가능성, 즉 민족문학(national literature)으로의 변신이 잉태되곤 하는데, 3·1운동을 어머니로 탄생한 1920년대의 신문학운동 이래 조선 식민지문학이 걸어간 역로(歷路)는 그 아슬한 고투의 흔적을 자욱자욱 보여준다고 하겠다.

식민모국문학의 압력은 식민지문학의 민족문학적 변신을 촉진하는 반면, 탈민족문학을 추동하기도 한다. 그것은 우선 '일본어 글쓰기'를 축으로 '조선어 글쓰기'도 병행하는 이중어(二重語) 작가의 출현으로 나타난다. 장혁주(張赫宙, 1905~98)와 김사량(金史良, 1914~50)은 대표적인 존재들이다. 또 하나는 중국망명지 문학이다. 망국(1910)을 전후하여 많은 지사=문인들이 중국으로 건너가 한글과 한문과 백화문으로 다양한 글쓰기를 수행했다. 창강(滄江) 김택영(金澤榮, 1850~1927)과 단재는 대표적 문인들이다. 언어의 탈경계화는 까다롭긴 해도 근대 이전의 한국한문학을 둘러싼 귀속 논쟁의 귀추[10]를 참고할진대, 속문주의(屬文主義)의 유연화가 가까운 미래일 것이다.

그런데 서로 길항하기조차 하던 조선문학의 중국 통로와 일본 통로가 일제의 대륙침략이 강화되던 일제 말에 이르러 연결되는 점이야말로 통렬한 반어다. 코꾸민분가꾸(國民文學)의 이름으로 대두한 국책문학의 동원령 속에서 언어의 경계 속에 격리되었던 한·중·일 문학은 코꾸고(國語), 실은 일본어를 매개로 각국 문학의 바깥과 접촉하기에 이른 것이다. 비록 일본제국의 확전(擴戰)에 종속된 틀 안에서일망정 동아시아의 내적 교류가 활발해짐으로써 각국 문학 바깥으로 이동할 가능성이 열리기는 열린 터다. 김사량의 「텐마」(天馬, 1940)에는 만주(滿洲)로 가는 길에 조선 경성에 들른 토오꾜오 문단의 타나까(田中)라는 작가가 독백하는 대목이 나

---

10 초창기 문학사가들은 한국한문학을 한국문학의 바깥으로 쳐냈다. 그뒤 제한적으로 그 일부를 한국문학의 범주 안으로 수용했는데, 최근에는 진입장벽이 거의 철거된 상태다. 한국한문학이 한국문학의 유산이라는 데에 대한 이의는 이제 거의 사라졌다.

온다. "내지에 죽치고 있다가는 섬나라 문학밖에 할 수 없다는 말은 옳은 말이다. 여기 대륙 사람들의 괴로워하는 모습이 있다. 도무지 종잡을 수 없는 남자였던 겐류우(玄龍, 일본 문단에 데뷔한 조선 작가—인용자)조차 좀더 본질적인 것을 위해 온몸을 던져 고민하고 있지 않은가. 그렇지, 이것이야 말로 조선의 지식계급의 자기반성으로서 내지에 알려야겠지."[11] 일본어/일본이라는 섬에 갇힌 일본문학이 일본군의 진군과 함께 탈경계화의 계기를 맞이하는 국면을 잘 보여주는 이 독백에서 또한 주목할 바는 타나카가 조선을 '대륙'으로 여긴다는 점이다. 물론 이 시기 일본 작가들의 아시아 체험이 일본문학의 폐쇄성을 치유하는 데 이르렀다고 보기는 어려울 것이다. 그 교류는 호혜평등적 아시아 연대라기보다는 일본문학이 국민문학으로부터 제국의 문학으로 확대되는 것에 가까웠기에 그 실험은 일본어를 코꾸고로 내면화하는 깊은 식민화의 길이기 십상이었다.

그럼에도 가능성이 없지도 않았다. 김사량은 조선·일본·중국을 하나의 진지한 사유의 장소로 삼아 식민문학의 탈식민문학화를 온몸으로 실천한 것으로도 특히 주목할 작가다. 알다시피 "1940년도 상반기 아쿠타가와상 후보작으로 결정"[12]된 「빛 속으로」(光の中に, 1939)로 그는 일시에 일본과 조선 문단 양쪽에서 각광을 받았다. 예나 이제나 아꾸따가와상(芥川賞)이 지닌 권위란 대단한 것인데, 그럼에도 조선어가 아니라 일본어로 조선과 조선인의 현실을 그릴 때 발생할 수 있는 위험 — "의식하고 있든 그렇지 않든 간에, 일본적인 감각이나 감정 쪽으로 아예 쏠려넘어가 버리지 않을까"[13] — 에 그는 예민했다. 일본어와 조선어의 틈바구니에서 고투하던 그

---

11 김사량, 오근영 옮김 『빛 속으로』, 소담출판사 2001, 206면. 번역은 『金史良全集 I』, 東京: 河出書房新社 1973, 93면의 일본어판 원문을 찾아 오근영 역본을 참고하여 내가 약간 다듬었다.
12 안우식, 심원섭 옮김 『김사량 평전』, 문학과지성사 2000, 126면.
13 같은 책 57면에서 재인용.

는 홀연 1945년 5월 말 북경반점(北京飯店)을 탈출하여 6월 말 화북조선독립동맹(華北朝鮮獨立同盟)의 태항산 근거지에 도착한다.[14] 이중어 작가에서 중국 해방구의 조선어 작가로 변신한 그는 해방 후 귀국하여 그의 문학적 생애에서 한 절정으로 기록될 『노마만리』(駑馬萬里, 1947)[15]를 바쳤다. 탈출 도중과 탈출 이후 틈틈이 메모한 것을 기초로 완성된 이 산문은 김태준(金台俊, 1905~49)의 「연안행」(延安行, 1946~47), 김학철의 『최후의 분대장』과 함께, 항일전쟁에서 협동하는 한·중·일 세 나라 민중의 생활적 연대를 선취한 동아시아문학의 단서를 생생하게 보여준다. 그러나 그 불씨는 너무나 짧았다. 월북을 거절한 김태준은 남한에서 처형되고, 김사량은 6·25전쟁의 와중에 희생되고, 태항산의 포로 김학철은 결국 다시 중국으로 망명하였다. 냉전의 진군 및 분단체제의 전개 속에서 잠깐 열린 듯 닫힌 동아시아문학의 가능성을, 식민지시대를 총체적으로, 그럼에도 미시적으로 다시 보는 이 회의에서 다시금 새기는 뜻이 우련하다.

---

14 같은 책 315면.

15 이 산문은 원래 서울에서 발행되는 잡지 『민성(民聲)』에 1946년 연재되었고, 이듬해 평양 양서각(良書閣)에서 출판되었다(이상경 「암흑기를 뚫은 민족해방의 문학」, 『노마만리』, 동광출판사 1989, 407면). 그런데 『민성』의 성격이 흥미롭다. 우파 잡지도 아니지만 좌파 잡지도 아닌 이 잡지와 김사량이 어떻게 연계되었는지 추후 검토가 요구된다.

제1부

신문학으로 가는 길

두 얼굴의 계몽주의*

◆

을사년에서 기미년까지

1. 애국계몽기의 문화열

을사년(1905) 겨울, 대한제국은 반(半)식민지로 전락했다. 프랑스가 베트남에서 시험한 방식을 모방하여 일제는 대한제국의 외교권을 거둠으로써 나라의 자주적 지위를 결정적으로 훼손했다. 겉으로는 황실과 정부가 존재했지만 그것은 허울에 지나지 않았다. 대한제국의 국제 업무는 토오꾜오의 일본외무성이 관장하고 내정은 남산의 조선통감부가 실질적으로 지배하였기 때문이다. 개국(1876) 이후 유령처럼 출몰하던 일본제국주의라는 손님이 이제 주인으로, 다시 말하면 제도를 만들어내는 주체로서 한반도 안에 자리 잡기에 이른 것이다. 이 사태는 그 전해에 발발한 러일전쟁에서 일본의 승리가 뚜렷해지면서 이미 예견된바, 일본은 태프트·카쯔라협약(1905.7), 2차 영일동맹(1905.8), 그리고 포츠머스강화조약(1905.9) 체

---

* 이 글은 원래 '한국미술 100년전'(국립현대미술관 2005)의 도록에 실린 해설이다. 그 뒤 『한국미술 100년』(한길사 2006)에 재수록되었다.

결을 통해 조선에 대한 지배권을 미국, 영국, 러시아에 차례로 양해받았던 것이다. 러일전쟁이야말로 식민지 문제를 핵으로 충돌한 최초의 제국주의전쟁이었다. 이 징후의 본격적 발전이 제1차세계대전(1914~18)이라는 점에서, 조선을 희생으로 봉헌한 러일전쟁은 전쟁과 혁명의 20세기를 여는 충격적 기호였다.

이 미증유의 사태 앞에서 한국의 민족운동도 새로운 단계로 이행한다. 기존의 운동이 주로 내정개혁에 중점을 두었다면, 새로운 운동은 국권회복을 근본목표로 삼았다. 대한제국의 붕괴를 예감하면서 어떻게 일제에 맞서 독립을 쟁취할 것인가? 그 즉각적인 대응은 의병전쟁으로 폭발하였다. 유생 지도부와 농민이 결합한 형태로 일제와 친일파에 대항해 봉기한 의병전쟁은 초기에 위정척사(衛正斥邪)사상의 강력한 영향 아래 조직되었다. 서양 또는 서양의 앞잡이 일본의 위협에 촉발된 이 사상은 조선의 지배이데올로기 주자학과 왕조체제를 보위하려는 보수적인 이념이었지만, 이 시기에 이르러 의병전쟁을 받치는 강력한 반침략사상으로 기능하였다. 그런데 군대 해산(1907)을 계기로 군인들의 대거 합류를 통해 의병전쟁이 더욱 조직적으로 전개되면서 의병전쟁의 평민적 성격이 강화된다. 다시 말하면 위정척사의 내부에 중세체제에 반대하는 사유가 싹트기 시작했다는 것이다.

농촌을 중심으로 한 비타협적 무장투쟁인 의병전쟁과 나란히 도시를 중심으로 애국계몽운동이 맹렬하게 타올랐다. 이미 미라로 된 왕조의 황혼에서 그들은 위가 아니라 아래로 운동의 방향을 전환하였다. 갑신정변(1884)과 갑오경장(1894)이 보여주었듯이 쿠데타로 집권한 개혁파가 위로부터 근대화를 추진하는 기존의 방식이 아니라, 독립협회운동(1896~98)에서 이미 실험되었던 것처럼 아래로부터 광범한 대중을 조직하여 국민(nation)을 창출하는 방향이 확고해졌다. 요컨대 중세적 백성을 근대적 국민으로 재창안하는 것을 목표로 삼은 계몽주의의 본격적 백화제방기

(百花齊放期)를 맞이한 것이다.

애국계몽운동은 주로 문화운동으로 전개되었다. 언론·결사·교육·종교·출판·문학·예술 등 각 분야에서 생활세계의 재조직을 통한 공론장을 건설하는 실천적 운동 속에서 궁극적으로는 계몽이성의 공적인 사용에 기초한 국민을 주조하려는 지향을 실험하였다. 그 실험과정에서 근대적 지식인층이 형성되었다. 친일정부에 대항해 민중과 함께 시민사회의 공공영역에서 활동한 이들은 특히 문학예술을 계몽의 도구로 삼았다. 그런데 시민계급의 미성숙이라는 후진적 조건으로 인해 새로운 내용에 걸맞은 새 형식을 창조하기보다는 전통적 형식을 수정하는 절충주의가 주류를 이루게 된다. 신소설은 대표적이다. 구소설의 형식을 차용하여 계몽사상을 표현함으로써, 성숙한 근대소설에는 미치지 못할지라도 최량의 신소설은 그 한계 속에서도 계몽문학의 정치성을 충실히 보여주었다. 예컨대 이해조(李海朝)의 『자유종』(1910)은 우리 계몽주의가 생산한 최고의 정치소설의 하나다. '인민의 자유'와 '나라의 독립'은 그의 계몽사상을 지탱하는 양 축이다. 그는 이 바탕에서 국권회복의 구체적 방략을 강구하면서 기존의 운동방법 일체를 급진주의로 비판하였다. 그리하여 외부적으로 중세적 보편주의 즉 중화체제로부터 해방되고, 내부적으로는 일체의 중세적 질곡, 예컨대 여성차별·신분차별·적서차별·지방차별로부터 탈각한 자유로운 개인들의 자발적 결합으로 이루어진 근대적 국민의 출현이 온전하게 실현될 때 국권회복의 문제가 옳게 해결될 수 있다는 점진주의를 제안한다. 국권회복의 주체를 국민에 두는 이 시기 계몽주의의 한 전형을 보여주는 것이다.

그런데 이 시기 계몽주의에는 다른 흐름이 존재했다. 계몽을 자강의 방편으로 삼는 애국계몽사상에 대해서 매국의 빌미로 이용하는 친일계몽주의가 그것이다. 이인직(李人稙)이 그 대표적 지식인이다. 대체로 개명한 양반층을 배경으로 자라난 한국의 계몽주의는 내부의 계급 문제보다는 제국주의의 위협을 핵심 모순으로 삼는 민족주의적 경향이 강한 데 비해 이인직은 그로부터 매우 자유롭다. 그는 전통적 양반 신분에 대한 가장 급진적인 부정론자였다. 양반 신분으로 대표되는 낙후한 중세체제를 개명한 근대체제로 변혁하는 것만이 조선이 나아갈 길이라고 믿었던 점에서 그는 전형적인 계몽주의자다. 그런데 그의 계몽주의는 외세 문제와 만나면서 불구성을 드러낸다. 그는 조선의 변혁을 국민의 형성에서가 아니라 일본의 전면적인 후원에 의해서 빠르게 성취하고자 했다. 그리하여 그에게 일본은 조선의 침략자가 아니라 조선의 해방자였던 것이다. 민족허무주의적 입장에서 불구의 계몽주의로 떨어진 친일계몽주의자 이인직은 근대일본에 편승하여 조선도 그 행운을 나누기를 희망하고 매국에 매진하였다.

두개의 계몽주의가 착종하면서 경쟁하는 이 시기에 민족종교운동이 일어났다. 나철(羅喆)의 대종교(大倧敎)와 손병희(孫秉熙)의 천도교(天道敎)가 대표적이다. 나라의 멸망을 앞둔 1909년 나철은 대종교를 창립한다. 외래사상에 침윤되기 이전 단군의 종지를 회복하려는 국수주의적 지향을 드러낸 대종교는 위정척사사상처럼 위기의식의 표출이었다. 전자는 후자를 이어받되 후자의 양반중심적 한계를 국민주의적으로 확대했다는 점에서 종교의 외피를 쓴 계몽사상의 변형임이 확인된다. 대종교와 대척점에 천도교가 놓인다. 1906년 손병희가 창립한 천도교는 최제우(崔濟愚)가 창도한 동학(東學)의 후신이다. 영불연합군에 의한 베이징 함락이라는 미증유의 사건이 발생한 1860년에 창건되어 조선 민중 사이에 급속하게 전파된 동학은 '반제반봉건'(反帝反封建)을 내걸었던 혁명사상이다. 그 핵심은 인내천(人乃天, 사람이 곧 한울) 석자에 있다. 하느님을 사람 바깥의 외재적 존재가 아니라 사람 내부의 존재로 파악함으로써 계급·성별·인종의 차별을 넘어서 만민평등에 기초한 민중적 유토피아의 실현을 꿈꾼 동학은 갑오농민전쟁(1894~95)의 패배 이후 새 길을 모색한다. 일본 망명 중 계몽주의의 세례를 받은 손병희는 종래의 비합법적 무장투쟁에서 종교운동의 외피를 쓴 비폭력 민중운동으로의 방법적 전환을 통해 천도교를 창립하게 되었던 것이다.

이처럼 이 시기에 모든 민족운동은 대한제국의 붕괴를 예견하면서 대중 속에서 미묘한 질적 변화를 겪게 되었으니, 크게 보면 근대적 국민의 탄생이라는 계몽주의의 자장으로 수렴될 것이었다. 1909년 안중근(安重根)이 초대 통감 이또오 히로부미(伊藤博文)를 하얼빈에서 저격했다. 이 총소리를 빌미로 일제는 의병전쟁을 압살하고 애국계몽운동을 내부에서 분열시키면서 허울뿐인 대한제국마저 폐지하고 조선을 식민지로 강제합병하였다. 계몽주의의 한 단계가 이렇게 마감되었다.

2. 3·1운동 전야의 문화사

일제는 경술년(1910) 8월 29일 마침내 반식민지 조선을 완전식민지로 병합한다. 통감부가 총독부로 변신하면서 이제 명목상의 조선 정부도 사라지는 초유의 사태가 벌어진 것이다. 조선 민중의 저항을 봉쇄하기 위해 강력한 무단통치가 시행된다. 헌병경찰로 상징되듯이 식민지 조선은 엄중한 계엄 상태에 놓인다. 막강한 화력을 앞세운 일본군의 공격 속에 의병전쟁의 지도부가 대거 중국으로 망명하면서 해외 기지를 중심으로 한 새로운 무장독립운동이 모색된다. 운동을 지속적으로 발전시키기 위해서 근거지를 중심으로 한 다양한 계몽활동이 요구됨에 따라 의병전쟁 후기에 싹텄던 두 운동의 연합이 자연스럽게 성사되었다. 더구나 일제가 애국계몽운동을 대규모로 탄압하면서 경술년 전후로 그 지도적 지식인들이 속속 망명하는 사태가 이 연합을 한층 북돋웠다. 애국계몽주의자들도 이미 이 연합에 대비하고 있었다. 비밀결사 신민회(新民會)의 결성(1907)은 대표적이다. 주로 합법적 공간을 활용했던 계몽주의자들이 비합법적 신민회를 조직한 것은 나라의 멸망을 예견한 새로운 모색의 징후였으니, 특히 독립군 양성을 운동의 목표 가운데 하나로 설정한 점은 두 운동의 결합을 상징하는 바이다. 이 목표는 1911년 만주 봉천성(奉天省) 유하현(柳河縣)에 신한민촌을 건설하고 신흥무관학교를 창설함으로써 구체화한다. 바로 이 해외독립투쟁의 사상적 지주 역할을 대종교가 맡았다는 점에 유의할 필요가 있거니와, 그 고리를 대표하는 지식인이 신채호다.

성균관 박사 출신의 계몽주의자 신채호는 애국계몽기 최고의 민족언론인이다.『대한매일신보』를 근거지로 예리한 평필(評筆)을 날리며 일제와 친일파를 공격하는 데 선봉에 선 신채호는 과거와의 인식론적 단절을 통해 자기를 쇄신하는 한편, 중세적 백성을 근대적 국민으로 깨우쳐 들어올리는 계몽의 기획을 추진함으로써 당대의 계몽사상가로 추앙되었다. 신민회에 참여하면서 왕조의 멸망 이후를 준비하던 그는 드디어 1910년 4월 동지들과 함께 중국으로 망명, 새로운 독립운동을 계획한다. 여기서 우리가 주목할 것은 그가 1914년 대종교 윤세복(尹世復)의 초청으로 봉천성 회인현(懷仁縣)을 새 근거지로 삼았다는 점이다. 비록 이 기간은 짧았지만 대종교를 고리로 계몽운동과 무장투쟁이 만나는 대목을 이보다 극명하게 보여주는 예는 드물 것이다. 3·1운동으로 해외독립운동이 새로운 전기를 맞이하면서 상해임시정부 수립에 참여했지만 임정 안의 파벌투쟁, 특히 이승만의 외교론적 독립운동 노선과 독재적 통치스타일에 대한 실망으로 임정을 이탈하고, 급기야는 민중의 직접혁명에 의한 식민지해방을 꿈꾸는 아나키스트로 전신한 신채호의 미래는 바로 이 시기에 준비된 것이라고 해도 지나친 말이 아니다.

이처럼 해외에서 새로운 실험이 진행되었지만, 그만큼 국내 사정은 어두웠다. 이른바 105인사건(1911)으로 신민회의 국내 조직은 거의 완벽하게 붕괴되었다. 금서조치를 비롯한 대규모의 출판 탄압을 통해 애국계몽기 문화의 강렬한 정치성이 현상적으로는 급속히 약화되면서 친일계몽주의가 주류의 위치로 올라서게 된다. 알다시피 애국계몽기에 두 계몽주의가 경쟁했다고 했지만 친일계몽주의는 어디까지나 비주류였다. 다만 일제라는 든든한 권력을 업고 있기에 일정한 영향력을 발휘했을지라도 공론장 안에서 그 힘은 미미했다. 그런데 경술년을 고비로 그 관계는 역전된다. 이 시기에도 여전히 인기를 누렸던 신소설만 살펴도 그렇다. 이해조를 계승한 경향보다는 이인직을 새로운 수준에서 계승한 최찬식(崔瓚植)이 『추월색』(秋月色, 1913)으로 1910년대 초기 소설계의 새로운 스타로 떠오른 것은 상징적이다. 신혼부부가 러일전쟁의 격전지들을 다니며 일본을 찬미하는 노골적인 대목들을 안고 있는 이 소설이 베스트셀러가 되었다는 사실은 신소설의 붕괴가 박두했음을 오히려 고지하는 것이다.

돌이켜보면 신소설은 외래자본의 첫 공세에 노출된 한국사회를 비추는 거울이다. 이 거울 속의 세계는 참으로 복잡하다. 민족모순과 계급모순이 다기한 양태로 얽혀들어 간명히 정리하는 일이 쉽지 않지만 그래도 역시 중심 갈등은 수구파와 개화파 사이에 걸쳐 있다. 그런데 조선 시민계급의 미성숙으로 말미암아 신소설은 "개화조선의 성장 앞에 무참히 붕괴되는 구세계 봉건조선의 몰락비극이 그려져야 할 것임에도 불구하고 오히려 강대한 구세계의 세력하에 무참히 유린당하고 노고하는 개화세계의 수난 역사"(임화)로 되었던 것이다. 그런데 최찬식에 이르러 친일계몽주의는 이인직의 고민마저 벗어버리고 식민지근대화를 찬미하면서 비굴한 계몽주의로 투항해갔다.

선구적 개화파 유길준(兪吉濬)은 『서유견문』(西遊見聞, 1895)에서 일찍이 갈파하였다. "개화하는 일이란 타인의 장기(長技)를 취할 뿐 아니라 자기의 선미(善美)한 것을 지키는 데에도 있으니 대개 타인의 장기를 취하는 의향도 자기의 선미한 것을 보(補)하기 위함"이다. 그는 이 온당한 관점에서 외국 문물에 대해서는 무조건의 찬양을, 자기 나라 것에 대해서는 무조건의 멸시를 퍼붓는 자들을 개화당이 아니라 '개화의 죄인'이라고 질타하고, 반대로 외국 것이면 전적으로 오랑캐의 풍습으로 모는 자들을 수구당이 아니라 '개화의 원수'로 규정한다. 그런데 그가 가장 미워한 자들은 '개화의 병신'이다. 입에는 외국 담배, 가슴에는 외제 회중시계를 늘이고 의자에 걸터앉아 외국어는 대강 아는 주제에 외국 풍속이 어떠니 저떠니 잡담이나 하는 자들이 바로 그들이다. 유길준은 진정한 개화를 주장하고 힘써 실천하는 '개화의 주인'들이 우리 사회에 넘치기를 간절히 염원하였다. 그러나 그의 염원은 배반되었다. 계몽이성의 빛에 따라 자신의 운명을 주체적으로 개척해가는 진정한 계몽주의자, 즉 '개화의 주인' 대신 사이비 계몽주의자=친일개화파들이 득세했던 것이다.

이처럼 붕괴 직전의 신소설을 결정적으로 구축(驅逐)한 것은 일본신파소설이다. 조일재(趙一齋)는 총독부 기관지 『매일신보』에 3편의 일본소설을 번안함으로써 신파의 이식에 중요한 역할을 담당하였다. 그중에서도 이수일과 심순애로 유명한 『장한몽』(長恨夢, 1913~15)은 결정적이다. 돈(김중배)과 사랑(이수일) 사이에서 흔들리는 심순애의 형상을 통해 처음으로 삼각관계를 본격적으로 응용하여 대중을 사로잡은 이 작품은 한 획을 긋는다. 이때까지 한국소설에 삼각관계가 없지는 않았다. 그런데 그것은 불구의 삼각관계였다. 이도령과 변사또 사이에서 춘향이는 요동도 하지 않는다. 이 유구한 전통이 심순애에 의해 붕괴된다. 식민지근대화의 입김, 즉 돈의 마술이 드디어 한국사회에 상륙한 것이다. 돈이냐 사랑이냐 식의 신파조 주제가 모든 계몽적 주제들 ── 자유냐 노예냐, 독립이냐 굴종이냐, 보수냐 진보냐 등등 ── 을 대체하였던 것이다. 조일재에 의해 열린 일본신파소설 번안 시대는 신파극의 유행과 짝을 이뤄 한국문화계를 석권하기에 이른다.

애국계몽기에는 창극이 크게 발전하였다. 1902년 원각사가 창건되면서 종로를 따라 광무대(光武臺)·장안사(長安社)·연흥사(演興社)·단성사(團

成社) 등의 극장이 줄을 이어 들어섰고 전통연희들이 빠르게 근대적 여흥으로 재편되었다. 그중에서도 판소리는 각광을 받는다. 무대를 얻은 판소리는 창극으로 발전, 일종의 민족오페라의 위치에 오르게 되었다. 그런데 1910년대에 들어서 총독부의 탄압 속에 창극의 실험은 저지되고, 신파소설 번안 시대를 맞아 신파극이 창극을 대체한다. 이 시기에 확정된 신파 또는 신파조의 승리야말로 지금까지도 우리 사회가 신파로부터 자유롭지 못하다는 점에서 일대 문화사적 사건이 아닐 수 없다. 신파소설의 유행은 1910년대 초까지 계승되던 신소설 시대를 실질적으로 종결시킴으로써 1910년대 문학의 애국계몽기문학에 대한 비연속성을 전형적으로 보여준다. 그런데 신파번안소설도 계몽주의의 흔적을 간직하고 있는 점에 유의할 필요가 있다. 가령『장한몽』의 결말은 대표적이다. "우리가 인제는 일장춘몽을 늦게 깨달았으니 이후로는 세상에서 공익사업에 힘을 쓰도록 합시다." 이는 물론 원작에는 없는 번안자의 계몽주의적 개작 내지 첨가인데, 계몽주의는 신파에 의해 구축되는 한편 신파에 영향을 드리우고 있는 것이다.

신파소설 번안 시대를 끝장낸 것이 이광수(李光洙)의 장편『무정』(無情, 1917)이다. 가난하지만 재능 있는 젊은이 이형식이 양반 출신의 부르주아 이장로의 고명딸 선형이와 기생으로 전락한 옛 은인의 딸 박영채 사이에서 누구를 선택할 것이냐가 구성의 초점으로 되어 있는 이 장편은『장한몽』과 유사하다. 말하자면 이형식은 남자 심순애다. 그런데『무정』은『장한몽』과 그 지향점이 다르다. 작가는 영채를 버리고 선형을 택한 형식을 파멸로 몰아넣지 않음으로써 신분상승을 긍정하는 시민사회적 가치를 근본적으로 승인하고 있어, 사랑을 버리고 돈을 택한 심순애를 징벌함으로써 교환가치가 지배하는 근대사회를 비판하는 후자와 차별되기 때문이다. 특히 인물들 사이의 갈등을 계몽이성의 합창으로 풀어버리는 결말이 잘 보여주듯 전자는 후자보다 근대의 도래를 강하게 동경하는 신소설의 전통과 더 직접적으로 연결되는 것이다. 이 점에서 전자는 최초의 근대소설이기보다 두 얼굴의 계몽주의를 통합한, 신소설을 완성하면서 3·1운동 이후 뚜렷하게 대두하는 근대소설의 길을 연 독특한 위치를 점한다고 할 수 있다.

　요컨대 신소설의 통속화, 신파번안의 유행, 그리고 이광수의 출현으로 이어지는 1910년대 문학 전체가 비연속 속에서도 애국계몽기와 연속되고 있는 것이다. 애국계몽기와 1910년대를 하나의 계몽주의 시대로 통합적으로 파악하되, 1910년을 고비로 우리 계몽문학이 새로운 국면에 접어들었다고 보는 것이 온당하다. 그렇다면 우리 문학사에서 계몽주의문학 시대를 종결시킨 마디는 어디일까? 3·1운동이 그 결절점일 터, 천도교를 중심으로 개신교와 불교가 결집한 국내 종교와 새 세대의 일본유학생들이 결합함으로써 한국 민족운동의 거대한 저수지 3·1운동을 낳기에 이르니, 이 운동이야말로 한국 계몽주의의 총괄편이라고 해도 좋다. 3·1운동 직전에 싹튼 새로운 양식적 실험(황석우·김억의 신시와 현상윤·양건식의 단편 등)이 운동 직후 신문학운동으로 본격 개화하면서 한국문학의 근대성이 새로운 수준에서 성취되었던 것이다.

「동양평화론」으로 본 안중근의 「장부가」[*]

1. 동아시아론의 남상

안중근(安重根, 1879~1910) 의사는 너무나 익숙한 이름이지만 그의 진면목을 제대로 아는 이는 많다고 하기 어렵다. 1909년 10월 26일 오전 9시 30분 하얼빈 역두에서 러시아 재무대신 꼬꼽초프(Vladimir N. Kokovtsov)와 만난 일본의 노정객 이또오 히로부미를 저격했다는 사건만 덩그렇고 그 문맥은 실종되기 일쑤이기 때문이다. 알다시피 적으로서 싸웠던 일본과 러시아가, 전후에는 만주 개방을 요구하는 영·미와 만주 회복을 꿈꾸는 중국 민족주의의 위협에 맞서 오히려 연합하는[1] 모양을 보노라면 국익, 실상은 자본의 요구에 따라 춤추는 근대 국가이성의 마성(魔

---

* 이 글은 원래 2009년 10월 26일 다롄대(大連大)에서 개최된 한국학중앙연구원 현대한국연구소 주최 '안중근 의거 100주년 기념 학술회의'에 제출한 발제문이다. 그뒤 개제, 개고하여 『창작과비평』 2010년 여름호에 실었다. 이번에 다시 다듬었는데, 이것이 정본이다.

1 古屋哲夫『日露戰爭』, 東京: 中央公論社 1980, 230면. 알다시피 러일전쟁에서 영·미는 만주 개방을 약속한 일본을 지지했다.

性)이 끔찍하다. 이 때문에, 만주를 두 나라가 대등하게 갈라 지배하는 데 합의하면서 러시아는 일본의 조선 지배를, 일본은 러시아의 외몽골 이익을 보장하는[2] 악마의 거래가 하얼빈회담인 점에서 이또오만 겨눈 안중근 의거의 의의는 제한될 수도 있다. 뒤에 이 사건의 문맥을 이해하게 되면서 나에게 떠오른 감상 또한 그랬다. 대의가 빛나더라도 암살이라는 방법을 조건 없이 긍정할 수 없다는 내 마음의 주저도 일조하였을 터다.

「동양평화론」(1910)이야말로 그의 진면목이다. 서문의 한 대목에서 나는 어느 결에 옷깃을 여미게 되었다. "청년들을 훈련하여 전쟁터로 몰아넣어 수많은 귀중한 생령들이 희생처럼 버려졌으니, 피가 냇물을 이루고 시체가 땅을 뒤덮음이 날마다 그치지 않는다. 삶을 좋아하고 죽음을 싫어하는 것은 모든 사람의 상정이거늘, 밝은 세계에서 이 무슨 광경이란 말인가. 말과 생각이 이에 미치니 뼈가 시리고 마음이 서늘해진다."[3] 타고난 무골(武骨)로 전장을 두려워하지 않은 그가 실은 반전 또는 비공(非攻)의 평화주의자였던 것이다. 그는 테러리스트가 결코 아니다. 집필 도중 형집행으로 미완에 그친 이 산문의 끝문장이 아프다. "아! 그러므로 자연의 형세를 돌아보지 않고 같은 인종 이웃 나라를 해치는 자는 마침내 독부의 환란을 기필코 면치 못할 것이다."(215면) '독부(獨夫)[4]의 환란'! 참으로 무서운 말이다. 그는 아시아와 함께 서양의 침략을 저지하는 것이 아니라 거꾸로 서양의 앞잡이로서 아시아 이웃을 침략한 일본이 종국에는 자멸로 떨어질 것을 날카롭게 예언한다. 승승장구 속에 득의양양한 외관으로 일본의 안팎이 모두 현혹된 미망의 때에 그는 이또오를 처단함으로써 일본

---

2 같은 책 237면.
3 안중근 「동양평화론」, 최원식·백영서 엮음 『동아시아인의 '동양' 인식: 19-20세기』, 문학과지성사 2005, 205면. 이하 본문의 인용은 면수만 표기.
4 '독부'란 인심을 잃어 도움받을 곳 없는 외로운 남자 또는 폭정으로 백성에게 외면당한 군주로, 여기서는 일본을 가리킨다.

에 온몸의 경고를 발했던 것이다. 이또오뿐만 아니라 꼬꼽초프에게, 나아가 모든 약소민족을 이익의 제물로 삼으려는 모든 제국주의자들에게도 그것이 서늘하고도 단호한 경종으로 될 것은 물론이겠다.

지금 이 산문의 약점을 지적하는 것은 그리 어렵지 않다. "일본과 러시아의 다툼은 황백인종의 경쟁"(206면)이라는 대목에서 보이듯 사태의 복잡성을 인종주의로 단순 환원한 점, "수백년 이래 악을 행하던 백인종의 선봉"(207면)으로서 러시아를 지목하는 방아론(防俄論)에 일방적으로 의존한 점, 일본에 대한 기대가 과잉한 점, 그리고 무엇보다 동학당을 "조선국의 서절배(鼠竊輩)"(208면) 즉 좀도둑으로 여전히 폄하한 점 등 부르주아민족주의자 또는 부르주아민주주의자의 한계가 뚜렷하다. 그럼에도 불구하고 그의 「동양평화론」은 조선의 독립이 조선만이 아니라 중국은 물론이고 심지어 가해자인 일본에조차 이로운 동아시아 평화의 초석이라는 점을 당당하게 밝힌 우리 동아시아론의 남상(濫觴)이다.[5] 요컨대 일본의 설득을 주목적으로 하되 그 결과 중국을 한층 감동시킨 그의 작은 독립전쟁은 인명살상을 최소로 제한한 평화의 전투, 또는 '동양평화'를 위해 차마 하지 않을 수 없어 어쩔 수 없이 행한 그 소극적 실천이었던 것이다.

2. 우덕순의 「거의가」

나는 그가 순국한 중국의 동북(東北)에서 열리는 이 드문 기념의 자리

---

5 국치(1910)를 바로 눈앞에 둔 절박한 시점에 출현한 안중근의 「동양평화론」에 이어, 3·1운동(1919)의 열기를 계승한 신채호의 「조선독립급동양평화」(朝鮮獨立及東洋平和, 1921), 그리고 해방의 이상과 분단의 현실 사이에서 건국의 길을 모색한 안재홍(安在鴻)의 「신민족주의의 과학성과 통일독립의 과업」(1949)이 주목된다. 이에 대한 자세한 논의는 졸저 『제국 이후의 동아시아』, 창비 2009, 152~53면과 163~65면을 참고할 것.

에서 안중근 노래를 다시 읽는 것으로 의거 100주년을 기억하고 싶다. 안중근 문학 가운데서도 결행을 앞둔 장부의 심사를 노래한 거사가(擧事歌)가 백미다. 그런데 이 노래에는 안중근의 제1동지 우덕순(禹德淳, 1876~1950)의 화답가가 짝이 된다. 천주교도 안중근의 「장부가(丈夫歌)」에 대한 개신교도 우덕순의 「거의가(擧義歌)」, 의거 직전 끓어오르는 격정을 다스리며 고매한 뜻을 함께 확인하는 두 동지의 교통이 아름답다.[6]

그럼에도 이 두 노래는 한국 근대문학사의 바깥에 오랫동안 방치되어 왔다. 친일개화론자 이인직의 『혈의루』(血의淚, 1906)를 근대문학의 효시로 떠받드는 오랜 관행 속에 애국자들의 노래는 설 자리조차 없었던 것이다. 이 노래들은 4월혁명(1960)을 상상력의 원천으로 삼는 반독재민주화운동의 전진과 함께 오랜 망명에서 귀환했다. 그 결정적 계기가 의병장들의 시가를 비롯한 저항시의 숨은 광맥을 본격적으로 발굴한 『항일민족시집』(1971)의 출간이다. 편자는 민족학교, 발행사는 사상사, 서문·발문이 무기명이란 점에서 짐작되듯이, 이 책은 거의 지하출판물에 가깝다. 우리는 무기명의 발문을 통해서 이 시집이 함석헌(咸錫憲)·장준하(張俊河)·백기완(白基琓)·김지하(金芝河) 등 당대 민주파의 집합적 작업의 산물이라는 점을 깨닫게 된다.[7] 민주파는 왜 항일시가들을 발굴하는 작업에 심혈을 기울였는가? 만주 인맥에 기반한 당대 개발독재파에 대한 저항의 정통성을 민주파는 친일개화론 또는 근대화론에 의해 침묵당한 다른 전통의 들어올림에서 구했던 것인데, 그 반향은 가히 혁명적이었다. 드러남 자체가 경이였던 이 시집의 역사적 출현 속에서 안중근과 우덕순의 거사가 역

---

6 안중근과 우덕순은 거사 4일 전 하얼빈에 도착하여 동지 유동하(劉東夏)의 친척 김성백(金聖伯)의 집에 묵었다. 그리고 다음날 노래를 불러 다짐했다. 이 노래들은 1909년 10월 23일 하얼빈의 김성백 집에서 태어난 것이다. 「안중근 연보」, 『의거 순국 100년 안중근』, 예술의전당 2009, 200면.
7 「부끄러움을 삼키며」, 민족학교 엮음 『항일민족시집』, 사상사 1971, 134~35면.

시 빛을 발한 것은 물론이다.

그런데 두 노래 모두 정본이 확정적이지 않아, 무엇보다 먼저 원전비평이 요구된다. 우덕순의 「거의가」는 송상도(宋相濤, 1871~1946)의 『기려수필(騎驢隨筆)』에 국한혼용문으로 채록되어 실림으로써 인멸의 위기를 넘겼는데, 안타깝게도 전문을 수록하지 않았다.

맛낫도다맛낫도다,怨讐,너를맛낫도다,너를한번맛나고자,一平生에願했지만,何相見之晚也런고,너를한번만나랴고,水陸으로幾萬里를,或은輪船或은火車,千辛萬苦거듭하야,露淸兩地지낼때에,안질때나셨쓸때나,仰天하고祈禱하길,살피소셔살피소셔,主耶蘇여살피소셔,東半島의大帝國을,내願대로救하소서,於乎라奸惡한老賊아,우리民族二千萬을,滅亡까지씩혀노코,錦繡江山三千里를,소리없이뺏노라고,窮凶極惡네手段을 —— 中略 —— 至今네命끊어지니,너도冤痛하리로다,甲午獨立씩혀노코,乙巳締約한然後에,오날네가北向할줄,나도亦是몰낫도다,德딱그면德이오고,罪犯하면罪가온다,네뿐인쭐아지마라,너의同胞五千萬을,오날붓터始作하야,하나둘식보난대로,내손으로죽이리라.[8]

그런데 정교(鄭喬, 1856~1925)의 『대한계년사(大韓季年史)』에 이 노래가 한역(漢譯)으로 실려 있음을 발견했다. 두 본을 대조해보니 중략 부분 이외에도 마지막 결사가 생략되어 있어 이 노래의 전모를 확인하게 되었다.

중략: 大公無私至仁極愛我之主,大韓民族二千萬,如均爲愛憐,使逢彼老賊於如此停車場,千萬番祈禱,忘晝夜而欲逢,竟逢伊藤,

결사: 嗚呼我同胞,一心專結後,恢復我國權,圖富國强兵,世界有誰壓迫,我等之自

---

8 송상도 『기려수필』, 국사편찬위원회 1974, 155~56면.

由爲下等之冷遇,速速爲合心持勇敢之力,盡國民之義務,[9]

　그리하여 거의 완벽한 4음보 가사체에 글자 수도 거의 정연한 4·4조라는 점에 근거하여 우덕순 노래를 다음과 같이 복원했던 것이다. 가능한 한 구어의 맛을 살려 현대 표기법으로 고치고, 음보를 단위로 띄어쓰기하고, 새로 찾은 부분을 다시 손본 내용은 괄호로 표시했다.

　　만났도다 만났도다 원수너를 만났도다
　　너를한번 만나고자 일평생에 원했지만
　　하상견지 만야런고[10] 너를한번 만나랴고
　　수륙으로 기만리를 혹은윤선 혹은화차
　　천신만고 거듭하야 노청양지 지낼때에
　　앉일때나 셨을때나 앙천하고 기도하길
　　살피소서 살피소서 주야소여 살피소서
　　동반도의 대제국을 내원대로 구하소서
　　어호라 간악한 노적아 우리민족
　　이천만을 멸망까지 시켜놓고 금수강산
　　삼천리를 소리없이 뺏노라고 궁흉극악
　　네수단을 (대공무사 지인극애 우리주님
　　대한민족 이천만을 고루고루 사랑하사
　　저노적을 이역에서 만납시사 천만번을
　　기도하고 밤낮잊고 보잤더니 마침이등
　　만났구나) 지금네명 끊어지니 너도원통

---

9 정교 『대한계년사: 하』, 국사편찬위원회 1974, 365면.
10 '何相見之 晩也런고'는 '서로 보는 게 어찌 그리 늦었는고'라는 뜻.

하리로다 갑오독립 시켜놓고 을사체약

한연후에 오날네가 북향할줄 나도역시

몰랐도다 덕닦으면 덕이오고 죄범하면

죄가오다 네뿐인줄 아지마라 너의동포

오천만을 오날부터 시작하야 하나둘씩

보난대로 내손으로 죽이리라 (오호라

우리동포 일심으로 전결한후 우리국권

회복하고 부국강병 도모하면 이세계에

그누구가 우리자유 압박하여 하등으로

냉우할고 빨리빨리 합심하여 용감력을

가지고서 국민의무 다해보세)[11]

　이 노래는 애국적 직절성(直截性)이 핵이다. 특히 느낌의 현재에서 붓을 일으킨 그 서두는 탁월하다. 평화의 이름으로 조국을 침략한 '이등'에 대한 울울한 감정이 일시에 폭발한 듯, 시적 자아는 바로 그를 만난다. 아니, 이미 그를 만났다. 얼마나 간절했기에 상상이 바로 현실로 이행하고 마는가? 그런데 노래 전체는 재발견 당시의 충격을 감당하지 못한다. 왜 그럴까? 역시 감정의 직접적 고조만으로는 부족한 것이다. 감정을 관통하는 기하학적 추상이 너무 단순한 민족주의다. 이또오 히로부미와 일본민족에 대해 거의 종족적 수준의 원한 또는 복수에 지펴 있기도 하거니와, 시적 자아가 꿈꾸는 '부국강병' 또한 제국주의의 극복이라기보다는 그 추

11　졸고 「우덕순 노래의 복원」(1994), 『한국계몽주의문학사론』, 소명출판 2002, 265~66면. 신용하(愼鏞廈) 엮음 『안중근 유고집』, 역민사 1995, 230~31면에는 출처 불명의 이본이 실려 있는데, 장황하게 길어졌다. 윤병석(尹炳奭) 편저 『대한국인 안중근: 사진과 유묵』, 안중근의사숭모회 2001에도 이본이 두 종류(「우덕순가」와 「거의가」)가 수록되었는데, 전자는 축약본이고 후자는 신용하 책에 실린 것과 같다. 구전되면서 생긴 이본들로 추정된다.

종에 가깝다.[12]

3. 안중근의 「장부가」

이 점에서도 안중근의 거사가가 주목된다. 그런데 안중근의 노래 역시 본마다 이동(異同)이 없지 않다. 그중 그가 옥중에서 직접 쓴 한문자서전 「안응칠역사」(安應七歷史, 1909~10)에 실린 것이 가장 믿을 만한데, "때에, 나그네 등불 차가운 침상 위에 홀로 앉아, 잠깐 장차 할 일을 생각하매, 강개한 마음을 이기지 못해, 우연히 한 노래를 읊어 가로대,(時, 獨坐於客燈寒塔上, 暫思將行之事, 不勝慷慨之心, 偶吟一歌曰,)"라고 이 노래의 유로(流露) 경위가 생생히 드러난 점이 더욱 아름답다. 다만 3행과 2행이 바뀌어 있는 등 보통 유행하는 본과 약간 다른 게 문제다.[13] 다행히 제3의 자료가 있다. 이은상(李殷相)이 언급한 "일본 법정에서 압수된" 친필로 쓴 한문본과 한글본 거사가[14]가 그것이다. 이 자료들을 나는 안중근의사기념관에서 출간한 도록에서 확인한바, '明治 四十二年 檢領 第一號'와 '安應七 作歌'가 앞뒤로 붙은 이 문서에 수록된 거사가가 정본이라고 해도 좋다.

　　　丈夫處世兮 其志大矣(장부처세혜 기지대의)
　　　時造英雄兮 英雄造時(시조영웅혜 영웅조시)

---

12 참고로 이번에 확인한 거사 이후 우덕순의 행적을 간략히 덧붙인다. 안중근과 함께 체포되어 옥고를 치른 뒤 만주에서 머물다가 1945년 12월에 귀국한(『동아일보』 1945.12.17) 그는 일민주의(一民主義)를 내건 대한국민당의 최고위원으로 활동하다가(『대동신문』 1948.11.16) 6·25 때 납북되어 1950년 9월에 처형되었다(『조선일보』 1950.11.10)고 한다. 이로써 보건대 당시 그는 극우에 가깝다.

13 「安應七歷史」, 신용하 엮음, 앞의 책 154면.

14 이은상 옮김 『안중근의사자서전』, 안중근의사숭모회 1982, 168면.

雄視天下兮 何日成業(웅시천하혜 하일성업)

東風漸寒兮 壯士義熱(동풍점한혜 장사의열)

憤慨一去兮 必成目的(분개일거혜 필성목적)

鼠竊○○兮 豈肯比命(서절○○혜 기긍비명)

豈度至此兮 事勢固然(기탁지차혜 사세고연)

同胞同胞兮 速成大業(동포동포혜 속성대업)

萬歲萬歲兮 大韓獨立(만세만세혜 대한독립)

萬歲萬萬歲 大韓同胞(만세만만세 대한동포)[15]

더욱이 이 노래 한글본의 존재야말로 소중하다. 그의 거사가에 대해 아쉬웠던 점이 바로 한시라는 데 있었으니, 역시 근대문학은 한문학의 해체 위에서 꽃피는 것이기 때문이다.

장부가세상에쳐홈이여 그뜻이크도다

씌가령웅을지음이여 령웅이씌를지으리로다

텬하를웅시홈이여 어니날에업을일울고

동풍이졈졈차미여 장사에의긔가뜨겁도다

분기히한번가미여 반다시목적을이루리로다

쥐도젹○○이여 엇지즐겨목숨을비길고

엇지이에이를쥴을시아려스리요 사셰가고연ㅎ도다

동포동포여 속히되업을이룰지어다

만셰만셰여 되한독립이로다

만셰만만셰여 되한동포로다[16]

15 윤병석 편저, 앞의 책 187면.

16 같은 곳. 이 노래 말미에 한글로 쓴 '안응칠 작가'가 뚜렷하다. '작가'는 물론 '作歌'일 것이다.

한문본과 한글본 둘을 비교하면 역시 전자가 먼저임을 알겠다. 그러니까 후자는 전자의 번역이다. 그런데 중요한 것은 안중근 자신이 한글본을 직접 만들었다는 점이다. 한문본의 뜻을 시인 자신의 의도대로 정확히 알게 해준다는 점뿐만 아니라, 근대국문시가의 연진(演進)과정에서 차지하는 의의도 적지 않기 때문이다. 요즘도 최남선(崔南善)의 신체시 「해(海)에게서 소년에게」(1908)를 한국 신시의 효시인 양 떠받드는 관행이 통용되곤 하지만, 내용과 형식 양면에서 이 작품은 근대시는커녕 시로서도 미달이다. 주로 의병전쟁과 관련하여 마지막 광망(光芒)을 뿌린 애국적 한시들을 차치하고도 이 시기의 국문시가는 옛 형식(시조와 가사)에 애국의 의기를 담은 노래들이 주류였다는 점에서, 안중근의 한글 거사가야말로 그 백미다. 이상주의적 열정이 오랜 형식과 만나면서, 더구나 한글로 번역되는 경로를 통해서 이룩된 미묘한 이행의 자리에 위치한 이 한글 거사가는 근대자유시로 가는 길에서 흥미로운 징검다리로 되는 것이다. 한시의 번역과정에서 태어난 이 노래와 함께 주목할 작품이 호세 리살(José Rizal)의 「임종사」다. 1898년 스페인총독부에 의해 처형된 필리핀의 고매한 애국자가 남긴 이 절명시는 안국선(安國善)이 번역한 『비율빈전사』(比律賓戰史, 1907)에 수록되었는데, 아마도 한국에 소개된 최초의 근대자유시일 것이다.[17] 이때 뿌려진 씨앗들이 성숙한 형상을 획득하기 위해서는 네이션(nation) 탄생을 고지한 3·1운동을 기다려야 했다. "꽃은 떨어진다/님은 탄식한다", 이처럼 인상적인 마무리를 선보인 김억(金億)의 「봄은 간다」(1918)와 "가을 가고 결박 풀어져 봄이 오다"로 시작되는 황석우(黃錫禹)의 「봄」(1918), 이미 자유시의 효시로서 모자람이 없지만 아직은 상징시의 번역풍을 완전히 해소하지 못한 이 두 시를 결정적인 고비로 주

---

17 졸고 「아시아의 연대: 『비율빈전사』에 대하여」(1987), 『한국계몽주의문학사론』 204~10면.

요한(朱耀翰)의 「불놀이」(1919) 이후 한국 근대시는 마침내 자유와 해방의 격정을 폭포수 같은 리듬에 실어 분출하였던 것이다.

우리 근대시 탄생의 숨은 씨앗의 하나인 안중근의 노래를 작품으로서 분석하기 전에 그 주변을 잠깐 살펴보자. "몸은 삼한에 있어도 이름은 만국(身在三韓名萬國)"[18]이라고 기린 위안 스카이(袁世凱)를 비롯하여 장 빙린(章炳麟)·량 치차오(梁啓超) 등 유수한 중국 지식인들이 안중근의 실천을 높이 들어올렸는데, 위대한 자객 형가(荊軻, BC 227년 몰)와 예양(豫讓)에 비하는 경우가 적지 않다. 량 치차오의 「추풍단등곡(秋風斷藤曲)」은 대표적이다.

萬里窮追豫讓橋　만리까지 추적한 끝에 예양은 다리 아래 숨고
千金深襲夫人匕　천금으로 얻은 부인의 비수를 옷 속 깊이 갈무리했네[19]

앞의 행은 천신만고 끝에 조양자(趙襄子)를 죽일 기회를 잡았지만 말이 날뛰어 결국 실패하고 자살한 예양의 고사이고, 뒤의 행은 연(燕)의 태자 단(丹)이 서(徐)부인의 비수를 사서 진시황(秦始皇)을 시해하러 가는 형가에게 준 고사를 취한 것이다. 이 모두 사마천(司馬遷)의 빛나는 문필로 후세에 전해진 천고의 자객들인데, 특히 후자는 거사가를 남긴 점에서 안중근과 더 직접적으로 연계된다.

---

18 이은상 옮김, 앞의 책 591면. 전문은 다음과 같다. "平生營事只今畢 死地圖生非丈夫 身在三韓名萬國 生無百世死千秋."(「安重根義士 輓」) 그런데 뤼순감옥 기념관에서 이 시와 유사한 쑨 원(孫文)의 시를 발견했다. "功蓋三韓名萬國 生無百歲死千秋 弱國罪人强國相 縱然易地亦藤侯." 고증이 필요한 대목인데, 후일을 기약한다.

19 박은식(朴殷植), 이동원(李東源) 옮김 『안중근』, 한국일보사 1994, 93면. 번역은 내가 다듬었다. 이는 백암(白巖) 박은식이 중국에서 발간한 『안중근전』(1920)을 번역한 책인데, 중국 지식인들의 안중근 관련 시문이 다수 수습되어 있다.

風蕭蕭兮	바람소리 쓸쓸함이여
易水寒	역수물 차가워라
壯士一去兮	장사 한번 감이여
不復還	다시 오지 못하리니[20]

간결함으로 자객의 고독한 자세가 더욱 묻어나는 이 노래를 안중근의 것과 비교하면 후자가 긍정적이라는 점을 발견하게 된다. 양자 모두 거사 뒤를 생각하지 않았음에도 불구하고 왜 전자는 적막하고 후자는 생동적인가? 전자는 실패하고 후자는 성공했기 때문만은 아닐 터인데, 아마도 후자가 단순한 자객이 아니라 경륜을 지닌 장부라는 데 있을지도 모른다. 안중근에게는 큰 희망이 있었다. 그래서 그의 노래에는 형가의 「역수가」와 함께 한고조(漢高祖, BC 247~BC 195)의 「대풍가(大風歌)」도 관여하고 있는 느낌이다.

大風起兮 雲飛揚	큰바람 일어남이여 구름이 날리도다
威加海內兮 歸故鄕	위엄 해내에 더함이여 고향에 돌아오도다
安得猛士兮 守四方	어찌 용사를 얻어 사방을 지킬고[21]

형가의 「역수가」와 한고조의 「대풍가」를 염두에 두고 안중근의 「장부가」를 다시 읊조려보면, 「장부가」가 「역수가」의 비장함과 「대풍가」의 헌앙(軒昂)함을 함께하고 있는 특이한 작품이란 점을 새삼 깨닫게 된다.

우선 앞에 인용한 한글본의 행 앞에 번호를 붙이고, 가능한 한 현대 맞춤법으로 고쳐놓고 그 숨결을 따라가보자.

---

20 『史記』「刺客傳」, 『二十五史』1, 上海古籍出版社 1991, 284면. 번역은 필자.
21 『古文眞寶』前集 卷之八, 세창서관 1966, 66면. 번역은 필자.

1 장부가 세상에 처함이여 그 뜻이 크도다

2 때가 영웅을 지음이여 영웅이 때를 지으리로다

3 천하를 웅시함이여 어니 날에 업을 이룰고

4 동풍이 점점 참이여 장사의 의기가 뜨겁도다

5 분개히 한번 감이여 반다시 목적을 이루리로다

6 쥐도적 이등이여 어찌 즐겨 목숨을 비길고

7 어찌 이에 이를 줄을 시아렸으리오 사세가 고연하도다

8 동포 동포여 속히 대업을 이룰지어다

9 만세 만세여 대한독립이로다

10 만세 만만세여 대한동포로다

우선, 3행의 '어니날'의 '어니'는 표준말로 고치지 않고 그대로 살렸다.
표준말 '어느'보다 구어체 '어니'가 한글본 노래의 호흡에 더 맞춤하다.
5행의 '반다시'도 구어체를 그대로 살렸다. 표준말 '반드시'보다 '반다시'
가 더 의지적이다. 6행의 '○○'은 물론 이또오 히로부미를 가리킨다. 왜
안중근은 그의 이름을 숨겼을까? 이미 천하가 다 아는 일인지라 뭔가 두
려워서 그런 것은 물론 아닐 터이다. 나는 '○○'에서 안중근의 착잡한 심
경을 본다. 처단 대상일지라도 그 이름을 직접 거론하는 것은 차마 못 할
일이기도 하거니와, 그것이 자칫 테러로 보일 우려가 높기 때문일 것이다.
알다시피 안중근은 복수로 이또오를 저격한 것이 아니다. 나는 한편 이또
오를 연민하는 안중근의 그 마음을 접수하면서 '○○'를 풀기로 했다. '이
또오'가 아니라 '이등'을 선택했다. 한자로 된 일본의 고유명사를 일본식
으로 독음하게 된 것이 최근이라는 점에서 안중근도 '伊藤'을 '이또오'가
아니라 '이등'으로 읽었을 것이 거의 틀림없을 터다. 7행의 '시아렸으리
오'도 3, 5행의 예를 따라 표준말 '헤아렸으리오'로 고치지 않고 구어체로

두었다.

그럼 이제 이 노래를 무엇보다 작품으로서 접근해보자. 총 10행으로 이루어진 이 노래는 뜻이 큰 장부로 시적 자아를 조정하는 시작부터 기상이 높다. 그 기상은 2행에 그대로 이어진다. 영웅과 때가 쌍방향적이라는 당당한 언술을 통해서 인간의 시간적 피구속성을 승인하면서도 시간을 창조할 수도 있는 인간의 주동성을 더욱 강조하는 인식의 틀을 엿보게 한다.[22] 그리하여 그는 천하를 웅시한다. 영웅의 눈으로 세상을 봄을 가리키는 '웅시'에서 짐작되듯, 그는 세계 형세를 예의 주시하며 '업'을 이룰 그날을 헤아린다. 그가 이루고자 하는 '업'이란 이 노래의 끝부분에 보이듯 '대한독립'이다. 그런데 '대한독립'이 동양평화의 기초라는 점을 상기하면, 그것이 단순한 민족주의의 실현에서 그치는 것이 아님을 인식해야 한다. 그는 대한독립을 기틀로 삼아 동양의 연대를 이룩함으로써 서양의 침략을 공동으로 막는 한편 더 나아가 평화의 공동체 건설을 내다보았던 것이다. 그런데 3행을 마무리하는 의문문에 묻은 한점의 회의가 한걸음 진전된 4행에서 돌연 어조가 바뀐다. 차가운 바람과 뜨거운 의기의 대비란 어떤 초조함의 표출인데, 그 때문에 더욱 뜨거워지는 마음의 흐름도 아울러 나타낼 것이다. 그리하여 그는 '이등'을 처단할 목표 아래 분개히 떨쳐나서서 그 완수를 다짐한다(5행). 6행이 까다롭다. "어찌 즐겨 목숨을 비길고"는 무엇을 말하는가? 부득이 '이등'을 처단하는 데 목숨을 쓰지만 솔직히 말해서 이 정도 일은 목숨 걸 정도가 아니라는 그의 높은 자부심이 차라리 쓸쓸하다. 그는 끝내 이또오 히로부미를 저격하는 일에 불편함을

---

22 이 대목은 영웅과 시세(時勢)의 관계에 대한 동아시아 계몽주의자들의 논의를 연상케 한다. 후꾸자와 유끼찌(福澤諭吉)가 영웅이라는 항해사보다 시세라는 증기선을 더 강조한 반면, 량 치차오는 시세라는 거대한 바람보다 파도를 만들어내는 교룡(蛟龍)/고래라는 영웅의 역할에 더 주목한 것을 상기할 때(백지운 「『자유서』를 구성하는 텍스트들」, 『중국현대문학』 제31호, 2004, 92~99면), 영웅이 때를 만든다는 데 방점을 둔 안중근은 량 치차오에 더 가깝다.

금치 못했던 것이다. 그 불편한 심사는 7행으로 이어진다. '나도 사태가 이에 이를 줄은 몰랐다'는 탄식처럼 동양평화를 내다보며 한국 독립전쟁에 참여할 것을 꿈꾼 그가 결국 그 큰뜻을 접고 '이등'을 쏘아 죽이는 일에 나설 수밖에 없는 사정을 침통히 수용한다. '일의 형세가 본디 그러하다' 또는 '일의 형세가 정말로 그렇다'로 풀 "사세가 고연하도다"에 짙게 밴 체념은 더 적극적으로 보면 자유와 필연이 만나는 일종의 운명애(amor fati)가 아닐까. 그런데 7행은 중의적이기도 하다. 숨은 주어를 안중근이 아니라 이또오로 상정할 수도 있기 때문이다. 일본 안팎을 횡행하며 이웃 나라들을 핍박하던 권력놀음에 빠져 자신의 돌연한 죽음을 예견조차 못한 이또오를 바라보는 그의 시선 또한 착잡한 것이다. 그럼에도 그는 이또오의 죽음이 '본디 그러'한 일, 즉 필연의 사태임을 냉엄히 지적한다.[23] 8행은 말하자면 동포들에게 남기는 유언이다. 그가 못 이룬 대업, 즉 한국독립을 기초로 한 동아시아의 평화가 깃들이는 날의 도래를 위해 매진해줄 것을 위촉하는 것이다. 그리하여 9, 10행은 미래의 대한독립과 대한동포에 대한 가장 열렬한 헌사로 된다. 여기서 주목할 점은 대한독립보다 대한동포가 뒤에 온다는 것이다. 그에게는 사람이 가장 중요하다. 독립사업도 사람이 하는 것이고 그 뒤에 약속처럼 도래할 평화의 세상을 열어가는 것도 사람이기 때문이다. 9행과 10행에서 반복되는 '만세'가 약간 변주되는데, 이는 안중근의 예민한 감각을 잘 보여준다. 9행의 '만세 만세여'를 10행에서 '만세 만만세여'로 변형함으로써 이 노래에 종지부를 찍은 것인데, 그는 노래를 어떻게 끝내야 할지를 본능적으로 체득했던 것이다.

이상의 성근 분석을 통해서도 짐작할 수 있듯이, 한글본 「장부가」는 만만치 않은 문학성을 내장하고 있다. 그 문학성이 동양평화론과 결합하고

---

23 장 빙린 또한 시 「弔伊藤博文」에서 이또오를 제가 만든 법에 치여 결국 죽음에 이른 진(秦)의 재상 상앙(商鞅)에 비유한 바 있다. 박은식, 앞의 책 168~69면.

있다는 점에서 더욱 그렇다. 친일개화론 또는 무국적의 근대화론, 그리고 복벽(復辟)의 항일론 또는 저항적 민족주의에 지배된 시가들이 양산된 시대에 출현한 이 노래는 이미 21세기를 내다보고 있는 것이다.

4. 21세기의 '동양평화론'을 위하여

「동양평화론」의 눈으로 한글본 「장부가」를 음미하면서 더욱 분명해졌듯이, 안중근은 고독한 자객이 아니다. 그는 독립전쟁의 명예로운 전사였다. 그럼에도 안팎으로 상황이 악화되면서 결국 이또오를 저격하는 궁핍한 방법, 즉 자객의 형식을 부득이 선택할 수밖에 없었다. 거사 전후에 그가 왕성한 문서활동을 통해 자신의 입장을 피력하는 일에 열중한 것도 오해를 저지하려는 노력의 일환이었을 것이다. 그러나 그는 자객으로 여겨지기 일쑤였다. 전쟁포로의 신분에 합당하게 대접하라는 안중근의 요구는 일본에 의해 묵살되었거니와, 이 사건을 대한제국의 식민화를 다그치는 데 재빨리 악용한 약삭빠른 제국주의자들이 조선을 횡행했다. 테러는 조직적인 반혁명을 초래한다는 원칙을 확인해주듯이, 사건 발생 1년도 지나지 않아 이루어진 국치로 말미암아 더욱 그는 테러리스트로 규정되곤 하였다. 그런데 이는 단견이다. "중·조 인민의 일본제국주의 침략을 반대하는 공동투쟁은 본세기 초 안중근이 하얼빈에서 이또오 히로부미를 격살한 때로부터 시작됐다"[24]라는 저우 언라이(周恩來)의 지적대로 안중근의 거사는 조선은 물론이고 중국의 운동에 있어서도 싱싱한 자극으로 되

---

24 다롄대 유병호(劉秉虎) 교수에 의하면 이 말은 북조선의 최용건(崔庸健)이 1964년 하얼빈을 찾았을 때 회동한 저우 언라이 수상의 발언이라고 한다. 동북항일연군에서 활약한 최용건은 해방 후 북에서 조선로동당 중앙위원회 비서 등의 핵심 요직을 거쳐서 1972년 국가 부주석에 취임한 군인정치가다.

었던 것이다. 다시 한번 강조하건대, 그는 성공한 형가나 예양이 아니다.

이또오를 처단한 그 마지막 전투 또한 테러의 형식을 빌린 독립전쟁이었다. 그런데 그의 독립전쟁은 그 자체가 목적이 아니다. 한국의 독립은 역사의 종언이 아니라 '동양평화'로 가는 새 역사의 출발일 뿐이다. 그 사상의 고갱이를 담은 「동양평화론」과 한글본 「장부가」야말로 그가 목숨으로써 우리에게 전달한 위대한 유산이다. 21세기의 동양평화론 즉 한반도의 통일과정을 바탕으로 한 동아시아론을 창발적으로 구상하고 실천하는 것이 오늘날 안중근을 진정으로 계승하는 길임을 명념하고 싶다. 지역평화의 기초로 되는 남북국가연합(confederation) 건설을 위한 '대한동포'들의 분발과 이웃나라 시민들의 연대가 그 어느 때보다도 절실한 형국에 열리는 이번 회의가 그 종요로운 디딤돌이 되기를 기원한다.

이해조의 『산천초목』*

◆

한국 근대중편의 길목

1. 이인직과 이해조

「이해조 문학 연구」(1986)는 나의 학위논문이다. 이 논문은 "이인직에 의하여 개척되고 최찬식에 의해서 대중화된 신소설의 기초를 확립"[1]한 작가라는 이해조에 대한 임화(林和)의 평가를 수정하려 한 반론이었다. 그는 한국 근대문학사를 개척한 영예에도 불구하고 "이해조 문학을 이인직 문학의 단순한 연장(延長)으로 치부"[2]한바, 이후 거의 통설로 굳어진 것이 더욱 문제다. 과연 이해조를 이인직·최찬식과 하나의 계열로 묶을 수 있을까? 우리 계몽주의는 계몽을 국권회복의 방법으로 삼는 애국계몽사상과 개화(開化)[3]를 빌미로 일제에 부용하는 친일개화론으로 분기한다. 이

---

* 이 글은 동농 이해조 탄생 150주년을 기념하는 심포지엄(대진대 국제회의실 2019.12.17)의 주제발표문이다. 그뒤 대진대 『인문학연구』 제16호(2019)에 개제, 게재되었다.

1 졸저 『한국근대소설사론』, 창작사 1986, 9면에서 재인용.
2 같은 곳.
3 근대 서양 또는 일본과 접촉한 개화 이전을 미개로 치부하는 이 말은 식민주의적이다.

렇게 분간하면 당대의 민족언론을 대표할『제국신문』기자로서 애국계몽운동에 투신한 동농(東儂) 이해조(李海朝, 1869~1927)와 이완용의 비서로 통감부와의 비밀협상에 분주했던 국초(菊初) 이인직(李人稙, 1862~1916), 그리고 일진회 총무로 암약한 부 최영년에게 충실했던 동초(東樵) 최찬식(崔瓚植, 1881~1951)을 한 계열로 묶을 수는 없는 법이다. 요컨대 인민의 자유와 나라의 독립을 축으로 근대적 국민의 형성을 촉구한 동농은 일본의 힘을 빌려 조선의 근대화를 추동하려 한, 그리하여 결국에는 매국으로 질주한 국초·동초와는 흐름을 달리한 터다.

더욱이 그 소설의 모형이 다르다.『혈의루』(1906)에서 전형적으로 드러나듯 일본식 표제를 도입한 국초와『자유종』식의 한자 표제를 선호한 동농은 그 제목 달기부터 달랐거니와, 구원자도 그렇다. 단적으로『혈의루』에는 고난에 빠진 조선인을 구원하는 일본인이 등장한다. 독자로 하여금 저절로 일본에 우호적인 감정을 지니게끔 설계된 이 화소는 기실 우리 통속 구소설의 상투형인데, 동농 소설에는 구원자가 없다. 구원자의 소멸이 근대소설의 길임을 감안컨대, 구소설을 변형한 이념형의 이야기틀을 구성한 국초에 대해서 시대의 정직한 거울을 지향한, 그래서 소설적 육체성의 골자로 되는 시정성(市井性)이 풍부한 동농의 소설은 문학성으로도 윗길이다. 근기(近畿) 및 서울 양반의 행태를 리얼하게 묘파한『빈상설』(鬢上雪, 1907~08)과『홍도화(紅桃花)』상(1908)에 이어 서울 중바닥 사람들의 말과 삶을 뛰어나게 재현한『구마검』(驅魔劒, 1908)은 대표적이거니와, 횡보(橫步) 염상섭(廉想涉, 1897~1963)과 구보(丘甫) 박태원(朴泰遠, 1909~86)으로 계승된 점이야말로 종요롭다. 국초가 춘원(春園) 이광수(李光洙, 1892~1950)로 연계된다는 점을 감안할 때 기존의 국초-춘원 중심을 동농-횡보 축으로 바꾸는 것이 내 문학사 기획의 요점이매, 동농의 재평가가 고리다.

2. 이해조의 『산천초목』

『산천초목』(1912)의 원제는 '박정화'(薄情花, 1910)다. 동농은 『화의혈』(花의血, 1911) 서언에서 이 작품을 자신의 저술로 거론한바, 나는 연세대 도서관에 소장된 『대한민보(大韓民報)』에서 이 작품을 처음 확인했다. '신소설 박정화'라는 제목으로 1910년 3월 10일부터 5월 31일까지 총 62회 연재되었는데, 수문생(隨聞生)이란 낯선 필명을 사용하였다. 그러구러 또 우연히 작자미상의 신소설 『산천초목』(유일서관 1912)이 『박정화』임을 발견하였다. 여주인공 '○○집'이 단행본에서는 '강릉집'으로 특정되고 제목도 한글 '산천초목'으로 수정되는 바람에 그동안 간과되어온 것인데,[4] 나라 망하기 직전에 연재되었다가 망국 직후 출판된 운명이 기이하지만 잊혀진, 그러나 뛰어난 작품을 새로 찾았으니 연구자로서 더할 나위 없다.

문제는 무엇을 정본으로 세우는가다. 작가가 생전에 최후로 교정한 본을 정본으로 삼는 관행에 의하면 연재본을 수정하여 출판한 『산천초목』이 정본이다. 그런데 나는 「이해조 문학 연구」에서 그럼에도 이 작품의 제목을 연재본에 따랐다. '박정화'가 망국을 연상케 할 것을 염려해 탈정치적인 '산천초목'으로 개제했을 것으로 추측한 때문이다. 그때는 일제의 강압이든지 또는 작가의 타협이든지 총독부 검열의 흔적이 밴 '산천초목'을 원제 '박정화'로 복원하는 것이 마땅하다고 판단한 터다.

그후 나는 '이해조 소설선'으로 『자유종』을 출판하였다(1996). 동농의 대표작 『자유종』『구마검』『산천초목』 세편을 골라 교주한 책인데, 이때 '박정화'를 '산천초목'으로 바꾸었다. 교주하노라 다시 정독하니 '산천초목'에 "국치를 겪은 작가의 깊은 탄식이 배어 있"[5]음을 뒤늦게 인지한바,

---

4 졸저 『한국근대소설사론』 105면.
5 졸고 「해설: 애국계몽기의 이해조 소설」, 이해조 『자유종』, 창작과비평사 1996, 235면.
　　이하 본문의 인용은 면수만 표기.

작품에 '산천초목'이 무려 세번이나 나온다.

> **산천초목**이 다 변하기로 설마 이시종이 아우님에게 향한 마음이야 변할라구 의심인가?(188면)

'산천초목'이 처음 나오는 이 대목에서 뚜쟁이가 강릉집을 꼬이면서 던지는 말인데, 고딕으로 강조까지 했다.

> 산천초목은 다 변해도 (⋯) 나를 배반해?(192면)

이는 강릉집의 본부(本夫) 박참령이 그녀가 출분(出奔)한 사실을 인지하고 탄식하는 독백이다.

> 강릉집 생각에 산천초목이 다 변해도 이시종의 마음은 검은 머리 파뿌리 되도록 일호도 변치 아니할 줄로 태산같이 믿었던 일이라서(225면)

이시종의 변심을 알고 강릉집이 당황하는 결말 부분에 다시 '산천초목'이 등장하니, '산천초목'은 말하자면 이 소설의 열쇳말인 셈이다.

작가는 왜 이처럼 '산천초목'을 강조했나? 사실 강조된 것은 산천초목이 아니라 '마음'이매, '산천초목'은 일종의 미끼, 곧 맥거핀(MacGuffin)이다. 산천초목은 변해야 마땅하다. 그런 자연에 마음을 거는 일 자체가 애초에 어불성설이거니와, 국망이라는 대사건을 겪으며 새삼 절감한 인심의 간사한 변화에 대한 동농의 우울한 탄식이 우련하다. 아마도 그 안에는 일제와 타협한 자신에 대한 회한도 얼마쯤 내포되어 있을지 모를 일이다. 요컨대 이런 헤아림 속에 나는 제목을 '박정화'에서 '산천초목'으로 바꿨던 것이다.

3. 삼각관계의 리얼리즘

『산천초목』은 신소설로서는 파격이다. 희대의 플레이보이 이시종의 행각을 여실히 그려낸 이 작품에서 계몽은 후경(後景)이다. 나라의 위기에 자중하기는커녕 오히려 엽색에 빠진 부패한 친일권력층을 비판하는 계몽적 의도가 없다고 하기 어렵지만, 아버지 친구의 첩 강릉집을 유혹하는 이시종과 그를 방어하는 박참령의 암투라는 망국 직전 서울 양반사회의 일대 추문에 거울을 들이댄 점에서 세태소설적 성격이 강하다고 하겠다. 동농 소설의 특장인 시정성이 최고로 발현된바, 엽색의 무대가 당대의 극장이다. 단성사·장안사·원각사(圓覺寺)가 직접 언급되는 가운데 사동(寺洞)의 연흥사가 이 작품의 주무대다. 난파(蘭坡)의 도서(圖署)가 뚜렷한 『산천초목』 표지화에는 매표구 앞에 선 세 사람, 이시종·뚜쟁이·강릉집 뒤로 이층 벽돌집 연흥사가 보이는데, 이는 아마도 그림으로나마 전해지는 이 극장의 유일한 이미지로서 연흥사 내부에 대한 묘사와 함께 우리 근대극장사의 생생한 증언으로 되는 것이다.[6]

더 놀라운 것은 전통적 삼각관계가 처음으로 붕괴한 점이다. 우리 소설에서 삼각관계는 일방적이기 마련이니 가령 변사또가 아무리 유혹해도 춘향이는 이도령에게 일편단심일 뿐이다. 말하자면 '불구의 삼각관계'다. 이 유구한 전통이 깨진 첫 예로 나는 여주인공 심순애가 가난한 지식인 이수일을 버리고 장안의 갑부 김중배와 결혼하는 것을 핵심 줄거리로 한 일본신파 번안소설 『장한몽』에 주목한바,[7] 젊은 이시종의 유혹에 끌려 늙은 박참령을 버린 강릉집은 심순애를 초과한다. 일차 출분했다 집으로 끌려온 뒤 다시 가출해 이시종에게 달려간 강릉집은 대단하다. 보바리부인

---

6 이에 대한 더 구체적 설명은 졸저 『한국근대소설사론』 108~11면을 참고할 것.
7 졸고 「『장한몽』과 위안으로서의 문학」(1982), 『민족문학의 논리』, 창작과비평사 1982, 84면.

에 준하는 새로운 여성상이 아닐 수 없다. 그렇게 열렬했던 이시종의 변심에 절망한 그녀가 다시 첩실로 돌아오자 박참령이 거두되 다시는 상종하지 않는 결말도 그럴듯하매, 시정의 리얼리즘이 생생하다. 강릉집과 이시종, 이 두 남녀의 짧고 뜨거운 불륜과 그 파탄을 실감나게 그린『산천초목』에는 구원자도 없고 상투적 개과천선도 없다. 첩살이에 지쳐 늙은 영감을 배신하고 화려한 청년귀족에게 끌렸다 버림받는 강릉집은 '돈이냐 의리냐' 식의『장한몽』을 훨씬 초과한 우리 보바리슴의 귀중한 맹아이던 것이다.

4. 전기와 탈전기

어떻게 이런 작품이 하늘에서 뚝 떨어졌을까? 이 의문을 풀 단서를 나는 뒤늦게 짐작하게 되었으니, 일본 동양문고에서 발굴된 석천주인(石泉主人)의 한문소설「절화기담」(折花奇談, 1809)과 서울대 규장각 소장 정공보(鄭公輔)의 한문소설「포의교집」(布衣交集, 1866년 이후)이 그것이다. 전자는『금병매(金甁梅)』의 영향으로 "'불륜'이 우리 애정소설의 새로운 제재로 편입"[8]된 첫 예로 된바, 서울 벙거짓골(종로 3가 일대)에 사는 재자(才子) 이생과 이웃 방씨집 여종 순매(舜梅)의 연애가 흥미진진하다. 그 아슬아슬한 흥미는『춘향전』처럼 신분을 넘은 사랑이란 면보다는 두 남녀가 모두 기혼인지라 밀회에 장애가 적지 않은 점에 말미암거니, 목숨을 건 춘향이의 연애 대신 욕망의 기교가 대발한다. 더욱이 여주인공 순매뿐만 아니라 이모 간난이를 비롯해 여종 복련이에 뚜쟁이 노릇하는 술장수 노

---

8 정길수「해설: 약속과 어긋남의 변주」, 박희병·정길수 교감·역주『절화기담, 순매 이야기』, 돌베개 2019, 161면.

파에 이르기까지 이 소설에 등장하는 모든 여성들이 성에 개방적이매, 정조(正祖)시대 서울의 이면이 생생하게 드러났다. 이생과 순매 모두 한때의 즐거운 불륜을 추억하며 축복 속에 이별하는 결말이 상징하듯 「절화기담」은 심각한 연애소설이 아니라 경쾌한 시정소설이다.

병인양요(1866) 즈음, 그러니까 「절화기담」보다 약 반세기 뒤 지어진 「포의교집」은 서울을 무대로 한 기혼 남녀의 불륜을 그린 점에서 전자를 계승한다. 그럼에도 리얼리즘은 심화한다. 서울 대전골(수표교 일대)의 장소성도 훨씬 살아난데다 재자가인형(才子佳人型)에서 살짝 이탈했다. 궁궐 시녀 출신으로 어쩌다 하인의 아내로 떨어진 여주인공 초옥(楚玉)은 시재(詩才)와 학식까지 갖춘 절세의 가인이다. 교양에는 손색이 있는 순매에 비길 바가 아니다. 시집간 춘향이다. 그런데 남주인공 이생은 부여 출신의 양반이지만 가난하며 나이는 많고 얼굴도 못났는데 재주도 없으니 재자가 아니다. 서울에 올라와 연줄 잡아 벼슬이나 해보려는 "속물 시골 양반의 전형"[9] 이생의 면모는 처음부터 전기(傳奇)의 아이디얼리즘을 해체하는 근대적 설정이 아닐 수 없거니와, 그럼에도 자신에 반할 뿐 아니라 자신을 알아주는 선비 이생은 초옥의 연인으로서 모자람이 없던 것이다. 한번 몸과 마음을 허락한 이후 이 불륜은 초옥이 주도한다. 남편에게 누설된 후 겪게 된 극심한 곤란에도 불구하고 변함없던 그녀의 사랑은 결국 안팎의 장애 속에 흩어지지만 그 산문적 사라짐 속에서도 더욱 강렬한 여성 성격으로 한국 고전소설사에서 반짝이던 것이다.

우리 고전소설에도 '불구의 삼각관계'를 해체한 소설, 즉 유혹에 흔들리는 여주인공이 마침내 등장했음을 고지하는 이 두 작품은 『산천초목』으로 연락되는데, 연애의 기교가 지배하는 「절화기담」보다 사랑의 장애

---

9 정길수 「해설: '사랑의 윤리'를 묻다」, 박희병·정길수 교감·역주 『포의교집, 초옥 이야기』, 돌베개 2019, 203면.

를 돌파하는 「포의교집」이 직접적 선구일 것이다. 그럼에도 『산천초목』은 이 두 우아한 전기를 초과한다. 두 작품 모두 제재의 대담성에도 불구하고 기본은 장르적 규칙에 충실한 한문 고전 전기이기 때문이다. 물론 이 괴리가 「포의교집」에서 훨씬 좁혀지지만, 한편 초옥의 도저한 한문 교양은 오히려 「절화기담」으로부터의 후퇴라고도 볼 측면이 없지 않기에 이 또한 그리 간단한 것은 아니다. 이 점에서 시문이 일체 결여된 한글소설 『산천초목』이 두 작품을 일변 계승하면서 일변 극복한 자리에 위치한다는 것은 리얼리즘의 진전을 가리키는 결정적 지표일 터다. 그러나 강릉집도 순매나 초옥처럼 근대적 주체를 호명하는 근대적 여성이 아닌데, 그럼에도 사라지는 점에서는 공통적이다. 전기의 형식을 빌려 전기를 부정한 『산천초목』은 전기, 곧 로맨스의 종언을 상징하는 한편 근대소설의 싹이 옴작거리는 입구이기도 할 터다.

5. 중편의 역사

아마도 거의 유일한 중편소설론을 남긴 최재서(崔載瑞, 1908~64)에 의하면 중편이란 "잡지 3회분 50항 이상의 중간적 체제를 가진 작품"[10]이다. 『산천초목』을 가늠하면 200자 원고지 약 250장 안팎이니 우선 양적으로 중편 맞춤이다. 사실 「절화기담」과 「포의교집」도 비슷하매 이 세 작품이 이 점에서도 어울리는 게 신통하다. 질적으로는 어떨까? 최재서는 우선 "단편이 작가 자신의 소설이라면 장편은 독자 대중의 소설"[11]이라고 전제하면서 1930년대 소설이 상업적 장편과 그에 대한 반동으로 과도하게 주

---

10 최재서 「중편소설에 대하야」, 『문학과 지성』, 인문사 1938, 162~63면.
11 같은 글 165면.

관으로 경사된 단편으로 양극화한 점을 날카롭게 분석한다. 그리하여 그 약점을 타개하기 위해서 "현실성과 현대성의 조화"[12] 즉 '리얼리즘과 모더니즘의 회통'을 핵으로 삼는 중편에 주목하였다. 사실 이 글 자체가 처음에 중편으로 발표된 박태원의 「천변풍경(川邊風景)」에서 촉발되었음에 유의해야 하거니와, 황석영(黃晳暎)의 「객지」 이후 중편이 1970년대 문학에서 개화한 점까지 감안컨대 최재서 중편론의 선구적 적실성이 빛난다.

일본유학생 이인화의 우울한 귀국여행을 축으로 3·1운동이 폭발할 수밖에 없는 조선의 암울한 현실을 탁월하게 묘파한 염상섭의 「만세전」(1922~24)은 우리 근대소설의 본격적 출발을 알리는바, 물론 표지에는 '장편소설 만세전'이 뚜렷하지만, "우리나라 중편소설의 교과서라고 해도 지나친 말은 아니다."[13] "흔들리지 않는 주제적 초점과 구조적으로 유사한 삽화들의 축적"에 기초한 중편의 압축적 성격(compression)[14]이 잘 드러났기 때문이다. 신소설과 번안소설과 춘원 소설 등 다소 통속적인 장편과 그에 반발한 근대단편이 정착되어가는 1920년대 초 우리 소설의 양극화 상황을 염두에 두면 그 타개로서 출현한 중편 「만세전」은 중요롭다. 중편이 단편과 장편의 양극화를 가로질러 한국 근대소설의 길을 열었다는 점, 그리고 다시 1930년대와 1970년대에 새로이 긍정적 역할을 수행한 점을 상기할 때 그 내재적 선구로서 『산천초목』의 자리는 귀중하다. 고전중편을 총체적으로 해체한 『산천초목』으로 말미암아 근대중편으로 가는 길이 열렸으매, 이래저래 동농은 한국 근대소설의 일대 결절점이던 것이다.

---

12 같은 글 166면.

13 졸고 「식민지 지식인의 발견여행:『만세전』 해설」, 『한국근대문학을 찾아서』, 인하대 출판부 1999, 194면.

14 중편(novella)은 단편의 제약(limitation)과 장편의 상세화(elaboration)에 대해서 "확장을 통한 긴장이라는 이중효과"(the double effect of intensity with expansion)에 기초한 압축(compression)을 특성으로 한다. Ian Reid, *The Short Story*, London: Methuen 1977, 44면.

제2부

비평적 대화의 맥락

『백조』의 양면성*

근대문학의 건축/탈건축

1. 동인지 트로이카

　『백조』(白潮, 1922~23)는 『창조』(創造, 1919~21) 『폐허』(廢墟, 1920~21)와 함께 1920년대 신문학운동을 개척한 동인지 트로이카의 막내다. 주지하듯이 신문학운동을 통해 한국 근대문학의 집이 건축되었다. 그들에 의해 우리 시는 오랜 율격의 구속으로부터 벗어나 자유시로 해방되었으며, 그들에 의해 우리 소설은 신소설로부터 근대서사로 나아갔으며, 그들에 의해 우리 연극은 신파극에서 근대극으로 전환되기 시작했으며, 그들에 의해 우리 비평은 비로소 문학제도의 한 축으로 정립되기에 이르렀으니, 이로써 계몽주의 시대가 종언을 고했다.[1]

　농민전쟁, 청일전쟁, 갑오경장이 접종(接踵)한 1894년을 직접적인 계기

---

* 원래 『백조』 복간호(2020년 겨울호)에 실은 글로 이번에 크게 보충했다.
1 세 동인지 필자를 일별컨대, 신소설의 이인직·이해조·최찬식, 신파번안의 조중환·이상협, 그리고 신체시의 최남선마저 보이지 않는다. 계몽의 종언을 증거할 필진의 세대교체가 뚜렷하다.

로 태어난 계몽문학은 근대국민국가(nation state)를 건설하는 것이 책무였다. 그러나 외세의 압박과 시민계급의 미성숙이라는 안팎의 조건으로 굴절을 거듭한바, 그럼에도 전세계 피압박민족운동의 선봉으로 되는 명예를 기룬 3·1운동(1919)을 분발함으로써 도래할 네이션을 선취하였다. 3·1운동은 새로운 문화적 폭발이었다. 3·1운동 직전에 발아하여 직후에 대발한 신문학운동은 그 언어적 실현이매, 동인지 창간 붐이란 식민지 치안을 돌파한 문학적 빨치산 활동에 비할까. 그리하여 운동으로 날카롭게 각성된 해방의 동경과 그 현실적 회로에 대한 탐색이 새로운 형식으로 성취됨으로써 탈계몽주의적 근대문학이 문득 도착하였던 것이다.[2]

　3·1세대가 이룩한 이처럼 중요한 결절점임에도 기존 분석은 동인들의 회고에 지나치게 의존했다. 기억은 풍화한다. 예컨대 "『폐허』와 『백조』 동인들이 거의 경기 이남 사람들임에 비하여 『창조』 동인은 모두 평안도 출생"[3]이라는 회월(懷月) 박영희(朴英熙)의 증언은 대표적이다. 동인지 시대를 연 『창조』는 물론 서북인이 중심적 역할을 했다. 창간 동인 5인 중 김동인·주요한·전영택(田榮澤)·김환(金煥), 네명이 평안도다. 그런데 극웅(極熊) 최승만(崔承萬)은 근기 양반의 후예다. 8, 9호의 편집인 겸 발행인을 새로 맡은 고경상(高敬相)도 당시 광익서관(廣益書舘)을 경영한 서울 중바닥 사람이지만 기업적 고려라 차치하더라도, 극웅은 왜 『창조』에 합류했을까? 여기서 주목할 것은 5인 모두가 일본유학생이란 점이다. 창간 이후에 합류한 동인들도 마찬가지다. 종간 9호에 실린 동인

---

2 『창조』 창간호의 「남은말」에서 최승만이 토로했듯이, "우리의 속에서 니러나는 막을 수 없는 요구로 인하여 이 잡지가 생겨낫습니다".(『창조 영인본』, 태학사 1980, 81면) 억누를 수 없는 새로운 예술의욕(Kunstwollen)과 짝한 이 깊은 내발성이야말로 계몽주의와 차별될 신문학운동의 원점일 것이다.

3 박영희 「초창기의 문단측면사」, 임규찬(林奎燦) 책임편집 『현대조선문학사(외)』, 범우사 2008, 258면. 「초창기의 문단측면사」는 『현대문학』 56~65호(1959.8~1960.5)에 연재되었다.

명단 13인[4] 가운데 잠깐 참여한 망양초(望洋草) 김명순(金明淳)[5]까지 합하면 14인 모두 일본유학생이다. 그런데 3호부터 7호까지 편집인 겸 발행인을 맡은 김환이 『학지광』(學之光, 1914~30) 편집부원이고 3호에 새로 합류한 박석윤(朴錫胤)이 『학지광』 신임 편집부장인 점을 감안컨대,[6] 『창조』와 『학지광』의 연관이 예사롭지 않다. 토오꾜오에서 7호까지 발행된 『창조』가 경성으로 귀국한 것은 고경상이 새로 발행인으로 취임한 8호부터인데, '재일본조선유학생학우회' 기관지 『학지광』은 물론 토오꾜오에서 출판되었다. 극웅을 비롯한 『창조』 동인들도 『학지광』에 깊이 관여했으니,[7] 『창조』는 종합지 『학지광』의 문예판인지도 모를 일이다.[8]

『폐허』는 어떨까? 창간호(1920.7)에 밝힌 동인 12인 가운데 여성 동인이 일엽(一葉) 김원주(金元周)와 정월(晶月) 나혜석(羅蕙錫), 두명이 참여한 것도 특기할 바이지만,[9] 서북인이 안서(岸曙) 김억(金億)·유방(惟邦) 김찬영

---

4 종간호(1921.5)에 실린 동인 13인을 밝히면, 김관호·김동인·김억·김찬영·김환·전영택·이광수·이일·박석윤·오천석·주요한·최승만·임장화다. 박석윤의 주소는 특이하게도 동경제국대학 법학과다. 『창조 영인본』 791면.

5 그녀는 『창조』의 유일한 여성 동인이다. 7호에 영입되었다 8호에 탈퇴해 단명에 그쳤지만 여성의 등장 또한 계몽주의와 차별되는 신문학의 중요 지점이다. 3·1운동의 영향일 것이다.

6 『창조 영인본』 687면.

7 『창조』 동인 중 『학지광』 편집부장을 맡은 건 박석윤이 유일하지만, 편집부원은 이광수·최승만·전영택·김환이고 기고자는 그밖에 김찬영·김억·이일·김동인·주요한 등이다. 『학지광 영인본』 전2책, 태학사 1978.

8 이 점에서 『학지광』 "편집하는 이들이 문예에 너무 이해가 업서서 문예작품을 여지업시 박대한다는 (…) 불만"이 『창조』 동인들 사이에서 비등했다는 전영택의 증언이 흥미롭다. 「창조시대, 문단의 그 시절을 회고함」, 『조선일보』 1933.9.20; 조남현 『한국문학잡지사상사』, 서울대출판문화원 2012, 174면에서 재인용.

9 『학지광』을 통해 선구적인 여성해방론을 펼친 정월에 이어 일엽도 『폐허』 2호(1921.1)에 산문 「먼져 현상을 타파하라」를 발표했다. 아마도 이 글이 동인지 트로이카에 실린 유일한 여성해방론일 것이다. 최초지만 단명의 여성 동인이 참여한 『창조』와 아예 여성 동인이 부재한 『백조』에 비할 때 『폐허』가 이 점에서는 단연 선진적이다.

(金讚永)·일엽, 세명이나 된다.[10] 그중 안서와 유방은『창조』후기 동인[11]
이고,『창조』8, 9호의 편집인 겸 발행인 고경상이『폐허』창간호의 편집
인 겸 발행인도 아우른 것까지 상기하면,『창조』와『폐허』는 뜻밖에 가깝
다.[12]『폐허』동인들도 거의 일본유학생인 점[13]에서『폐허』도『창조』보다
는 느슨해도『학지광』의 다른 표현으로 볼 수 있지 않을까.[14]

『폐허』의 제호는 초몽(草夢) 남궁벽(南宮璧)이 창간호에서 밝혔듯이 실
러(Friedrich von Schiller)에서 취한바,[15]『폐허』2호에 원문과 함께 새로
다듬은 번역을 한면 전체로 인용했다.

> Das Alte stürzt, es ändert sich die Zeit,
>
> Und neues Leben blüht aus den Ruinen.
>
> ——Schiller.

---

10 동인 12인은 김억·김영환·김찬영·김원주·남궁벽·나혜석·염상섭·이병도·이혁로·민
태원·오상순·황석우이다(『백조·폐허·폐허이후 영인본』, 태학사 1980, 666면). 그동안
염상섭이 중심이라고 알려졌지만 창간호는 김억과 황석우가 주 편집이고, 2호는 남궁
벽이 편집자다. 염상섭이 편집인으로 활약한 잡지는『폐허이후』(廢墟以後, 1924.2)인
데,『폐허이후』는 조선문인회(1923년 창립) 기관지『뢰네쌍스』의 속간(『백조·폐허·폐
허이후 영인본』976면)이기 때문에『폐허』와 관계가 거의 없다.

11 『창조』8호(1921.1)에 "새글벗"으로 참여했다.『창조 영인본』685~86면.

12 이 점에서 "처음에는 창조 폐허가 대립의 형세에 (…) 약간 잇섯스나 차차로는 양
편의 작가들이 조선의 신문예건설을 위하야 의조케 손을 잡고 노력해 나아갓다"라
는 전영택의 증언을 참고함직하다. 「창조시대, 문단의 그 시절을 회고함」,『조선일보』
1933.9.22; 조남현, 앞의 책 174면에서 재인용.

13 동인 12인 중 김영환과 이혁로는 미상이지만 나머지 10인은 유학생인 점에서 그들도
유학생이기 십상이다.

14 『폐허』동인도『학지광』에 기고했다.『창조』동인이기도 한 김억과 김찬영을 제외해
도 나혜석·민태원·이병도 등이 기고자다.

15 남궁벽에 의하면 "獨逸詩人실레르의,/넷것은滅하고, 時代는變하엿다,/내生命은廢墟
로부터온다./는詩句에서取한것이다". 「상여(想餘)」,『폐허』창간호(1920.7);『백조·폐
허·폐허이후 영인본』672면.

넷 것 은 衰 하 고, 시 대 는 變 한 다,

새 生 命 은 이 廢 墟에서 픠 여 난 다.

　　　　　　　　—실레르.[16]

　출전은 실러의『빌헬름 텔』(*Wilhelm Tell*, 1804)이다.[17] 평민들이 귀족의
지원 없이 오스트리아 태수들의 압제에 봉기하기로 결정했다는 전언에
스위스의 애국자 아팅하우젠(Attinghausen) 남작이 임종하면서 남긴 이
고매한 대사는 이중적이다. 제국의 시대가 가고 억압받은 약소민족이 해
방될 것인데 그 사업이 귀족이 아니라 자유민에 의해 수행되리라는 것이
매, 해방투쟁이 계급적 변동과 동반하다라는 숨은 뜻이 깊다. 일제로부터
의 해방과 민중의 도래를 중의(重義)하는 '폐허'라는 이 근사한 제호를 누
가 제안했을까? 초몽이 출전을 밝힌 것도 그렇거니와, "발군의 수재로, 특
히 외국어에 장(長)"[18]했다는 수주(樹州) 변영로(卞榮魯)의 증언을 상기컨
대 제안자는 초몽일 것이다. 원문도 정확하고[19] 번역도 훌륭하다. 요절한
초몽이야말로『폐허』의 리더였다. 더구나 "폐허의 보헤미안적 기분을 싫
어하며 죽는 날까지 창조 동인들과 교유"[20]했다는 김동인의 증언에 미치
건대,『창조』와『폐허』를 잇는 초몽의 자리가 종요롭다.[21] 요컨대 "모든 핍
박과 모욕의 길로라도 더욱 용감하게 나아가겟"[22]다고 선언한『창조』나

16 『백조·폐허·폐허이후 영인본』683면.

17 임홍배(林洪培) 교수 덕에 출전을 확인했다.

18 김학동『한국근대시인연구〔I〕』, 일조각 1995(중판), 114면에서 재인용.

19 Friedrich Schiller, *Werke*, Salzburg: Andreas 1980, 568면.

20 김학동, 앞의 책 116면에서 재인용.

21 초몽의 생몰연대는 1894~1921년으로, 서울에서 "전 조선일보 사장 남궁훈(南宮薰)
　선생의 외아들"로 태어났다(같은 책 113~14면 염상섭의 발언). 남궁훈은『황성신문』
　사장을 1906~07년까지,『조선일보』사장을 1921~24년까지 지냈다.『신문백년인물사
　전』, 한국신문편집인협회 1988, 268면.

"새 시대가 왔다"[23]고 선포한『폐허』모두 시민적 이상주의 근처로 수렴된다고 보아도 좋을 것이다.[24]

『창조』와『폐허』가『학지광』의 모국 진출이라는 가설을 두고『백조』동인을 살피건대, 우선 국내파란 점이 눈에 띈다. 창간 동인 10인 중 춘원 이광수와 천원(天園) 오천석(吳天錫), 그리고 3호(1923.9)에 영입한 팔봉(八峰) 김기진(金基鎭)과 소파(小波) 방정환(方定煥)[25]이 유학파지만, 이 4인은『백조』의 축이 아니다. 외국 경험이 있는 빙허(憑虛) 현진건(玄鎭健)·도향(稻香) 나빈(羅彬)·회월 박영희·석영(夕影) 안석주(安碩柱)는 본격적 유학파라고 하기 어렵고, 노작(露雀) 홍사용(洪思容)·월탄(月灘) 박종화(朴鍾和)·상화(尙火) 이상화(李相和)·춘성(春城) 노자영(盧子泳)은 창간 당시 고보를 졸업한 국내파다. 2호에 새로 들어온 원우전(元雨田) 역시 국내파다. 또 하나 주목할 것은, 회월의 회고와 달리 서북인 춘원과 천원과 춘성이 동인인 점이다. 앞의 두 사람은『창조』의 동인이기도 하니, 지방으로 이들 동인지를 가르는 것은 부질없다. 지방은 물론이고 신분과 남녀의 차이를 넘어 신문학 건설의 대의를 위해 동인들이 결합할 수 있었던 데는 근대학교의 해체적 마술과 함께 3·1운동에서 시현된 네이션의 꿈이 결정적으로 작동한 덕인데,『창조』와『폐허』와『백조』는 말하자면 작은 문학공화국들이다.[26]『폐허』를 빼고『창조』와『백조』는 춘원을 안고 갔으

---

22 창간호의「남은말」에 나오는 최승만의 발언.『창조 영인본』81면.
23 창간호의「상여(想餘)」에 나오는 김억의 발언.『백조·폐허·폐허이후 영인본』666면.
24 그럼에도『폐허』가『창조』와 달리 춘원과 함께하지 않은 점은 주목할 일이다. 비록 동인은 아니지만 나경석(羅景錫)이 공민(公民)이라는 필명으로 기고한「양혜(洋鞋)와 시가」(『폐허』창간호)는 "평민과 시인의 거리"가 달나라처럼 떨어진 예술의 위상을 비판하며(『백조·폐허·폐허이후 영인본』575면), "양혜 속에서 시화를 찾고, 시화 속에서 양혜가 산출"(578면)되는 경지, 즉 노동과 예술의 일치를 모색한 진보적 산문이다. 공민은 나혜석의 오빠다. 뿌리는 같아도『폐허』가『창조』보다 신문학에 더 투철했다고 하겠다.
25 『백조·폐허·폐허이후 영인본』528면.

니 춘원에 가장 비판적인 김동인조차 춘원과 함께한 점은 유의할 일이거니와, 『백조』에는 또한 대구 출신 빙허와 상화가 참여한다. 서울을 축으로 근기와 서도와 영남이 연합한 『백조』는 전국구다. 하여튼 세 동인지 사이의 관계가 간단치 않다. 가장 어린 『백조』를 움직인 축은 서울의 학연이다. 노작과 월탄과 석영이 휘문의숙(徽文義塾) 출신이라면 회월과 도향과 팔봉이 배재고보(培材高普)인데, 이 두 학교를 중심으로 빙허의 보성(普成)고보, 상화의 중앙(中央)학교, 소파의 선린(善隣)상업, 우전의 경신(徽新)학교 등이 포진하여 유학파의 아성 『창조』와 『폐허』에 마주 선 것이다.[27]

2. 『백조』를 보는 눈들

간단히 『백조』 연구사를 개관하자. 그 선편을 쥔 평론가는 임화다. 「『백조』의 문학사적 의의: 일(一) 전형기(轉形期)의 문학」(『춘추(春秋)』 1942.11)은 회고만 횡행하던 동인지 시대에 대한 최초의 비평적 접근이자 문학사적 분석이었다. 흥미로운 것은 부제다. '전형기'란 원래 프로문학 퇴조 후 파시즘의 압력 아래 출구를 고민하는 문학적 모색기를 가리키는데, 『백조』를 다른 선구로 놓은 것이다.

3·1운동을 같은 뿌리로 한 트로이카의 막내로서 출현한 『백조』는 과연

---

26 『창조』 2호 「남은말」에서 편집인 주요한은 동인이란 "각각 평등적 책임을 가"졌으며 그래서 "주간(主幹)이니 주필(主筆)이니 하는 일흠을 부치기를 전연(全然)히 실혀하는 까닭"이라고 강조했다(『창조 영인본』 145면). 동인지운동이란 3·1운동의 계속인데, 언어적으로 실현된 작은 네이션 실험이라는 점에서 운동의 전진이기도 하다.

27 『창조』와 『폐허』를 동반관계로 회고한 늘봄 전영택이 『백조』를 간과한 것 또한 그 방증이매, 회월이 서북 대 경기 이남으로 『창조』와 『폐허』 『백조』를 묶은 것은 이중의 왜곡일 터다.

어디를 바라보고 있었을까? 임화는 우선 『백조』가 "춘원의 이상적 인도주의와 동인, 상섭의 자연주의와는 확연히 대립"[28]했다고 매긴다. 다시 말하면 춘원은 물론 김동인·염상섭도 부정했다고 파악한 것이다. 춘원을 이상적 인도주의라 규정한 것은 "비봉건적인 시민의 이데올로기"(465면)의 대변자라는 뜻일 터인데, 김동인과 염상섭을 자연주의로 묶은 것이 새롭다. "생활에 대한 회의, 환멸은 드디어 그것의 무자비한 폭로로 향하여 자연주의문학으로 하여금 부정의 문학을 만들었다"(469면)에서 드러나듯, 임화는 김동인과 염상섭의 '자연주의'를 춘원의 이상주의와 대립적으로 파지한다. 그런데 "자연주의문학은 (…) 어느 귀퉁이에 희미한 희망의 일편(一片)을 숨긴 정신의 표현"이란 점에서 "완전한 무망(無望)의 문학"인 데카다니즘(decadanism)과는 차별된다는 것이다(473면). 말하자면 김동인·염상섭의 '자연주의'도 춘원의 이상주의와 근본적으로는 상통한다고 간파한바, 요컨대 이 3인은 크게 보아 조선 시민문학의 범주에 속한다고 판단한 터다.

김동인이 『창조』 동인이고 염상섭이 『폐허』 동인이라는 점을 감안컨대 임화가 두 작가를 '자연주의'로 비판한 것은 『백조』를 『창조』 『폐허』와 비연속으로 조정했다는 뜻일진대, 과연 "세기말적인 데카당스의 일색"(472면)인 『백조』는 "춘원 이후 (…) 앞으로만 내닫던 신문학의 위기", 그 가장 급진적 표현이란 것이다. "역(力)의 예술"을 갈망했지만 "역의 예술이기보다는 차라리 무력(無力)의 예술의 표현"(465면)이었고, 그토록 열망한 "개인의 발견은 현실적 인간의 발견이라기보다, 차라리 개인의 의식의 발견에 지나지 않았"(466면)으니, 『백조』는 "재래 시민문학의 위기의 표현이면서 동시에 다른 새 문학의 탄생의 전조(前兆)"(481면)였다는 판정이다.

---

28 『임화문학예술전집 2: 문학사』, 소명출판 2009, 464면. 이하 본문의 인용은 면수만 표기.

"새 문학"이 신경향파 내지 프로문학을 가리키매, 이광수 → 김동인·염상섭 →『백조』를 이상주의에서 자연주의로, 그리고 프로문학의 전조라는 조선 신문학의 세 계단으로 조정한 임화의 문학사 구상이 날카롭다. 물론 임화도『백조』가 이처럼 날씬하게 단일화되지 않는다는 점을 지적한바, "『백조』내부에 빙허와 같은 자연주의자가 있었다는 사실"(477면)을 외면하지 않는다. 그럼에도 임화가『백조』를 프로문학으로 가는 다리로 삼은 것은 프로문학을 축으로 한 근대/현대 도식에 입각했다는 것인데, 이 교조가 문제다. 프로문학은 "근대의 철폐로 나아간 근대 이후의 징표가 결코 아니라, 20년대 신문학운동의 다소 부자연스런 발전, 근대성을 쟁취해나가는 도정의 연장선 위에 위치"[29]해 있으니, 김동인과 염상섭과 현진건을 함께 자연주의로 범주화하는 것도 문제다. 사실의 차원에서도 오류가 없지 않다. 이미 지적했듯이『폐허』를 제외하고『창조』『백조』가 춘원과 함께한 사실도 누락되었고, 김동인과 염상섭을 각기『창조』와『폐허』의 대표로 간주한 것 역시 단순화의 덫이다. 요컨대 프로문학도 근대 민족문학 구성의 새 국면인 점을 비자각한 데 기초한 과잉설정임에도 불구하고,『백조』를『창조』『폐허』의 대립으로 파악한 문학사적 시각은 다시금 새롭다.

임화 이후 백철(白鐵)과 조연현(趙演鉉)에 의해『백조』는 문학사로 편입된다. 해방 직후 친일 논란 속에 중간파로 은둔한 백철은 임화의 맑스주의와 브라네스(Georg Brandes)의 사조사(思潮史)를 절충한 방법으로『조선신문학사조사』를 완성한바, 우선 낭만주의를 이상주의적 프랑스파와 병적인 독일파로 나눈 뒤『백조』를 "병적 낭만주의 계통의 문학"이라고 규정하고,[30] 주요한·김석송(金石松)·조포석(趙抱石)을 이상주의적 낭

---

29 졸고「한국문학의 근대성을 다시 생각한다」(1994),『생산적 대화를 위하여』, 창작과 비평사 1997, 32면.
30 백철『조선신문학사조사(朝鮮新文學思潮史)』, 수선사 1948, 260면. 이하 본문의 인용

만주의로 마주 세웠다(261면). 『창조』파의 주요한과 신경향파의 김석송과 프로문학의 조포석을 묶어 이상주의적 낭만주의로 파악한 것도 낯설거니와, 『백조』를 병적 낭만주의로 일괄 처리한 것은 더욱 문제다. 서양이라는 원본에 맞춰 조선의 문학을 분류하는 기계적 이식관의 표현이 아닐 수 없다. 하여튼 백철은 임화의 '백조 담론'을 뼈대에서는 계승한다. 기존의 문학을 급진적으로 부정하면서 대두한 『백조』가 "역(力)의 예술"로 진화했는데(286면), 팔봉의 등장과 함께 분열하여(317면) 결국 프로문학의 온상 역할을 맡은 『개벽(開闢)』으로 이동했다는 것이다(318면). 이에 대해 긴 싸움 끝에 1950년대 '순수문학'의 주인으로 자리 잡은 조연현은 임화와 백철로 이어지는 맑스주의적 문학사를 전복하고자, 이념으로 소란한 1920년대를 건너 30년대 모더니즘을 '현대'의 출발로 삼는다. 이 구도 속에 임화의 '백조 담론'은 좁다. "3·1운동을 치른 뒤에 오는 절망"[31]에 기초한 『백조』의 낭만주의가 반항을 내세웠지만 "구속을 느낄 만한 어떠한 문학적인 전통도 조성되어 있지 않았"(294면)던 점에서 "반항보다는 새 출발의 기본적인 소박성이 더 강했던 것"(295면)이라고 주무른다. 역시 바탕에는 이식사관이다. 『백조』의 낭만주의가 병적이라는 고정관념을 깬 것은 좋으나 그 고갱이를 보지 못하고 아마추어적 소박의 산물로 지나친 것은 30년대 모더니즘을 '순수문학'으로 과잉설정한 일종의 이념적 오류다. 프로문학을 최후의 단계로 설정한 임화·백철의 교조도 문제지만 모더니즘을 특권화한 조연현의 신앙도 『백조』를 왜곡했던 것이다.

은 면수만 표기.

31 조연현 『한국현대문학사(제1부)』, 현대문학사 1956, 294면.

3.『백조』의 축

나는 무엇보다 텍스트로 귀환한다.『백조』1, 2, 3호를『창조』『폐허』와 겨누면서 읽건대, 우선『백조』의 축이 노작 1인에 집중되지 않았다는 점이다. 각호의「육호잡기(六號雜記)」와 간기(刊記)를 통해『백조』의 물질성을 가능한 한 복원해보자. 먼저 창간호(1922.1)의 간기를 보건대, 맨 앞에 '백조 격월간 간행'이 뚜렷하고 이어 편집인 홍사용, 발행인 미국인(米國人) 아편설라(亞扁薛羅), 인쇄인 김중환(金重煥), 인쇄소 대동인쇄주식회사(大東印刷株式會社), 발행소 문화사(文化社)가 나열되었는데, 주소는 모두 경성이다.[32] 발행인 아편설라는 배재학당 설립자인 미국인 선교사 아펜젤러(Henry G. Appenzeller, 1858~1902)가 아니라 아들 아펜젤러(Henry D. Appenzeller, 1889~1953)다. 1920년부터 배재학당 교장으로 봉직한 아펜젤러를 누가 발행인으로 초빙했을까? 동인 중 회월과 도향과 팔봉이 배재 출신이다. 팔봉은 가입 전이니, 회월과 도향 중 아마도 기독교와 영어에 친한 회월이 교섭했을 것이다. 동인들의 편집후기인「육호잡기」는 월탄, 도향, 회월, 노작 순인데, "검이여 (…) 빗을 주소서"로 시작하여 빙허의 단편「전면(纏綿)」이 검열로 게재 불가된 사정을 밝히며 "발서붓터 절절히 늣기는 것은 부자유"라고 표현의 자유를 요구하는 노작의 후기는 편집인답게 묵직하다(148면). 맨 앞에 자리한 월탄의 후기도 흥미롭다. 반너머 차지한 양도 양이지만 잡지 발간의 뜻을 자상히 밝힌 점이 눈에 든다.

쏫한 지 임의 4년 쇠한 지 2년 써 남어지에 비로소 멧낫 쏫이 가흔 글동무와 두낫 쏫깁흔 후원자 김덕기(金德基) 홍사중(洪思中) 양씨를 엇어 이에 우

32『백조·폐허·폐허이후 영인본』541면. 이 창간호 간기가 3호 뒤에 잘못 편집되었다. 이하 본문의 인용은 면수만 표기하며, 가능한 한 원문을 존중하되 산문은 띄어쓰기해 인용할 것이다.

리의 쯧하든 문화사가 출현케 되니 그 써 경영하는 바는 문예잡지 백조와 사상잡지 흑조(黑潮)를 간행하는 동시에 아울러 문예와 사상 두 방면을 목표로 하야 서적과 잡지를 출판하야 써 우리의 전적(全的) 문화생활에 만일의 보람이 잇기를 바라는 바이다 이에 그 제1보로 백조가 출현케 되니(147면)

구상이 웅대하다. 문학과 사상 양면으로 전개될 출판운동을 전담할 문화사를 따로 꾸렸는데, 그 후원자가 김덕기와 홍사중이다. 후자는 노작의 재종형이고, 전자는 신원을 알 수 없다. 아마도 서울 중바닥에 안면이 넓은 월탄이 끌어들였을지 모르거니와, 준비가 오랬다는 점도 주목할 일이다. 1918년부터 뜻하고 1920년부터 꾀하여 첫걸음으로 격월간 『백조』를 출판한다는 청년문학의 호쾌한 선언이다. 월탄의 관여가 깊다. 『백조』는 처음부터 노작과 월탄 2인 체제던 것이다.[33] 3·1운동은 근기 양반 지주 출신 노작과 서울 중바닥 요호(饒戶) 출신 월탄의 뜻깊은 합작을 불러냈으니, 새삼 그 문화열이 경이다.

2호(1922.5) 간기에 의하면, 편집인 홍사용에 이어 발행인 미국인 쌘이쓰 부인, 인쇄인 최성우(崔誠愚), 인쇄소 신문관(新文館), 발행소 문화사다(313면). 우선 창간호에 보인 '격월간 발행'이 사라졌다. 발행인이 말썽이다. 노작의 「육호잡기」에 자세하다. "3월호를 출간하랴든 일주일 전에 아편설라씨가 발행인을 사퇴"(311면)한바, 간청에도 불응한 것을 보건대 총독부의 압력을 받은 모양이다. 겨우 쌘이쓰 부인의 승낙을 얻어 늦게나마 내게 된 것인데, 인쇄소도 신문관으로 바뀌었다. 신문관은 1907년 육당(六堂) 최남선(崔南善)이 세운 출판사이자 인쇄소로 인쇄인 최성우[34]가

---

33 월탄에 의하면 휘문의 세 동지(정백鄭栢·노작·월탄)가 『백조』의 기원이다. 월탄이 정백과 지기가 되었는데 정백이 노작을 소개하여 문학모임을 시작한바, 『백조』 창간 무렵 이미 사회주의에 투신한 정백이 고사하여 노작과 월탄만 『백조』에 참여했다는 것이다. 박종화 「백조시대의 그들」, 『청태집(靑苔集)』 중간본, 박영사 1975, 120~21면.

신문관의 대표다. 그래도 발행소는 여전히 문화사이나, 창간호와 달리 문화사를 편집인 노작의 주소로 옮겼다. 재정이 나빠진 것이다. 「육호잡기」는 노작, 도향, 춘원, 빙허 순인데, 월탄이 빠졌거니와 노작이 4분의 3을 차지했다. "조선 사람이면은 누구나 다ㅡ 말하는 바이지만은 우리는 자유가 업습니다 더구나 출판에 자유가 업서요."(311면) 다시 출판의 자유를 외치는 한편 투고작에 대해서 논평하는 가운데 자신의 문학론을 펼치는데, 아름답다. "무엇을 흉내낸다고 민족적 리슴까지 죽여 바리고 아모 쯧도 업는 안조옥(贋造玉)을 맨드러 바림은 매우 유감이올시다 (…) 행방불명하고 사상이 불건전한 우리 문단의 죄이겟지요 (…) 아모쪼록 순정(純正)한 감정을 그대로 써스면 합니다."(312면) 2호에 소개한 경상도 민요와 함께 생각건대 노작의 낭만주의는 이미 민족적이고 민중적이었던 것이다.[35]

종간호(1923.9)는 편집인 박종화, 발행인 러시아인 훼루훼로, 인쇄소 신문관, 발행소 백조사[36] 체제다. 발행인이 다시 바뀌었는데 망명한 백계 러시아인이란다. 발행소도 문화사에서 백조사로 변경된다. 주소는 노작과 같다. 2호까지는 그래도 명목일망정 문화사를 포기하지 않았는데 종간호에 이르러 바꿨다. 애초의 기획을 접은 것이다. 노작이 후기에서 "동인들은 이산하고, 사무원은 도망하고"(532면)라고 한탄했듯이, 폐간이 박두했다. 그런데 무엇보다 월탄이 돌아왔다. 노작을 대신해 새 편집인으로 나선다. 「육호잡기」가 또한 대폭 늘었다. 월탄, 회월, 노작, 도향, 팔봉 순인데, 월탄은 우선 "세 사람이 경영하다가 나잣바진 것을 한 사람의 힘으로

---

34 월탄의 회고가 참고가 된다. "육당 밑에 최성우라는 분이 있었습니다. 아마 개벽사 때까지 살았던 사람인데, 한자에 밝아서 간행하는 데 큰 공적을 남겼죠. 오자가 없도록 무진 애를 썼기 때문에 광문회 간이 비교적 정확하다고 볼 수 있겠습니다." 좌담 「초창기 문단 측면 비화」(1971), 『김팔봉 문학전집 V: 논설과 수상』, 문학과지성사 1989, 187면.
35 이에 대한 자세한 논의는 졸고 「홍사용 문학과 주체의 각성」(1978), 『민족문학의 논리』, 창작과비평사 1982, 131~35면을 참고할 것.
36 영인본에 간기가 없어 조남현, 앞의 책 251면을 참고했다.

해보겠다고 모든 일을 도마튼" 노작 덕에 "『백조』가 부활"(528면)하게 되었다고 저간의 사정을 밝힌다. 경영의 3인이란 아마도 창간호에 후원자로 거명된 김덕기와 홍사중에 노작을 가리킬바, 이 중 김덕기와 홍사중이 떨어져나가 노작이 홀로 감당했던 모양이다. 월탄이 3호의 편집책이 된 연유이거니와, 바로 카프(KAPF)의 두 주역으로 될 창간 동인 회월과 신입 팔봉의 후기가 자못 길다. 특히 "쌔르뷰스의 크라르테운동[37]"(529면)과 "푸로레타리아 작가들"(530면)이라는 용어가 직접 등장하는 회월의 후기는 이미 징후적인데, 월탄에서 비롯된 긴 토론을 소개하여 더욱 흥미롭다.

논쟁의 경과를 잠깐 살펴보자. 그 발단은 월탄의 「문단의 일년을 추억하야: 현상과 작품을 개평(槪評)하노라」(『개벽』 31호, 1923.1)를 비판한 안서의 「무책임한 비평」(『개벽』 32호, 1923.2)이다. 이에 월탄이 「항의 갓지 않은 항의자에게」(『개벽』 35호, 1923.5)로 반박한바, 월탄이 안서의 시를 비판한 데 발끈하여 서로 간의 감정싸움으로 번진 것이다. 여기에 무애(无涯) 양주동(梁柱東, 1903~77)이 끼어든다. 월탄과 안서, 아니 우리 문단 전체를 내려다본 무애의 「작문계(作文界)의 김억 대 박월탄 논전을 보고」는 황당하다. "우리에게 아즉 문단이 형성되지 못하얏"으니, "작문계라고 명명"(『개벽』 36호, 1923.6, 54면)함이 옳다는 전형적인 유학생 티다. 기어코 활동가가 개입한다. 임정재(任鼎宰)의 「문사 제군에게 여(與)하는 일문(一文)」(『개벽』 37호, 1923.7)은 제목부터 오만하다. 세 평자의 글 모두를 "사회성을 결(缺)한 순연한 유희"(37면)라고 비난하며 "쌜루적 심경"에서 탈각, 사유제를 철폐할 "신생의 혁명"(36면)으로 전진하라는 나팔이 높다.

---

37 앙리 바르뷔스(Henri Barbusse)가 1919년에 창작한 전쟁소설 『광명』(*Clarté*)에서 유래한 지식인의 반전평화운동단체. 당시 빠리법과대학에 재학한 코마끼 오오미(小牧近江)가 이에 공명, 일본으로 귀국한 뒤 문예지이자 사상지인 『씨 뿌리는 사람』(種蒔く人, 1921~23)이라는 동인지를 창간하여 프로문학운동을 전개했다. 이 동인지가 조선의 프로문학 굴기에 영향을 끼친 바는 주지하는 터다.

논쟁을 유발한 월탄의 「문단의 일년을 추억하야」는 잘 쓴 평론이다. 우리 문단의 "빈상(貧相)"을 탄식하며 지난 1922년의 업적들을 개관한 이 글은 월탄의 비평적 재능을 새삼 괄목게 하거니와, 임정에서 이탈하여 귀국한 뒤 다시 「민족개조론」(1922)으로 논란의 중심이 된 "이춘원의 몰락!"에 동정하며 "부활이 잇기를" 기원하는(2~3면) 각별한 언급도 눈길을 끌지만, "쌀예술 대(對) 푸로예술의 격렬한 투쟁"이 전개되던 일본의 사정을 전하면서(5면), "역(力)의 예술, 역(力)의 시"(4면)를 제창한 대목이 핵심이다. 안서에 대한 언급은 뒷부분 개평에 나오는데, 솔직히 그리 심한 것도 아니거니와 이 글의 주지(主旨)도 아니다. 지엽을 시비하는 안서나 이상한 우월감에 떨어진 무애도 한심하지만, 문학의 길을 두고 진지하게 고민하는 월탄에게 대뜸 혁명문학으로 전진하라고 등 떠미는 임정재는 더욱 그렇다.

월탄의 「문단의 일년을 추억하야」는 전해에 발표한 「오호 아(我)문단(附月評)」(『백조』 2호)을 잇는 것이다. 조선 문단의 영락을 비탄하면서 시·소설·극·비평의 발흥을 통해 요컨대 "국민문학을 건설"(297면)하자는 것이매, 특히 비평의 효용을 밝힌 것이 선구적이다.

비판이 무(無)한지라 그 어찌 창작의 욕능(慾能)을 격려하고 창작의 경향을 비판하여 그 작품의 진가(眞價)를 보장하고 그 작품의 야비(野卑)를 출론(黜論)하여 써 그 예술의 권위를 옹호하고 민중의 감상을 대언(代言)하여 그 『신곡(神曲)』이 출(出)케 하고 두옹(杜翁, 똘스또이―인용자)이 탄(誕)케 하며 와일드가 존(存)케 하며 입센이 그 장(長)케 하여 절대(絶代)의 예술이 그 생(生)케 할 수 있으랴.(297면)

근대비평의 기원이라 할 발언이거니와, 월탄은 경서학인(京西學人)의 「문학에 쯧을 두는 이에게」(『개벽』 1922.3)를 통매한다. 왜 분노하는가? "나는 현재 우리 조선에 문사가 만히 나기를 원치 아니하고 과학자, 그중에도 자연과학자가 만히 나기를 원하는 바"(1면)란 대목에 촉발되어 "현재 조선에 문학자가 잇느냐 하면, 업습니다"(6면)에서 단연히 갈라선다. 유학생 티도 티지만, "현대의 타락한 악습에 물들지 아니하고 진실로 민중의 정신적 사우(師友)가 될 만한 건전한 인격의 수양에 노력하"(15면)라는 설교에 대반발하고 마는 것이다. 월탄은 경서학인이 1년 전에 발표한 「예술과 인생」(『개벽』 1922.1)에 크게 공명했기 때문에 말하자면 배신감으로 더 노여웠던 것이다. 경서학인은 춘원이다. 그 글 「예술과 인생: 신세계와 조선민족의 사명」은 춘원 최고의 평론이다. "사회주의운동"(2면)이나 "노농정치(勞農政治)도 아즉 시험 중"(3면)이란 데서 짐작되듯이 소련공산주의를 비롯한 좌파사상도 예의 주시한 춘원은 끄로뽓낀(Pyotr Kropotkin)의 "勞動을 藝術化하라"(3면)와 예수의 "人生을 道德化하라" 사이에서 "人生을 藝術化하라"(4면)라는 제3의 구호를 선택한다. "우리의 낙원은 이 지구상에 우리의 손으로 건설할 것"(6면)에서 드러나듯 지상천국의 건설이 목표임을 분명히 하면서 "우리를 신세계로 인도해 줄 (…) 종교와 철학과 과학과 예술"(16면), 특히 도덕과 하나된 "생을 위한 예술"(18면)에 주목한바, "총명한 조선의 예술가는 조선민중의 생활에 기(基)한 신예술을 창작하는 자"(19면)라고 선언한다. "건전한 민중예술"(20면)로 "조선전체를 예술화하고 차차는 전인류세계를 예술화하자"(21면)는 대기획인데, 그 기초는 "너를 먼저 개조하여라!"(5면)다. 그리하여 "동포들이어, (…) 그대 자신의 개조가 완성되는 날이 천국이 임하는 날"(16면)이라는 대단원에 이른다. 말인즉 옳다. 그런데 타자가 없다. 타자 없이 자아도 없으매, 이 점이 바로 춘원 개조론의 블랙홀이다. 이 구멍에서 「문학에 쯧을 두는 이에게」와 같은 희한한 글이 나오기도 하거니, 월탄의 절규가 미쁘다. "그 문인이 되고자 하는 이는 기(起)하라. (…) 써 이 빈사(瀕死)의 문단에 불후의 예술을 생(生)케 하며 황락(荒落)의 차간(此間)에 위대의 인생을 색(索)하여 만중(萬衆)으로 더불어 그 탄탄의 진리로 귀(歸)하기를 축(祝)하고 도(禱)하여

불이(不已)하노라."(301면) 월탄의 춘원 비판은 유의할 일이다. 월탄이 익명의 춘원일망정 그를 공개적으로 비판한 것은 『백조』가 『창조』 『폐허』와 다른 길을 갈 표징일지도 모른다.

이 글의 후반부는 월평(月評)이다. 소월(金素月, 1902~34)의 「금잔디」를 비롯하여 작품들을 일별하는 솜씨가 좋거니와, 실제비평 속에서도 이론적 지침이 살아 있는 점이 더욱 인상적이다. 가령 횡보 염상섭에 대한 평은 날카롭다. "우리는 이제 아름다움 또는 공교한 그것만으로는 만족할 수 없다. 더 강한 것을 달라, 더 뜨거운 것을 달라, 더 아프고 괴롭고 쓴 것을 달라 하는 것이 지금 우리의, 현재 사람의 슬프게 부르짖는 소리이다. 염씨의 「제야(除夜)」가 처음 조선 사람에게 이 침통을 보여주었다."(308면) 횡보의 등장이 지니는 의미를 정확히 짚어낸 월탄의 안목도 안목이지만, 이후 우리 평단의 가장 중요한 형식이 될 월평의 정착에 선구적 역할을 했다. 이런 글은 김동인이 효시다. 금동인(琴童人)이라는 필명으로 「글동산의 거둠(附雜評)」을 『창조』 5호(1920.3)와 7호(1920.7)에 발표하는데, 내용인즉 월평이다. 월평이라는 용어를 처음 사용한 평자는 아마도 횡보일 것이다. 그는 『폐허』 2호(1921.1)에 「월평」을 기고했다. 금동과 횡보와 월탄이 1920년대 중반 이후 『개벽』과 『조선문단(朝鮮文壇)』과 『조선지광(朝鮮之光)』을 통해 정착한 월평의 선구자로 된바, 특히 비평에서 두드러지게 활약한 월탄이 노작과 함께 『백조』의 다른 축을 형성한 점이 이에 다시금 증명될 터다.

4. 내발과 외발의 상호진화

1) 담시, 악부, 그리고 민요

『백조』를 통독한 후 가장 먼저 떠오른 것은 서정시 일변도가 아니란 점이다. 산문시가 소개되고 창작되는가 하면,[38] 놀랍게도 시극도 실험했다.[39] 이야기를 머금은 담시(譚詩)야말로 『백조』의 개척이요 명예다. 노작의 「통발」「어부(漁父)의 적(跡)」「풀은 江물에 물놀이 치는 것은」(창간호)이 그 첫걸음인바, 어린 시절의 체험을 다룬 「통발」은 단연 이채다.

> 뒷동산의 왕대싸리 한짐 비여서
>
> 달든봉당에 일수잘하시는 어머님 넷이약이속에서
>
> 뒷집노마와 어울너 한개의통발을 맨들엇더니
>
> 자리에 누으면서 밤새도록 한가지쑴으로
>
> 돌모로(石隅)[40]냇갈에서 통발을털어
>
> 손닙갓흔붕아를 너가지리 나가지리
>
> 노마목내목을 한창시새워 나누다가
>
> 어머니쫄임에 단잠을 투정해쌔니
>
> 햇살은 화ㄴ[41]하고 째는 발서느젓서
>
> 재재발은노마는 발서오면서
>
> 통발친돌城은 다―무너트리고
>
> 통발은 쎄여서 쟝포밧헤더지고
>
> 밤새도록 든고기는 다―털어갓더라고

---

38 나빈이 번역한 뚜르게네프의 산문시(창간호와 2호)를 비롯하여 회월의 「객(客)」(창간호)과 노작의 「그것은 모다 쑴이엇지마는」「나는 王이로소이다」(3호)가 그 예인데, 솔직히 「객」의 수준은 높지 않다. 노작의 시들을 목차에서는 산문시로 분류했으나 전자는 주요한의 「불놀이」 아류고, 후자는 산문시라기보다 담시풍의 서정시다.

39 월탄의 단막극 「죽음보다 압흐다」(3호). 아마도 회월이 번역한 「사로메」(창간호와 2호)에 자극받은 듯한 이 시극은 그러나 서정시의 다발에 지나지 않는다.

40 노작문학관에 의하면, 경기도 용인군 기흥면 농서리 용수골에서 태어난 노작은 부친을 따라 상경했다가 9세 때 군대가 해산하고 백부의 양자로 들어가면서 본적지 경기도 화성군 동탄면 석우리(돌모루)로 이사하였다.

41 원문은 "화ㄴ"이나 오식으로 짐작되어 수정함.

비죽비죽우는 눈물을, 쥬먹으로씻스며

나를본다(28면)

    현덕(玄德, 1909~?)에 의해 한국 아동문학의 대표 성격으로 자리 잡을 '노마'란 말의 첫 용례로도 돋보이는 이 시는 경험의 생생한 재현이라는 점에서 서정의 과잉이 지배하던 당대 시단에서 단연 이탈한다. 달 든 봉당에서 어머니의 옛이야기 들으며 뒷동산 왕대싸리를 엮어 뒷집 노마와 통발을 만들어 돌모루 냇가에 설치해놓고 밤새 붕어 잡는 꿈을 꾸다가 어머니의 졸림으로 늦게야 깼더니 통발이 털린 걸 발견한 노마가 '나'에게 달려와 울며 알린다는 이야기가 진진하거니와, 한편 신화적이다. 어머니, 달, 밤, 그리고 내(川)로 구성된 달원리(lunar principle)의 아우라 속에서 고기 잡는 두 아이는 황금시대의 상징이다. 그러나 그 끝은 실낙원이다. 돌성은 무너지고 통발은 던져지고 고기는 사라졌다. 이 특이한 상상력은 냇가 흰 모래밭에 찍힌 발자국을 보고 고기잡이하는 낯모르는 사내가 젖은 그물을 널어놓고 벌거숭이로 뛰놀았던 자욱이라고 직관하는 「어부의 적」(29면)이나, 강물의 파도가 옛날 노들강에 정사(情死)한 연인들이 어부의 큰 그물에 걸려 푸르를 떨던 그 흔적이라고 짐짓 서사하는 「풀은 江물에 물놀이 치는 것은」(29면)도 그윽하게 생동한다. 이 세 작품에 모두 등장하는 어부가 황금시대의 아이콘임을 상기컨대, 「통발」의 마무리조차도 실낙원이라기보다는 낙원이다. 그런데 세 작품의 어조가 특이하다. 살짝 반어적이다. 몰입을 차단하는 그 어조는 아마도 그 시절과 현재 사이의 거리에 대한 자각에서 오매, 어머니 또한 예사롭지 않다. 「통발」의 어머니와 「풀은 江물에 물놀이 치는 것은」의 '뒷집 코 떨어진 한머니'가 대지모신(Great Earth Mother)의 현현일진대, 「어부의 적」은 어부가 나체로 뛰노는 강가 모래밭이라는 배경 자체가 어머니 자연임을 짐작하겠다. 성모자(聖母子)에 기초한 이들 담시의 신화적 상상력이 노작 낭만주의를 풀 열쇠일까?[42]

창간호와 2호에 연재된 춘원의 「악부(樂府)고구려지부(高句麗之部)」도 흥미롭다. 창간호에서는 금와(金蛙), 해모수(解慕漱), 유화(柳花)를 다룬 바, 『삼국사기(三國史記)』고구려본기(高句麗本紀)의 해당 대목을 번역하고 찬(贊)으로 시를 올린 형식을 취했다. 2호에서는 아예 동명성왕(東明聖王)의 일대기다. 창간호와 달리 시가 중심이고 번역은 중간에 주처럼 끼었다. 그런데 창간호나 2호나 시가 모두 시조다. 말하자면 시조로 엮은 고구려 건국서사시다. 솜씨도 좋다. 유화가 해모수와 사(私)하고 우발수에 유폐되어 가신 님을 그리는 정경을 노래한 아름다운 연시를 잠깐 읽자.

優渤水 닙썰린 버들밋헤
　　저어인 美人인고
눈물에 저즌 뺨에
　　夕陽을 담쑥 밧고
한가락 썰리는 노래로
　　望夫曲을 부르더라(71~72면)

춘원의 「악부」는 평안도 사람들의 태생적 고구려 숭배를 새삼 일깨우거니와, '동명성왕'에는 제국의 꿈이 비등한다. "대제국(大帝國) 서울길"(198면), "제국의 판도"(200면), "대제국 세우시고"(203면) 등. 주지하듯이 악부는 민가(民歌)에서 기원한지라 역사와 민속과 풍정에서 취재하기 마련이지만 그럼에도 형식은 한시다. 춘원의 「악부」는 국문시가다. 아마도 시조 악부의 효시이기 십상인데,[43] 『백조』의 탈서정시적 경향에 일조한

42 휘문의 선배 노작이 정지용에게 타고르의 시집들을 강력히 추천했다는 월탄의 증언 (사나다 히로코眞田博子『최초의 모더니스트 정지용』, 역락 2002, 21면)에 의하건대, 정지용의 산문시뿐 아니라 노작의 담시들을 타고르와 연계해 분석하는 작업이 요구된다 하겠다.

점에도 유의하자.

창간호의 끝을 장식한 월탄의 「러시아의 민요」 또한 주목할 글이다. '민중문화를 건설하라! 예술을 달라, 민중에게 예술을 달라!'(142면)라는 외침이 높은 때 민요에 대한 관심을 촉구한 이 선구적 글에서 월탄은 "국민의 공동창작으로 된 고대 민요는 너무 개성미가 없"(142면)어, "근대인의 경향을 솔직하게 표현"(142면)한 "현대 노서아에 유행되는"(142면) 신민요 대표작을 소개한다. "부자들 생각지는 마러주시오──/마음으로 사랑을 주시옵소서./놉다란 돌집이 다무엇이랴/우리들은 草家집에살사이다"(「사랑에 對한 民謠」, 142면)처럼 가난한 평민의 사랑을 찬미하는가 하면, "시집가지마러라 애기씨들아/여편네의생활을 부러말어라/못된 사나희나 만나버리면/기ㄴ 근심만이 생길쑨이다"(「家庭에 對한 民謠」, 145면)처럼 가부장을 비판하고, "내가 술주정을 함이안이다/이몸은 悲歎에 쌔여잇는 몸,/조아서 兵丁이 된게안이라/집이 아버지에게 쓸녀갓노라"(145면)처럼 애비에게 끌려 강제로 입영한 병사가 주정뱅이로 살아가는 현실을 저주하기도 한다. 「시사민요(時事民謠)」에는 "맥심은 露國文豪 Maxim gorky를 가르쳐 말함"(145~46면)이라는 주를 달아 사회주의리얼리즘의 창시자 고리끼를 밝혀 드러낸 뒤, 의미심장한 논평으로 글을 맺는다.

예술에 총화(叢華)이엇든 러시아가 비록 현시(現時)와 갓흔 혼돈, 소란의 다간(多艱)한 와중에 잇스나 아침과 저녁으로 일즉이 그들의 입에는 노래가 쓴임이 업섯다 한다 민요는 러시아사람이 요람으로부터 무덤에 가기까지 그들의 큰 위안의 반려자가 될 것이다 시대 위에 흔 선(線)을 금긋는 그들에게 예술 위에 흔 새빗을 뵈히랴 하는 그들에게 우리는 가장 경건

---

43 본격적인 시조부흥운동은 육당의 시조집 『백팔번뇌』(1926)를 계기로 삼는다. 춘원의 악부가 그 선구의 하나로 될 것이다.

흔 태도로 그네의 장차 압흐로 가질 바 예술에 대하야 만은 촉망을 갓는
다.(146면)

월탄 역시 러시아혁명 이후 소련의 실험을 예의 주시하며 그 미래에 한
가닥 희망을 걸고 있으매,『백조』는 팔봉 이전에 이미 경향적이었다.
이에 화답하듯 노작은 2호에 경상도 민요를 한편 소개한다.

　생금생금 생가락지/호닥질러 닥거내여/먼데보니 달일러니/겻헤보니
處子늘러라/그處子─ 자는房에/숨소리가 둘일러라/헛들엇소 오라버님/
거짓말슴 말으소서/東風이─ 들이불어/風紙 쩌는 소릴러라/아홉가지 藥
을먹고/석자세치 목을매여/자는듯이 죽거들랑/압山에도 뭇지말고/뒷山
에도 뭇지말고/蓮꼿밋헤 무더주소/蓮꼿이나 피거들랑/날만너겨 돌아보
소(212~13면)

이는 영남의 대표적 서사민요 「호작질」이다. '아이 소꿉놀이, 남녀의
상열, 쓸데없는 장난'을 두루 가리키는 '호작질'의 중의성이 이 노래의 만
만치 않은 문학성에 기여하거니와, 오라버니의 압박에 자살로 저항하는
누이의 비극이 통렬하다.[44] 이 아름다운 평민 여성들의 길쌈노동요에 노
작이 매혹된 것은 문학사적 사건이다. '담시에서 민요시로'── 실제 노작
은 「흐르는 물을 붓들고서」(3호의 속표지)를 발표한다. 총 3연 12행인데 각
연은 정연히 4행씩이다. 또한 3음보격을 가지런히 맞추었으니 일종의 정
형시라고 봐도 좋다. 내용은 떠도는 나그네가 어느 마을 빨래하는 처녀와
정을 맺는데, 처녀의 만류에도 뿌리치고 떠나면서 "혼자울 오늘밤도 머지

---

44 이 민요와 그의 민요시들에 대한 자세한 논의는 졸고 「홍사용 문학과 주체의 각성」,
　　134~48면을 참고할 것.

안쿠나"(319면)하며 자탄하던 것이다. 처녀를 울리면서도 표박을 멈출 수 없는 나그네의 운명을 낭만적으로 표백한 이 시는 귀족적 담시에서 민중적 민요시로 이동하는 그 중간쯤에 있을 터인데, 『백조』의 시가 담시, 악부, 사무시, 시극, 민요시 등으로 분기하는 치열한 실험실이었음을 잘 보여준다. 서정시 바깥으로 일탈하는 이 실험이 민중문학적 지향의 표백임은 더 말할 것도 없다.

2) 번역의 진보성

외국문학의 번역과 소개가 충실한 것이 『백조』의 또 하나의 장점이다. 가령 월탄의 「영원의 승방몽(僧房夢)」(창간호)은 훌륭한 산문인데, 내용인즉 이딸리아 작가 가브리엘레 단눈치오(Gabriele D'Annunzio)의 장편 『사(死)의 승리』(Il trionfo della morte, 1894)와 폴란드 작가 헨리끄 시엔끼에비치(Henryk Sienkiewicz)의 『쿠오바디스』(Quo Vadis, 1896)에 대한 자유로운 인상비평이다. 귀족적 심미주의자 조르조(Giorgio)가 불행한 유부녀 이뽈리따(Ippolita)와 퇴폐적 향락의 여름을 보낸 끝에 아드리아해로 동반 투신하는 비극을 그린 전자는 사실 니체(Friiedrich Nietzsche)의 초인을 대중에 대한 경멸로 바꿔 끝내 파시즘의 선구로 비겨지는 문제작인바, 월탄은 그 죽음을 "육(肉)에 배부른" 주인공의 "청신(淸新)하고 성결(聖潔)한 영(靈)의 새로운 생활"에 대한 동경으로 찬미한다(64면). 한편 1905년 노벨문학상 수상으로 유명해진 후자는 로마제국을 빌려 폴란드의 수난을 고발한 민족주의적 역사소설이다. 소설의 제목 '쿠오바디스'는 로마에서 탈출하던 베드로가 길에서 예수를 만나 물었던 바로 그 말, "Quo vadis, Domine"(어디로 가시나이까, 주여)다. 로마로 가 두번째 십자가형을 받겠다는 예수의 대답에 베드로가 발길을 돌려 로마로 가 순교했다는 행적(「외경 베드로 행전(行傳)」)이 거룩한 이 제목이 암시하듯 로마 황제 네로에 의해 박해받는 기독인들은 짜르의 통치 아래 고통받는 폴란드인들을 짐짓 가리킬 터다. 월탄은 이 소설의 주선(主線)인 로마 장군 비니치우스(Vinicius)와 공주 출신의 노예 리지아(Lygia)가 아니라 보조선인 페트로니우스(Petronius)와 에우니체(Eunice)에 주목한다. 네로의 궁정을 구성하는 협력자였던 전자가 실제라면 그리스 노예 출신 후자는 허구인데, 월탄은 그들의 동사(同死)를 "모든 세상의 것이 한 큰 거짓에 싸힌 암굴(暗窟)임을 깨다를 째에 (…) 종용(從容)히 영구의 진리를 차저 (…) 미적(美的) 적멸(寂滅)로 도라가버렷다"(67면)라고 예찬한다. 『사의 승리』가 지닌 한계에 대한 비자각이 문제이긴 해도 조르조와 페트로니우스를 "경건한 반역자"(69면)로 독해한 것은 흥미롭거니와, 『쿠오바디스』에 대한 이 진지한 관심이 후일 역사소설가로서 입신한 밑돌로 된 점 또한 기억할 일이다.

회월이 창간호와 2호에 걸쳐 오스카 와일드(Oscar Wilde)의 희곡 『살로메』(*Salomé*, 1894)를 역재한 것도 주목된다. "원문 그대로 조곰도 닷침이 업시 번역한 역자인 회월군의 노력에"(창간호 147면) 감사한다고 월탄이 편집후기에서 밝히고 있듯이, 회월이 영어에서 직접 옮긴 번역이 나쁘지 않다. 『백조』는 왜 와일드의 『살로메』에 매혹되었는가? 성경에 이름도 없이 등장하는 헤로디아스 왕비의 딸이요 헤로드 왕의 양녀인 그녀는 와일드에 의해 치명적 여인(femme fatale)으로 재탄생하거니와, 일곱겹 베일을 쓰고 뇌쇄적 춤을 추어 세례 요한의 목을 얻는데, 공포에 질린 헤로드 왕의 명령으로 결국 병사들에 의해 살해되는 것으로 막이 내린다(2호 262면). 살로메는 햄릿을 닮았다. 헤로드 왕은 흑인 나아만에 의해 교살된(창간호 127면) 이복동생의 아내인 헤로디아스를 취했다. 이 부정한 결혼을 사막에서 온 예언자 세례 요한이 질타하자 헤로디아스가 복수극을 꾸민 것인데, 음란한 양부와 그의 왕비가 된 어미를 역시 경멸하는 살로메가 이에 적극 가담하는 반어가 통렬하다. 요한을 그녀는 왜 죽음에 이르게 하는 것일까? 죽은 요한의 입에 키스하는 대목에서 "어쩌면 연애의 맛인지도 모르겠다"(262면)는 독백이 의미심장하다. 그 죽음의 키스는 자신의 대리자인 요한에 대한 전도된 연애이자 부정한 양부와 어미에 대한 급진적 저항이니, 『백조』가 살로메에서 또 하나의 고독한 반역자를 본 것이 전혀 우연이 아닐 터다.

이미 지적했듯이 뚜르게네프(Ivan Turgenev)의 1878년작 산문시 13편이 나빈 역으로 창간호와 2호에 걸쳐 소개된 것도 흥미롭다. 러시아 민중의 고통에 연민하는 「마―샤」(2호 265~66면) 같은 작품도 없지 않지만 대체로 만년의 풍경을 알려주는 가벼운 소품인데, 당대 러시아의 쟁점들이 날카롭게 드러나는 작품들에 유의할 필요가 있다. 「나의 쟁경자(爭競者)[45]」는 묘한 작품이다. "엇더한問題에든지一致하지안코" 사사건건 대립하던 "正教徒로 또한熱狂家"였던 그가 그만 "젊어서죽"었는데(창간호 96면), 어느 날 밤 그의 환영이 창밖에 나타나자 나는 묻는다. "자네는익엿다고자랑을 하나 뉘우치고원망하나."(97면) "그러나競爭者는 다만아모소래업시 如前히슳흔듯이고요하게머리를上下로둘을쑨"인 채 "사라져바렷다."(97면) 환영은 누구인가? "로시아의 가장 널니 독자를 가진 경향(傾向)시인" 네끄라소프(Nikolai Nekrasov)라고 주(註)는 소개한다. "「乾酪(치즈―인용자)―片은푸―시킨의全篇보다尊重하다」라고" 예술무용론을 외친 "까닭에 예술의 자유를 창(唱)하는 투게네프와는 맛지 안엇"(97면)는데, 그는 뜻밖에 열광적 정교도다. 종교적으로는 정통파가 정치적으로는 극좌파인 모순을 한 몸에 체현한 네끄라소프가 뚜르게네프에 의해 조롱되는 이 시를 통해 러시아의 경향시인이 소개되는 반어가 흥미롭거니와, 서구파와 슬라브파 사이의 논쟁이 배경에 깔린 「처세법」에는 '사회주의'가 불쑥 튀어나온다. 주는 설명한다. "서구주의자는 노서아(露西亞)의 국수주의에게 배척을 당하엿다 그들은 (…) 미개(未開)의 자국(自國)을 놉히고 도리혀 문명을 배척하엿다 (…) 투게네프 자신도 서구주의자 문명의 사도(使徒)로 싯을 맛

---

45 競爭者의 오식일 것이다.

첫다. 그가 고국의 인망(人望)을 회복하기 위하여 장년월(長年月)을 요한 것도 쓰 까닭이다."(101면) 뚜르게네프가 서구주의자였기 때문에 "구라파의, 사회주의의 노예"(100면)라는 욕을 먹었다는 것인데, 물론 뚜르게네프는 슬라브파가 비난했듯이 '사회주의자'가 아니다. 그럼에도 앞의 '경향시인'과 함께, '사회주의'가 서구적이고 문명적인 무엇으로 소개된 일은 망외의 효과일 터다.

가장 중요한 번역은 '에로시엔코 작'의 「무지개나라로」(창간호)다. 역자는 오천석이다. 평안남도 강서(江西)에서 민족대표 33인 중 한명인 오기선(吳基善) 목사의 아들로 태어난 그는 후일 제2공화국 시절 문교부 장관을 역임한 교육자인데, 젊은 시절에는 『창조』와 『백조』 동인으로 신문학 운동에 투신했다. 작자 '에로시엔코'는 러시아의 맹(盲)시인 바실리 예로셴꼬(Vasili Eroshenko)다. 1914년 내일(來日)하여 오오스기 사까에(大杉榮) 등 일본의 진보적 지식인들과 교유하면서 일본어 구술과 에스페란토어로 동화를 발표했다. 1921년 일본에서 추방되자 루쉰(魯迅)을 찾아 베이징에 2년 체류했다가[46] 소련으로 귀국했지만, 스딸린 독재 아래서 아나키스트의 자리는 좁았다.

이 동화는 그의 활동이 가장 빛났던 일본 체류 시절의 작품으로, 부기(附記)에 의하면 "이 맹시인이 그의 유장(流帳)한 일본어로써 니야기하는 것을 그의 벗이 필기한 것"(88면)이다. 일본어로 구술한 동화의 실례인 셈인데, 형식이나 내용이 획기적이다. 주인공은 어질지만 가난한 노동자의 열살 난 딸 옥성(玉星)이다. 요절한 형제자매들처럼 영양불량으로 병에 시달리는 옥성이는 양녀로 거두려는 이웃집 부자 마나님의 요청을 "아버니와 어머니께서는 진지를 넉넉히 잡수지 못하는데, 저 혼자 맛잇는 음식먹기는 죽기보다도"(80면) 싫다고, 또 "저 혼자가 이러한 음식을 먹는

---

46 『新潮世界文學小辭典』, 東京: 新潮社 1985, 144면.

것은 동무들을 배반하는 것"(81면)이라며 한사코 거절한바, 이 대목에서 "노동자(勞働者)가 가난하지 안은 나라"(81면)라는 유토피아가 "무지개나라"(82면)로 제시된다. 마침내 옥성이 무지개다리 건너 무지개나라에 당도하자, 그의 죽음 앞에서 그 어머니는 "우리 노동자에게는 아희를 나을 권리가 업"(87면)다고 외치며 남편에 이혼을 요구하던 것이다. 사회주의 유토피아가 이처럼 명백하게 표현된 동화는 그동안의 『백조』의 경향성을 초과하거니와, "모도가 자라서 열심으로 일만 잘할 것이면 이 나라도 그 무지개나라처럼 될 수가 잇다"(82면)고 아이들에게 당부하는 아버니의 말은 유토피아의 지상화를 가까운 미래의 목표로 들어올린 점에서 먼저 온 프로문학이다.

3) 팔봉 문제

『백조』의 경향성은 춘성에게조차 나타난다. 창작에서는 표절 시비에도 곧잘 말려든[47] 춘성은 그런데 산문은 다르다. 영변(寧邊)의 명승기행으로 흥미로운 「철옹성(鐵瓮城)에서: 전원미(田園美)의 엑기스 소금강(小金剛)의 자랑」(창간호)은 특히 소월의 시로 유명한 '약산(藥山) 동대(東臺)'를 와유(臥遊)하는 것만으로도 뜻깊거니와, 탐방 곳곳에 촌철살인이 자미롭다. 운산(雲山)의 북진(北鎭)에 금광이 개시된 후 오염된 구룡강(九龍江)을 목격하고 "북진에서 거만(巨萬)의 이익을 보는 서양인은 남의 강산에 잠가둔 보고를 도적질할 쑨만 아니라 남의 그림 갓흔 자연미까지 드럽힌다고"(103면) 규탄하면서, "아― 나는 세상 이 세상을 쌔처바리고 자유롭고 평화롭고 공평한 새 세상을 만들고 십다"(109면) 하고 절규한다. 뜻밖에 진보적이다. 「牛涯 愛兄에게: 멀니 한양에 잇는 어린 춘성으로부터」(2호)

---

47 예컨대 횡보는 춘성의 시 「잠!」이 뽈 베를렌의 「검고 슷업는 잠은」을 표절했다고 고발했다. 涉 「筆誅」, 『폐허이후』 창간호(1924.2); 『백조·폐허·폐허이후 영인본』 969~71면.

는 심지어 혁명적이다. 우연(牛涎)이란 인물이 궁금하다. "이 사회의 모든 도덕이나 법률은, 모다 자본가를 위하야, 만들어 노앗다. (…) 10년 후이나, 100년 후이나, 언제나 한번은, 이 도덕과 법률을 깨칠, (혁명)[48]이 잇고야 말 것"(189면)이라고 예언하며, "이 부자유고, 불공평하고, 자미(滋味) 업는 사회"를 떠나 "우랄산을 넘어, (소비엣)[49]으로, 쏘는 돈도 만코, 자유로운 북미주(北美洲)로"(189면) 가겟다고 고백한 우연은 드디어 모스끄바에 도착, "금전은 불상한 빈자에게 주고, 자유는(…), 약소(민족)[50]에게 주고"(191면) 십다는 포부를 밝히는데, 춘성은 도미(渡美)한 오천석을 축복하며(195면) 열렬한 기도로 편지를 맺는다. "아!! 반항의 소리여! 생의 모순이여! (…) 속히 자유와 평등의 샘물이 흘러라!"(196면)

이제 팔봉을 검토하자. 3호에 신입한 팔봉은 여섯편의 시와 산문「썰어지는 조각 조각: 붓은, 마음을 쌀하」를 발표하는데, 전자는 대체로 평범하다. 다만 연못을 향해 시적 화자 '나'가 말하는 형식을 취한「한개의 불빗」에 약간의 경향성이 엿보인다. 가령 "스트라익크가禍가되어서 집업시된 사람들의눈물,/─主權者에게反抗한勇士의부르지짐,"(384면)에서 파업이나 저항이 암시되는데, 사실 이 정도야『백조』에서 약과다. 역시 주목할 글은 후자다. 부제에서 보듯 전형적인 수상(隨想)이다. 신변잡기처럼 시작하여 문학에 대한 진지한 성찰을 예민하게 짚어내는 영혼의 편력을 그대로 드러냄으로써 독자를 흡인하는 이런 산문은 팔봉 득의의 분야인데, 이 글 또한 그렇다. "생활은 예술이요, 예술은 생활"(460면)이라는 명제를 슬그머니 내놓고 팔봉은 "How to live를 가리키든 英吉利(영국─인용자)의 문학보다는 What is life를 찾는 노서아의 문학"(460면)이 우리에게 절실하다고 독자를 꼬인다. 그럼에도 서둘지 않는다. "계단을 밟지 안코 결론만

---

48 원문에는 검열로 먹칠되었는데, 내가 짐작으로 복원했다.
49 앞과 같다.
50 앞과 같다.

을 찾기를 급히 하지 말자."(462면) 그러곤 "우 나로―드!"가 유명한 일본 시인의 시 한 대목을 인용한다.

> 오랫동안論爭에疲困한靑年들이 이가티모여아젓으나,
>
> 마치五十年前의露西亞의청년들과다름이업스되,
>
> 그中에서, 니를 쌔물고, 주먹을쥐고, 冊床을치면서, 힘잇는소리로,
>
> 「우 나로―드!」(V NAROD!)라고 부르짓는사람이 하나도업다!(463면)

이시까와 타꾸보꾸(石川啄木)의 「끝없는 논쟁 후에(はてしなき議論の後)」의 첫 연이다.[51] "지도 위/조선국에 검게검게/먹을 칠하면서 가을바람을 듣는다"[52]라는 탄까(短歌)로 조선의 망국을 애도한 유일한 일본 시인으로도 돋보이는 그는 선구적인 사회주의자다. 1870년대 러시아에서 성행한 지식인 혁명운동 나로드니끼의 슬로건 'V narod'(인민 속으로)는 1930년대에 식민지 농촌계몽운동의 슬로건으로 채택되기도 한바, 팔봉에 의해 타꾸보꾸와 나로드니끼가 처음 소개된 것이다. 노동자의 계급투쟁보다는 농촌공동체 미르(mir)를 기초로 한 공산주의를 꿈꾸며 짜르체제에 대한 테러리즘을 선동한 급진파 나로드니끼[53]를 들어 밖으로는 조선의 식민화, 안으로는 대역사건의 조작으로 좌파가 급속히 위축된 '겨울 시대'를 배경으로 운동의 새로운 부활을 꿈꾸는 이 시를 통해 팔봉이 겨누는 바는 무엇인가? '10년 전 일본 시인이 외쳤고' 또 "60년 전의 노서아 청년들이 (…) 힘잇게 부루짓든, '우나로―드!'는 지금의 조선에는 아즉것 일는 모양이다!"(463~64면) 아직 조선의 단계가 그에 미치지 못했다는 판

---

51 『石川啄木詩集 あこがれ』, 東京: 角川書店 1999, 254면. 이 시는 1911년 6월 15일 토오꾜오에서 창작되었다.

52 유정 편역 『일본근대대표시선』, 창작과비평사 1997, 42면.

53 유영우(劉永祐)·장계춘(張桂春) 편 『사회과학사전』, 노농사 1947, 161면.

단이다. 그리하여 인민 속에서 새로운 운동을 조직할 활동가들의 도래를 기약하면서 조선의 지식인에게 경종을 울리는데, 그래도 "갱생의 준동(蠢動)이 그윽히 보이는 서울"(464면)이라고 다독인다. 조선의 현실을 가늠하며 논의를 펼치는 팔봉의 신중함이 미쁘다. 그럼에도 이런 단계론은 전형적인 유학생 티다. 아무래도 이미 충분히 경향적인 그동안의 『백조』의 논의를 경시한 데서 오는 어떤 편견이 작용한 글이지 싶다.

『백조』는 더욱이 창작이 받쳐준다. 1, 2호는 번역과 비평이 돋보인 데 비해 특히 3호는 창작이 풍작이다. 내발과 외발의 상호진화 속에 비평적 선도성을 창작까지 받치는 단계에 오른 『백조』의 보람이 만만치 않다. 단편만 해도 빙허의 「할머니의 죽음」, 도향의 「여이발사」, 노작의 「저승길」, 그리고 월탄의 「목매이는 여자」 등 화려한데, 「목매이는 여자」는 이색적인 역사 단편이다.[54] 후일 본격적 역사소설가로 전신하는 맹아란 점에 유의할 일인데, 세조 쿠데타에 대한 문학적 토론을 다시 불러일으킨 의의가 중하다. 동농 이해조는 세조의 공신 한명회(韓明澮)와 홍윤성(洪允成)을 각기 다룬 『한씨보응록』(1918)과 『홍장군전』(1918)으로 새삼 이 쿠데타의 뜻을 다시 물었거니와,[55] 춘원의 『단종애사』(端宗哀史, 1928~29)와 동인의 『대수양』(大首陽, 1941)으로 다시 쟁점으로 올랐다.[56] 그런데 바로 월

---

54 신숙주가 변절하자 부인 윤씨가 자결하는 것으로 마감하는 이 단편은 뜻은 높으나 작품으로서는 성글다.

55 졸저 『한국근대소설사론』, 창작사 1986, 160~70면.

56 『단종애사』는 15세기 남효온의 「육신전」을 이은 단종 손위(遜位) 사건에 대한 최고의 해석판이다. 월탄이 지적했듯이 단종의 폐위가 대한제국의 망국과 유비된 것도 그렇지만(박종화 「단종애사 해설」, 『이광수전집 4』, 우신사 1979, 610면), 미증유의 시련에 직면한 사대부들의 인정물태를 여실히 파악한 점에서 단연 뛰어나다. 동인은 「춘원 연구」에서 『단종애사』를 "소설도 아니"라고 장황히 비판했지만(『김동인전집 6』, 삼중당 1976, 123면), 정작 『대수양』은 싱겁기 짝이 없다. 오히려 춘원의 『세조대왕』(1940)이 낫다. 그런데 이 작품 역시 특히 지루한 불경 강의로 시종한 중반 이후 태작으로 떨어진다. 참회하는 세조에 빙의한 아상(我相)의 전경화가 병통이다.

탄의 이 단편이 동농과 춘원, 동인을 잇는 매개이던 것이다. 「저승길」[57]은 3·1운동을 다룬 드문 작품이다. 만세꾼 명수도 중요하지만 그를 돕는 기생 희정이 귀중하다. 3·1운동에 직접 참여하기도 했지만, 도망꾼 신세인 남성 운동가들을 숨겨주고 헌신적으로 보살피기도 한 기생은 1920년대 중반 이후 맑스주의자들을 도운 '사상기생'으로 전진한바, 희정은 그 남상이다. 「목매이는 여자」와 「저승길」이 문학사적 의의로 중요한 데 비하면, 대가족제도의 붕괴를 경쾌하게 그려낸 「할머니의 죽음」은 말할 것도 없고 토오꾜오의 이발관 체험에서 취재한 「여이발사」 또한 단편으로 짜였다. 가난한 유학생이 면도하는 '그 여자'의 웃음에 홀려 거금 50전을 팁으로 투척했는데, 나오는 길에 그 웃음이 '간긔[58] 쑥자국' 때문임을 깨닫고 낭패한다는 가벼운 소극이지만, 쑥자국을 트릭으로 사용한 수법이나 고단한 유학생활의 단면을 드러낸 현실성이나 도향 단편사에서 한 꼭지를 이룰 터다. 다만 시점이 3인칭 '그'(374면)에서 중간에 '나'(376면)로 전환되는 게 흠이다. 3호는 무엇보다 시가 빛난다. 노작의 「나는 王이로소이다」와 상화의 「나의 寢室로」인데, 노작의 신화적 상상력이야말로 전자를 풀 열쇠이거니와, 후자 또한 담시와 무관하지 않다. 한호에 한국 근대시사를 대표할 명시 두편이 실린 것 자체가 놀라운데, 해석의 책무가 새삼 새롭다.

---

57 이 단편을 비롯한 노작의 소설 네편에 대한 자세한 논의는 졸고 「홍사용 문학과 주체의 각성」, 148~55면을 참고할 것. 이번에 읽으니, 3·1운동으로 고초를 겪은 뒤 상하이로 망명, 열사단에 가입해 활약하다가 귀국한 동래의 백정 출신 여성 혁명가 귀영이 죽음을 앞두고 기생 취영에게 유지를 전하는 「봉화가 켜질 째에」(1925)가 남주인공 성운이 백정 출신 여성 혁명가 로사에게 유촉(遺囑)하고 죽어가는 조포석의 「낙동강」(1927)과 바로 연락됨을 알겠다. 노작과 포석의 연계는 『백조』와 카프의 또다른 계선인 것이다.

58 간긔(肝氣)란 한방에서 어린아이가 젖에 체하여 얼굴이 해쓱해지면서 푸른 젖을 토하며 푸른똥을 누는 증세를 이르는바, 쑥으로 다스린다.

5. 결: 조기 퇴장의 뜻

『백조』의 경향성은 이미 도저해서 뒷북에 가까운 팔봉의 시와 산문이 『백조』를 분열시켜 급기야 프로문학으로 변신케 했다는 통설은 성립하기 어렵다. 그렇다면『백조』는 시민문학인가, 프로문학인가, 아니면 전자에서 후자로 가는 징검다리인가? 단적으로 말하건대 경향성에도 불구하고 『백조』도『창조』『폐허』처럼 시민문학으로 수렴될 터다. 3·1운동을 모태로 태어난 동인지 트로이카는 선취한 근대국민국가의 실현을 자신의 고귀한 임무로 삼기 마련이다. 그렇다면『백조』에 유독 강한 경향성은 무엇을 가리키는가? 러시아혁명 이후 민중 없는 근대성은 반동에 떨어지기 십상이다. 더구나 시민계급이 성숙하지 못한 식민지 조선에서는 민중이 필수다. 그럼에도 프로문학이 새 단계가 되지 못하는 데는 또 식민지라는 조건이 결정적이다. 시민이 미성숙한데 오로지 시민적 근대문학을 주창하는 것과 프롤레타리아트가 부재하는데 프로문학을 주창하는 것은 마찬가지로 교조주의다. 식민지 조선의 근대문학은 근대문학을 건축하는 과정 자체가 그 극복의 도정이 되는 양면성을 띠게 마련인바, 임계점에 예민한 트로이카의 막내『백조』야말로 이중과제의 실천적 담지자였던 것이다.[59]

신문학운동을 추동한 트로이카가 그런데 모두 중도 퇴장한다. 이것이야말로 조선 시민계급의 허약성을 드러내거니와, 가장 물적 토대가 강한 『창조』가 9호로 마감했고,『폐허』도 겨우 2호로 종간했고, 가장 구상이 장

---

59 1920년대 신문학이 근대문학으로 국한되지 않은 데는 이미 20세기를 호흡하고 있는 점도 감안해야 할 것이다. 20세기 서양문학은 이미 19세기적 사실주의와 낭만주의를 넘어 모더니즘과 사회주의라는 현대성으로 진화한바, 신문학 역시 그 영향에서 자유롭지 못했다. 예컨대 횡보의「만세전」(1922~24)은 까뮈의『이방인』(1942) 훨씬 이전에 이미『이방인』과 방불한 바 없지 않다.

대한『백조』는 우여곡절 끝에 3호로 실험이 중단되었다. 안팎에서 프로문학으로의 전환을 급히 서두르는 흐름도 한몫했다는 점에서 단명은 충분히 내발적인 것이 아니었다. 특히 '민중 없는 민족'과 '민족 없는 민중'을 동시에 가로지르려 고투한『백조』의 반강제적 퇴장은 시민문학은 물론 프로문학의 발전에도 장애를 조성한바, 이월의 외재성은 그만큼 독이다.

또한 동구든 서구든 오로지 서양에만 매달린 채 이웃 아시아에 대한 관심이 거의 결여된 점이 트로이카의 문제였다. 전통을 오로지 수구로 미는 경향도 눈에 띄거니와, 양자는 사실 하나다. 그래서 미르를 공산주의 구상의 기초로 삼는 나로드니끼와 농민전쟁을 혁명운동으로 재창안한 마오주의 같은 창발적 내재성이 빛나는 구상과 실천이 거의 출현하지 못했다. 그래도『백조』는 달랐다. 민요에 주목하여 근대적 민요시를 시험한 노작이 특히 돋보인다. "문허지는 넷것은 문허지는 대로 내어버리고 그보담 더 나은 더 거룩한 새것을 이룩하자"(「그리움의 한묵금」, 3호 527면)는 데 단적으로 보이듯 복고하자는 게 아니다. 말하자면 '나'에 기초한 조선의 근대문학/민중문학을 건설하자는 뜻이 도탑다.

춘원이 국문악부를 실험한 것도 노작과 상통한다. 동인지 트로이카를 검토하면서 춘원의 위치를 재조정할 필요가 커졌다. 나는 그동안 이인직-이광수 축을 이해조-염상섭 축으로 이동하는 전회를 모색해왔거니와, 축을 바꿀 일은 아니지만 춘원이 화두다. 노작은 조선의 "3천재 (…) 시방은 어대로 갓느냐"(「그리움의 한묵금」, 526면)라고 약간은 비꼬듯 물었다. '3천재' 또는 '동경삼재(東京三才)'란 벽초(碧初) 홍명희(洪命熹), 육당, 그리고 춘원을 가리키는데, 유일하게 춘원만『창조』와『백조』두 잡지의 동인을 겸했다. 춘원이 논란을 뚫고[60] 계몽주의에서 신문학으로 이월한 뒤

---

60 춘원이 상해임정에서 이탈하여 귀국한 뒤 여론이 들끓은 것은 주지하는 터,『백조』로도 불똥이 튀었다. "상해에서 춘원과 함께 활약하던 빙허 현진건의 중씨(仲氏) 현정건(玄鼎健)은 그의 아우 빙허에게 밀서를 보내서『백조』에 어찌하여 춘원의 글을 실었느

벽초와 육당과 위당(爲堂) 정인보(鄭寅普)[61]도 20년대 중반에 합류하게 되
니, 춘원이 디딤돌인 셈이다.[62] 계몽주의로 단절할 수 없다는 것이매, 춘원
을 비롯한 이 4인방을 어떻게 파악할지가 현안이다.

그동안 1차대전 및 러시아혁명과 연계하거나 쌀폭동 및 5·4운동과
관련한 논의는 더러 없지 않았지만, 3·1운동과 신문학운동이 스페인독
감(1918~20)의 창궐 속에서 발발하고 발아했다는 점은 거의 주목되지 않
았다. 또한 눈여겨볼 과제다.

모처럼 여러 문제를 다시 생각하게 해준『백조』복간호의 출범을 축하
하며, 모쪼록 우리에게 돌연히 닥친 이 낯선 세상이 복간『백조』의 축복이
되기를!

냐고 항의까지 해서『백조』3호에는 춘원의 글을 싣지 아니하게까지 되었다." 박종화
「단종애사 해설」,『이광수전집 4』611면. 참고로 현정건은 사회주의자다.

61 위당 또한 천재로 알린 분이다. 그런데 공교롭게도『폐허이후』(1924.2)에 벽초는 번
역, 육당은 시조, 그리고 위당은 「문장강화(文章講話)」를 기고한다. 편집인 횡보가 춘
원을 뺀 세 천재를 20년대 문단에 새로이 영입한 것이다.

62 춘원의『단종애사』가『동아일보』에 연재(1928.11.30~29.12.11)되기 열흘 전에 벽초의
『임꺽정』이『조선일보』에 연재되기 시작했으니(1928.11.21), 한국 근대역사소설의 두
전형, 즉 조선시대 궁정의 권력투쟁담과 의적의 반란담이 나란히 출현한 것이다. 김동
인은 한말의 풍운을 다룬『젊은 그들』(1930~31)로 새 길을 모색했지만 이념적 낙후성
과 제휴한 통속으로 떨어졌다.『젊은 그들』을 환골탈태한『운현궁의 봄』(1933~34)이
역작인데, 이 유형으로는 갑신정변을 다룬 팔봉의『청년 김옥균』(1934)이 압권이다.
월탄의『금삼(錦衫)의 피』(1936)가 묘하다. 육충혼(六忠魂)과 단종 사건을 환기하면
서 시작하는 「서사」(序詞, 1938년 초판)가 암시하듯이(『금삼의 피』, 을유문화사 1955,
3면), 사화(士禍)의 연산군 시대를 세조 쿠데타의 연장으로 파악한 이 역사소설은『단
종애사』를 직접적으로 계승한다. 권력투쟁을 궁정 여성들의 눈으로 파악한 게 차별인
데, 앞으로 월탄 역사소설에 대한 새로운 고찰이 필요할 듯싶다.

프로문학과 프로문학 이후*

1. 다시 요괴가 된 프로문학

프로문학은 한 시대, 한반도를 떠도는 요괴였다. 처음부터 요괴 신세였던 것은 물론 아니다. 그렇기는커녕 단기간에 문단의 대세를 장악한 1920년대의 전성기나, 천황제 파시즘의 진군 앞에서 파열했던 1930년대의 탄압기에도 프로문학은 가장 강력한 시대의 혼이었다. 시대의 임계점에서 프로문학은 부활한다.

프로문학은 해방과 함께 '인민문학=민족문학'으로 재생했다. 그런데 후자가 전자의 단순한 연장은 아니다. 당시 남한에서 인민문학 노선을 정립하는 데 중심적 역할을 한 임화(林和, 1908~53)는 '민족적이냐 계급적이냐'가 아니라 '민족적이냐 비민족적이냐'를 핵심 모순으로 설정함으로써 "완전히 근대적인 의미의 민족문학" 건설을 당면 과제로 조정하였으니,[1] 무산계급적 프로문학에 대한 계급연합에 기초한 인민문학의 단절이 명

---

* 『민족문학사연구』 21호(2002)에 실렸다.

백히 의식되었던 터다. 이러한 변모는 조선공산당(약칭 조공, 1945년 재결성)의 「현정세와 우리의 임무」('8월테제')와 조응하는 것이기도 하다. 박헌영(朴憲永)이 작성, 중앙위원회 이름으로 발표된 이 테제에서 조공은 무산계급 독재에 기초한 사회주의혁명론을 여전히 되뇌는 장안파(長安派)의 극좌적 경향을 맹렬히 비판하고, 조선혁명이 "민족의 완전독립과 토지 문제의 혁명적 해결"을 중심 과업으로 삼는 '부르주아민주주의혁명단계'임을 명확히 하였다.[2] 이는 주로 일본공산주의운동과 연동된 식민지시대 조선의 공산주의운동이 해방 후 마오 쩌둥(毛澤東)의 노선 아래 독자적 길을 걸어간 중국혁명을 중요한 참조 대상으로 삼음으로써 가능했다는 점에도 주목할 필요가 있다. 8월테제의 5장에서 중국혁명이 직접 언급된다.

> 보라! 중국혁명의 발전을. 거기에서는 벌써 서금시대로부터(1927~28) 근 20여 년 동안이나 강력한 쏘베트정권과 영웅적 홍군의 세력 밑에서 부르주아민주주의혁명이 발전되고 있으나 금일에 아직도 부르주아민주주의혁명의 완수의 필요를 주장하고 있지 않은가? 아직도 '노동자 농민의 민주주의 독재정권' 수립을 위하여 위선 당면에 있어서 단일민족전선정부, '민주주의연합정부'를 조직하면서 있지 않은가?[3]

'서금시대'란 1927년 제1차 국공합작(國共合作)이 붕괴된 뒤 코민테른(Communist International, 1919~43)의 지령으로 중국공산당이 무장봉기로 치달은 극좌모험주의 시기다. 이 시기를 거치면서 도시에서 운동이 급

---

1 임화 「조선민족문학건설의 기본과제에 대한 일반보고」, 『건설기의 조선문학』, 조선문학가동맹 중앙집행위원회 서기국 1946, 40~41면.
2 1945년 8월테제는 김남식(金南植) 『남로당 연구』, 돌베개 1984, 515~29면 '부록'으로 실린 것을 이용하였다.
3 같은 책 528면.

속히 쇠퇴한 것과는 달리 농촌에서는 소비에뜨구가 할거적으로 건설됨으로써 농촌으로 도시를 포위하는 중국혁명의 독자성이 드러나기 시작했다. 이를 바탕으로 1931년 마오 쩌둥을 주석으로 중화소비에뜨 임시 중앙정부가 출현하였으니, 루이진(瑞金)은 바로 그 정부의 수도였다.[4] 도시 노동자 중심의 전통적 공산주의운동으로부터 과감히 이탈, 농민 중심으로 선회한 중국혁명의 발전이 조공에 일정한 영향을 미치면서, 종래 지도 대상으로만 설정된 농민을 가장 중요한 동맹 대상으로 격상하는 조공의 현실주의가 살아났던 것이다.[5] 조공은 이어서 '문화테제'(1946)를 발표하였다. "프롤레타리아계단이 아니라 민주주의혁명계단"이라는 점을 다시 확인한 이 테제에서 조공은 "민주주의문화인 동시에 인민의 문화로서의 민족문화" 건설을 당면 과업으로 제시하였다.[6] 조공의 테제들에 기초하여 프로문학을 인민문학으로 '해소'한 이 중대한 수정 속에서 창립된 문인조직 조선문학가동맹(약칭 동맹, 1946년 창립) 또한 카프(KAPF, 조선프롤레타리아예술가동맹, 1925~35)와 차별된다. "모더니스트의 자기비판과 카프의 자아비판이 해후하는 지점에서" 이루어진 합작이라는 점에서 동맹은 카프의 복제가 아니다. 그럼에도 불구하고 동맹은 조선공산당 또는 남로당(南勞黨, 1946년 결당)의 외곽조직으로서 여전히 내적으로는 좌익 헤게모니가 관철되고 있었기 때문에 프로문학과 인민문학의 일정한 연속성이 확인된다. 더구나 전자도 크게 보면 민중성이 강화된 민족해방운동의 일환 또

---

4 김준엽(金俊燁) 『중국공산당사』, 사상계사 출판부 1967, 60~77면.

5 8월테제는 "토지 문제를 용감히 대담스럽게 혁명적으로 해결함으로써 광범한 농민계급을 자기의 동맹자로 전취하는 계급만이 혁명의 영도권을 잡을 수 있다"고 명백히 밝히고 있다. 김남식, 앞의 책 518면.

6 조선공산당중앙위원회 「조선민족문화건설의 노선(잠정안)」, 『신문학(新文學)』 1권 1호 (1946.4) 142면. 8월테제와 문화테제 사이에 미묘한 차이가 있다. 전자의 '부르주아민주주의혁명단계'가 후자에서는 '부르주아'가 삭제되고, 전자에서는 '노동자, 농민, 도시소시민, 인텔리겐차'를 혁명의 동력으로 나열하는 데 반해 후자에서는 '인민'으로 뭉뚱그려진다. 해방 직후의 낙관적 정세가 악화되면서 나타난 급진화와 연관될 것이다.

는 민족문학 건설의 표출일 수 있기 때문에 양자의 연속성이 그 비연속성 속에서도 관찰되는 것이다.[7] 요컨대 엄밀한 의미에서 인민문학은 이미 프로문학이 아니지만, 특히 인적 구성에서 그 후계적 위치 또한 뚜렷하다고 아니할 수 없다.

이 점에서 6·25전쟁이 결정적이다. 6·25의 포화 속에서 프로문학 또는 인민문학은 남한 문단으로부터 결정적으로 방축(放逐)되었다. 2차대전을 승리로 이끈 반파시즘민주연합의 두 축인 미국과 소련이 분할 점령한 상태에서 해방을 맞은 한반도는 그 불안한 연합이 균열의 조짐을 보이자 바로 냉전체제의 시험장으로 화하였으니, 1948년, 한국근대사의 비원(悲願)인 통일된 국민국가 대신 남과 북에 각기 '대한민국'과 '조선민주주의인민공화국'이 출현하면서 이미 내전의 발발이 예비되었던 것이다. 6·25는 얼마나 간교한 신의 희롱인가? 역전의 역전을 거듭한 끝에 전쟁 발발 이전의 구획 상태로 거의 복귀한 지점에서 포성이 그침으로써 한반도가 얻은 것은 오직 희생 위에 구축된 분단고착뿐이었다. 그런데 6·25로 인한 대규모의 파괴가 1930년대 이래 점진적 몰락의 도정에 들어선, 특히 해방 후의 토지개혁으로 결정적 추락을 경험하고 있던 지주 세력의 급속한 해체를 야기함으로써 남과 북에서 각기 자본주의화와 사회주의 공업화로 가는 활주로를 닦은 반어를 망각할 수 없다.[8] '북진통일'과 '남조선 해방'이

---

7 졸고 「한국문학의 근대성을 다시 생각한다」(1994), 『생산적 대화를 위하여』, 창작과비평사 1997, 32~35면; 「한국현대문학사의 올바른 재구성을 위하여」(1988), 『한국근대문학을 찾아서』, 인하대 출판부 1999, 320~22면.

8 졸고 「한국발 또는 동아시아발 대안?」(2000), 『문학의 귀환』, 창작과비평사 2001, 378~79면. 브루스 커밍스도 전쟁이 "대단한 평형장치"(the great equalizer)라는 점에 주목하면서, 한국전쟁이 견고한 혈연과 지연을 파괴함으로써 한반도에 "토머스 홉스의 '주인 없는 인간들'의 시대"(the time of Thomas Hobbes's 'masterless men')를 열어놓았음을 지적하였다. Bruce Cumings, *Korea's Place in the Sun: A Modern History*, W. W. Norton & Company 1977, 301~02면과 번역본(김동노·이교선 옮김, 창작과비평사 2001) 422~23면.

라는 목표가 실종된 채 허망(?)한 휴전으로 내전이 막을 내리고 남북이 각기 내부로 향한 경제 건설로 질주하면서 체제경쟁을 벌이기 시작하는 바로 이 지점에서 세계적 차원의 냉전체제의 하위로서 남과 북의 적대적 공존을 핵으로 삼는 '분단체제'가 성립하였던 것이다. 이 속에서 거대한 민족적 재난에 책임을 공유한 남북의 두 정권은 전후에 오히려 자신의 독재를 강화하기에 이른바, 두 정권은 책임을 전가하기 위해 맹렬한 마녀사냥을 개시하였다. 북의 반우파투쟁에 발맞춰 남에서는 월북 또는 재북 작가들에 대한 대규모의 판금조치와 함께 '빨갱이'라는 보균자에 대한 색출과 박멸이 항상적으로 진행되었으니, 이렇게 프로문학 또는 인민문학은 남한에서 시대의 숨은 넋으로 침강하였던 것이다.

프로문학이라는 금기에 대한 도전은 1980년대에 하나의 경향으로 정립되었다. 신진 연구자들이 집단적 열정으로 프로문학을 독자적 연구 단위로 설정, 프로문학 연구열을 고조시킨 사실은 획기적이다. 1980년대 이전에도 프로문학 연구의 개척이 없었던 것은 아니다. 가령, 프로문학자로서 활동한 자신의 경험을 문학사적으로 정리한 백철의 『조선신문학사조사: 현대편』(백양당 1949)과, 프로문학을 하나의 연구 단위로 설정하여 더 엄밀한 학술 탐구의 영역으로 들어올림으로써 1980년대 프로문학 연구열을 직접적으로 매개한 김윤식(金允植)의 『한국근대문예비평사연구』(한얼문고 1973)가 대표적인 업적이다. 그럼에도 1980년대의 집단적 연구열이 이 시기의 급진적 변혁운동과 의식적 평행을 이루고 있다는 점에서 앞 시기의 중립적 작업들과는 일정하게 차별된다.

돌이켜보건대 1980년대는 질풍노도의 시대였다. 박정희의 죽음(1979)이 유신체제의 종식이 아니라 광주항쟁(1980)의 압살을 통한 전두환(全斗煥) 신군부의 집권 즉 유신체제의 재편으로 귀결되면서 운동은 '살아남은 자의 슬픔'(베르톨트 브레히트) 또는 광주항쟁에 대한 부채의식 속에서 급진화한다. 맑스(Karl Marx)가 부활하고 계급이 복권되고 불온한 기호로 떠돌던 '빨갱이'가 호출되었다. 이 경향성 속에서 프로문학(또는 해방 직후의 인민문학)에 대해 계승적인 동시에 탈계승적이었던 1970년대 민족문학론은 소시민적인 것 또는 자유주의적인 것으로 비판되었다. 1980년대의 변혁운동 또는 혁명문학운동은 1970년대 반독재민주화투쟁의 틀 밖으로 흘러넘침으로써 침묵당한 좌파 전통의 정통 계승자를 자임하였던 것이다. 물론 지하 유통되었던 프로문학 또는 인민문학과 간접적 소통 관계에 있었지만, 1970년대 민족문학운동은 영감의 근본적 원천을 4월혁명(1960)에 두고 있었다는 점에 유의할 필요가 있다. 4월혁명은 남한 독재체제에 대한 강렬한 부정이지만 그를 통해 북조선과는 다른 남한 자생의 독자적 길을 섬광처럼 계시함으로써 남한성(南韓性)을 강화하는 한 획기로 되는 역설을 시현하였다. 이에 반해 1980년대 혁명문학을 추동했던 새 세대의 집단심리의 저변에는 신군부의 집권을 방조 또는 묵인한 미국에 대한 환멸과 함께 남한이 독자적으로 변혁을 이룩할 수 없으리란 절망감도 은밀히 움직이고 있었으니, 북을 기지로 삼는 주사파적 경향이 남한 운동에서 뚜렷하게 대두한 터다.

그런데 1980년대 운동의 급진화에는 이념적 층위와 함께 탈이념적 층위가 동시에 작용하고 있었다. 이 시기는 정치적으로는 극히 억압적이었지만 경제적으로는 호황기였다. 통금 해제, 두발 자유화 및 교복 자율화, 프로야구의 출범, 컬러텔레비전의 등장, 올림픽 개최, 컴퓨터 시대의 맹아 등 일련의 획기적 변화는 그 반영인바, 한국사회에 대한 자본의 포섭력이 강화되면서 대중과 대중문화의 시대가 열린 것이다. 탈중심적 대중의 출현 속에서 이념과 욕망이 무의식의 수준에서 결합하였다. 물론 이 대중은 1980년 '서울의 봄', 그 격렬한 정치적 기억을 공유하고 있기에 1970년대의 민중과 일정한 연속성을 유지하고 있지만, 생활세계의 전반적 변화를 반영한 대중현상과도 연락되는 이중성을 보여준다. 요컨대 1980년대는 지식인의 자기동일적 복제에 가까운 민중과, 지식인의 통제

밖에 불가해한 타자로서 존재하는 대중이 기우뚱한 균형 속에 교차하고 있었던 것이다.

1980년대적 급진성에는 1970년대 민족문학운동의 중심 매체였던 계간 『창작과비평』의 폐간(1980)도 한몫을 하였다. 신군부에 의해 1970년대의 아버지가 살해되자 1980년대의 아들들은 그 침묵의 공간으로부터 맹렬한 탈주를 시작하였으니, 1970년대의 문학 중심도 함께 해체되는 조짐을 보였다. 기왕의 마당극운동에 이어 미술·음악·영화 등 연희와 예술 부문이 발흥함으로써 오늘날 뚜렷해진 문학에 대한 예술 또는 문화의 탈주가 시작되었던 것이다. 이는 일견 "민중의 지상권은 아버지 살해에서 생겨났다"[9]는 언술 상황과 유사하다. 그런데 아버지 살해가 아들이 아니라 박정희의 희극적 복제인 신군부에 의해 수행된 것이기에 아들의 지상권은 진정으로 성숙할 수 없었던 것이다. 이 점에서 1980년대의 탈중심화 물결 속에서 고조된 프로문학 연구열이란 살해된 1970년대의 아버지를 대체할 '가족로망스'의 표현에 가깝다고 보아도 좋다. 이 열기가 6월항쟁(1987)과, 프로 문인을 포함한 월북 작가들에 대한 대규모의 해금조치(1988)로 획득된 합법적 공간의 확장으로 일시 더욱 고조되었음은 두말할 나위도 없다.

해금이 오히려 연구열을 냉각하는 계기가 될 줄 누가 알았으랴! 이 열기는 서울올림픽(1988) 이후 서서히 하강한다. 토오꾜오올림픽(1964)이 일본에서 좌익의 몰락과 고도성장기로의 진입에 한 획기가 되었듯, 문학 연구자들의 프로문학으로부터의 대규모 탈주가 개시되었다. 6월항쟁이 노태우(盧泰愚)의 집권으로 귀결된 데 따른 환멸감의 만연과 서울올림픽의 개최에 이어 베를린장벽의 붕괴(1989)로 20세기 사회주의가 종언을 고하는 가운데 '탈주의 1990년대'가 도래하면서 프로문학은 다시 요괴로 전락

---

9 엘리자베트 바댕테르, 최석 옮김 『남과 여』, 문학동네 1986, 165면.

하였다. 그것도 예전의 마력을 상실한 채, 관심의 피안 너머에서 배회하는 쓸쓸한 요괴로.

그런데 지금이야말로 프로문학 연구에서 미네르바의 시간이 작동할 좋은 시점이다. 프로문학이 지하 유통되었던 때나 집단적 탐구의 열정적 대상으로 되었던 때를 막론하고, 그때에는 프로문학과 진정한 의미에서의 대화와 소통의 가능성이 크지 않았다. 연구 대상에 대한 연구자의 의식이 과잉될 경우 대상과 주체의 온전한 상호침투가 어렵기 때문이다. 연구자가 대상과 앨쓴 평형에 도달할 때 우리는 비로소 대상과 대화할 준비를 갖추게 되는데, 프로문학에 대한 연구자의 평형상태는 역설적으로 20세기 사회주의의 붕괴로부터 왔다. 한 시기 전인류의 희망이었던 20세기 사회주의가 실패로 귀결된 순간, 프로문학유산을 총체상 속에서 발본적으로 검토할 시야가 열린 것이다. 그렇다고 내가 우리 프로문학의 청산대장을 작성하자는 것은 물론 아니다. 자본주의를 역사의 종말로 찬미하는 자가 아니라면 프로문학이 제기한 핵심 즉 자본주의의 모순을 극복하는 문제는 여전히 살아 있는 역사적 과제라는 점을 망각할 수 없다. '알맹이만 남고 껍데기는 가라!' 그 알맹이를 21세기의 새로운 상황과 우리의 역사적 조건에 즉(卽)하여 어떻게 창발적으로 탈구축/재구축하는가, 이것이 관건이다.

2. 프로문학 현상

프로문학을 하나의 분석 단위로 설정할 때 제일 먼저 부딪치는 문제는 '그 개념을 어디까지 제한하는가'이다. 나는 프로문학을 '1920년대부터 1930년대 전반까지 코민테른을 중심으로 세계적으로 고양된 프롤레타리아혁명의 물결을 배경으로 소련을 비롯한 세계 각국에서 발흥한 프롤레타리아적·혁명적 문학'[10]으로 파악하는 역사적 견해를 지지한다.

　프로문학의 기원은 러시아혁명(1917) 직후 소련에서 결성된 문화계몽조직 쁘롤레뜨꿀뜨(Proletkult)다. 이 조직을 주도한 의사 출신의 혁명가 보그다노프(Alexandr Bogdanov)는 프롤레타리아트의 집단적 힘을 조직화하기 위해서는 기계문명의 동지적 집단노동에 기초한 독자의 세계감각, 즉 '나' 대신에 '우리'라는 집단의식을 반영한 프롤레타리아트 자신의 예술이 필요하다는 프로예술론을 제창하고 전국적 문화혁명을 시도하였다. 그러나 당과 국가로부터 자율성을 확보하려는 조직의 방침에 대한 레닌(V. I. Lenin) 등 당 간부의 반발과 프롤레타리아트 속에서 작가를 속성(速成)하려는 기도가 실패로 돌아가면서 1920년대 초 운동은 급속히 쇠퇴의 길로 들어섰다. 그런데 이 조직에 참여한 시인들이 바로 프로문학의 남상으로 되었으니, 단야장파(鍛冶場派, 1920년 결성)와 시월파(十月派, 1922년 결성)를 거쳐 1925년 라프(RAPP, 러시아 프롤레타리아 작가연맹)가 출범하였던 것이다.[11] 소련문학에 대한 라프의 독재는 1932년 당 중앙위원회의 결정에 의해 붕괴된다. 당은 라프를 비롯한 문학단체들을 해산시키고 대신 문학자의 통일조직으로서 소비에뜨작가동맹(CCP, 약칭 작가동맹)을 출범시키는 한편, 1934년 제1회 소비에뜨 작가대회를 개최, 사회주의리얼리즘을 기본적 창작방법으로 채택하였다. 이 변화는 유물변증법적 창작방법론의 막무가내식 적용을 강조했던 라프의 편협성으로부터 작가들을 해방시키는 긍정적 역할을 했다. '사회주의'가 머리에 붙었지만 '리얼리즘'이라는 말 자체에 많은 작가들이 일종의 행복한 안도감에 젖었던 것이다. 이 행복감은 곧 배신된다. 작가동맹의 출범이 실은 "전(全)문학자를 당의 직접 지배 아래 두는 전체주의체제의 강화"[12]였으니, 사회주의리

---

10 『現代マルクス=レーニン主義事典』下, 東京: 社會思想社 1980, 1864면.
11 藤沼 貴·小野理子·安岡治子 『新版 ロシア文學案内』, 東京: 岩波書店 2000, 333~35면.
12 같은 책 358면.

얼리즘론 역시 또 하나의 족쇄로 전락하였던 것이다. 사회주의리얼리즘론을 구원하려는 루카치(György Lukács, 1885~1971)의 노력에도 불구하고 즈다노프(Andrei Zhdanov)의 천박한 정책론만이 횡행하였다. 제1회 소비에뜨 작가대회에서 그는 연설한다.

> 더욱이, 예술적 묘사의 진실성과 역사적 구체성은 사회주의 정신으로 노동하는 인민들을 이념적으로 변형하고 교육하는 임무와 결합되어야 한다. 문학과 문학비평의 이러한 방법이 이른바 사회주의리얼리즘의 방법이다.[13]

스딸린(Iosif Stalin)의 오른팔로서 이데올로기·문화면을 담당한 당 일꾼의 축하연설 속에 대회가 개막된 바로 1934년부터 소련은 숙청태풍에 말려들어, 문인사회 역시 쑥밭이 되었다. 숙청의 맹위가 숙은 계기가 나치의 소련 침공(1941)이라는 사실은 통렬한 반어가 아닐 수 없다.[14]

소련 내부의 프로문학이 프롤레타리아독재가 프롤레타리아트에 대한 독재로, 사회주의국제주의가 슬라브민족주의로 퇴행한 스딸린의 일국사회주의론에 긴박되어 엄중한 길을 더듬는 동안에도, 코민테른을 중심으로 한 국제주의 활동 속에서 혁명운동과 프로문학운동은 소련 바깥, 특히 동아시아로 급속히 확산되어갔다. 프로연(連)(일본프롤레타리아문예연맹, 1925년 창립)을 모태로 한 일본의 나프(NAPF, 전일본무산자예술연맹, 1928년 창립), 조선의 카프(1925년 창립), 그리고 중국의 좌련(좌익작가연맹, 1930년 창립) 등은 그 대표적 기관들이다. 그런데 1929년 세계대공황이 세계혁명의 고조가 아니라 나치의 집권(1934)을 비롯한 파시즘의 진군으로 반전되자 코민테른 제7차 대회(1935)에서 정식으로 인민전선 전술을 채택하면서 코민

---

13 George J. Becker, ed., *Documents of Modern Literary Realism*, Princeton University Press 1967, 487면.

14 藤沼 貴·小野理子·安岡治子, 앞의 책 363면.

테른의 국제주의는 급속히 약화되기에 이른다. 스페인내전(1936~39)의 패배와 제2차 국공합작(1937)을 통한 중국혁명의 독자적 발전 등과 겹쳐 코민테른의 국제주의가 스딸린의 일국주의에 종속되면서 그 추세는 더욱 촉진되었던 것이다.[15] 또한 스딸린이 부하린(Nikolai Bukharin)과 제휴하여 뜨로쯔끼(Leon Trotskii)파를 코민테른 내부에서 최종적으로 추방하는 데 성공한 한편 부하린에 대한 다음 공격을 준비한, 즉 스딸린 독재체제의 구축에 결정적 초석으로 된 제6차 대회(1928)에서 채택된 제3기론의 오류가 지도력 결손에 직접적 매개였다는 사실을 기억해야 한다. 제3기론이란 무엇인가?

6차 대회에서 채택된 '국제정세와 공산주의인터내셔널의 임무' 테제는 제1차세계대전 후의 자본주의체제의 일반적 위기를 세 시기로 나누어 특징지었다. 그에 의하면 제1기는 1917년의 러시아혁명으로부터 1921년을 정점으로 1923년 독일혁명의 패배에 이르는 시기로, 이 시기는 자본주의체제의 극도로 날카로운 위기의 시기이고, 또한 프롤레타리아트의 직접적 혁명적 행동의 시기였다. 이에 이어 제2기는 유럽에 있어서 일련의 혁명 패배에 의한 자본주의의 상대적 안정과 재건의 시기이고, 합리화를 중심으로 한 자본의 공세와 프롤레타리아트의 수세(守勢) 시기다. 그러나 이 상대적 안정기는 거의 1927년으로 끝나고 자본주의는 다시 결정적 위기로 돌입한다. 이 시기가 '전쟁과 혁명의 시대' '자본주의가 붕괴하는 최후의 때'로서의 제3기다.[16]

이런 정세 분석에 입각해 극좌모험주의 노선이 세계공산주의운동을 풍

---

15 『現代マルクス=レーニン主義事典』上 684면.
16 栗原幸夫 『プロレタリア文學とその時代』, 東京: 平凡社 1971, 88~89면.

미했다. 운동은 처처에서 결정적인 타격을 입고 코민테른의 지도력은 형해화하였으니, 1943년의 해산이 이미 예비되었던 것이다. 좁은 의미의 프로문학은 바로 코민테른의 지도력이 살아 있던 1920년대에서 1930년대 전반의 시기에 전세계적으로 전개되었던 혁명문학을 가리킨다.

주로 카프와 기본적 연관을 맺고 전개된 한국의 프로문학운동을 살펴볼 때 가장 먼저 눈에 띄는 현상은 후발성의 소실, 즉 '선진적'인 세계문학의 흐름과 거의 동시성을 획득하고 있다는 것이다. 이 점에서 프로문학자 김우철(金友哲)의 다음과 같은 솔직한 발언에 유의할 필요가 있다.

> 우리들은 세계의 위대한 '흐름'에서 뒤떨어지지 않으려고 무척 애를 썼다. 남들이 불을 피우면 우리도 흉내를 냈고, 그들이 물을 마시면 우리 역시 물을 마셨다.
> 세계의 거대한 '움직임'에 보조를 맞추려고 절름발이 신세를 돌보지 않고 꾸준히 따라나섰다. 허덕이었다. 힘이 들었다. 피곤하였다. 그래도 쉬지 않고 앞으로! 앞으로!(1933)[17]

한국 프로문학의 국제적 동시성은 이처럼 수용주체의 과잉한 자발성에 기초한 이식성의 결과였다. 이 점에서 임화가 제출한 이식문학론이라는 명제는 일본 프로문학과의 동반성이 우심했던 카프 시기 프로문학자들의 집단적 경험을 한국 근대문학 전체로 일반화한 과잉수사가 아닐 수 없다. 한국 근대문학은 일본을 매개로 한 서구 근대문학의 압도적 영향 아래 놓여 있었지만, 그럼에도 불구하고 풍토 적응과정에서 일정한 독자성을 보여왔다. 그 풍토성이란 낙후성과도 제휴하고 있었기 때문에 꼭 찬미되어야만 하는 것은 물론 아니다. 춘원이 최고의 리얼리스트 똘스또이(Lev

---

17 임규찬 엮음 『일본프로문학과 한국문학』, 연구사 1987, 305면에서 재인용.

Tolstoi)에 깊이 빠졌다고 고백했어도 그의 『무정』은 여전히 신소설의 딱지로부터 자유롭지 못했으니, 한국 근대문학이 신소설식 계몽주의와 완전히 결별한 것이 3·1운동 이후 신문학운동에 이르러서야 가능했던 점은 저명한 예들이다. 한국 근대문학은 근대성의 미성숙이라는 후발적 조건으로 말미암아 서구 근대문학 또는 일본 근대문학과 시차를 보이곤 했던바, 프로문학운동 시기에 이르러 한국 근대문학은 처음으로 시차를 거의 극복하였다.

　신문학운동의 전개 속에서 이제 막 자유시와 근대단편이 자리 잡아가는 판에 돌연 그것을 부르주아적이라고 맹렬히 부정하는 프로문학이 어떻게 그처럼 빠르게 대세를 장악할 수 있었을까? 여기서 우리는 프로문학운동이 낙후한 한국 근대문학을 '현대화'하려는 식민지 지식인의 집단적 열망의 표현이기도 하다는 점을 망각할 수 없다. 한국 프로문학운동은 '현대화' 프로젝트였으니, 이 따라잡기의 열정이야말로 1920년대 중반 이후 프로문학운동을 단기간에 주류로 비약게 한 비밀일 터이다. 그 핵심에 낙후한 제국 러시아를 '전인류의 희망'인 소비에뜨연방으로 변신시킨 레닌주의에 대한 매혹이 있다. 예언자적 소명감으로 충만한 인뗼리겐찌아 중심의 전위당이 주축이 되어 자본주의 단계를 단축적으로 건너뛰어 사회주의 '현대'로 진입할 수 있다는 것을 눈앞의 현실로 보여준 러시아혁명은 식민지 지식인들에게 얼마나 큰 경이였을까?

　또한 그 풍미의 저류에는 시장체제의 심화가 작동하고 있었다. 일제의 강제합병에 의한 대한제국의 붕괴로 '성가신' 토착정부가 완전히 소멸함으로써 조선은 일본 자본주의에 직접적으로 예속되었다. 총독부는 공포의 무단통치(武斷統治)로 조선의 민중을 억압하는 한편, 더 효율적인 착취를 위한 개발에 착수하였다. 그리고 식민지 개발은 3·1운동 이후 토착부르주아지를 지배체제의 하위파트너로 더 적극적으로 수용하는 문화통치로 바뀌면서 더욱 촉진되었다. 요컨대 문화통치의 틈새에서 식민지 조선에 대한 자본의 포섭력이 일층 강화되었던 것이다. "식민주의자들이 '막강한 트리오'라고 부른 철도, 간선도로, 그리고 해운" 개발로 조선이 "일본뿐만 아니라 세계시장체제와 새로운 형태들의 교환 속으로 끌려들어가"면서 "조선의 전통적인 고립은 깨어졌다. 이제 백두산에는 검은 기차들이 높은 터널들을 통과하며 기적을 울리고 중국으로 달려갔다".[18]

한국 프로문학의 국제적 동시성은 식민지 조선이 1920년대에 들어서 일본 및 세계 시장의 그물망 속에 더 깊이 얽히든 점과 연관될 것인데, 이와 함께 재현의 속도가 빨라진 미디어 시대의 맹아가 움직이고 있었다는 점에도 유의해야 한다. 관동대지진(1923) 이후 일본사회의 변화를 타이쇼오(大正)교양주의의 종언, 다시 말하면 매스미디어 확대에 따른 대중사회의 출현으로 파악한 카라따니 코오진(柄谷行人)은 여기서 한걸음 더 나아가 이 시기에 지식인 중심으로 맑스주의와 프로문학이 팽창한 현상 자체를 대중사회의 미디어적인 것과 연관하여 해석한다.[19] 베냐민(Walter Benjamin, 1892~40) 또한 일찍이 「기술복제 시대의 예술작품」(1936)에서 현대인의 프롤레타리아화와 대중의 형성은 동일한 과정의 두 양상이라는 전제 아래 파시즘의 대중조작을 '정치의 미학화'(to render politics aesthetic)란 키워드로 분석하였다.

파시즘은 대중이 폐기하고자 하는 소유구조에는 영향을 미치지 않은 채 새로이 창조된 프롤레타리아적 대중을 조직하려고 기도한다. 파시즘은 대중에게 그들의 권리가 아니라 대신 그들 자신을 표현할 기회를 주는 데서 그 구원책을 본다. (…) 파시즘의 논리적 귀결은 정치적 생활에 미학을 도입하는 것이다. (…) 전쟁과 전쟁만이 전통적 소유체제를 존중하면서 가장

---

18 B. Cumings, 앞의 책 166면; 번역본 235면.
19 가라타니 코오진 외, 송태욱 옮김 『현대 일본의 비평』, 소명출판 2002, 30~33면.

큰 규모의 대중운동에 하나의 목표를 세울 수 있다.[20]

인류 자신의 파괴를 최고의 심미적 쾌락으로 경험하는 단계로 인도하는 파시즘의 광기가 카메라로 대표되는 복제기술의 발전에 의거하고 있음을 날카롭게 지적한바, "대중의 움직임은 대개, 육안에 의해서보다 카메라에 의해서 더 명확히 식별된다".[21] 그는 이 탁월한 논문의 끝을 다음과 같이 맺는다. "공산주의는 예술을 정치화함으로써 응답한다."[22] 천황제 파시즘의 불길한 전조로서 등장한 대중사회의 출현, 그 '정치의 미학화'에 대항하여 일어난 '예술의 정치화'(politicizing art)가 이 시기 일본 프로문학의 번짐일진대, 카라따니가 대립적인 양자를 그대로 등치시킨 것은 문제다. 그런데 '예술의 정치화'가 스딸린주의 아래 어떻게 타락했는가를 상기하면 그 유사성에도 주목하게 되는데, 어쩌면 양자는 적대적 공존 관계를 이루고 있는지도 모른다. 베냐민은 파시즘에 대항하여 공산주의가 '예술의 정치화'로 응답했다고 했지만 이 명제는 약간의 수정이 필요하다. 요괴로 떠돌던 공산주의가 소련이라는 거대한 실체로 현실화한 것에 자극받아 파시즘이 대두한 것이매, '예술의 정치화'가 '정치의 미학화'에 대한 응답이라기보다는 후자가 전자에 대한 악령적 응전일지도 모른다. 서구의 변방 러시아가 20세기 들어 프롤레타리아적 대중의 출현 속에 서구를 '위협'하는 강력한 힘으로 대두한 사실은, 대서양 건너 미국이 영국의 '산업적 근대성'을 대신하여 "생산혁명과 소비혁명을 보탠" '소비적 근대성'에 입각한 새로운 헤게모니를 행사하는 국가로 부상한 것[23]

---

20 Walter Benjamin, *Illuminations*, trans. Harry Zohn, New York: Schocken Books 1969, 241면.

21 같은 책 251면.

22 같은 책 242면.

23 영국의 19세기적 '산업적 근대성'을 대신한 미국의 20세기적 '소비적 근대성'의 대두에 대해서는 피터 테일러(Peter J. Taylor), 천지현 옮김 「세계 헤게모니에 대한 반체제

과 일정한 호응 관계를 가진다. 유럽이라는 '구세계'가 거친 산업주의의 임계점을 향해 자기파멸적 행진을 거듭하는 사이, 미국이라는 '신세계'에서는 '기술복제 시대'의 전형적인 대중사회를 바탕으로 한 새로운 근대성이 창조되고 있었던 것이다. 이 점에서 제1차세계대전과 제2차세계대전을 19세기 세계체제의 중심부였던 대영제국의 헤게모니를 계승하기 위한 미국과 독일의 경쟁으로 파악하는 월러스틴(Immanuel Wallerstein)의 관점을 참조할 필요가 있다.[24] 영국의 지위를 획득하려는 독일의 도전으로 발발한 1차대전은 러시아혁명의 폭발 속에 미국의 승리로 귀결됨으로써 미국과 소련의 대두로 특징되는 20세기를 발진시켰다. 대중의 힘에 기초한 '신세계(들)'에 '정치의 미학화'로 다시 무장한 나치 독일을 중심으로 한 이딸리아·일본의 도전으로 발발한 2차대전(1939~45)에서 미국의 주도 아래 두 '신세계'가 연합함으로써 승리하였다. 전후 미국의 헤게모니에 대한 소련의 도전이 개시되었으나, 1989년 베를린장벽의 붕괴를 기틀로 20세기 사회주의는 총도괴하였다. 미국에서 새로운 근대성이 창조되고 있음에도 불구하고 종전의 영국판 산업적 근대성으로부터 유추한 20세기 사회주의모델, 즉 '산업적 사회주의'는 "이미 미국화에 의해 대체되어버린 구식 근대성"이었기 때문이다.[25] 비록 소련으로부터 발진한 '예술의 정치화'가 미국판 '소비적 근대성'에는 패배했어도 서구의 두 변방이 대중의 힘을 바탕으로 20세기의 중심 세력으로 떠오른 점을 염두에 두면, 프로문학의 팽창에도 대중사회 또는 대중문화의 기제가 작동하고 있었다고 볼 수도 있다. 대지진 이후 소비적 대중이 갑자기 출현한 일본에서는 미국식, 독일식, 그리고 소련식 대중상이 동시에 병존하는 후발자본주의국

적 대응들」,『창작과비평』 1998년 봄호 142~51면을 참고할 것.

24 Immanuel Wallerstein, "The So-called Asian Crisis: Geopolitics in the Longue Durée," 1998년 International Studies Association에 제출한 발제문, 3면.

25 피터 테일러, 앞의 글 142~45면.

특유의 현상이 나타났던 것이다.

특히 자본주의사회의 프로문학운동이 영국판 '산업적 근대성'에 대항한 '따라잡기식' 산업적 사회주의로 특징지어지는 소련의 추종이라는 점을 잊지 않되, 소비적 대중의 대두라는 사회적 토대의 변화와도 기맥을 통하고 있는 측면을 함께 고려할 일이다. 레닌주의의 매혹, 3·1운동 이후 시장체제의 심화, 그리고 대중사회로 진입한 일본 자본주의의 새로운 비약 등이 조선에 직접적으로 작용하면서 우리 프로문학은 국제적 동시성 속에서 발흥하였다. 프로문학운동이 사회주의 '현대화' 프로젝트라면, 약간 뒤미처 발생하여 프로문학운동과 일종의 경쟁 관계를 이룬 모더니즘운동은 비사회주의적 '현대화' 프로젝트로 볼 수도 있을 터인데, 이 두 운동은 3·1운동 직후의 '근대화' 프로젝트인 1920년대 초 신문학운동에 대한 '현대화' 프로젝트라는 공동의 대오로 조정할 수도 있다.

그럼에도 불구하고 식민지 조선의 프로문학운동은 '현대화' 프로젝트라기보다는 크게 보면 민족문학 또는 국민문학 건설의 한 전환적 국면, 즉 민중성을 획득하려는 열망의 예각적 표출이다. 모더니즘운동처럼 프로문학운동도 식민지라는 현실적 조건에 대한 숙고로부터 1930년대 중반 이후 반성기를 거쳐 해방 직후 '민족문학'으로 '해소'된 사실이, 역으로 식민지시대 프로문학운동의 성격을 드러낸다고 하겠다. 그 근원에 식민모국의 소비적 대중과 일정하게 차별되는 식민지 대중이 놓여 있다. 3·1운동은 거대한 정치적 군중의 신비로운 출현을 섬광처럼 계시하였다. 3·1운동 직후 환멸의 체험 속에서 계몽주의와 결별하고 개인의 발견 위에서 새로운 문학을 모색하는 도정에 오른 1920년대 초의 신문학운동은 발전과정에서 식민지 조선의 구체적 민중과 조우하였다. 3·1운동에서 보여준 대중의 위대한 폭발력을 믿고 싶지만 지식인에게 대중은 끝내 불가해한 타자였다. 이 회색지대에서 머뭇거리던 지식인들에게 맑스주의 또는 레닌주의는 민중에 대한 부채의식으로부터 일거에 탈출할 수 있는 구원이었다. 지식인들은 그 통제 밖의 타자로서 존재하는 대중의 대두에 지식인의 자기복제적 성격에 가까운 민중의 창출로 대응하려고 하였다. 그리하여 현실의 대중을 프롤레타리아트로 성화(聖化)하는 낭만적 극좌주의로 목숨을 건 도약을 결행한 조선의 프로문학운동은 이식의 덫에 걸려 식민지 조선이라는 조건으로부터의 내적 망명 속에 끝내 좌절되었던 것이다. 이 점에서 우리 프로문학은 근본적으로는 과거형이다.

3. 프로문학 이후

1935년 카프는 마침내 해체되었다. 마침 제3기론을 수정하고 반파시즘 인민전선 전술을 채택한 코민테른 제7차 대회가 개최된 해와 겹치는 점이 공교롭다면 공교롭다. 6차 대회에서 결정된 제3기론의 오류는 특히 조선공산주의운동에 공격적이었다. 1928년 12월, 코민테른은 '조선 농민 및 노동자의 임무에 관한 테제'('12월테제')를 발표하여 조선공산당의 승인을 취소하고, 지식인 중심이 아니라 노농(勞農)에 근거한 계급적 혁명정당으로 재조직할 것을 지령하였다.[26] 12월테제는 일견 타당하다. "조선혁명은 토지혁명", 이런 의미에서 "민주적 부르주아혁명"이라고 규정한 12월테제의 단계론[27]은 이미 조공의 8월테제(1945)와 소통하고 있기 때문이다. 그러나 전술적인 면에서는 우익에 대한 공격을 강화한 '아래로부터의 통일전선'을 강조함으로써 제3기론의 좌경적 경향을 노출하였다.[28] 더구나 일국일당(一國一黨) 원칙에 따라 1930년 조선공산당 만주총국이, 이듬해에는 조선공산당 일본총국이 해체, 전자는 중국공산당에, 후자는 일본공

---

26 김준엽·김창순(金昌順) 『한국공산주의운동사 3』, 청계연구소 출판국 1978, 336면.
27 같은 책 340면.
28 같은 책 331면.

산당에 흡수되면서 조선공산주의운동의 독자성이 심각히 훼손되기에 이르렀다.[29] 이런 상황에서 민족협동전선 신간회(新幹會, 1927~31)도 위기를 맞이한다. 광주학생사건(1929)의 여파로 신간회 안의 좌익 지도자들이 대거 검거되면서, 결성 이후 민족해방운동의 중심 조직으로 발전해온 신간회는 1931년 마침내 해소되었다.[30] 이처럼 제3기론은 조선공산주의운동, 나아가 민족해방운동에 비의도적인 타격을 가했던 것이다. 그동안 모험주의를 부추겨놓곤 상황이 악화되자 제3기론의 충실한 이행자들을 극좌주의로 낙인찍고 제7차 대회에서 슬그머니 유연 전략으로 돌아서면서 이후 코민테른의 국제적 지도력도 약화되기에 이른 점은 이미 지적했던 바다.

카프는 1930년대를 고아로서 맞이했다. 조공은 이미 자동 해산되었고, 코민테른도 우왕좌왕했다. 슬하(膝下)를 상실한 카프가 1930년대를 중반까지 견뎌낸 게 오히려 신통하다. 코민테른이 형식화한 이후 각국이 처한 역사적 조건에 조응한 혁명운동의 이론과 전술이 모색되었듯이, 한국에서도 프로문학이 위기로 함입한 1930년대에 새로운 의미의 프로문학이 작품과 이론 양면에서 성숙했다는 점이 더욱 흥미롭다. 식민지 조선에서 프로문학운동을 실천하는 일의 현실성에 드디어 눈을 뜨기 시작했으니, 우리 프로문학자들의 업적이 1920년대 프로문학의 전성기를 지나 자본의 포섭력이 더욱 강화되는 과정에서 대중사회의 징후가 한층 뚜렷해진 1930년대의 위기 속에서 집중적으로 생산되었던 것이다.

알다시피 1930년대는 대공황의 충격 속에 열렸다. 위기에 직면한 자본주의는 선발국에서는 케인스주의를 채택하고 후발국에서는 파시즘으로 선회함으로써 공산주의자들의 기대를 저버리고 그 부활에 성공했다. 일본 또한 만주사변(1931)을 일으켜 공황에서 탈출하였다. 천황제 파시즘이

---

29 같은 책 351~60면.

30 DAE-SOOK SUH, *The Korean Communist Movement: 1918-1948*, Princeton University Press 1967, 127~31면.

라는 폭력적 체제 아래에서 군수산업의 확대를 통해 일본 자본주의는 상대적 안정기에 들어선 것이다. 중일전쟁(1937)으로 오로지 패망만이 구원인 확전의 궤도를 본격적으로 밟아나간 이 전간기(戰間期)의 '문예부흥' 속에서 프로문학이 새로운 성숙기를 맞이했다는 역설이야말로 오늘날 우리가 음미해야 할 최고의 교훈이다. 이 시기야말로 프로문학이 과거형이 아니라 현재형으로 이월가치를 획득하게 되는 생성의 공간이었던바, 1930년대를 프로문학의 퇴조기로만 파악하는 기존의 문학사상(像)은 문제가 없지 않다.

1930년대에 프로문학자들이 카프 시기보다 더 절실한 이론과 작품 들을 생산한 반어를 상기할 때, 우리는 우선 1930년대 식민지사회를 중층적으로 파악할 필요가 있다. 근본적으로는 폭압적이지만 이 시기에 식민지 개발이 더욱 본격화하였다. 대륙 침략을 위한 준비 속에 일본 독점자본이 대거 진출하면서 도시화의 물결이 식민지 조선을 새로이 엄습하였던 것이다. 도시를 중심으로 한 생활세계의 전반적 변화 속에서 1930년대 식민지사회는 일종의 매먼(Mammon)숭배 상태로 급속히 빨려들어갔다. 1930년대 '경성'의 고현학(考現學)을 추구한 「소설가 구보씨의 일일」(1934)에서 박태원(朴泰遠)은 이 시대를 "서정시인조차 황금광으로 나서는 때"라며 그 속물적 '황금광 시대'를 탄식하였다. 식민지 수도의 '현대화'가 제2의 도시 평양으로 번진 사정은 이태준(李泰俊)의 「패강랭」(浿江冷, 1938)에 어렴풋이 드러난다. 10년 만에 찾은 평양, 새 빌딩들이 들어찬 자본의 물결은 '피양내인(平壤女人)'들의 머리에서 "장미처럼 자연스런 무게로 한 송이 얹힌 댕기"로 더욱 아름다운 "흰 호접 같"은 머릿수건을 벗겨버린 것이다. 도시만이 아니다. 산골의 소작농도 밭을 갈아엎고 금맥을 좇는 김유정(金裕貞)의 「금 따는 콩밭」(1935)은 또 어떤가? 3·1운동에서 드러난 정치적 대중과는 일정하게 차별되는 대중, 일종의 소비적 대중의 원시적 형태가 1930년대에 출현하였던 것이다. 이를 배경으로 도시의 아들이면서도 도시에 대한 반속적 태도를 취하는 이중성을 특질로 삼는 모더니즘적 경향이 부상하였으니, 구인회(九人會)의 서울모더니즘에 이어 최명익(崔明翊)을 중심으로 한 평양모더니즘이 배태되기도 하였다.

정한모(鄭漢模)는 일찍이, 1930년에 발간된 『시문학』을 한국 현대시의 기점으로 삼는 관행을 반성하며 과대평가된 시문학파의 신화를 해체하였다. 현대시=자유시로 파악할 때 김소월의 『진달래꽃』(1925)과 한용운(韓龍雲)의 『님의 침묵』(1926), 두 시집의 출현이 자유시=현대시의 획기로 된다는 것이다. 자유시의 정립을 현대시의 기점으로 명토박는 견해는 의문이지만, 시문학파를 대표하는 김영랑(金永朗)이 기실은 새로운 개척자가 아니라 소월의 후계적 위치에 있다는 점, 그리고 『학조』에 게재된 「카페 프란스」를 비롯한 정지용(鄭芝溶)의 시들이 이미 1926년과 27년에 발표된 작품이라는 점을 지적한 것은 새겨들을 견해다.[31] 정지용과 함께 구인회와 『문장』을 이끈 이태준이 처녀작 「오몽녀(五夢女)」를 발표한 해가 1925년이라는 점을 아울러 감안할 때, 1920년대 문학의 복합성을 다시 생각하게 된다. 반계몽주의 기치 아래 자유시와 근대단편을 정립해간 1920년대의 신문학운동은 중반에 프로문학의 도전에 직면하였는데, 이미 모더니즘도 거의 프로문학과 동시적으로 싹텄던 것이다.

1920년대 중반에 맹아한 모더니즘은 카프가 위기에 함입하는 30년대, 김수영(金洙暎)식으로 말하면, "혁명은 안 되고 (…) 방만 바꾸어버"린 이 위기의 시대에 전경화한다. 1936년 박태원의 「천변풍경」과 이상(李箱, 1910~37)의 「날개」가 출현한 것은 상징적 사건이다. 객관과 주관의 분열을 극적으로 보여주고 있는 이들 모더니즘 서사가 시대의 질병을 앓는 의미심장한 징후라는 점을 간파한 임화는 이 질병이 카프계 작가들에게도 전염되고 있음을 우려한다.[32] 이렇게 모더니즘은 위력적이었다.

---

31 정한모 「한국현대시 연구의 반성」, 『현대시』 제1집, 문학세계사 1984, 37~48면.

그런데 1920년대가 그러했듯이 1930년대 문학 역시 중층적이다. 모더니즘의 대두가 중심적 흐름으로 자리 잡고 있었지만 그렇다고 앞 시기의 사조들이 그대로 퇴장한 것은 결코 아니다. 계몽주의를 대표했던 장르인 신소설은 이미 1920년대에 본격문학에서는 탈락했어도 대중문학 또는 대중문화의 영역에서 아래로부터 대중을 먹어들고 있었고, 최후의 계몽주의자 이광수는 통속소설의 양산 속에서도 1930년대에『흙』(1932)을 내놓음으로써 이기영(李箕永)의『고향』(1933~34)과 심훈(沈熏)의『상록수』(1935~36) 등 농촌문학 또는 농민문학의 출현을 자극하였다. 1920년대 신문학운동 주역들의 문학적 활력이 차츰 쇠퇴해가는 와중에서도 염상섭은『삼대』(1931)를 창작함으로써 채만식의『태평천하』(1938), 김남천(金南天)의『대하』(1939), 한설야(韓雪野)의『탑』(1940~42), 이기영의『봄』(1940~41), 이태준의『사상(思想)의 월야(月夜)』(1943), 그리고 채만식의『어머니』(1943) 등 가족사소설의 붐을 선도했다.[33] 이처럼 계몽주의, 근대주의(1920년대 신문학운동), 그리고 프로문학이 모더니즘과 함께 영향의 교차점을 형성하면서 1930년대 문학텍스트의 생산에 동참하고 있다는 사실, 즉 1930년대 문학의 중층성이란 그 분기(分岐)에도 불구하고 근본적으로는 국민문학 또는 민족문학 건설의 유효성을 반증한다고 하겠다.

프로문학도 카프가 해체되는 1930년대 중반, 이 상황에 즉하여 새로운 모험적 도정에 들어선다. 맑스주의자가 아니라 식민지 맑스주의자로서

---

32 졸고「서울·東京·New York」,『문학의 귀환』374~75면.
33 이 가운데『삼대』와『태평천하』는 엄밀한 의미에서 가족사소설이 아니다. 한 부르주아 가문의 기원으로 소급한『대하』를 비롯한 가족사소설과 달리 이 장편들은 바로 당대를 다룬 소설이기 때문이다. 그런데『삼대』가 가족사적 배경을 중요한 모티브로 설정한 첫 장편이라는 점에서『태평천하』에는 직접적으로, 가족사소설의 출현에는 간접적으로 영향을 주었다고 할 수 있다. 후자에는『대지』(The Good Earth)의 펄 벅(Pearl Buck)이 1938년 노벨문학상을 수상한 사건이 직접적 자극으로 되었다. 졸고「전경 뒤에 숨은 신」,『문학의 귀환』165~66면 참고.

조선의 현실에 새로이 주목한 임화가 안팎의 모더니즘과 대결하면서 계급문학론으로부터 근대문학론으로 이행해간 사실은 전형적이다. 그럼에도 그는 엄밀한 의미에서 '해소론'자는 아니다. 그는 여전히 속종으로는 좌익 헤게모니를 포기하지 않은 인민전선론자에 가깝다고 판단되기 때문이다. 이 점에서 사상적 모험을 더 아슬아슬한 경지에까지 밀어나간 '고발문학론'(1937) 이후의 김남천에 유의할 필요가 있다. 물론, 기존의 프로문학에 대해 가장 날카로운 (자기)비판을 제기했음에도 그가 맑스주의를 포기한 것은 아니다. "우리들이 입으로 지껄이던 문학이론이라는 것이 온전히 빌려온 물건"[34]이라는 통렬한 인식에서 출발하여 자신이 헌신했던 맑스주의 자체를 발본적으로 다시 보고자 한 내면적 고투의 산물인 '고발문학론'이 임화를 비롯한 동지들의 비판에도 불구하고 사회주의리얼리즘에 입각하여 "지금의 이 땅의 특수성"을 탐구하는 리얼리즘문학이라고 자부하였기 때문이다.[35] 그런데 그의 속마음은 간단치 않은 것 같다. 맑스주의가 '지금의 이 땅', 즉 1930년대 식민지 조선이라는 현실적 조건 또는 자신의 실감이라는 필터를 투과할 때, 진짜 전향이 발생할 수도 있다고 생각했는지도 모른다. 한때 그가 새로운 신으로서 영접한 맑스주의란 일본에서 가공된 팸플릿 맑스주의 또는 교리문답집 맑스주의에 불과한 것이 아닌가? 이 점에서 '고발문학론'에 맑스·엥겔스(Friedrich Engels)를 직접 독서한 흔적이 나타나는 것은 주목할 일이다. 특히 실러에 대한 셰익스피어(W. Shakespeare)의 우위, 즉 이념에 대한 리얼리즘의 우월성을 제기한, 엥겔스가 라살레(Ferdinand Lassalle)에게 보낸 편지(1859)와, 속류 사회학주의를 격파하는 데 결정적 초석으로 된 '리얼리즘의 승리'라는 개념을 제시한, 엥겔스가 마거릿 하크니스(Margaret Harkness)에게 보낸

---

34 김남천 「고발의 정신과 작가」(1937), 정호웅·손정수 엮음 『김남천전집 1』, 박이정 2000, 223면.

35 김남천 「창작방법의 신국면」(1937), 같은 책 239면.

편지(1888)를 자기 논의의 바탕으로 제출하고 있다.[36] 맑스·엥겔스를 독서함으로써 (속류)맑스주의로부터 자유로워지는 역설이 그에게도 성립한다. 그는 엥겔스의 리얼리즘론에 입각하여, 고발문학론을 내성적 경사(傾斜)로 비판한 임화를 여전히 이념적인 것의 우위를 견지하는 관념론자로 되받아치면서 「유다적인 것과 문학」(1937)을 통해 자신의 '고발문학론'을 완성하였으니,[37] 이는 "느낀 것을 분별하는 유연성뿐만 아니라 느낀 것을 받아들이는 용기"[38]를 보여준 1930년대 최고의 비평 중 하나다. 더구나 맑스·엥겔스와 함께, 정치적 인간의 조건을 자신의 내면을 깊이 파고들어가는 능력의 정지에 기초한 관념성 또는 광기(狂氣)로 파악하는 독특한 전향론을 더듬어간 카메이 카쯔이찌로오(龜井勝一郎)의 유다론과, 비전향을 견지하면서 주관과 객관의 유기적 통합으로서 모럴과 풍속을 하나로 파악하는 프리즘을 통해 프로문학의 집단주의적 이념 과잉을 돌파하고자 한 토사까 준(戶坂潤)의 문학론을 섭수(攝受)함으로써,[39] 1930년대 프로문학의 프로문학 이후 모색에 독자적 경로를 보여주었다는 점이 더욱 뜻깊다. 이 도정에서 그는 장편 『대하』를 완성하였다. 「천변풍경」이 근대의 고현학이라면 『대하』는 근대의 고고학이다. 이 시기 그의 사유의 중심 주제였던 '풍속'은 1920년대의 키워드인 현실 또는 리얼리티와 1930년대의 키워드인 일상성을 가로지르는 일종의 균형점이다. 전자의 사회과학성과 후자의 탈사회과학성을 종합할 가능성으로서 '풍속'을 들어올림으로써 그는 내성(內省)과 세태(世態)의 1930년대적 분열을 돌파하고자 하였던

---

36 같은 글 238~39면.

37 이에 대해서는 졸고 「문학의 귀환」, 『문학의 귀환』 26~29면을 참고할 것.

38 D. H. Lawrence, "John Galsworthy," *Selected Essays*, Penguin Books 1981, 217면. "He (a critic) must have the courage to admit what he feels, as well as the flexibility to know what he feels."

39 김남천과 카메이, 토사까의 영향관계는 和田とも美 「家族史年代記小說の成立をめぐって: 一九四0年前後を中心に」, 『朝鮮學報』 168輯, 1998, 48~52면을 참고.

것이다.

그러나 1942년 태평양전쟁으로 돌입하면서 '길이 나타나자 여행은 끝났다'. '정치의 미학화' 속에서 문학은 '죽었다'. 전쟁의 종결(1945)은 사태를 순식간에 역전시켰다. '정치의 미학화'가 새로운 층위에서 재생했다. 그에 대항하여 '예술의 정치화'가 다시 물결을 이루었다. 이와 함께 전간기의 공간에서 탐구되었던 '프로문학 이후'의 흔적들은 홀홀히 망각된 채, 다시 문학은 '죽었다'. 그럼에도 전간기의 프로문학이 '지금 이곳'의 사상으로 프로문학을 폐기하면서 보존한 '프로문학 이후'의 고투적 모색들은 여전히 현재형이다.

고전비평의 탄생*

◆

가람 이병기의 문학사적 위치

1. 제자의 제자

가람(嘉藍) 이병기(李秉岐, 1891~1968) 선생의 고향에서 탄생 120주년을 기리는 학술대회에 참예하게 되어 생광스럽습니다. 기조강연을 감당할 자격이 전혀 없지만, 이 대회를 통해 선생의 학덕(學德)과 문장, 곧 가람 문학의 진면목이 다시 발견되어 널리 공유되는 계기가 되었으면 하는 마음에서 내려왔습니다. '역사는 의외로 알려지지 않았다'는 사학계의 금언처럼 가람도 그렇습니다. 가람은 연구와 비평과 창작, 세 방면에서 우리 문학의 줄가리를 세우는 일에 기여한 드문 분이었음에도 불구하고, 그에 합당한 대접을 받지는 못했습니다. 그 중요한 원인은 분단, 전쟁, 냉전으로 이어지는 한국현대사의 비극이 가람의 생애를 횡단하고 있었기 때문입니다.

---

* 원래 가람 이병기 선생 탄생 120주년을 기리는 심포지엄(원광대 2011.9.23)의 기조강연으로 발표한 것을 바탕으로 개제, 개고한 것이다. 토론자와 논평자 들께 감사한다.

저는 1968년 3월 서울문리대 국문과에 입학했습니다. 그런데 그때 우리는 동숭동 문리대 캠퍼스가 아니라 서울공대 캠퍼스에 마련된 교양과정부라는 데로 1년을 다녀야 했습니다. 문리대, 법대, 상대 1학년생들을 교양과정부라는 명목으로 머나먼 상계동에 유배 보낸 셈이니, 박정희정권의 장난이라는 소문이 그럴듯합니다. 가람이 별세하신 게 1968년 11월 28일인데,[1] 솔직히 그때는 선생이 국문과 교수를 역임[2]하신 줄도 몰랐습니다. 그만큼 교양과정부는 문리대 전통과 단절적이었습니다. 드디어 2학년이 되어 동숭동으로 '진입'해 국문과 학생이 되자, 가람은 우리 앞에 문득 나타나셨습니다. 백영(白影) 정병욱(鄭炳昱, 1922~82)의 '국문학사' 강의는 각별했는데, 그 교재가 바로 가람이 1부 '고전문학사'와 부록 '국한문학사(國漢文學史)'를, 백철이 2부 '신문학사'를 나눠 집필한 『국문학전사』(國文學全史, 1957)입니다. 가람의 제자인 백영의 강의를 통해 우리 문학사에 입문하게 된 것은 큰 행운입니다. 이 책에는 세개의 서문이 있습니다. 첫번째 서문은 사학계의 태두 두계(斗溪) 이병도(李丙燾, 1896~1989)가 부친바, 가람을 "나의 오랜 지기(知己)의 벗"[3]이라고 기렸습니다. 이는 결코 빈말이 아닙니다. 『가람일기』에 가장 많이 등장하는 인물[4]이라는 점뿐만 아니라 실제로 두계는 가람의 패트런에 가깝습니다. 6·25전쟁 직후 문리대 자치위원회에서 활동한 사실로 9·28 서울 수복 후 곤경에 처한 가람을 극력 변호해 구출하는 데 중요한 역할을 한 일은 그 단적인 예의 하나입니다. 그런데 결국 가람을 낙향케 하는 빌미를 제공한 이 위원회라는 게 하릴없는 모임이었습니다. 김성칠(金聖七, 1913~51)의 증언을 봅시다.

---

1 최승범 『스승 가람 이병기』, 범우사 2001, 217면.
2 가람은 1946년 9월 30일 서울대 문리대 국문과 교수로 부임하여 1950년 10월 25일 고향 여산(礪山)으로 낙향하기까지 고작 4년 남짓 재직했다. 같은 책 208, 212면.
3 이병도·백철 『국문학전사』, 신구문화사 1957, 1면.
4 정병욱·최승범 엮음 『가람일기(II)』, 신구문화사 1976, 색인 737, 751면 참고.

"이 통에 교수회고 무어고 넋빠진 모임이 되어버려서 이명선(李明善) 등 몇몇 사람이 미리 짜놓은 플랜에 따라 이병기 씨를 허울만의 좌장으로 앉히고 일사천리로 의정(議程)을 진행시키었다."[5] 가람 또한 일기에서 그 참여 동기를 "우리 귀중한 도서며 교사(校舍)와 그 설비"를 "사수코자" 함[6]이라고 밝힌바, 이 충정을 두계가 누구보다 잘 이해한 것입니다. 그럼에도 수복 직후의 살벌한 분위기에서 가람을 극력 변호한 일이나, 가람은 물론이고 자산(自山) 안확(安廓, 1886~1946) 같은 기인형(奇人型)의 재야 국학자와 허물없이 교류한 일 또한 두계를 다시 보게 합니다. 하여튼 우리의 간난한 지성사의 실상을 생생하게 전한다는 점에서도 『가람일기』의 가치는 종요롭습니다. 두번째 서문은 일대(一代)의 사표(師表) 일석(一石) 이희승(李熙昇, 1896~1989)의 것입니다. 일석 또한 『가람일기』에 자주 등장하는데,[7] 더구나 조선어학회사건(1942)의 동지입니다. 일석은 두계와 함께 문리대의 기둥입니다. 제가 학교 다닐 때는 이미 은퇴하셨지만(1961), 가끔 출강은 하셔서 그 해타(咳唾)에 접한 것은 큰 다행입니다. 일분일초도 늦지 않으시고 일분일초도 빨리 나가지 않으시며 직립한 채 강의에 열중하시는 일석은 과연 권력에 타협하지 않은 '딸깍발이' 선비입니다. 이 점에서는 두계와 다릅니다. 세번째 서문은 자서(自序)입니다. "사문학(死文學)을 찬송하자는 것"이 아니라 "생문학(生文學)을 도모"하자는 데 이 책의 주지가 놓인다는 대목[8]도 인상적이지만, "국문학계의 신예 학인인 정병욱 조교수가 전적으로 원고의 정리 교정을 맡"았다는 사의(謝意)[9]도 눈에 뜁니다. 『가람일기』에는 백영뿐만 아니라 성산(城山) 장덕순(張德順,

---

5 김성칠『역사 앞에서』, 창작과비평사 1993, 78면, 1950년 7월 1일 일기. 은사 장덕순 선생은 그가 당시 '회색군자'로 불렸다고 말씀하셨다. 눈치꾸러기 기회주의자가 아니라 소신의 중도파라는 뜻인 듯했다.
6 정병욱·최승범 엮음, 앞의 책 628면, 1950년 9월 27일 일기.
7 같은 책 754, 755면 참고.
8 이병기·백철, 앞의 책 6면.

1921~96)과 백사(白史) 전광용(全光鏞, 1919~88) 등 저의 국문과 은사들이 얼핏얼핏 등장합니다. 그분들이 모두 문리대 교수 시절 가람의 제자였던 것입니다.

가람의 자취는 사람에만 있지 않습니다. 동숭동 캠퍼스의 중앙도서관은 바로 국문과 연구동과 지근인데, 이곳에는 선생이 일생을 모은 장서들이 '가람문고'라는 이름으로 소장되어 있었습니다.[10] 귀중자료에 대한 개방이야말로 학은(學恩)의 꽃입니다. 그러고 보면 교가의 작사자도 선생입니다. 일기에 그 대목이 생생합니다. 1949년 "10/26(수) 오늘 오후 1시 강당에서 국립 서울대학교 교가 발표식이 있다. 점심 먹고 문리대 강당에 갔다. (…) 학생과 교수가 빽빽하게 모였다. 내가 지은 교가를 읽으며 해설했다. 담엔 현제명(玄濟明) 군이 그 작곡에 대하여 설명했다. 퍽 유쾌했다."[11] 고작 4년여의 재직이건만 가람의 자취는 동숭동 캠퍼스 곳곳에 끼친 것입니다.

돌이켜보면 안타까운 일입니다. 이데올로기라는 허위의식의 광풍 속에서 많은 분들이 동숭동을 떠났습니다. 국문과 주변만 해도 천태산인(天台山人) 김태준이 1949년 11월 수색(水色)에서 처형되고, 남창(南倉) 손진태(孫晉泰, 1900~?) 학장은 납북되고, 도남(陶南) 조윤제(趙潤濟, 1904~76)가 방북으로 1950년 10월 사직하고, 이명선과 김삼불(金三不)이 월북했습니다. 특히 끝의 두분은 가람이 동숭동을 떠나는 직접적 빌미로 되었습니다.[12] 두분 다 학문적으로 촉망받던 후속세대이거니와, 삼불은 가람의 맏제자 격이었습니다. 백영과 성산은 물론 나손(羅孫) 김동욱(金東旭,

9 같은 곳.

10 장서를 기증한 때는 1963년 5월이다. 최승범, 앞의 책 216면.

11 정병욱·최승범 엮음, 앞의 책 618면.

12 "나를 김삼불 이명선과 친하다고 (…) 잡으러 간다 하기에(…)", 같은 책 629면, 1950년 9월 29일 일기.

1922~90)도 입을 모아 당신들은 '삼불이 있었다면 명함도 못 내밀었을 것'이라고 슬그머니 고백하시기도 했습니다. 이분들이 모두 동숭동에 계셨더라면 하는 감회가 저절로 들게 마련인데, 특히나 가람의 부재는 애석하기 짝이 없는 일이 아닐 수 없습니다.

2. 중도의 길

가람은 당시 동숭동 캠퍼스에서 손님 비슷한 분입니다. 일석처럼 제국대학 출신도 아니고, 두계처럼 근기 양반의 후손도 아니고, 천태산인처럼 맑스주의자도 아닙니다. 여산 시골 태생으로 한성사범학교(1910~13)를 나와 지방에서 보통학교 훈도로 생애하다가(1913~19)[13] 국학(國學) 연구의 길에 든 비제도권 학자입니다. 다시 말하면 학문을 하기 위해 학문을 한 것이 아니라, 운동의 길에서 학문을 탁마한 재야학인이었던 것입니다.

가람은 한성사범 재학 중 "조선어강습원에 나가 주시경 선생의 조선어문법 강의를 수강(1912)하면서 이때부터 우리 어문(語文) 연구에 대한 뜻을 굳혔"[14]으니, 한힌샘 주시경(周時經, 1876~1914)과의 해후가 가람의 초발심 자리입니다.[15] 어문운동과 애국운동을 동시에 밀어나간 한힌샘 문하에서 빈빈(彬彬)한 인재들이 족출한바, 옌안(延安)에서 조선독립동맹 주석으로 항일전선에 노고하다가 해방 후 북에서 연안파를 이끈 김두봉(金枓奉, 1890~?), 조선어학회 회장으로 옥고를 치르고 남북대표자연석회의(1948)에 참석했다가 평양에 남은 고루 이극로(李克魯, 1893~1978), 그리

---

13 최승범, 앞의 책 195면.

14 같은 책 13면.

15 가람은 시조 「주시경선생의 무덤」에서 "남기어 주신 그뜻을 맘에 사겨 두리다"라고 다짐하였다. 『가람시조집(嘉藍時調集)』, 문장사 1939, 51면.

고 두분의 공백을 거의 홀로 감당한 남한 한글운동의 실질적 지도자 외솔 최현배(崔鉉培, 1894~1970) 등은 대표 중의 대표입니다. 특히 외솔과는 각별했습니다. 일기에 두계 버금가게 등장하거니와,[16] 패트런으로는 두계 못지않은 역할을 맡은 분이 외솔이었습니다. 가람이 미군정청 시절 교과서 편찬에 주도적으로 참여한(1945~47)[17] 일도 해방 직후부터 편수국의 책임을 맡은 외솔의 배려일 것입니다. 가람의 국어교과서에 대해 『문장』파 중심이라는 비판도 없지 않지만, 좌우익에 편향되지 않게 문학성과 교육성을 잘 고려한 균형성이 돋보인다는 논의가 중론이라고 알고 있습니다. 하여간 가람이 조선어학회사건으로 구속된 점 자체가 어문운동이 그에게 일시적인 것이 아님을 반증할 터입니다. 이때 검거된 분 중에는 해방 후 초대 법무부장관을 지낸 애산(愛山) 이인(李仁, 1896~1979), 초대 재무부장관을 역임한 상산(常山) 김도연(金度演, 1894~1967), 만당(卍黨)의 축으로 전시 문교부장관을 지낸 범산(梵山) 김법린(金法麟, 1899~1964), 혁신계 인사 월파(月坡) 서민호(徐珉濠, 1903~74), 그리고 몽양(夢陽)의 근로인민당에서 활동하다가 남북협상 때 평양에 남은 저명한 교육자이자 교육사가 이만규(李萬珪, 1882~1978) 등 쟁쟁한 정객들도 이채롭습니다. 1943년 초에 옥사하신 한메 이윤재(李允宰, 1888~1943)와 효창(曉蒼) 한징(韓澄, 1886~1944) 이외에 고루, 외솔, 일석, 그리고 건재(健齋) 정인승(鄭寅承, 1897~1986), 네분은 8·15까지 영어(囹圄)되고, 대부분의 인사들은 이전에 풀려났습니다. 가람도 1943년 9월 18일 함흥형무소에서 기소유예로 한결 김윤경(金允經, 1894~1969), 노산(鷺山) 이은상(李殷相, 1903~82) 등 12인과 함께 석방됩니다.[18]

이처럼 한힌샘을 연원으로 한 가람의 지적 교류를 개관컨대, 그 시절

16 정병욱·최승범 엮음, 앞의 책 762면.
17 최승범, 앞의 책 207~09면.
18 정병욱·최승범 엮음, 앞의 책 539면.

국학과 주변에서는 공부와 운동이 거의 한 몸이라는 점을 새삼 깨닫게 됩니다. 이런 범 같은 문중에서 '공부에 뜻을 일으켰기에〔志于學〕' 가람이 식민지 조선의 고명한 지식인들 거개가 연루된 친일의 혐의로부터 온전히 깨끗할 수 있었던 것입니다. 친일문화단체에 이름 올리기를 거부하고,[19] 끝내 창씨를 거절하여,[20] 친일문학의 용감한 적발자 임종국(林鍾國, 1929~89)으로부터 "끝까지 지조를 지키며 단 한편의 친일문장도 남긴 일이 없는 영광된 작가"[21]라는 칭송을 들었습니다.

또한 가람의 교우에는 이데올로기가 부재합니다. 식민지시대의 지식인서클 안에서는 이념적 동거가 부자연스럽지 않았으니, 좌든 우든 필경은 민족의 해방을 중요한 국면으로 사유하였기 때문입니다. 사실 일제시대 이념대립의 상은 냉전 이후 과장되었다고 볼 수 있습니다. 상잔(相殘)의 상흔이 깊어진 6·25 전후(前後)의 갈등양상을 과거로 과잉투사한 탓일 터입니다. 그럼에도 이데올로기적 선택이 직간접적으로 강박되었던 해방 직후 내지 6·25전쟁기에는 그 이전과는 달리 사상적 지향이 한결 분명한 형태를 취한 것마저 부정할 수는 없습니다. 저는 앞에서 인공(人共)시절 문리대 자치위원회 활동을 언급한바, 가람은 조선문학가동맹에도 관여했습니다. 알다시피 1946년 2월 8일에서 9일까지 서울 종로 기독교청년회관(YMCA)에서 제1회 조선문학자대회가 열렸습니다. 조선문학가동맹에 의해 출판된 그 회의록이 1차사료입니다. 가람은 첫날 회의에 김태준과 함께 고전문학에 대한 보고자로 회순(會順)에 등록되어 있습니다만,[22] 실

---

19 최승범, 앞의 책 99면.

20 일석에 의하면 조선어학회사건으로 "홍원경찰서 감방에서 수난할 적에 (…) 그들은 휼계(譎計)와 협박으로써 창씨(創氏)를 강요하였다. 동지들의 거개가 이에 굴하지 않을 수 없었으나, 유독 가람 형만은 완강히 이에 불응하였다" 한다. 같은 책 185면에서 재인용.

21 같은 책 39면에서 재인용.

22 『건설기의 조선문학』, 조선문학가동맹중앙집행위원회서기국 1946, 207면.

제 보고는 김태준 단독입니다. 가람은 첫날 결석하였던 것입니다.[23] 둘째 날 출석한[24] 가람은 중앙집행위원에 선임됩니다.[25] 물론 이에 대해 가람은 「해방전후기(解放前後記)」(『경향신문』 1949.9.27)에서 "해방후 무슨 회니 무슨 정당이니 하는 것이 전보다도 몇 곱절 더 생겨나더니 거기 가입해달라고 무척 조르기도 하였으나 하나도 가입하여 다닌 일이 없다기보다는 과연 다닐 틈이 없다"[26]라고 해명하였지만, 정부 수립 이후에 쓰인 글이라는 점을 감안해야 합니다. 1947년 동맹 조직표에 가람이 중앙집행위원으로서 부위원장 겸 고전문학부 위원장으로 오른 것[27]은 아마도 실상이 아닐 가능성도 없지 않지만, 하여튼 동맹에 가까웠던 점은 부인할 수 없을 것입니다. 실제 가람은 민족 못지않게 민중의 고통에도 예민했습니다. 그의 시조에는 뜻밖에도 강렬한 사회성이 발견되니까요. 그렇다면 좌익이었는가? 사회주의에 공감적이었지만 가람 자신이 분명한 좌익은 아닐 것입니다. 계급문학이 아니라 민족문학을 지향한 동맹은 "우리 문학사상 처음으로 이루어진 문인들의 좌우합작조직"[28]으로서 비(非)카프계의 광범한 참여가 이루어졌습니다. 특히 가람과 함께 『문장』을 주도한 상허(尙虛) 이태준과 정지용이 동맹의 한 축이라는 점을 감안컨대, 가람도 민족협동적 성격이 뚜렷했던 출범 당시의 대의에 이끌려 참여했지만, 상황의 압박 속에서 급진화로 달려간 동맹에 대해 냉담자로 변모한 그런 중도적 문인의 한 분일 것입니다. 그럼에도 그는 회색분자가 아닙니다. 「해방전후기」는 이렇게 마무리됩니다. "나는 다만 국학으로서 우리 독립국가를 도와 희생하

---

23 첫날 출석자는 회원 120명 중 총 91명이었다. 같은 책 205면.
24 같은 책 218면.
25 같은 책 232면.
26 『가람문선(文選)』, 신구문화사 1969, 205면.
27 권영민(權寧珉) 『해방직후의 민족문학운동연구』, 서울대 출판부 1986, 21면.
28 졸고 「해제: 한국현대문학사의 올바른 재구성을 위하여」, 『건설기의 조선문학: 제1회 전국문학자대회 자료집 및 인명록』, 온누리 1988, 7면.

고자 한다. 또 어학회사건과 같은 일이라면 영어에 썩더라도 기쁘게 참가
하겠다."[29]

　앞에서 저는 가람이 재야학인이라고 말씀드렸는데, 이 또한 부분적 진
실일 따름입니다. 소통적 능력은 이념만이 아니라 재야와 제도의 벽도 허
뭅니다. 경성제국대학(약칭 성대) 설립(1924) 이후 특히 재야 국학파와 성대
조선학파 사이에는 거의 만리장성이 축조된 형편이었습니다. 그런데 신
기하게도 가람은 제도파 학자들과 멀지 않습니다. 여기서 두계에 주목하
게 됩니다. 두계는 제국대학이 아니라 와세다(早稻田) 출신임에도 학문경
향은 제도 실증파에 가깝습니다. 그럼에도 제도/비제도를 넘나듦은 물론
관(官)에까지도 통하는 인물입니다. 이 인맥을 바탕으로 두계는 1934년
조선의 언어·문학·역사·민속·미술을 연구하는 조선인 연구자들과 함께
진단학회(震檀學會)를 창립합니다. 그 발기인의 면모를 보면 조선어학회
의 외솔·일석·한결·한메·가람·노산, 성대의 일석·천태산인·도남·우현
(又玄) 고유섭(高裕燮)·박문규(朴文圭)·신석호(申奭鎬), 와세다의 남창·
동빈(東濱) 김상기(金庠基)·상백(想白) 이상백(李相佰)·하성(霞城) 이선근
(李瑄根), 동경제대의 예동(洌東) 김두헌(金斗憲), 국학파의 호암(湖巖) 문
일평(文一平), 민속학의 석남(石南) 송석하(宋錫夏), 그리고 미국유학파 용
재(庸齋) 백낙준(白樂濬) 등 화려합니다. 맑스주의자 천태산인과 박문규
가 특히 눈에 띄지만 그렇다고 관학적 실증파 일변도는 아닙니다. 조선어
학회가 중심적으로 참여한 것이 반증입니다. 대체로 1세대 국학파와 차별
되는 2세대 학자들의 결집인 셈인데, 실증주의라는 근대적 학문의 세례가
공유재입니다. 그러니까 이념적으로는 친일파에서 맑스주의자까지 다기
한 듯합니다. 진단학회에 참여하면서 국학적 재야학인 가람은 새 세대 연
구집단 안으로 포용됩니다. 바로 그 매개자가 두계입니다. 가람은 그 첫

---

29 『가람문선』 206면.

만남을 이렇게 기록했습니다. 1925년 "10/17(토) (⋯) 각천의 소개로 이병도 군과 인사를 하고 조선사에 대하여 단편적 이야기를 하다."[30] 두계를 소개한 이가 각천(覺泉) 최두선(崔斗善, 1894~1974)입니다. 육당의 제씨로 후일 국무총리까지 지낸 각천과 두계는 와세다 동문입니다. 각천을 매개로 한 두계와 가람의 만남이 종자가 되어 재야와 제도의 부분적 소통이 이루어졌으니, 진단학회는 그 성과의 하나입니다. 가람은 1937년 6월 10일 진단학회 총회에서 위원으로 선출됩니다.[31] 이제 두계·일석·남창·도남 등과 함께 이 학회의 핵심으로 되었던 것입니다. 가람이 좌우익의 대립과 제도/비제도의 구획을 넘나들 수 있었던 것은 무엇보다 전문성을 인정받았기 때문입니다. 그런데 선생의 전문성은 운동성을 희생한 건조한 전문성이 아닙니다. 재야에서도 실증의 치밀성을 높이 연마하고, 제도 속에서도 운동의 대의를 잊지 않았으니, 가람의 학덕이 새삼 기루어집니다. 도남과 가람이 동숭동을 떠남으로써 이후 문리대는 학문에서 가치를 추방한 실증파의 상아탑으로 위축되기에 이르렀으니, 이는 한국지성사의 곤경이 아닐 수 없습니다.

3. 최초의 고전비평가

가람은 이처럼 1세대 국학과 2세대 조선학을 겸한 분입니다. 즉 국학의 뜻과 조선학의 실증을 통합한 드문 학인인 것입니다. 그중에서도 특장은 우리 고전, 특히 한글문학유산에 대한 뛰어난 안목을 바탕으로 한 실천적 연구자라는 점입니다. 잠깐 1930년대 당시 국문학연구사를 돌아본다면,

---

30 정병욱·최승범 엮음『가람일기(I)』, 신구문화사 1976, 266면.
31 『가람일기(II)』 475면.

2세대 실증파에 의해 각 장르사 및 특수분야사가 속속 출간되고 있었습니다. 천태산인의『조선한문학사』(1931)와『조선소설사』(1933), 노정(蘆汀) 김재철(金在喆, 1907~33)의『조선연극사』(1933), 그리고 도남의『조선시가사강』(朝鮮詩歌史綱, 1937)이 그것입니다. 이는 자산의『조선문학사』(1922)로 대표되는 1세대 국학파의 종합화를 분기하는 전문화의 경향을 나타내는 것입니다.[32] 그런데 국학파나 실증파나 모두 부족한 면이 있습니다. 통사와 장르사와 특수분야사의 체계화라는 버거운 작업에 매진하다보니 문학성의 해명에 다소 소홀한 바 있었습니다. 당시 국문학 연구에는 우리 고전문학유산의 문학성을 논리적으로 분석하고 그 가치의 높낮이를 평가할 능력 즉 비평적 능력이 절실히 요구되고 있었습니다. 바로 가람이 때를 맞춰 나타난 분입니다. 말하자면 가람은 최초의 고전비평가라고 할 수 있습니다. 당시 문단의 모더니즘 경향을 거론하지 않더라도 1930년대 문학은 형식이나 언어 문제에 1920년대보다는 한층 더 세심했으니, 상허나 정지용 등 구인회 동인들이 가람을 따랐던 것도 고전비평적 안목에 대한 경의와 연관될 터입니다. 이 점에서 가람은 1세대 국학파와 2세대 실증파를 겸한 위에 3세대 미학파까지 아울렀다고 해도 지나친 말이 아닙니다.

가람의 비평적 능력이 밝게 드러난 대표적 평론이 바로「시조는 혁신하자」(1932)입니다. 제목에서 보이듯, 가람은 주지를 혁신론에 둠으로써 1920년대 국민문학파의 시조부흥론과 선을 긋습니다. 육당 최남선으로 대표되는 부흥론은 "시조의 폐척(廢擲) 무시"를 "조선아(朝鮮我)의 망각" 탓으로 돌리는[33] 과잉정신주의에 입각하여 "시조는 무론 부흥해야 할 것이요, 또 부흥되어야 할 것이요, 또 부흥되고야 말 것입니다"[34] 식의 당위

---

32 졸고「한국문학연구사」(1982),『한국근대문학을 찾아서』, 인하대 출판부 1999, 374~77면.

33 최남선「조선국민문학으로서의 시조」,『조선문단』1926년 5월호;『육당최남선전집 9』, 현암사 1974, 390면.

34 최남선「시조는 부흥을 할 것이냐, 부흥당연, 부흥당연」,『신민』1927년 3월호;『육당최

론에 지배되었습니다. 한마디로 장르의 역사성을 무시했습니다. 시조가 근대문학으로 이행하는 데 실패했다면 그 원인은 무엇인지 따져보고, 그 퇴출이 부자연스럽다면 어떻게 살릴지 안팎의 조건들을 분석하는 절차가 거의 무시되었던 것입니다. 가람은 이런 복고적 부흥론을 여의고 "시조도 한 문학이다"[35]라는 명제를 세웁니다. 시조가 문학 또는 근대문학이라는 보편적 잣대를 통과할 수 있을지를 시험하고자 한 것입니다.

놀랍게도 가람은 이웃 중국과 일본의 경우를 잘 살펴보고 있었습니다. 요즘식으로 말하면 동아시아적 시각을 지니고 있었던 것입니다. "일본에서 자유시운동, 지나(支那)에서 백화시운동이 맹렬하여도, 또 그 한편에는 한시나 와까(和歌) 같은 정형시가 또한 못지않게 전개되고 있으며, (…) 지금 와서는 프롤레타리아단가(短歌)운동까지도 생겼다."[36] 일본의 짧은 정형시들이 근대시, 현대시, 나아가 일종의 생활시로서 정립되는 성공적 과정을 염두에 두되, 그를 위한 시조혁신운동의 구체적 방법은 중국의 문학개량/혁명론을 깊이 참고하였습니다. "난삽하고 우원(迂遠)하던 귀족문학"이 아니라 "명료하고 평이한 대중문학으로", "진부하고 과장하던 고전문학"이 아니라 "진실하고 신선한 사실문학으로"[37] 혁신의 두 방향을 제시한바, 이는 "국민문학, 사실문학, 사회문학"의 3대주의를 높이건 천 두슈(陳獨秀, 1879~1942)의 「문학혁명론」(1917)과 공명합니다.[38] 가람은 또한 이 글에서 혁신의 구체적 방법으로 "1. 실감실정(實感實情)을 표

남선전집 9』 399면.

35 이병기 「시조는 혁신하자」, 『가람문선』 313면.

36 같은 글 314면.

37 같은 글 314~15면.

38 천 두슈는 이 글에서 문학혁명군의 3대주의를 천명하였다. "첫째, 조탁(彫琢)하고 아부하는 귀족문학을 타도하고, 평이하고 서정적인 국민문학을 건설하자. 둘째, 진부하고 과장적인 고전문학을 타도하고, 신선하고 성실한 사실문학을 건설하자. 셋째, 우회적이고 난삽한 산림문학을 타도하고, 명료하고 통속적인 사회문학을 건설하자." 『신청년(新靑年)』 2권 6호(1917.2) 13면.

현하자, 2. 취재의 범위를 확장하자, 3. 용어의 수삼(數三), 4. 격조의 변화, 5. 연작을 쓰자, 6. 쓰는 법 읽는 법"[39] 등 6개조를 거론하여 조목조목 따지는 방식으로 논의를 풀어나가는데, 이는 고문문학이라는 '사문학(死文學)' 대신 백화문학이라는 '활문학(活文學)'의 건설이라는 구호 아래 팔사(八事)를 천명한 후 스(胡適, 1891~1962)의 「문학개량추의」(文學改良芻議, 1917)와 마주 봅니다.[40]

중국의 문학개량/혁명론을 우리 시조의 현실에 비추어 재창안한 시조혁신론의 열쇳말은 '실감실정'입니다. 가람은 이를 다시 "자기의 주관으로써 하는 서정" 즉 "절실한 감정"과 "객관으로써 하는 서경(敍景)" 즉 "색채가 가득한 감각적 광경"으로 부연한바,[41] 내적이든 외적이든 주체를 중심에 세우는 리얼리즘 선언입니다. 그런데 낭만적 '서정'과 탈낭만적 '서경'을 아우른 점에 주목하면, 모더니즘의 계기도 포용하는 개념이기도 합니다. 더욱 흥미로운 점은 "옛날 시조로서 오늘날까지라도 그 생명을 지녀오는 것은 실감실정을 표현한 것만"[42]이라는 지적입니다. 이로써 고색창연한 고시조 더미에서 '실감실정'에 충실한 우수한 시조 작품들은 문학 또는 시의 월계관을 쓰고 특화됩니다. 1조의 '실감실정'과 함께 주목할 열쇳말은 4조 '격조의 변화'에 나오는 "읽는 시조"입니다. "음악으로 보는 시조" 즉 "부르는 시조"가 아니라 "문학으로—시가로 보는 시조" 즉

---

39 이병기, 앞의 글 318면.

40 胡適「文學改良芻議」,『신청년』2권 5호(1917.1) 2~10면. 1조는 "모름지기 말에는 알맹이가 있어야 할 것(須言之有物)"이다. 2조는 "옛사람을 모방하지 말 것(不摹倣古人)"이다. 3조는 "모름지기 문법을 강구할 것(須講文法)"이다. 4조는 "병도 없이 신음하지 말 것(不作無病之呻吟)"이다. 5조는 "너무 익은 가락과 상투어를 제거하는 데 힘쓸 것(務去爛調套語)"이다. 6조는 "전고를 사용하지 말 것(不用典)"이다. 7조는 "대장을 강구하지 말 것(不講對仗)"이다. 8조는 "속어·속자를 피하지 말 것(不避俗語俗字)"이다.

41 이병기, 앞의 글 320면.

42 같은 글 316면.

"짓는 시조, 읽는 시조"를 주창한 것입니다.[43] 시조를 그 모태인 음악으로부터 분리하려는 속셈은 무엇입니까? "격조는 과연 음악과도 다르다. 음악은 소리 그것에만 의미 있을 뿐이지마는, 격조는 그 말과 소리와가 합치한 그것에 있다. 그러므로 말을 떠나서는 격조도 없다. 그런데 시조의 격조는 그 작가 자기의 감정으로 흘러나오는 리듬에서 생기며, 동시에 그 작품의 내용의미와 조화되는 그것이라야 한다. 그렇지 않으면 딴것이 되어 버린다. 공교스럽다 하여도 죽은 기교일 뿐이다."[44] 소리 중심의 시조를 말을 축으로 다시 파악함으로써 가람은 시조를 언어예술의 정화인 문학으로 인도하고자 했거니와, 이 간절한 욕구는 구인회와의 추축(追逐) 속에서 차츰 언어 자체의 내적 마력을 최고도로 인양하려는 고전적 몽상으로 경사되기도 했음을 기억해야 합니다. "마침내 시조들이 시인을 만나서 시인한테로 돌아오게 되었다"[45]는 지용의 헌사(獻詞)는 이 점에서 놀랍게 적확합니다.

가람이 시조를 혁신하여 현대시로 환골탈태한 비밀은 아무래도 시조의 유연성을 예리하게 꿰뚫어볼 수 있었기 때문입니다. "시조는 (…) 한시나 와까보다도 더욱 자유스러운 소시형(小詩形)으로서 (…) 동요나 민요와도 형이나 아우 사이이며, 자유시(신시)와도 그다지 먼 사이는 아니다."[46] 알다시피 가람은 시조의 잣수가 가지런하지 않다는 점에서 정형시(定型詩)가 아니라 정형시(整形詩)로 파악한 바,[47] 구비문학에서 기원한 평민적 자유로움이라는 상상적 특질을 바탕으로 시조혁신을 근사하게 추진한 것입니다. 혁신이라는 의제 설정에서도 탁월하지만, 이 글이 지닌 또

---

43 같은 글 325면.
44 같은 글 326~27면.
45 정지용 「발(跋)」, 『가람시조집』 103면.
46 이병기, 앞의 글 314면.
47 이형대 「가람 이병기와 국학」, 『민족문학사연구』 10호(1997) 370~71면.

하나의 의의는 시조에 대한 수준 높은 비평의 효시라는 점입니다. 방대한 시조유산 가운데 "작가다운 작가나 작품다운 작품도 적지 않았"음에도 왜 그들이 묻혀야만 했던가? "그 작품을 감상·비평하던 이는 전혀 없었다고 해도 가하다"[48] — 비평의 부재가 핵심이라는 지적입니다. 구체적인 시조 작품들을 거론하며 어떤 작품이 좋은지, 또 어떤 작품이 나쁜지 작품을 한눈에 알아보는 감식안을 귀신같이 보여준 이 글은 가람이라는 고전비평가의 탄생을 고지하는 점에서 더욱 중요롭습니다. 가람이 일생 고서더미 속에서 썩어가는 우리 고전들을 어떻게 발굴하여 우리 문학사를 풍요롭게 했을 뿐만 아니라 일종의 국민교양으로 들어올렸는가는 여기서 다시 반복할 필요도 없는 일입니다. 양반 사대부의 높은 문학보다는 어둠에 묻힌 중세 소수자들의 생생한 목소리들을 살려냈다는 점에서 더욱 아름답습니다. 매슈 아널드(Matthew Arnold, 1822~88)는 '교양'(culture)을 "세상에서 생각되고 말해진 최선의 것을 아는 것"(to know the best that has been thought and said in the world)이라고 말했습니다.[49] 한국근현대사의 간난한 도정에서도 한국 최고의 문학적 사유의 보석을 찾는 작업에 매진한 가람 선생은 우리 시대 최고의 실천적 교양인이셨습니다.[50] 나라와 국민이 어지러운 이때 가람의 자리, 중도의 그 여여한 자리가 더욱 그립습니다. 감사합니다.

---

48 이병기, 앞의 글 331면.

49 백낙청『주체적 인문학을 위하여』, 서울대 출판문화원 2011, 27면에서 재인용.

50 주류가 아닌 소수자를 배려할 줄 아는 안목은 가람 사상의 중도적 거처와 깊이 연관될 것인데, 그 날카로운 심미안은 한글운동을 통해 우리말에 일찍이 눈뜨며 일생 우리말을 탁마한 덕일 것이다. 특히 조선어사전 편찬에 대한 정성은 지극하여, 1948년『조선말 큰사전』출판기념회에서 낭독한 가람의 축시는 그 절정이다(최경봉『우리말의 탄생』, 책과함께 2005, 155~56면). 그런데 이 기념회가 가람의 주선으로 조선문학가동맹 주최로 열렸다는 점 또한 기억되어야 한다(같은 책 336면).

전간기 문학의 기이한 대화[*]

◆

김환태, 박태원, 그리고 이원조

1. 30년대를 보는 눈들

올해 우리가 기릴 문인들 —— 박태원·현덕·안회남(安懷南)·신석초(申石
艸)·모윤숙(毛允淑)·김내성(金來成)·이원조(李源朝)·김환태(金煥泰)는 모
두 기유생(己酉生)이다. 그 이듬해 대한제국이 식민지로 전락했으니 생애
의 대부분을 식민지인으로 굴종했던 불우한 세대인데, 1930년대를 중요
한 문학적 시간으로 공유한다. 대공황이 혁명의 고조가 아니라 자본의 부
활로 귀결되면서 천황제 파시즘의 진군 속에 카프가 해산되고(1935) 모더
니즘이 전경(前景)으로 나선 1930년대 문학은 문제적이다. 두 견해가 마
주 섰다. 모더니즘을 중시하는 편에서는 '순수문학의 황금시대'로 찬미했
고, 카프 또는 리얼리즘을 중시하는 편에서는 탈이념의 수렁에 빠진 전형
기(轉形期)로 애도했다.

---

[*] 이 글은 한국작가회의·대산문화재단 주최 '2009 탄생100주년문학인기념문학제' 심포
지엄(프레스센터 5.7)의 기조발표문이다. 이번에 개고, 개제했다.

과연 카프와 모더니즘은 그토록 배타적일까? 정지용의 대표작 중 하나인 「향수」(1927)는 뜻밖에도 카프 기관지『조선지광』에 실렸다. 이 단적인 예로 보아도 양자의 대립이란 냉전시대의 첨예한 이념적 갈등을 식민지시대로 소급하여 과잉적용한 시뮬레이션이기 십상이다. 이제는 널리 인정되듯이 조선의 모더니스트는 민족 및 민중 문제에 대해서 일정하게 예민했다. 그럼에도 카프(또는 당대 사회주의자들)의 교조주의적 경향에 대해서는 흔쾌하지 않았다. 식민지라는 조건에 대한 진지한 고려를 건너뛰기는 모더니스트도 마찬가지였다. '오전의 시론'을 높이 들고 현대로 질주한 김기림(金起林, 1908~?)은 대표적이다. 다시 보건대 20년대 신문학 운동을 갱신 대상으로 설정한 점에서 모더니즘과 카프는 연동된다. 카프가 사회주의 현대화 프로젝트라면 모더니즘은 비사회주의 현대화 프로젝트인바, 양자는 현대를 꿈꾸며 근대성에 반란한 쌍생아인지도 모른다. 카프가 먼저 나섰다 파열한 뒤 그 아래 잠복한 모더니즘이 30년대에 수면 위로 떠오른 폭이니, 양자를 선후로 보기 어렵다. 또한 이때 카프는 오히려 성성(醒醒)했다. 시대의 궁핍함 속에서 리얼리즘의 새 길을 찾는 진지한 실험에 투신함으로써 카프계 문인들은 20년대보다 한결 적실한 담론과 더욱 뛰어난 작품들을 생산했으니, 30년대 문학은 모더니즘과 리얼리즘, 이 두 계열의 때로는 날카로운 긴장의 형태로 이루어진 대화 속에 상호진화를 거듭한 터다.

나는 김환태, 박태원, 그리고 이원조를 30년대적 상호대화의 축으로 삼아 전쟁과 혁명의 기로에 선 이 불안한 전간기(戰間期)를 추보(趨步)함으로써 30년대라는 문제적 시간이 스스로 재구성되는 단서를 찾고 싶은 것인데, 이 작업이 또한 그분들의 간난한 삶과 문학에 바치는 내 최고의 경의이기를 바라는 마음 그지없다.

2. 김환태, 인문주의의 대두

자본의 새로운 엄습과 함께 발화된 문학의 위기가 만연한 30년대에 비평의 위기가 병발(並發)한 것은 어쩌면 당연한 일인지도 모른다. 눌인(訥人) 김환태(1909~44)의 「비평문학의 확립을 위하여」(1936)[1]는 그 위기의 양상을 밝히고 치유를 모색한 일종의 메타비평이다. 김두용(金斗鎔)을 비판하고 임화에 의해 비판된 이 글은 논쟁의 상대가 카프계라는 점 때문에 오로지 순수주의의 선언처럼 평가되어온 것이 사실이다. 일면 그런 측면이 없는 것은 아니지만, 이 글을 그렇게 봉인하는 것이야말로 그의 의도에 반하는 것이다. 나는 이 글을 그가 주장했듯이 "작품에 즉"(조선본 290면)해 파악함으로써, 그리고 논쟁의 구도 속에서 다시 읽음으로써 30년대 문학으로 들어가는 입구로 삼고자 한다.

이 글의 핵심은 당대 평단에 경종을 울리며 문학비평의 본령을 재건하자는 것이다. 그 비판의 중요 대상은 분명 맑스주의 문예비평이다. 김두용을 직접 비판하면서 시작되는 이 글은 "문학비평의 대상은 사회도 정치도 사상도 아니요 문학"(조선본 287면)이라는 명제 아래 "정치이론이나 사회비평"(조선본 287면)으로 시종한 김두용의 글에 큰 실망을 표시한다. 그의 기필(起筆)을 추동한 김두용의 글은 『신동아』 1936년 4월호에 실린 「조선문학의 평론확립의 문제」[2]다. 제목이 가리키듯 흥미롭게도 맑스주의자

---

1 이 글은 『조선중앙일보』에 1936년 4월 12일부터 23일까지 연재되었다. 내가 참조한 이 글의 텍스트는 둘이다. 하나는 『현대조선문학전집: 평론집』(조선일보사 출판부 1938)에 수록된 것(약칭 조선본)이고, 또 하나는 『김환태전집』(현대문학사 1972, 약칭 『전집』)에 실린 것(약칭 현대본)인데, 웬일인지 두 본이 꽤 다르다. 일별컨대 조선본이 현대본보다 논지가 더 살아 있어 나는 전자를 텍스트로 삼았다. 그런데 조선본은 구체적 작품들을 거론한 현대본의 후반이 빠져 있다. 이론을 세운 전반만 취한 것으로 판단되는데, 후반은 단순한 부록이 아니다. 그래서 나는 이 텍스트의 전반은 조선본에서, 후반은 현대본에서 취하는 절충을 택할 수밖에 없었다. 이하 이 글의 인용은 따로 주를 달지 않고 본문 안에 조선본과 현대본의 면수만 표시한다.

김두용도 당대 비평의 위기를 문제삼는다. 김환태는 김두용의 글을 "과거의 조선 프로문학 비평"(조선본 287면)의 복제품에 지나지 않는다고 비판했지만, 그 졸가리를 살피면 김두용의 논지가 돈독하다. 그는 "그 너무나 많은 일반론"(158면)으로 지루한 당시 맑스주의 문예비평의 일반적 경향을 지적하면서 "그 이론의 실천적 가치"(159면)에 대한 진지한 고려, 즉 식민지 조선이라는 조건에 대한 천착을 우선적으로 요구한다. 그가 사회주의 리얼리즘을 도입하자는 논의를 비판하고 혁명적 리얼리즘을 주창한 것도 같은 맥락이다. 러시아혁명 이후 사회주의 "건설의 현실"(161면)을 반영한 사회주의리얼리즘을 앵무새처럼 복창하는 대신, 그 이전 단계인 조선에서는 혁명적 리얼리즘으로 나아가는 것이 적실하다는 판단을 할 만큼 교조주의와 선을 긋는 김두용은 그리하여 호소한다. "복본주의(福本主義, 일본 맑스주의 이론가 후꾸모또 카즈오福本和夫의 분리결합론—인용자)적 이론투쟁! 이것은 청산하기로 하자!"(165면) 이어서 그는 정인섭(鄭寅燮)이 제기한 '조선문예가협회'에 대해 토론한다. 이 문제에 대한 "좌익논객의 비판이 너무나 적었다"(165면)라고 지적한 그는 오로지 "신자유주의운동으로서 수리(受理)"(166면)한 정인섭의 논의를 비판함에도 불구하고 "반파쇼전선통일의 문제로서 환영할 필요"(166면)를 날카롭게 제출한다. "자유주의 옹호에 대한 운동이 반파쇼운동의 일익으로 대두할 가능성이 다대한"(166면) 당시의 상황에 즉해서 "구인회 작가와 협력하고 지도"(168면)하는 구체적 좌우합작론을 제기한바, 해방 직후에 이루어질 '조선문학가동맹'을 선취한 그의 선구적 안목이 놀랍다. 파시즘이 프로문학은 물론이고 자유주의 문학마저 위협하는 상황 앞에서 "'프로문학의 역사적 우월성'의 복송(復誦) 혹은 (…) 소부르주아문학에 대한 (…) 관념론적 투쟁"(168면)만을 외

---

2 내가 이용한 김두용 텍스트는 김윤식 엮음 『한국근대리얼리즘비평선집: 자료편』(서울대 출판부 1988)에 수록된 것이다. 이하 본문의 인용은 면수만 표기.

치는 단순론을 넘어 "작가활동을 정당한 방향으로 발전시키는 보도(補導)의 임무"에 충실한 비평의 건설을 주장한 김두용은 맑스주의 문예비평의 김환태라고 해도 지나친 말은 아닐 것이다. 이 점에서 김환태의 김두용 비판은 작품에 즉해 읽어야 한다는 그의 주장을 스스로 위반한 일종의 이데올로기비판에 가깝다.

그럼에도 김환태를 전투적 순수주의자로 조정하는 것 또한 경솔하다. 그는 말한다. "문예비평가가 사회와 정치를 논하는 것을 나는 조곰도 비난하지 않는다. 그러나 그가 사회비평과 정치론을 하는 것이 아니요, 문학론을 하고 있다면, 그는 무엇보다도 먼저 사회나 정치를 문학과 관련하에서 논하지 않으면 안 된다."(조선본 288면) 속류 사회학주의가 횡행했던 것을 상기하면 그가 확인한 원칙은 존중받아 마땅한 것이다. "문학의 본래의 입장에서 그의 본래의 사명을 통하여 이용"(조선본 290면)하자는 것이 "예술지상주의자의 주장은 아니"(조선본 288면)라고 밝히고 있듯이, 그는 그 두 경향을 횡단하는 일종의 중도론을 지향했다고 볼 수도 있다. 이 점에서 그를 문학과 정치 사이에 만리장성을 두는 순수주의자로 찬미하거나 비판하는 일이야말로 그에 대한 왜곡의 전형일 것이다.

그렇다면 그는 형식주의자인가? 문학 바깥의 어떤 가치들을 깃대로 내세우는 외재주의를 부정하고 문학 본래 또는 작품 자체로 귀환하는 내재주의적 경향에서 유추하여 그를 형식주의자로 볼 만한 점이 없는 것은 아니다. 그런데 작품을 작가와 독자라는 문맥으로부터 강제적으로 분리함으로써 다른 차원의 절대주의로 경사하는 형식주의의 엄격성 역시 그와 인연이 멀다. "문예비평가는 먼저 자기를 말하여여('야'의 오자―인용자) 한다. 한 작품에서 어떠한 감동과 기쁨을 받았는가를, 그리고 그로 인하야 자기가 얼마만큼 변모되었는가를 고백하지 않으면 안 된다. 정연한 논리를 세우기는 쉽다. 그러나 자기를 표현하기는 어렵다. 문예비평가는 창작가와 함께 자기표현의 고통을 다시 말하면 창작의 고통을 맛보는 것은 오직 이 길을 통하여서인 것이다."(조선본 291면) 이 대목은 확실히 인상비평의 영향을 잘 보여준다. 독자와 작품의 조우가 빚어낸 실존적 만남의 첫 스파크인 인상에서 출발하여 문학예술에 대한 심오한 이해로 오르는 월터 페이터(Walter Pater)를 존중했지만,[3] 그럼에도 작품을 독자의 주관적 인상으로 해소하는 과격한 주관주의자는 결코 아니었다. 인상을 중시하되 인상비평으로 떨어지지 않은 김환태는 작품과 독자의 깊은 대화를 중시하는 교양인의 이상에 다가가는 집합적 길을 꿈꾼 온건한 중도주의자, 또는 문학의 가치에 대한 깊은 신뢰에 기초한 매슈 아널드풍의 인문주의자에 근사할 것이다.[4]

그가 '비평의 지도성'을 비판한 것도 그 연장이다. "비평의 지도성은 언제나 비평 스스로의 겸손에서 오는 것이며 비평가의 권위는 그가 입법자나 재판관이 될 때가 아니라, 작가의 좋은 협동자가 될 때"(조선본 294면) 얻어진다는 발언이 단적으로 보여주듯이, 그에게 비평가란 훌륭한 독자 또는 기쁜 독서인이었다. 당대의 비평이 양식을 갖춘 교양인을 육성하는 데 기여할 수 있는 사유 훈련의 장이 되기를 바랐던 김환태에게 비평다운 비평을 구축하는 작업은 거의 비원이나 다름없었다. 그리하여 그는 당대 비평의 치부들을 적시하면서 전반부를 마무리한다. 이미 김두용도 거론한 일본 평론들을 표절한 비평의 범람, 비문과 비논리로 점철된 평론들의 횡행, "문단정치"라는 "가장 악질적인 경향"(조선본 296면) 등등. 최소한의 품위도 갖추지 못한 글들이 비평의 이름으로 답지하는 당시 평단의 한심한 현실에 대한 그의 부끄러운 지적을 보면 그의 김두용 비판이 단순한 비판

---

3 김환태 「페이터의 예술관」(1935), 『전집』 143면. 그는 이 글에서 월터 페이터를 인상주의자로 비난하는 의론에 대해 비판하면서 통상적 인상주의와 구분되는 페이터를 옹호한다.

4 김환태 「매슈 아놀드의 문예사상 일고」(1934), 『전집』 129~39면 참고. 큐우슈우(九州)제대 영문과 졸업논문의 주제가 바로 매슈 아널드다.

이 아니라 비판의 형식을 빌린 대화라는 점을 새삼 깨닫게 된다.

이 글의 후반부는 안회남의 「우울」에서 한인택(韓仁澤)의 「흑점」까지 총 11편의 단편을 개괄한 월평인데, 자신의 주장을 사심 없이 실천한 실제 비평의 본때를 보이고 있다. 프로작가라고 해서 경시하지 않았고 모더니스트라고 해서 추장하지도 않았거니와, 신인과 기성 또는 일류와 이류의 차이도 지운 채 오로지 작품에 즉한 진검승부를 펼칠 뿐이다. 동반작가 엄흥섭(嚴興燮)의 진경에 충심으로 기뻐하고, 화려한 조명에서 비낀 박노갑(朴魯甲)을 추어 "농민소설가로서의 이 작자의 장래를 촉망"(현대본 63면)하는 격려를 보낸다. 반면 유명짜한 박태원과 이효석(李孝石)은 비판된다. "기교에 대한 관심이 너무나 적은 우리 문단에서 박태원씨와 같은 탁월한 기교의 소유자를 볼 수 있는 것은 우리의 기쁨이 아닐 수 없다. 그러나 기교에 대한 너무나 편협한 일면적 관심은 때로는 문학의 빈약과 경박을 초래할 수가 없지 않다."(현대본 63면) "장미꽃과 같이 아름다운 시다. (⋯) 그러나, 향기롭고 아름다운 것이 소설의 필수조건은 아니다. (⋯) 이효석씨의 최근의 작품에 있어서 시정신이 산문적 정신을 압도하려는 경향에 나는 도리어 불안을 느낀다."(현대본 68면) 그 작가, 그 작품에 맞춤한 진솔하고도 적절한 논평을 통해 우리 소설의 발전을 함께 모색하는 비평가의 정성이 빛나는 후반부야말로 눌인 비평의 진면목일 것이다.

눌인의 문제제기에 임화가 응답한다. 1936년 상반기의 평단을 점검한 「문단논단의 분야와 동향」(『사해공론』 1936.7)에서 눌인을 집중적으로 비판한 것이다. 물론 임화도 눌인이 "남의 작품을 퍽 힘써 읽는 태도와, (⋯) 작품 감상의 좋은 감각을 지닌"[5] 비평가라는 점을 높이 평가함에도 불구하고 그의 사상적 핵심은 "예술지상주의와 소시민적 개인주의"에 지나지 않는다고 단정했다. 임화는 평단에 홀연 등장한 비프로비평의 도전에 대

---

5 『임화문학예술전집 4』, 소명출판 2009, 691면.

해서 김두용을 대신해 응전한바, 임화에 대해 다시 눌인이 「비평태도에 대한 변석(辯釋)」(『조선일보』 1936.8.6.~8.8)을 통해 반론한다. 임화와 눌인의 논쟁은 생산적 대화로 진화했다고 보기 어렵다. 그럼에도 두 뛰어난 비평가의 행보에 대화의 맹아가 움직였으니, 김두용처럼 구인회에 유의한 임화도 김환태만이 아니라 김기림과 유치진(柳致眞, 1905~74)을 함께 주목했다.[6] 이 점에서 눌인에 대한 임화의 긴 응답도 비판의 형식을 빌린 대화라는 이중성을 띤 터인데, 그 역도 성립할 것이다. 그런데 인문주의자로서 비평의 본령을 재건하고자 고투한 눌인이 이후의 신세대 논쟁에서는 그가 비판한 순수주의로 퇴행한다. 인문주의자 눌인이 순수주의자 눌인에 압도되었거니와, 해방을 1년 앞두고 요절함으로써 그 속셈이 미궁에 빠지게 된 것은 더욱 안타까운 일이 아닐 수 없다.

3. 박태원, 일상의 모험

구보 박태원 문학은 비평적 논쟁의 중심에 자리함으로써 오히려 그 실상이 은폐되는 경향도 없지 않았다. 모더니스트 가운데서도 기교주의자라는 딱지가 「소설가 구보씨의 일일」[7]과 『천변풍경』[8]의 충실한 해석에도 제약을 가하곤 했거니와, 그의 다른 장편들에 대한 기이한 폄하로도 이어진다. 예컨대 『금은탑』[9]은 대표적이다. 동학 계통의 유사종교 백백교(白白

---

6 같은 책 699면.

7 이 중편은 『조선중앙일보』(1934.8.1.~9.19)에 연재된 뒤 1938년 문장사에서 초판이 출판되었다.

8 원래는 중편으로 『조광』(1936.8.~10)에 연재되었는데, 1938년 박문서관에서 출판할 때 장편으로 개작되었다.

9 이 장편은 『조선일보』(1938.4.7.~39.2.14)에 '우맹(愚氓)'이라는 제목으로 연재되었고, 1949년 한성도서주식회사에서 출판할 때 개제했다.

教) 사건에서 취재한 이 장편은 흔히 통속소설로 치부된다. 물론 이 작품이 앞의 두 작품을 넘어서는 것은 아니지만, 광신(狂信)의 사회심리를 예리하게 분석함으로써 한국소설의 새 영토를 개척한 공이 뚜렷하여 낮은 취미의 대중소설로 분류될 것은 결코 아니다.

나는 여기서 특히 소문의 소란한 벽에 갇힌 『천변풍경』을 중심으로 30년대 구보 문학을 복원하는 실마리를 삼을까 한다. 손가락이 아니라 손가락이 가리키는 달이 중요하지만 이 작품을 가리키는 손가락들이 어지러운지라 우선 논쟁의 줄거리를 잡아나가기로 하자. 이 작품에 대한 최초의 본격적 반응은 최재서로부터 비롯된다. 「천변풍경」의 잡지 연재가 끝나자마자 「〈천변풍경〉과 〈날개〉에 관하야: 리아리즘의 확대와 심화」(『조선일보』 1936.10.31.~11.7)를 발표해 구보와 이상의 출현이 지니는 의의를 동시에 분석했다. "「천변풍경」은 도회의 일각에 움즉이고 있는 세태인정을 그렸고 「날개」는 고도로 지식화한 소피스트의 주관세계를 그"[10]린 점에서 판이하지만, "주관을 떠나서 대상을 보랴고"(98면) 한 점에서는 공통이라고 지적한 뒤, "객관적 태도로써 객관을" 본 전자가 "리아리즘의 확대"라면 "객관적 태도로써 주관을" 본 후자는 "리아리즘의 심화"라고 판정한다(98~99면). 최재서는 주관과 객관의 통일에서 리얼리즘을 파악하는 맑스주의 전통과 달리 "객관적 태도로써 관찰하는 데 리아리티는 생겨난다"(100면)는 모더니즘 또는 주지주의의 입장에서 "예술가가 될 수 있는 대로 캐메라적 존재가 되랴고 하는 노력"(100면)을 현대문학의 지표로 삼는 것이다. 그리하여 그는 현대성의 조선 도착을 알리는 두 작가의 출현을 찬미한다. "인물이 움즉이는 대로 그의 캐메라를 회전 내지 이동"(103면)하는 작자의 부재의식이 빛나는 「천변풍경」을 통해 "박씨가 혼란한 도회의 일각을 저만큼 선명하게 묘사한 데 대해서도 존경하지만 더욱

---

10 최재서 『문학과 지성』, 인문사 1938, 98면. 이하 본문의 인용은 면수만 표기.

이 이씨가 분쇄된 개성의 파편을 저만큼 질서있게 캐메라 안에 잡아넣었다는 데 대하야선 경복치 않을 수 없다".(102면)

그렇다고 그가 비평의 임무를 망각한 것은 아니다. 이상에게는 "모랄의 획득"(113면)을 핵심으로 주문한 그는 「천변풍경」의 약점을 예리하게 파고든다. "그러나 우리는 「천변풍경」에 있어서 캐메라를 지휘하는 감독적 기능에도 마찬가지 정도로 성공을 보여주지 못하였음을 섭섭히 생각한다. (…) 기술 이상의 그 무엇이란 결국 묘사의 모든 디테일(세부)을 관통하고 있는 통일적 의식"(103면)이다. 그의 각도는 다음에서 더욱 날카롭다. "이 작품의 세계가 된 천변은 그 자신 일개의 독립한—혹은 밀봉된 세계가 아니냐? 하는 의문이다. 물론 천변과 외부와의 연관은 있다. (…) 그러나 그것은 암시 내지 묘사에 불과한 것이고 (…) 작자가 만일에 꼬올즈워지(영국 소설가 John Galsworthy, 연대기소설 '포사이트 사가The Forsyte Saga'로 유명하며 1932년 노벨문학상을 받음—인용자)와 같은 의식과 견해를 가졌다면 그는 전체적 구성에 있어 이 좁다란 세계를 누르고 또 끌고 나가는 커다란 사회의 힘을 우리에게 느끼게 하야 주었을 것이다. (…) 「속(續)천변풍경」에 있어 이 사회적 연관의식이 좀 더 긴밀하야지기를 나는 바란다."(106면) 장편으로 개작된 뒤에도 여전히 적용될 가장 뛰어난 비평적 발언이거니와, 박태원과 이상에 대한 주문을 보건대 최재서의 기준도 리얼리즘의 전통에서 그리 멀지 않다는 느낌이 새삼스럽다.

최재서의 논의가 나온 지 한참 지나 임화는 「세태소설론」(『동아일보』 1938.4.1.~4.6)을 발표한다. "사상성의 감퇴"[11]로 특징지어지는 30년대 소설이 구보로 대표되는 "세태묘사의 소설"과 이상으로 대표되는 "내성의 소설"로 분화되었고, 양자가 "유기적 대척관계를 가졌을 뿐만 아니라 (…) 한꺼번에 두각을 나타내였다는 데" 주목한(345면) 임화의 지적은 사

---

11 임화 『문학의 논리』, 학예사 1940, 344면. 이하 본문의 인용은 면수만 표기.

실 최재서와 유사하다. 그런데 그 분석은 판이하다. 임화는 이 분화가 "작가가 주장할랴는 바를 표현할랴면 묘사하는 세계가 그것과 부합하지 않고, 묘사되는 세계를 충실하게 살리려면, 작가의 생각이 그것과 일치할 수 없는 상태" 즉 "작가의 내부에 있어서 **말하려는 것과 그릴랴는 것과의 분열**"(346면)에서 말미암은 것이라는 유명한 명제를 제출한다.

이 명제가 두 경향을 단지 타매하기 위해 고안된 것이 아니라는 점에 유의해야 한다. 그는 뜻밖에도 이상을 옹호한다. "어떤 이는 이상을 뽀오드렐과 같이, 자기분열의 향락이라든가 자기무능의 실현이라 생각하나, 그것은 표면의 이유다. (…) 그들도 역시 제 무력, 제 상극을 이길 어떤 길을 찾을려고 모색하고 고통한 사람들이다."(349면) 30년대 문학이 빠져든 분열을 함께 앓는 임화의 모습이 생생한데, 그렇다고 최재서의 논의를 긍정하는 것은 물론 아니다. 그는 최재서의 '리얼리즘의 확대'론이 "도그마론에 머무러버렸다"(350면)고 비판한다. 왜 그런가? 최재서가 「소설가 구보씨의 일일」을 쓴 심리주의자 박태원씨"와 "「천변풍경」을 쓴 레알이스트 박태원씨"의 관계를 제대로 해명하지 않았기 때문이라는 것이다(350면). 이 양자를 "똑같은 정신적 입장에서 씨워진 두개의 작품"(350면) 즉 쌍둥이로 보는 임화의 해석이 날카롭다. 왜 쌍둥이인가? "「구보씨의 일일」에는 지저분한 현실 가온데서 사체가 되어가는 자기의 하로생활이 내성적으로 술회되었다면 「천변풍경」 가운데는 자기를 산송장으로 만든 지저분한 현실의 여러 단면이 정밀스럽게 묘사되어 있다. (…) 「구보씨의 일일」에 나타난 작자는 「천변풍경」의 세계의 지배자가 될 자격이 없었고, 「천변풍경」의 세계는 「구보씨의 일일」의 작자를 건강히 살릴 세계는 또한 아니었다."(350~51면) 박태원과 이상 사이가 아니라 박태원 안에서 내성과 세태의 분열을 파악하는 임화의 견해는 최재서의 논의를 발전시킨 것으로, 특히 "사진기의 렌즈"를 닮은 박태원의 눈이 노리는 세태묘사란 "자기를 약하게 만든 보이지 않는 세계에 대한 한개의 보복심리"(351면)의 무의식적 표현이란 대목에 이르면 감탄을 금할 수 없다.

그런데 임화는 복수심에서 기원한 세태묘사가 제공하는 다른 쾌락에도 주목한다. "조밀하고 세련된 세부묘사가 활동사진 필림처럼 전개하는 세속생활의 재현이, 우리를 즐겁게 하는 것이다."(357면) 사실 박태원의 세태소설이 출현하게 된 배경에 새로이 엄습한 도시화의 물결이 있다. 천황제 파시즘의 억압을 매개로 한 자본의 질주 속에 식민지 수도 경성에도 도시적 삶의 방식이 백화점과 함께 개화(開花)했으니, 도시는 이제 저주받은 매혹으로 제국의 신민(臣民)들을 꼬인다. 박태원은 물론 이상마저도 기이하게 꽃핀 식민지 모더니즘의 산물이었던 것이다. 임화가 박태원 세태소설의 특징으로 든 "모자이크 양식"(358면)도 생활세계의 혁명적 변모 속에 해체를 거듭하는 30년대 경성의 반영일지도 모르거니와, 임화는 만연하는 세태소설에 대해 어떤 선고를 내리는가? 그의 판결은 무겁다. "결국 소설이 와해된 시대, 문학이 궤멸된 시대"(360면)의 표현, 또는 "무력의 시대의 한 특색"(364면)이라는 우울한 진단 아래 리얼리즘의 재건에서 혈로를 찾는 고투에 나서는 것이다.

최재서와 임화의 논의 바깥은 없는가? 나는 『천변풍경』에 부친 춘원의 서문에 주목하고 싶다. 춘원은 우선 임화를 비판한다. "어떤 평가(評家)는 이 작품을 세태소설이라고 하였거니와, 그 세태소설이란 말이 다만 세태를 그린 이야기라는 뜻이라 하면 그 평가는 이 소설의 진의를 모른 것이 아닌가 한다."[12] 왜 그런가? "천변풍경의 한 연속적인 스케치라는 형식을 취하"고 있지만, 그 속에는 "인류에 대한 강한, 연민을 가지고 그네와 함께 울고 있는 한 혼"(2면) 즉 작가의 강렬한 모럴이 작동하기 때문이다. "이상도 신앙도 없는 인생군(群)이 어떻게, 행복에 대한 잘못된 추구

---

12 이광수 「천변풍경에 서(序)하여」, 박태원 『천변풍경』, 박문서관 1938, 2면. 이하 본문의 인용은 면수만 표기.

에서 저와 및 제 주위엣 동포들을 갈사록 불행에 끌어 넣고 있나 하는 비극"(2~3면)을 진지하고도 경건하게 제출하는 이 장편에서 춘원은 "톨스토이의 만년의 작품에서 받은 것과 방불한 감동을 받"(3면)았다고 고백하면서 이 작품이 전인류적 가치를 지닌 고전의 반열에 참여할 것이라고 최고의 찬사를 헌정한다.

춘원의 논의는 모더니즘 소설론의 복잡함에 대한 무지를 드러내고는 있지만 담론들의 연막을 걷어내고 맨눈으로 작품 자체에 몰두할 때 도달하게 되는 실감이 중요롭다. 물론 구보의 이 두 작품은 주인공을 축으로 이야기의 판을 구성적으로 짜나가는 리얼리즘소설의 모형과 차별되는 모더니즘의 해체서사와 관련이 깊다. 그런데 그 표면의 낯섦에 차츰 익으면 뜻밖에도 리얼리즘소설에서 맛볼 감정의 고조에 곧잘 마주치곤 한다는 점을 깨닫게 되는바, 가령 얌전한 과수댁 이쁜이 어머니와 불행한 결혼생활에 시달리는 이쁜이, 이 모녀의 슬픈 이야기를 솜씨 좋게 풀어낸 제19절 '어머니'는 그 대표적인 것이다. 이는 『천변풍경』만이 아니다. 식민지 도시 경성의 안팎을 탐사하는 구보의 행보를 '의식의 흐름'으로 복원한 「소설가 구보씨의 일일」의 결말을 상기하기 바란다. "이제 나는 생활을 가지리라. (…) 내게는 한 개의 생활을, 어머니에게는 편안한 잠을. (…) 내일, 내일부터, 나, 집에 있겠소, 창작하겠소."[13] 처음 이 소설을 읽었을 때 모더니즘소설의 마지막을 장식하기에는 너무나 평범한 구보의 다짐에 실망을 금치 못한 기억이 지금도 새로운데, 춘원의 서문은 모더니즘과 리얼리즘 사이에 걸쳐 있는 박태원 문학의 양면성을 일깨운다는 점에서 더욱이 귀중하다.

식민지 수도 경성의 일상을 탐사하는 구보의 산책을 느슨하게 묶었든,

---

13 김재용·임규찬·임형택·정해렴·최원식 엮음 『한국현대대표소설선 3』, 창작과비평사 1996, 275면.

청계천변 일대 서울 중바닥 사람들의 일상을 집중적으로 탐색하는 스케치들의 조합이었든, 박태원은 새로운 이야기틀을 제시함으로써 한국소설의 진화에 한 획을 그은 작가다. 그 독특한 양식은 시대의 질병을 예민하게 반영한 것인데, 그만큼 사회성을 내장하고 있다. 20년대의 핵심어 '현실'로부터 조망하면 후퇴일 수 있지만 이미 낡은 '현실'은 붕괴되고 새로운 '현실'이 발견되어야 하는 30년대적 상황에서 도시의 일상을 탐구의 대상으로 설정한 것은 어쩌면 진보적 기획일지도 모른다. 인간을 질곡하는 식민지 또는 자본의 지배를 제대로 극복하기 위해서도, 지배를 의식하지도 못하면서 지배에 포획된 일상을 정밀히, 그러나 정직하게 관찰하는 일의 중요성은 더욱 커지게 마련이다. 박태원은 한편으로 지식인의 일상을, 또 한편으로는 대중의 일상을 정묘하게 묘파함으로써 일상의 모험을 선구적으로 수행했다. 물론 그의 모험은 비록 근본적 차원에서 혁명을 완성하는 일상의 전복에 이르지는 못했지만, 일상의 포위가 조이는 요즘 그의 선구적 작업은 그 한계조차도 의의롭다는 느낌이 절실해진다.

4. 이원조, 포즈와 행동 사이

여천(黎泉) 이원조는 앙드레 지드(André Gide)를 사숙했다.[14] 그런데 한때 공산주의자(정확히 말하면 동반자fellow traveler, 정식으로 공산당에 입당한 적은 없다고 한다)로 활동했다가 소련 기행(1936) 후 철회한 지드와 달리 여천은 해방 후 입당, 월북, 숙청, 옥사한(그의 몰년은 53년과

---

14 여천은 호오세이(法政)대학 불문과 출신으로 앙드레 지드가 졸업논문 주제다(이동영 李東英 「책을 펴내며」, 이동영 엮음 『오늘의 문학과 문학의 오늘: 이원조문학평론집』, 형설출판사 1990, 7면). 이 책의 작품목록에 따르면 여천은 1930년대에 지드론 3편을 남겼다(562, 564면).

55년으로 갈린다) 실종문인의 하나다. 그는 언제 공산주의에 입문했는가? 식민지시대에 이미 그러했다는 견해가 없지 않지만, 이는 말년의 정치성에서 유추한 상상에 가까울 것이다. 이 점에서 지드와 공산당의 관계에 대한 그의 견해는 흥미롭다. "지드를 콤뮤니스트라고(물론 그네들이 부르는 콤뮤니스트란 말의 향의響意가 우리네의 그것과 다르다고 하더라도) 하나 내 생각 같아서는 지드는 가장 철저한 휴머니스트(인간주의자)."[15] 소련 기행 이전임에도 여천은 지드의 본질을 꿰고 있었거니와, 바로 카프에 대한 그의 태도를 살펴보자. "직접 카프의 속원(屬員)은 아니"[16]라고 밝히고 있듯이 그는 분명 카프 바깥이다. 그럼에도 카프에 비우호적인 눌인과 달리 그 곤경에 거의 동병상련의 심정이다. '문예가협회'의 후신으로 나온 '문필가협회'가 비록 낮은 차원의 좌우연합조직, 즉 "부르주아 저널리즘에 대한 단순한 경제투쟁의 조합형태"(21면)라 하더라도 "카프측의 일체의 문화적 활동에 대한 완전한 보이코트를 단행하고 있"(21면)는 당대 부르주아 언론의 태도를 감안할 때 카프의 더 적극적인 대응을 충고한다. 김두용처럼 통일전선적 시각에서 이 문제에 접근하고 있었던 것이다.

카프 또는 사회주의에 대한 깊은 이해에도 불구하고 직접적 투신을 제어한 요인은 무엇일까? 아마도 그가 호흡한 지적 자양들 덕분일 터인데, 하나는 외재적이고 또 하나는 내재적이다. 당대 프랑스의 모던한 지적 상황이 전자라면 가학(家學)으로 유전된 유교적 교양은 후자다. 알다시피 여천은 육사(陸史)의 아우다. 퇴계(退溪)의 후손으로 아나키스트 가문으로 이름난 여천 집안은 외가 또한 범상치 않다. 의병 집안으로 유명한 선산(善山)의 임은동 허씨, 범산(凡山) 허형(許蘅)이 외조부다. 처가는 어떤

---

15 「앙드레 지드 연구노트서문」, 『조선일보』 1934.8.4.~8.10; 이동영 엮음, 앞의 책 527면.
16 「문필가협회와 카프의 태도에 대한 사견(私見)」, 『삼천리』 1932. 12.; 이동영 엮음, 앞의 책 20면. 이하 본문의 인용은 면수만 표기.

가? 자작 이재곤(李載崑)의 아들로 일찍이 상해임시정부 빠리위원부 부위원장으로 활약한 이관용(李灌鎔)의 사위니, 조병옥(趙炳玉)의 주례로 치러진 여천의 결혼은 국혼(國婚)으로 유명했던 모양이다. 위당 정인보 문하에 다닌(7면) 점까지 감안하면 우리 근대지성사에서 전통의 갖은 세례를 그만큼 집중적으로 받은 예가 따로 없을 터인데, 이런 내재적 원천을 바탕으로 숙성한 프랑스문학의 영향을 수용함으로써 여천은 기실 당대의 첨단을 걸은 지식인이었다.

영문학을 바탕으로 한 주지적 비평경향을 대표하는 최재서와 여천의 돈독한 교분은 주목할 점이다. "늘 나를 성원하야주신 이원조씨"[17]에 "외우(畏友) 최재서형"[18]이라고 화답한 관계의 두터움이 드러난 최재서의 첫 평론집 『문학과 지성』에 부친 서문은 30년대 여천 비평의 문맥을 단적으로 보여준다. "한때는 인테리겐챠가 지성만 가진 것으로서는 제 자신을 과시할 수 없는 시기가 있었다."(1면) 바로 지성에 더해 '행동'을 가져야 하는 때, 즉 카프시대를 이를 것이다. 그런데 "행인지 불행인지 3, 4년래에 비로소 인테리겐챠는 이 행동의 기반(羈絆)을 벗어나 지성 하나만을 가지고 백일하(白日下)에 제 자신을 드러내지 아니하면 안 될 시기에 부닥쳤다".(2면) 상황의 악화라는 외재적 조건도 조건이지만 혁명적 낭만주의로 질주한 카프의 오류를 상기할 때 주지주의의 대두에 대한 여천의 어떤 호의가 감지된다. 그리하여 여천은 "이 저자가 그 6척의 장신으로 문학과 지성에 관한 비상한 집착력을 가지고 나타난 것은 바로 이 시기였다"(2면)라고 최재서의 등장이 지니는 비평사적 또는 지성사적 의의를 명쾌히 정리한다. "이때까지 우리의 행동을 리드하던 일체의 방법과 결론이 차차로 우리의 신임권외(信任圈外)로 벗어져 나"(4면)가는 위기의 시대에 독자에

게 정확한 지식을 공급하는 데 "청교도와 같은 결벽"(3면)을 보이는 최재
서의 주지주의가 발휘할 일정한 효용을 승인한 것이다. 그럼에도 다시 지
식인들에게 지성 이외에 행동이 요구되는 시기가 도래하면 "이 책은 헌
수지가 될지도 모른다"(5면)는 단서 달기를 잊지는 않았다. 이는 해방 후
여천의 앞날뿐만 아니라 당장 '코꾸민분가꾸'로 기울어질 최재서 주지주
의의 전락을 예고하는 우울한 깜빡이었던가? 요컨대 식민지시대의 여천
은 사회주의·주지주의·유교, 이 삼자를 내면의 영토로 거느리고 있었다.
이 세 영토 사이의 대화와 다툼으로 이루어진 여천의 지적 모험은 30년대
라는 위험한 매혹의 시간을 아슬히 통과하면서 곳곳에 이정표들을 묻어
두었으니, 포즈론은 그 중심축이었던 것이다.

　여천의 대표적 평론으로 꼽히는 「현단계의 문학과 우리의 포즈에 대한
성찰」(『조선일보』 1936.7.11.~7.17)은 카프 이후를 모색하는 일종의 이론비평
이다. 그는 먼저, 30년대 문학이 빠져든 위기의 "원천이 시민사회의 '알
게마이네 크리제'에 있는 만큼 문학적 위기도 결국은 문학 그 자신으로는
해결하지 못하고 정치적 해결을 기다리지 않아서는 안 된다"[19]는 점을 확
인한다. 여천이 자본의 위기가 종국에 가깝다는 '알게마이네 크리제' 즉
'자본주의의 전반적 위기'(die allgemeine Krise des Kapitalismus)론이라
는 좌파 수사를 구사한 점에 유의할 일인데, 그는 이 관점에서 당시 우리
문학의 위기도 궁극적으로는 '행동' 즉 '정치적 실천'에 의해 극복될 수밖
에 없음을 승인한다. 그런데 문제는 그런 정치적 실천을 기세 좋게 추진
한 프로문학이 급속히 추락했다는 점이다. "그때 프로레타리아문학을 위
해서 한개의 용사를 자처하던 사람들이 모두 소조영락(蕭條零落)할 뿐만

---

19 이동영 엮음, 앞의 책 116면. 이하 본문의 인용은 면수만 표기. 이 글이 『현대조선문학
　전집: 평론집』(조선일보사 출판부 1938)에도 수록되었으나 검열을 의식하여 '프로문
　학'이나 '프롤레타리아' 등의 용어가 바뀌거나 삭제되어 있어 여기서는 오자를 수정하
　는 데만 참고했다.

아니라 도리어 전비(前非)라 하여 회오의 눈물을 흘리기도 하며 혹은 문학자는 정치를 버려야 한다고 호언"(117면)하는 형국, 즉 전향의 계절이 만연한 것이다. "이 기괴한 현상"(118면)에 대한 그의 진단은 날카롭다. "문학의 정치와의 관련성만 보고 문학과 정치와의 특수성을 몰각한"(118면) 우리의 프로문학이 결국 "객관적 정세를 구성한 힘이 자기네의 소유한 힘보다 훨씬 더 강성할 때 생기는 패배의 의식"으로 "마침내 문학은 정치=행동과 전연 무관한 것이라는 절연장을 쓰게" 됐다는 것이다(119면). 요컨대 문학과 정치를 순진하게 등식화하는 것은 문학과 정치를 절연하는 것과 다를 바 없다고 본 여천은 카프 전성기의 행동주의와 그 쇠퇴기의 패배주의가 기실은 동전의 양면이라는 점을 꿰뚫어보고 있었다.

그 대안은 무엇인가? "힘의 패배가 반드시 사실의 패배를 의미하는 것도 아니며 또한 문학은 힘의 현화(顯化)가 아닌 때문에 문학의 매력은 행동 그것보담도 도리어 '포즈' 거기에 있는 것이다."(119면) 포즈란 무엇인가? "한개의 '모랄'"(120면)이다. 모럴은 무엇인가? "자기 자신에 대한 의무의 자각"(120면) 또는 "진실한 자태"(122면)다. 그는 부연한다, "진실하다는 것은 결코 평탄한 길에서 뚜렷이 나타나는 것이 아니고 도리어 험난한 길에서 그 성격을 더 잘 나타내이는 것"이므로 진실에는 "고난"이 따르기 마련이라고(122면). 새로운 사태 앞에서 그대로 무너지는 전향자들이란 "프로작가로서의 포즈를 가지기 전에 갈팡질팡하는 제스츄어만으로 날뛰"(121면)는 형국이라고 신랄하게 비판한 데서 보이듯, 제스처와 날카롭게 구분되는 포즈란 하늘에서 뚝 떨어지는 것이 결코 아니다. 인문적 교양의 오랜 온축, 지식을 다루는 정치한 훈련, 그리고 무엇보다도 그를 모두 아우르는 모럴에의 의욕이 치열하게 결합할 때 겨우 획득될 터인데, 여천은 말한다. "일정한 포즈를 가진다는 것은 결코 쉬운 일이 아니다. 뿐만 아니라 문학하는 사람으로서 언제나 자기의 포즈를 헐지 않을 만큼 되었다면 그것은 벌써 문학수행의 반공정(半工程)을 닦았다고 해도 과언은 아닐 것이다. 그러므로 만약 나더러 한개의 극단의 말을 허한다면 문학하는 사람이란 시대의 첨단을 걸으려고 조운모우(朝雲暮雨)하는 것보다는 차라리 반동적이요, 진부하다고 하더라도 한개의 포즈를 가지는 것을 더 높이 평가하고 싶"(121면)다. 물론 반동적 포즈라도 좋다는 말은 주·객관적 조건의 악화 속에서 이 시기 문학의 위기가 깊다는 진단의 역설적 표현인데, 포즈에서 "새로운 문학을 획득하기 위"(123면)한 실마리라도 포착하려는 여천의 앨쓴 구도가 침중하다.

바야흐로 천황제 파시즘의 진군을 앞둔 절체절명의 시간 앞에서 문학의 죽음을 구원하기 위한 최소의제로 선택된 포즈론은 그 절박성에도 불구하고 새 불씨가 되지는 못했다. 왜 그런가? '전반적 위기론'을 접수한 채 포즈론이 구축되었다는 한계는 차치하더라도, 포즈란 어떤 점에서는 고답적이고 또 어떤 점에서는 취미적이다. 해방 후 여천이 포즈론을 포기하고 행동론으로 이동한 게 바로 포즈론의 근본적 비현실성을 반증한 것인데, 그렇다고 포즈론을 일괄 부정한 행동론을 마냥 긍정할 수만은 없다. 포즈론을 포옹한 행동론으로 숙성할 시간을 허락하지 않은 해방 이후 한반도의 상황이 악령이다. 어찌 여천만 그러하랴. 월북의 길을 걸은 박태원, 현덕, 안회남도 아처롭지만 한반도의 남쪽을 선택한 신석초, 모윤숙, 김내성의 문학에도 다른 방식으로 상흔을 남겼다. 우리 문학을 속박한 시간의 가혹한 사슬을 절감하면서 그 압박 속에서도 이만한 업적을 생산한 그분들의 영전에 새삼 경건하고 싶다.

제3부

분화하는 창작방법론

3·1운동을 분수령으로 한 우리 소설의 전개양상*

1. 단편의 탄생과 탈계몽주의

제1차세계대전 직후에 일어난 국제적 이상주의의 물결 속에서 무단통치의 어둠을 뚫고 거족적으로 봉기한 3·1운동은 우리 계몽주의운동의 총결산이다. 중세적 백성 또는 신민을 근대적 민족(nation)으로 재창안함으로써 국민국가(nation state) 건설을 목표로 삼는 계몽주의는 3·1운동으로 대단원을 맞이한바, 개명양반 또는 참회귀족의 주도성이 이를 계기로 거의 소멸하면서 민주주의·공화주의가 우리가 쟁취할 독립국가의 중추적 이념으로 자리 잡는다. 근대성의 새로운 단계가 열린 것이다.

한국 근대단편은 3·1운동을 모태로 한 1920년대 신문학운동의 전개 속에서 양식적으로 정립되었다. 신문학운동은 3·1세대의 문화적 폭발이었

---

* 「한국근대단편의 정립과정」(김재용·임규찬·임형택·정해렴·최원식 엮음 『한국현대대표소설선 1』, 창작과비평사 1996)을 전면적으로 개고한 이 글은 최원식·임규찬·진정석·백지연 엮음 『20세기 한국소설』(전50권, 창비 2006)의 1910, 20년대 총론이다. 이번에 다시 퇴고했다.

다. 해방에 대한 강렬한 동경을 공유한 거대한 대중의 신비로운 출현이 일제의 탄압 속에 제한된 성과만 거둔 채 스러지자, 이 세대는 상징적 죽음이라는 질병에 함께 감염된다. 계몽주의는 홀연 종언을 고한다. 선취된 해방을 현실 속에서 골똘히 사유하는 새로운 문학적 모험에서 계몽주의의 무덤을 열고 낭만주의와 리얼리즘이 걸어나왔으니, 이렇게 '부재하는 님' 또는 '침묵하는 님'에 봉헌된 근대자유시와 함께 근대단편이 탄생한 것이다. 말하자면 장르교체다. 계몽주의서사의 대변자인 신소설을 대신하여 단편·중편·장편으로 분화된 새로운 서사장르가 대두하게 되었던바, 그중에서도 단편이 신소설의 계몽주의를 해체하는 선도적 역할을 담당하였다.

그럼에도 근대단편의 탄생과 계몽주의가 아주 무관한 것은 아니다. 근대단편은 3·1운동 이전에 이미 준비되고 있었다. 우수한 고전한문단편의 전통은 계몽주의 시대에 한글이라는 표기체계의 변환을 축으로 삼는 일차적 분해과정을 맞이하는데, 이 과정에 계몽주의 작가들 ─ 신채호·이인직·양건식(梁建植)·이광수 등이 참여한 터다.

계몽주의의 챔피언 단재 신채호는 망명지에서 독특한 중·단편을 창작하여 근대소설의 발전에 독특하게 기여하였다. 전통 몽유록(夢遊錄)과 단떼(Dante Alighieri)의 『신곡』, 존 버니언(John Bunyan)의 『천로역정』을 민족주의서사로 재창안한 중편 「꿈하늘」(1916), 천신만고 끝에 찾아온 고려 남편을 살해하려는 몽골 장군의 아내 황씨와 이 부부를 모두 비판하는 여종 엽분이라는 강렬한 성격들을 창조하여 몽골지배 시대의 페미니즘을 날카롭게 드러낸 액자형 단편 「백세노승의 미인담」(1910년대 후반), 그리고 광기로 전락해가는 혁명가 궁예(弓裔)의 독재를 왕비 강씨의 눈으로 드러낸 단편 「일목대왕(一目大王)의 철추(鐵錐)」(1910년대 후반) 등은 전통서사의 근대서사로의 이행적 성격을 그대로 보여주는 한편 이른바 이식적 근대서사가 무엇을 상실했는지를 알리는 중요한 지표로 되는바 더욱 흥미롭다.

친일계몽주의자 국초 이인직 또한 근대단편으로 가는 길목에서 흥미롭게 기여했다. 이미 그는 1906년에 「단편」을 발표했다. 지금까지 알려진 한 우리 소설사에서 단편이란 용어가 처음 사용된 예인데, 실세한 재상이 첩을 찾아갔다가 구박을 받는 어느 날의 삽화를 절단해서 제시하고 있는 이 작품은 비록 첩이지만 부부 사이의 위기가 우리 근대단편의 중심 소재의 하나인 점에 비추어볼 때 더욱 뜻깊다. 하지만 이 작품은 문체나 소재가 아직 어느 면에서는 고전단편적이고 또 어느 면에서는 신소설적이다. 이 점에서 일본 부인이 가난한 조선인 신랑에게 가벼운 바가지를 긁는 어느 날의 삽화를 사생한 이인직의 「빈선랑(貧鮮郎)의 일미인(日美人)」(1912)은 「단편」의 구도를 환골탈태함으로써 근대단편에 더욱 다가간 작품이다. 이야기의 중간에서, 그것도 대뜸 대화로 시작되는 이 작품의 서두는 인상적인데, 거의 실업 상태와 다름없는 지식인 가정의 일상생활을 리얼하게 드러내고 있는 점이 현진건의 「빈처」(貧妻, 1921)로 연결되는 맥락에서 더욱 주목된다.

백화(白華) 양건식은 거사불교운동 속에서 자라난 계몽주의자다. 글을 쓴다는 행위 자체에 대한 소설가의 자의식을 생생하게 보여주는 단편 「귀거래」(1915)도 흥미롭지만 그의 대표작은 「슬픈 모순」(1918)이다. 이 작품은 몽몽(夢夢)의 「요조오한」(四疊半, 1909)을 잇는 작품인데, 주인공 '나'가 이미 박태원의 「소설가 구보씨의 일일」(1934)에 등장하는 구보씨를 닮아서 이채롭다. '나'의 산보를 통해 드러나는 도시의 파노라마는 도시에 대한 매혹과 혐오가 착종하는 근대적 인뗄리겐찌아의 내면을 투과하면서 묘하게 채색되어 1910년대 작품으로서는 조숙한 모더니티를 보여준다. 그런데 작품 끝에 등장하는 친구 백화의 삽화는 갑자기 신파조다. 고학생 백화가 그 여동생을 귀족의 첩으로 팔아먹으려는 부모에 항의하여 자살을 결심하는 대목에 이르면 역시 이 작품도 근대단편으로 가는 징검다리라는 사실을 실감케 되는 것이다.

계몽주의의 막내이자 새 세대의 맏이가 되는 춘원 이광수는 「어린 희생」(1910) 이후 단편을 써왔지만 단편작가로서는 손색이 없지 않은데, 그중 서간체 단편 「어린 벗에게」(1917)는 주목할 만하다. 가난하지만 우수한 젊은이가 이루어지지 못한 첫사랑의 여인과 우여곡절 끝에 재회하여 함께 출분하는, 당시로서는 과감한 결말을 보이는 이 작품은 우리 소설의 새로운 면을 개척했다. 그럼에도 작품 곳곳에 묻어둔 장황한 논설에서 보이듯 아직도 계몽적 의도가 앞선다. 그의 단편이 계몽주의의 딱지로부터 자유로워지는 것은 3·1운동 이후의 일로, 지식인 가정의 식모를 사실적으로 묘파한 「할멈」(1921)과 조선 유학생과 일본 아가씨의 연애의 전말을 서사한 「혈서」(1924)는 가작이다. 지식인과 민중의 대면을 처음으로 그린 전자는 현진건의 「고향」(1926)을 이미 예고하는 것이고, 후자는 국초의 「빈선랑의 일미인」을 잇는 것이다. '의리의 혼인'을 거부하고 가난한 식민지 청년의 아내가 되기로 결심하는 일본 부르주아의 딸 노부꼬는 당차되 아련한 시즈꼬(「만세전」)와 함께 우리 소설이 그려낸 가장 생생한 일본 여성의 형상이 아닐 수 없다. 결국 그녀는 '나'의 소극성 속에서 죽어가는데, 일본적 순응을 거부하는 이 전투적인 기독교 신자의 형상은 오히려 그 좌절 속에서 아름답게 완성된다. 어쩌면 그녀의 항의는 일본의 제국주의와 이광수식의 한국민족주의 양측을 모두 비판하는, 보다 근본적인 페미니즘의 관점을 보여주는 것일지도 모른다.

앞의 작가들에 비해 탈계몽주의적 경향이 두드러지는 현상윤(玄相允)과 나혜석은 3·1운동 직전 근대단편의 탄생을 예감케 하는 단편을 내놓았다. 최초의 본격적 여성작가 나혜석의 단편 「경희」(瓊姬, 1918)는 여인들의 특수한 공간인 안방의 풍경이 일본유학생 경희의 존재로 미묘하게 흔들리는 모습을 예민하게 포착한 가작이다. 완고한 사돈마님과 말만 한 처녀를 일본에 보내놓고 항시 조마조마하지만 한편 자랑스러운 주인마님, 그리고 이런 사정을 빤히 짐작하면서 조신한 듯 시원시원한 경희. 대화 장면을 엮어나가며 이런 속생각을 솜씨 좋게 눙쳐 삽입하는 작가의 수법이 썩 능란하다. 그런데 작품은 4장에 이르러 갑자기 신파조로 떨어진다. 아버지의 결혼강제에 직면하면서 지금까지 구축된 경희의 매력적 성격은 일거에 파탄되고 그 맛깔스런 문체도 영탄조로 붕괴된다. 이 작품 역시 1910년대의 꼬리를 떼어내지 못한 것이다.

현상윤의 「핍박」(1917)은 「요조오한」처럼 지식인의 고뇌를 그린 작품이다. 당시로서는 선구적인 1인칭시점인데, 지식인의 내면이 직접적으로 토로되고 있는 점이 30년대 심리소설을 방불케 한다. 토오꾜오 유학생의 하숙방을 무대로 한 「요조오한」과 달리 이 작품은 일본에서 공부를 마치고 귀국하여 고향에서 부대끼며 사는 주인공을 그리고 있어 훨씬 리얼하다. 유학시절의 추상적 이상주의가 조선, 그것도 고향 정주(定州)의 현실과 부딪쳐 파열하면서 일종의 신경증에 시달리는 주인공의 내면에 직핍한다. 신경증의 근본원인은 물론 식민지 지식인으로서 마땅히 실천해야 할 바를 제대로 수행하지 못하는 데서 말미암지만, 단지 이와 같은 민족적 울분만으로 풀어가지 아니하는 곳에 이 작품의 매력이 있다. '출세' 즉 식민지지배기구에 참여하기를 바라는, 아버지를 포함한 마을 어른들의 주인공에 대한 기대와 자신의 지향 사이에서 거의 정신분열증에 가까운 심리적 압박에 시달리는 지식인을 그려낸 이 작품은, 때로 고민의 초점이 모호한 한계는 있지만 1910년대 단편사에서 단연 우뚝하다고 아니할 수 없다.

3·1운동 이후 정립된 근대단편은 1910년대에 이미 활발하게 실험되었다. 계몽주의의 마지막 단계인 1910년대에 어찌하여 탈계몽주의적 근대단편의 맹아가 대두하게 되었을까? 대한제국의 식민지화라는 충격 속에 열린 1910년대는 계몽주의 시대 안의 새로운 국면에 처해 있었다. 주로 서울을 비롯한 도시에 국한된 것이기는 했지만 식민지근대화의 진전 속에

서 중국망명과 일본유학의 형태로 새로운 바람이 바깥에서 불어왔던 것이다. 새 세대의 일본유학생들이 근대단편의 실험에 중대하게 기여한 것은 결코 우연이 아니다.

2. 신문학운동과 근대소설의 출범

신문학운동의 전개 속에서 마침내 근대단편의 실험기가 종료된다. 『창조』의 김동인·전영택, 『백조』의 현진건·나도향·박종화, 『폐허』의 염상섭이 대표적 작가들이다.

흔히들 김동인을 근대단편의 정립자라고 하지만, 사실 이 시기에 더욱 주목해야 할 작가는 빙허 현진건이다. 「빈처」(1921)는 「빈선랑의 일미인」에서 선보인 부부관계의 위기를 한결 정비된 형태로 완성한 우리 근대단편의 이정표 중 하나다. 우선 단편적 분량이 알맞다. 그리고 생활의 결을 따라 인정의 기미를 포착하는 작가의 시각이 훨씬 안정돼서 이전 단편들처럼 잘 나가다가도 마지막에 긴장을 놓치고 신파로 떨어지는 일이 없어졌으니, 이제야 1910년대의 꼬리로부터 해방된 것이다. 문체와 구성도 거의 나무랄 데 없지만 봄밤의 빗소리나 그을음 앉은 등피 같은 소도구를 적절히 활용하여 분위기를 조절하는 솜씨도 아마도 이 작품이 효시가 아닐까한다. 이 부부는 이미 큰 위기는 넘긴 상태다. 2장에서 플래시백(flashback)으로 제시되고 있듯이, 6년 전 열여섯살에 두살 위 구식 여자와 조혼한 '나'는 결혼 직후 중국·일본을 떠돌다가 귀국하여 오히려 아내의 헌신에서 위안을 찾았기 때문이다. 그런데 그는 예술가가 되기로, 아내는 곤궁 속에서도 예술가의 처 노릇 하기를 결심한 이 부부의 초상을 곰곰이 들여다보면 우리는 뜻밖에 남산골샌님 허생(許生) 부부를 떠올리게 된다. 작품은 야무진 결심에도 불구하고 때로 빛깔 고운 양산에 홀리고 초라한 옷

차림에 부끄럼 타는 아내의 심적 동요에 신경질적으로 반응하는 주인공의 심리적 굴곡을 따라 전개되는데, 결국 주인공은 아내의 흔들림까지 포옹함으로써 진정한 화해에 도달한다. 아내에게 물질에 대한 일방적 금욕을 강요하던 허생의 시대는 이미 지나갔다.

「할머니의 죽음」(1923)은 형해만 남은 효(孝)의 이면을 정묘한 필치로 묘파한 수작이다. 긴 병치레의 고비마다 타관에 흩어진 자손들을 시골로 불러들이지만 번번이 소생함으로써 골탕을 먹이는 망령 난 할머니의 형상이나 그를 둘러싼 가족 군상이 놀랄 만한 생동감으로 다가온다. 특히 예절과 효성으로 이름난 중모(仲母) 예안(禮安) 이씨가 그것을 방패로 다른 가족들을 억누를 뿐 아니라 환자까지도 억압하는 모습은 압권이다. 대가족제도의 붕괴를 이처럼 예리한 단면으로 그려낸 작가의 리얼리즘이 빛난다. 「빈처」에도 약간 남은 '~더라'체와 더러 눈에 띄었던 감상적 문투를 완전히 청산한 문체도 그렇지만 구성 또한 일품이다. '조모주병환위독' 전보에서 시작하여 '오전3시조모주별세'로 아물리는 수법이나, 어느 아름다운 봄날 깨끗한 봄옷을 차려입고 소풍 나가려다 별세 전보를 받는 결말은 일종의 깜짝 끝내기(surprising ending)인데 모빠상(Guy de Maupassant)처럼 작위적으로 호들갑스럽지 않아 오히려 자연스럽다. 깜짝 끝내기를 활용한 다른 단편으로 「B사감과 러브레터」(1925)가 또 유명하다. 날카롭게 풍자하면서도 노처녀 B사감을 포옹하는 해학을 잃지 않은 곳에 인간에 대한 깊은 존중을 품은 빙허 특유의 따뜻한 시선이 빛나는 가작이다. 그는 과연 단편의 명수다.

「운수 좋은 날」(1924)은 복선을 능숙하게 구사한 단편으로 주목된다. 작품 말미에 위치한 반전을 향해 모든 삽화가 점층적으로 배열되고 심지어 작품 곳곳에 배치된 겨울비라는 소도구마저 복선으로 활용됨으로써 독자들은 깜짝 끝내기를 오히려 침통하게 접수할밖에 없는 것이다. 마누라의 시체 앞에서 김첨지가 중언부언하는 결말의 자연주의 취향이 눈에 거슬

리지만 전체적으로 이만큼 단편의 묘미를 보이는 작품도 드물 터인데, 더욱 주목되는 바는 동소문 안에 사는 인력거꾼 김첨지를 주인공으로 도시 하층민의 열악한 삶을 그린 이 작품이 그의 문학세계의 변모를 알리는 한 지표가 된다는 점이다. 주로 1인칭시점에 의거하여 조선의 현실을 지식인의 눈으로 조망하던 현진건은 이 작품을 즈음하여 민중적 현실에 다가가는데, 그것은 카프의 예비이기도 하다. 지식인 '나'가 경부선 열차에서 만난 떠돌이 노동자와 해후하여 경멸에서 서서히 진한 공감으로 나아가는 과정을 침통하게 짚어나가는「고향」은 최고다. 민중 문제 또는 민족 문제의 해결에서 마땅히 물어야 할 일제의 존재가 극명하게 제출된 이 단편은 1인칭 지식인소설과 3인칭 민중소설이 합류하는 1인칭관찰자시점이란 점도 그렇지만, 특히 이 떠돌이가 폐허로 변한 고향을 찾은 삽화는 조명희(趙明熙)의「낙동강」(1927)과 한설야의「과도기」(1929)에 반추될 만큼 이후 우리 카프 서사의 한 원천으로 된 점으로도 뜻깊다.

　　김동인은 현진건과 나란히, 그러나 다른 방향에서 근대단편의 정립에 공헌한 작가다. 현진건이 건실한 사소설에서 출발하여 민중 문제로 다가 갔다면, 뜻밖에도 김동인은 처음부터 민중의 현실에서 즐겨 취재하였다. 물론 민중을 바라보는 작가의 시선은 리얼리즘이기보다는 낭만적 취향이 물씬하지만, 부잣집 도련님으로 자라난 김동인이 그가 속한 부르주아의 산문적 세계보다는 마치 다른 나라와 같은 민중의 운명에 더욱 매혹되었다는 것은 그의 낭만주의 근원에 반부르주아적 경향이 복재(伏在)한다는 뜻일 터인데, 여기에 개척과 한계가 함께하고 있다고 보아도 좋다.「배따라기」(1921)는 바로 민중의 운명에 홀린 한 부르주아 지식인의 낭만적 고백이다. 이 액자소설의 이야기꾼 '나'는 열다섯살부터의 토오꾜오 유학생활에 지친 몸을 끌고 오랜만에 귀향, 평양의 아름다운 봄에 흠뻑 취해 유토피아를 꿈꾸며 진시황을 예찬한다. 낭만주의와 짝하는 이 작가 특유의 영웅주의도 위대한 모험이 사라진 근대세계의 부르주아적 범속성에 대한 반란의 꿈에서 연유된 것인데, 이 액자의 속이야기의 주인공, 아우를 찾아 거친 파도에 몸을 맡겨 운명의 맹목적 힘에 이끌려 떠도는 어부는 페르귄트처럼 그가 꿈꾸는 낭만적 삶의 체현자요 그 대리자로서 '나'를 압도하는 것이다. 여기에 서도창을 대표하는 '배따라기'가 결정적 소도구로 등장한다. 이 민요에 관한 한 이 작품은 극히 주요한 정보를 제공하고 있다. '배따라기'의 본고장이 영유(永柔, 평양 서북쪽 바닷가 고을)라는 점, 어떤 원님의 아내가 이 가락에 반해 출분, 뱃사람과 거친 물길을 떠났다는 전설적 아우라를 거느린 노래라는 점, 또한 여기에 인용된 '배따라기' 가사는 아마도 가장 이른 시기의 채록일 것이라는 점 등등. 「빈처」가 새로이 도래한 근대의 산문적 생활에 적응하는 고투의 과정에서 태어났다면, 「배따라기」는 조숙한 반근대의 꿈에서 탄생했다. 아주 도식화하여 말하자면 우리 단편사는 거의 동시에 태어난 이 두 작품을 연원으로 삼아 계열화할 수도 있을 터인데, 염상섭이 「빈처」 계열이라면 「배따라기」는 나도향을 거쳐 김동리(金東里)에 이르고 있다고 할까? 「배따라기」는 「황토기」(1939)의 먼 선조다.

「태형」(笞刑, 1922~23)은 아마도 감옥 풍경을 본격적으로 그린 작품의 효시다. 6월 중순의 더위, 그것도 5평 방에 40여명이 오글거리는 일제의 이 야만적 감옥에서는 인간적 품위는 가뭇없이 사라지게 마련이니, 아들 둘을 다 만세 시위에서 잃은 70대 노인을 태형 90도를 맞게끔 윽박지르는 감방 사람들은 거의 동물적 수준이다. 어제의 만세꾼들이 감옥이라는 조건 속에서 타락해가는 모습을 가차없이 그려낸 이 작품은 삶을 좀먹어 들어가는 파괴적 시간관에 근거한 자연주의에 거의 육박한다. 그런데 곤장을 맞는 노인의 울부짖는 소리에 '나'를 비롯한 감방 사람들이 고통스런 침묵 속에 빠져드는 마지막 장면에서 이 작품은 홀연 자연주의에서 일어선다. 이 점에서 전형적인 자연주의로 떨어진 「감자」(1925)와는 다르다. 양갓집 딸에서 점점 타락의 계단을 밟아 추락하는 여인의 일생을 냉정하게 그린 「감자」야말로 전형적인 자연주의인데, 그럼에도 20년대 중반에 이르면 민중을 주인공으로 삼는 경향이 김동인에게도 확인된다는 점이 흥미롭다.

전영택 또한 근대단편의 정립에 일정하게 기여한다. 1인칭관찰자시점으로 지식인 '나'가 행랑아범 가족의 참상을 냉철하게 서사하는 「화수분」(1925)은 그의 대표작이다. 겉으로는 철저히 객관성을 유지하는 이 단편 역시 민중의 고통에 직면한 지식인의 고뇌를 속깊이 드러낸다는 점에서 20년대 중반의 경향에 동참하는 것인데, 월탄 박종화는 단편 「목매이는 여자」(1923)로 근대단편 건설에 독특하게 참여한다. 수양대군의 쿠데타라는 역사적 격동 속에서 뛰어난 지식인 신숙주(申叔舟)가 고민 속에 변절하는 과정을 리얼하게 묘사하면서 그에 항의하여 자살하는 부인 윤씨의 눈을 통해 비판하는 이 작품은 훗날 역사소설가로 변신하는 월탄의 미래를 예고하는 것이다. 세조 쿠데타의 주역 한명회(韓明澮)에서 취재한 이해조의 『한씨보응록』(1918)이 우리 역사소설의 효시지만, 쿠데타를 이해하려는 작가의 의도가 일제에 대한 순응을 은연중 표백하고 있다는 점에서 문제고, 삼국시대에서 취재한 춘원의 「가실」(1923)은 망명지에서 의혹 속에 귀국한 자신을 변명하는 데 동원됐다는 점에서 일종의 역사의 사용(私用)에 떨어진바, 역사의 사사화(私事化)를 거부한 월탄의 이 단편은 작품의 헐거움에도 불구하고 새 역사소설의 출발이라고 보아도 좋다.

염상섭은 탁월한 소설가지만 단편작가로서는 「전화」(1925) 이후에 제궤도에 들어섰다. 흔히들 「표본실의 청개구리」(1921)를 두고 우리나라 최초의 자연주의 작품이니 아니니 논쟁들을 했지만, 이 단편은 습작에 지나지 않는다. 또 한편에서는 그가 「전화」를 고비로 자연주의로 떨어졌다고 비판하지만, 과연 「전화」는 자연주의인가? 미숙하지만 심각한 그의 초기 단편들과 달리 이 작품은 마치 게임하듯 서로 속고 속이는 시정의 즐거운 속물들을 다룬다. 그런데 이 속물들이 밉지가 않다. 아마도 우리 단편사에서 이 작품만큼 생활의 실감에 충실한 예는 드물 터인데, 「빈처」 계열이면서도 「빈처」를 뛰어넘는다. 사실 「빈처」의 인물들은 생활인이라고 하기어렵다. 「전화」가 종로를 무대로 하고 있는 점 또한 각별하다. 주인공 김주사의 아버지가 종로에서 점방을 한다는 데에서 미루건대, 그들은 전통적인 시정인의 자식이겠다. 시정인의 자식들답게 활기 있게 근대에 적응하는 유연성을 보이는데, 특히 이춘풍(李春風)의 처처럼 위기에 빠진 남편을 구해내는 이주사의 젊은 아내는 시정인의 능란함을 잘 보여준다. 그러나 그뿐이다. 근대를 상징하는 전화가 이 작품에서 기껏 기생놀음에만 이용되고 있다는 사실은 통렬하거니와, 전통사회 내부에서 싹튼 자유로운시민적 공간인 시정이 근대사를 추동하는 시민계급의 굳건한 터전으로질적 전환과정을 겪지 못한 우리 근대사회의 어떤 맥락이 날카롭게 반영되었다고 해도 과언이 아닐 터이다. 고전단편을 환골탈태하면서 식민지적 도시성을 탐구한 근대단편의 본때를 보인 작품이 아닐 수 없다.

나도향은 현진건보다 더욱 분명히 신문학운동과 카프의 연속성을 증거하는 작가다. 주인집에 대한 신경향파식 방화로 마감한 강렬한 끝내기를 통해 운명에 거역하는 머슴의 형상을 제출한 「벙어리 삼룡이」(1925)와지주의 자식에서 노동자로 떨어진 주인공이 철원 공사판에서 파멸하는과정을 그려낸 「지형근」(池亨根, 1926)은 바로 계급문학의 등장을 예고하는 것이다. 이 세상의 모든 학대받는 자들에 민감하게 공감할 줄 안 나도향의 타고난 낭만주의의 자연스러운 발현일 터인데, 그럼에도 그의 단편이 계급문학으로만 연결되는 것은 아니다. 자신의 몸을 무기로 뒤집어 거침없이 생존을 도모하는 안협집이라는 뛰어난 성격을 창조한 「뽕」(1925)이 단적으로 보여주듯이, 도덕의 피안에서 살아가는 이 이쁜 억척어멈은30년대 김유정의 작품을 예고하고 있던 것이다.

그런데 신문학운동 최고의 기념비적 업적은 염상섭의 중편 「만세전」이다. 토오꾜오 유학생의 귀국여행기를 통해서 식민지 조선의 암담한 현실을 생생하게 묘파한 이 작품은 본격적 중편소설의 효시다. 여행하는 주인공이 그 도정에서 겪은 여러 경험들을 묶어 한판의 이야기로 짜나간 이 중편의 수법은 전형적인 삽화적 구성(episodic structure)이다. 근대중편소설의 맹아를 이해조의 「박정화」(1910)로 잡는다면 「만세전」은 그 확고한 초석을 놓은 작품이 된다. 신소설을 해체한 단편의 융성 속에서 마침내 그 단편의 단일성을 넘는 획기적인 중편 「만세전」이 출현함으로써 한국소설은 1930년대의 장편소설 시대로 진입할 디딤돌을 마련했던 것이다.

이 작품의 시대적 배경은 제목에서 암시되고 있듯이 3·1운동이 폭발하기 전야, 세계에서 유례를 찾아볼 수 없을 만큼 엄혹했던 일제의 무단통치의 한 절정이던 1918년 겨울이다. 주인공 '나'의 이름은 이인화(李寅華), 현재 토오꾜오 W대학 문과에 재학 중인 유학생으로 20대 초의 문학청년이다. 한창 싱싱한 젊음을 누려야 할 나이임에도 그는 유형·무형의 질곡에 매여 신음하니, 열세살 때 두살 위인 아내와 조혼하여 3개월 된 아들 중기(重基)가 있다. 그가 나이 열다섯에 무작정 일본유학을 떠난 것도 일종의 탈출이었다. 그가 서울에서 소학교를 다닌 시기는 애국계몽기(1905~10)에 해당하니, 도시를 중심으로 한 애국계몽운동과 농촌을 중심으로 한 의병전쟁이 고조되었던 이 시기에 소학교 학도들 또한 애국적 기풍의 비상한 감격 속에 휩싸였던 것이다. 이러한 분위기에서 성장하다가 돌연 유학생으로 일본땅에 발 디뎠을 때 그 느낌은 얼마나 착잡한 것이었을까? 이인화의 우울증은 여기에 연유한다. 거의 병적인 냉소주의와 결합된 이인화의 우울증은 개인의 해방을 열렬히 염원하면서도 가족적 유대를 끊어버리지 못하고, 민족의 해방을 동경하면서도 일본에 유학 온 자기 존재의 근본적인 모순에서 비롯된다. 이인화야말로 식민지 지식청년의 전형적 포즈의 하나를 리얼하게 보여주는 인물인 것이다.

아내의 죽음은 이인화의 거듭남을 위한 결정적 계기로 된다. 어린 아들은 큰형에게 맡기기로 하고 이제는 까페 생활을 떠나 대학 입학을 준비하는 시즈꼬도 청산한다. 시즈꼬의 구애를 넌지시 거절하는 이인화의 답장은 이 작품의 핵심적 메시지다. "이땅의 소학교 교원의 허리에서 그 장난감 칼을 떼어놓을 날은 언제일지? 숨이 막힙니다. (…) 우리 문학의 도(徒)는 자유롭고 진실된 생활을 찾아가고, 이것을 세우는 것이 그 본령인가 합니다. 우리의 교유, 우리의 우정이 이것으로 맺어지지 않는다면 거짓말입니다. 이 나라 백성의, 그리고 동포의, 진실된 생활을 찾아나가는 자각과 발분을 위하여 싸우는 신념 없이는 우리의 우정도 헛소리입니다." 이인화는 상징적인 죽음을 통해서 이제 날카롭게 각성되었다.

이 작품의 시간적 배경인 1918년은 각별하다. 대규모의 제국주의전쟁인 1차대전이 종결된 해요, 전쟁 종결과 함께 러시아혁명에 촉발된 이상주의가 새롭게 부활한 해인 점을 감안컨대, 이 작품의 제목 '만세전'은 상징적이다. 3·1운동이 왜 폭발할 수밖에 없었는가를 절실하게 묘파한 가장 뛰어난 문학적 보고로 되는 이 중편은 소설사 내부로는 「핍박」을 계승하면서 춘원의 『무정』(1917)에까지 완강하게 견지된 삼각관계를 축으로 삼는 신소설적인 서사의 총붕괴를 야기하던 것이다. 근대소설의 새 길이 열렸다.

3. 민중파의 대두와 계급문학의 실험

계몽주의를 해체하면서 우리 근대문학의 새 단계를 연 신문학운동은 러시아혁명의 물결을 탄 카프의 결성(1925)을 계기로 급속히 재편된다. 민족해방의 방법을 둘러싼 이념적 탐색과 긴밀히 연동된 프로문학파·국민문학파·절충파의 정립(鼎立) 속에서 프로문학파가 대세를 장악하기에 이른다. 그런데 신문학운동과 프로문학이 오직 비연속의 관계만은 아니라는 점에 유의해야 한다. 특히 『백조』와 카프의 연계가 두드러지지만, 신문학운동에 참여한 작가들은 20년대 중반에 이르러 식민지 조선의 현실에 대한 천착이 심화되면서 예외 없이 민중의 문제에 직면하였던 것이다. 이 자연스런 흐름을 의식화한 것이 카프일진대, 카프소설을 현대소설이라기 보다는 근대소설의 완성과정이라는 문맥 안에서 파악하는 것이 현실적이다. 그럼에도 이전의 모든 소설전통을 거부한 카프의 급진주의가 자신의 문학 생산에도 오히려 불리한 환경을 조성함으로써 카프소설의 성과를 제한한 것은 안타까운 일이다. 이 때문에 카프가 안팎의 공격 속에 위기에 함몰한 30년대에 식민지적 조건을 숙고하면서 오히려 이론과 창작 양면에서 더 우수한 업적을 낸 역설이 기이하지만, 카프의 급진주의가 신문학운동의 어떤 추상에 충격을 가함으로써 한국 근대문학을 새 단계로 들어올리는 데 기여했다는 점에서 이 또한 겪어야 할 필연이었을지도 모른다.

신문학운동을 추동한 작가들의 민중에 대한 점증하는 관심과 카프의 대두를 매개한 작가가 최서해(崔曙海)다. 비(非)인뗄리겐찌아에서 배출된 최초의 문인 서해의 소설은 민중 자신의 글쓰기로서 당시 문단에 작지 않은 충격을 가했다. 등단작 「고국」(1924)을 잇는 서간체소설 「탈출기」(1925)에서 서해는 땅을 찾아 간도로 이주한 조선 농민들의 참상을 증언하는 한편, 풍문으로만 떠돌던 만주 무장독립운동의 존재를 국내에 전달한다. 만세 후의 정세를 민중의 눈으로 다시 파악하고 있는 이 문제적 단편은 바로 「만세전」을 뒤집는 것이다. 무엇을 해도 궁핍에서 구원받을 수 없는 농민이 해방투쟁에 투신하는 전말을 그린 이 작품 이후 서해는 투신 이전의 간난을 서사하는 데 주력한다. 간도로 이주하여 중국인 지주의 소작으로 생애하는 문서방이 빚으로 무남독녀를 빼앗기고 지주의 집에 방화하는 결말을 짓는 「홍염」(紅焰, 1927)은 대표적이다. 이 두 작품은 이후 카프소설의 두 원천으로 작동한다. 전자가 이념적이라면 후자는 현실탐사인데, 집을 탈출하여 독립단에 투신한 「탈출기」의 박군이나 방화의 계급투쟁을 벌인 「홍염」의 문서방이나, 그 행동이 새 사회의 프로그램을 이행하는 의식적 결단이기보다는 벼랑에 몰린 농민의 자기구제 형태라는 점에서는 공통적이다. 서해 소설의 이 자연발생적 분노를 목적의식적으로 전환시킨 곳에서 카프소설은 태어난다.

카프로 가는 길목에서 어민을 처음으로 그린 이익상(李益相)의 「어촌」(1925)이 독특하지만, 그 선구성에도 불구하고 오히려 최서해 이전에 연결되는 머리에, 서해의 「탈출기」를 더욱 의식적인 이념 위에 정초한 포석 조명희의 「낙동강」이 획기적이다. 이 작품의 주인공 박성운의 이력은 우리 민족운동의 발전과정을 그대로 보여준다. 낙동강 어부의 손자요 농부의 아들 박성운은 농업학교 출신의 소지식인이다. 간도로 이농했다가 해외독립운동에 참여한 그는 이 과정에서 사회주의혁명가로 전신하는데, 귀국 후 서울에서 운동하다 파벌싸움에 실망하여 고향의 대중 속으로 귀환, 민중에 기초한 투쟁을 건설하기 위해 고투한다. 작품은 죽음을 앞둔 그의 출옥에서 시작되어 장례식으로 마감되는데, 작가는 로사의 망명을 묻어둠으로써 혁명의 불씨를 새 세대에게 전수하는 희망을 가탁한다. 독일의 전설적 여성 혁명가 로자 룩셈부르크(Rosa Luxemburg)를 따르는 교사 출신 여성 혁명가 로사의 등장은 백정의 딸이라는 기원과 함께 지식인 중심의 관념적 급진주의에 물든 카프 및 조선공산주의운동 지도부에 대한 반란을 상징하던 것이다. 로자 룩셈부르크가 소련에 대해서조차 비판적이었다는 점을 감안하면, 여기에는 세계혁명의 심장부를 자처하면서 지역운동을 오히려 파괴하곤 하는 코민테른의 중앙통제방식에 대한 항의도 내포되어 있는지 모른다. 좌파 계몽주의의 과잉이 소설의 현실성을 제약하는 흠이 문제지만, 프로문학이 제출한 최고의 이념서사라는 이 단편의 획기성은 단연 돋보인다. 또한 이 작품의 공간이 훗날 김정한(金廷漢)에 의해 집중적 탐구의 대상으로 된다는 점에도 유의할 필요가 있을 것이다. 노동조합을 건설하는 과정을 그린 송영(宋影)의 「석공조합대표」(1927)는 「낙동강」과 함께 「탈출기」적 경향의 발전선상에 놓이는 작품이다. 평양의 젊은 석공들이 사장과 가족의 반대를 무릅쓰고 고민 속에 상경, 전국대회 개최에 성공하는 것으로 마감되는 이 단편은 운동권소설의 또다른 면모를 정립한다. 갈등의 극복이 예정된 결말에 매여 단순하게 처리되는, 카프 이념소설에 공통적인 약점이 보이지만, 노조운동의 새 기운을 문학 안에 섭수하려는 효시로서 소설사적 의의가 작지 않다. 1980년대 노동소설의 한 원천이 된다는 점에서 더욱 그렇다.

「홍염」적 경향은 이기영과 한설야에 의해 발전한다. 「민촌」(1926)은 시종일관 우리 농민소설을 개척한 이기영의 초기 문제작이다. 이 작품에서 우선 주목할 것은 농촌사회를 내재적으로 접근해간다는 점이다. 작가는 향교말이라는 민촌을 구성하는 지주와 소작인의 계급적 대립을 축으로 놓되 이 인물들을 생활의 문맥 속에서 생동적으로 파악함으로써 사회적 망 안에 가두지 않는다. 악덕지주 박주사의 아들이 소작인의 적이라면 서울양반댁 창순이는 소작인의 벗이다. 사회주의자 창순은 이기영 농민소설의 단골로 등장하는 좌파 계몽주의자인데 역시 계몽의 과잉으로 성격 창조에서 결함이 노출되지만, 이 소설의 주된 갈등을 담지한 지주와 소작인들은 충실한 개별성으로 생생하게 살아 있다. 결말도 현실적이다. 분노에도 불구하고 여주인공 점순은 가족을 구하기 위해 박주사 아들의 첩으로 팔려갈 것을 자청한다. 서해가 즐겨 사용하던 방화와 살인의 계급투쟁을 극복한 현실적 마감을 갖춤으로써 프로소설의 리얼리즘이 한 단계 전진할 수 있었던 것이다.

한설야는 「과도기」로 카프소설의 새로운 영역을 개척한다. 간도로 이농한 창선이 가족의 4년 만의 귀향에서 시작되는 이 단편은, 간도로 갔다 독립군으로도 활동하다가 실망 속에 귀국하여 도배장이로 살아가는 나운심의 이야기를 그린 서해의 「고국」 이후를 탐구하고 있는 셈이다. 그런데 그의 고향 마을이 거대한 화학비료공장으로 변모한 점이 흥미롭다. 30년대에 활발해질 일본 독점자본의 식민지 진출의 이른 모습이 여기에 선명히 드러난다. 그의 고향 창리는 어촌이었다. 발동선이 나오면서 산전(山田)을 갈아먹는 신세로 전락한 마을 주민들은 이제는 농민 노릇도 작파하고 상투 자르고 그 공장의 노동자로 변모한다. 창선이도 노동자 대열에 합류한다. 일본 자본이 어떻게 조선의 전통적인 농어촌을 분해해서 노동자를 충원하는지를 생생하게 묘파한 이 작품의 제목이 '과도기'라는 점이 예사롭지 않다. 작가는 식민지 노동자의 기원을 관찰하며 그들의 역사적 운명을 예의 주시한바, 여기에 우리 문학의 새 길이 열릴 것이다.

심훈 연구 서설*

1. 머리말

심훈(沈熏, 본명은 대섭大燮, 1901~36)은 작가적 명성에 비하여 연구는 자 못 부진하다. 말년의 작품『상록수』만 유독 주목됨으로써 일반 독자대중 은 그를 그저 농촌계몽작가 정도로 인식할 뿐이다. 그러나『심훈문학전 집』(전3권, 1966)을 통독한 독자라면 그가 심각한 사상적 편력을 통해서 자 신의 온몸으로 당대의 현실에 진지하게 육박했던 탁월한 작가의 한 사람 임을 이내 깨닫게 될 것이다. 심훈이 과소평가된 원인은 무엇인가? 무엇 보다도 그와 동시대에 활약했던 문인들, 특히 카프계 작가들과의 불화가 눈에 띈다. 그 단초는 심훈과 경성고보(경기고의 전신) 동기생이었던 한설야 와의 논쟁이다. 심훈의 영화「먼동이 틀 때」(1927)에 대해 한설야는 만년 설(萬年雪)이란 필명으로 계급문예론의 입장에서 혹독하게 비난하였다.

* 이 글은 원래 벽사(碧史) 이우성(李佑成) 교수 정년퇴직기념논총『민족사의 전개와 그 문화』(창작과비평사 1990)에 기고한 것이다. 그후 졸저『한국근대문학을 찾아서』(인 하대 출판부 1999)에 수록된바, 이번에 퇴고하여 재수록한다.

심훈이 반론을 펼치자 이번에는 임화가 나서서 소시민적 반동으로 몰아붙였거니와,[1] 임화는 나아가 "김말봉(金末峰)씨에 선행하여 예술소설의 불행을 통속소설 발전의 계기로 전화시킨 일인자"[2]로 심훈의 문학사적 위치마저 결정한다. 이 이상한 공격 속에서 심훈의 자리는 그릇되기 마련인데, 김팔봉(金八峰)이 작성한 문인들의 계보도에서 심훈은 민족주의파, 그중에서도 소시민적 자유주의, 그중에서도 이상주의로 분류되었다.[3] 우리 현대문학사의 통사체계를 처음으로 완성한 백철 역시 비슷하다. 『상록수』를 고평(高評)하였으나, 어디까지나 민족주의계 브나로드운동의 문학적 표현이라는 기본적인 구도를 견지하였다.[4] 이러구러 심훈은 『상록수』로 대중적 성공을 거둔 민족주의 계열의 통속작가라는 고정관념이 확립된 터다.

이 선입관에 균열을 낸 첫 작업이 유병석(柳炳奭)의 「심훈연구」(서울대 석사논문 1964)다. 그의 삶과 문학을 실증적으로 복원하면서, 특히 홍명희·여운형(呂運亨)·박헌영과의 관계를 드러냄으로써 재평가의 초석을 놓았던 것이다. 사학자 홍이섭(洪以燮)의 「30년대초의 농촌과 심훈문학」(『창작과비평』 1972년 가을호) 역시 중요하다. 심훈의 초기 장편 『동방의 애인』(1930)과 『불사조』(1930)가 혁명적 지식인들의 행적을 대담하게 다루었다는 점에 주의를 환기한 그는 『상록수』가 보다 현실적인 선회과정에서 창작되었음을 밝힘으로써 심훈 문학의 진면목에 다가갔다. 홍이섭의 문제의식은 심훈의 장편소설 모두를 자상하게 분석한 이주형(李注衡)에 의해 더욱 소명된바, 심훈 장편을 김팔봉이 제창한 '맑스주의적 통속소설'로 파악한

---

1 만년설 「영화예술에 대한 관견(管見)」, 『중외일보(中外日報)』 1928.7.1.~7.9; 심대섭 「우리 민중은 어떠한 영화를 요구하는가」, 『중외일보』 1928.7.11.~7.27; 임화 「조선영화가 가진 반동적 소시민성의 말살」, 『중외일보』 1928.7.28.~8.4.
2 임화 「통속소설론」, 『문학의 논리』, 학예사 1940, 399면.
3 김팔봉 「조선문학의 현재의 수준」, 『신동아』 1934년 1월호 46면.
4 백철 『조선신문학사조사: 현대편』, 백양당 1949, 162면.

평가[5]는 오히려 카프적이다. 북한의 문학사도 심훈을 일정하게 긍정한다. "개량주의적 경향과 종교적 색채를 띠고 있는 제한성이 있으나 1930년대 우리나라 농촌의 비참한 현실과 농민들의 지향을 반영한" 작품으로 『상록수』를 평가하면서 심훈을 "카프의 동반작가"로 규정한다.[6] 심훈은 과연 민족주의자인가, 사회주의자인가, 아니면 중간에 걸친 동반자일까?

2. 심훈의 출신

그는 광무(光武) 5년(1901년 신축년) 9월 12일 경기도 시흥군 신북면 흑석리(黑石里, 검은돌), 오늘날의 서울 노량진 흑석동에서 청송(靑松) 심씨 상정(相珽)과 해평(海平) 윤씨 사이의 3남 1녀 가운데 막내아들로 태어났다.[7] 그의 먼 조상들은 혁혁하다. 세종의 왕비 소헌왕후의 부친으로 영의정을 지낸 온(溫)은 그의 19대조요, 소헌왕후의 아우로 역시 영의정에 오른 회(澮)는 18대조요, 명종 때 영의정 연원(連源)은 15대조요, 명종의 왕비 인순왕후와 서인의 영수 의겸(義謙)의 부친으로 오위도총부 도총관을 지낸 강(鋼)은 그의 14대조다.[8] 이후 그의 집안은 권력의 핵심에서 이탈하여 경기도 용인으로 낙향한다.[9] 그의 집안은 언제 검은돌로 이거한 것일까? 신불출(申不出)이 취입하여 유명해진[10] 그의 시 「고향은 그리워도」에 다음과 같은 구절이 나온다.

5 이주형 「1930년대 한국장편소설연구」, 서울대 박사논문 1981, 59면.
6 박종원·유만 『조선문학개관 2』, 인동 1988, 80면.
7 유병석 「심훈연구」, 서울대 석사논문 1964, 8면.
8 같은 글 35~36면.
9 신경림(申庚林) 편저 『그날이 오면 그날이 오며는』, 지문사 1982, 14면.
10 유병석, 앞의 글 32면.

개나리 울타리에 꽃 피던 뒷동산은

허리가 잘려 문화주택이 서고

사당 헐린 자리엔 神社가 들어앉았다니,

(…)

오대나 내려오며 살던 내 고장이언만

비렁뱅이처럼 찾아가지는 않으려오.[11]

아마도 그의 고조부쯤에 용인을 떠나 검은돌로 옮긴 것일 터인데, 그렇다고 권력의 핵심으로 복귀한 것은 아니다. 그의 조부 정택(鼎澤)은 "300석지기 논밭의 영주로 검은돌 꼭대기에 자리 잡은 40칸들이 기와집"[12]에 웅거한 지역 유지였을 뿐이다.

그의 집안은 지조 높은 반가(班家)는 아닌 것 같다. 그의 아버지는 심훈이 경성고보 학생으로 3·1운동에 투신하여 제적될 당시 신북면 면장이었고,[13] 그의 장형 우섭(友燮)은 총독부 어용지『매일신보』의 기자였다. 이광수의『무정』에 나오는 기자 신우선의 모델[14]인 심우섭은『형제』(1914)와『산중화』(山中花, 1917) 등 신파소설을 심천풍(沈天風)이란 필명으로『매일신보』에 연재하기도 하였으니, 조일재(趙一齋)·이상협(李相協) 등과 함께 1910년대의 대표적인 신파번안 소설가였던 것이다. 조일재의『장한몽』이 연재되기 시작한 1913년부터 1917년 이광수의『무정』이 연재되기까지 이 신문 연재소설란을 독점한 그들은 우리 문학의 신파화를 선도했다는 점에서도 그러하거니와,[15] 그 인물들 자체가 양면적이다. 심훈

11 『심훈문학전집 1』(이하『전집』), 탐구당 1966, 79면.
12 윤극영(尹克榮)「심훈시대」,『전집 1』633면.
13 유병석, 앞의 글 35면.
14 『이광수전집 10』, 우신사 1979, 508면.
15 졸고「장한몽과 위안으로서의 문학」,『민족문학의 논리』, 창작과비평사 1982.

은 1920년도 일기에서 아베 미쯔이에(阿部充家, 1862~1936)가 "큰형님(심우
섭—인용자)하고 썩 친한 사람 가운데 하나"라고 기록하고 있는데,[16]『매일
신보』사장으로 이광수의 훼절에도 깊은 관련을 가진[17] 아베는 아마도 조
선의 지식인들을 담당한 공작책의 하나였던 듯싶다. 심우섭은 총독과도
직접 통하고 있었다. 사이또오(齋藤實) 총독의 조선인 면회자 빈도 조사에
의하면 그는 1919년에서 21년까지 4회, 1922년에서 23년까지 4회, 1924년
에서 26년까지는 심우섭 이름으로 17회, 심천풍 이름으로 14회, 총 31회
나 면회했으니,[18] 직업적 친일분자에 가까울 것이다. 또한 심훈의 첫번째
부인 이해영(李海暎)이 이해승(李海昇) 후작의 누이라는 점에도 주목해야
한다. 이해승은 사도세자의 서자 은언군의 5세손이요, 궁내부 대신 이재
순의 손자로 일제로부터 후작의 작위를 받은 자이다.[19] 요컨대 그의 집안
은 친일적 시류에 순응한 근기 양반 가문 출신의 중소지주계급으로 요약
될 것이다.

유복한 집안에서 태어나 경성고보에 입학하여(1915) 재학 중에 조혼
한(1917) 심훈의 삶에 획기적 전기가 된 것은 3·1운동이다. 운동에 가담하
여 옥고를 치르면서 그는 민족의 대의에 눈떴다. 옥중에서 어머니께 올린
편지의 일절을 보자.

어머님!
어머님께서도 조금도 저를 위하여 근심치 마십시오. 지금 조선에는 우리
어머님 같으신 어머니가 몇천 분이요 또 몇만 분이나 계시지 않습니까? 그

---

16 『전집 3』 613면.

17 김윤식『이광수와 그의 시대 2』, 한길사 1986, 675~76면.

18 강동진(姜東鎭)『일제의 한국침략정책사』, 한길사 1980, 169~70면.

19 大垣丈夫 編『조선신사대동보(朝鮮紳士大同譜)』, 朝鮮紳士大同譜發行事務所 1913,
14면.

리고 어머님께서도 이 땅에 이슬을 받고 자라나신 공덕 많고 소중한 따님의 한 분이시고 저는 어머님보다도 더 크신 어머님을 위하여 한몸을 바치려는 영광스러운 이 땅의 사나이외다.[20]

그러나 "더 크신 어머님" 즉 조국에 대한 헌신을 결심한 그가 출옥 후 부딪친 현실은 매우 착잡했다. 이 시기에 그가 남긴 일기(1920.1.3.~6.1)를 보면 행간에 청춘의 고뇌가 임리하다. 3·1운동의 기억은 아직도 선열한데 학교에서는 제적당했고 가정은 완고했다.

일평생 자기네 앞에서 떼어놓지 않으려는 조선의 부형 되는 사람은 너무나 몽매하다. (…) 기어이 우리는 이 진부한 사상을 박멸시켜야만 할 것이다.[21]

봉건적 가정의 숨 막힐 듯한 분위기에 대한 그의 불만은 특히 장형에 대해서 더욱 격렬하다. 병든 형을 문병하고 와서 일기에서 그는 직절히 항의한다.

아무 아는 것도 없이 (…) 말만 함부로 다니며 하다가 신문경영에도 대실패를 하고 울화병이 든 것이다. 그리고 주색에 몸은 약하여 가지고 (…) 아무리 친제형간이라도 동정하는 마음이 생길 수는 없다. 형님의 일은 만사가 다 그 수법이니 누가 환영을 하랴.[22]

또한 조혼이 그를 괴롭혔다. 청상이 되어버린 단 한분뿐인 누님의 처지

---

20 『전집 1』 20~21면.
21 『전집 3』 585면.
22 『전집 3』 587~88면.

에 충격을 받은 그는 "아! 악마. 구수(仇讐)의 조혼아, 내 손으로 깨뜨리련다. 나의 붓이 이 원수를 죽일란다"[23]라고 절규했던바, 이 저주는 누님으로부터 말미암은 것이지만 일종의 동병상련이기 십상이다.

3. 심훈과 사회주의자들

민족의 해방에 대한 강렬한 동경은 심훈에게 봉건적 질곡으로부터의 개인의 해방과 긴절히 맞물렸으니, 그는 마침내 1920년 겨울 중국으로 낭만적 탈출을 감행한다. 1923년 귀국할 때까지 3년에 걸친 중국망명기는 또 하나의 전기가 되었던 것인데, 그가 따랐던 망명지사들은 누구인가? 시문집『그날이 오면』의「항주유기(杭州遊記)」에 다음과 같은 구절이 나온다.

　더구나 그때에 유배나 당한 듯이 호반에 소요하시던 석오(石吾)·성재(省齋) 두 분 선생님과 (…) 제우(諸友)가 몹시 그립다.[24]

석오 이동녕(李東寧, 1869~1940)과 성재 이시영(李始榮, 1868~1953)은 임시정부를 이끌었던 대표적인 민족주의자다. 또한 그는 베이징에서 무정부주의자의 문하에도 출입한바, 신채호가 1936년 옥사하였을 때「단재와 우당(友堂)」이란 글을 초하여 두분을 추모하였다.

　단재의 부(訃)를 접한 오늘, 풍운이 창밖에 뒤설레는 깊은 밤에 우당 노인의 최후를 아울러 생각하니 내 마음 울분에 터질 듯하여 조시 몇구를 지

23『전집 3』598면.
24『전집 1』122면.

었다. 그러나 그나마 발표할 길 없으니(…)[25]

단재 신채호와 우당 이회영(李會榮, 1867~1932, 이시영의 형)은 이동녕, 이시영과 함께 활약한 동지였지만 3·1운동 이후 심각한 고민 속에서 무정부주의자로 전신하여 임시정부에 비판적 태도를 취하였던 우리 민족운동의 원로다.

심훈의 교유는 넓다. 그의 시 「R씨의 초상」(1932)을 보자.

> 내가 화가여서 당신의 초상화를 그린다면
> 지금 십년 만에 대한 당신의 얼굴을 그린다면
> (…)
> 물결 거치른 黃浦灘에서 생선같이 날뛰던 당신이
> 고랑을 차고 삼년 동안이나 그물을 뜨다니 될 뻔이나 한 일입니까?
> (…)
> "이것만 뜯어 먹어도 살겠다"던 여덟 八字 수염은
> 흔적도 없이 깎이고 그 터럭에 백발까지 섞였습니다그려.
> 오오 그러나 눈만은 샛별인 듯 전과 같이 빛나고 있습니다.[26]

심훈이 이 시를 쓰기 10년 전, 곧 1922년 중국에서 만났던 R씨는 누구인가? 1932년, 3년 만에 출옥한 카이저수염의 주인공은 아마도 몽양(夢陽) 여운형일 것이다. 몽양과 심훈은 각별했다. 몽양이 1933년『조선중앙일보』사장에 취임한 후 그의 배려로 심훈은 장편『영원의 미소』(1933~34)와『직녀성』(1934~35)을 이 신문에 연재했으며, 1933년 8월에는 이 신문 학

---

25 『전집 3』 494면.
26 『전집 1』 105~06면.

예부장으로 발탁되었다. 특히 심훈의 장례식에서는 몽양이 베를린올림픽 마라톤에서 우승한 손기정에게 바친 심훈의 절필시「오오, 조선의 남아여」를 울면서 낭송하였다고 한다.[27]

심훈의 망명시절 몽양은 코민테른 극동국 서기로 상하이에 파견되어 활동한 보이찐스끼(Grigori Voitinskii)의 권고로 1920년 이동휘(李東輝)의 그룹에 가입, 공산주의 활동을 시작하여 1921년에는 이르꾸쯔끄파 공산당 상하이지부의 지도자로서「공산당선언」을 처음으로 번역하였다. 1922년에는 극동인민대표대회에 조선 대표의 일원으로 소련에 건너가 레닌·뜨로쯔끼·지노비예프·꼴론따이 등 볼셰비끼 지도자들과 광범하게 접촉한 우리 초기 공산주의운동의 원로다.[28]

박헌영과도 긴밀했다. 심훈의 시「박군의 얼굴」(1927)을 보자.

　　　사년 동안이나 같은 책상에서

　　　벤또 반찬을 다투던 한 사람의 박은

　　　교수대 곁에서 목숨을 생으로 말리고 있고

　　　(…)

　　　이제 또 한 사람의 박은

　　　음습한 비바람이 스며드는 상해의 깊은 밤

　　　어느 지하실에서 함께 주먹을 부르쥐던 이 박군은

　　　눈을 뜬 채 등골을 뽑히고 나서

　　　산 송장이 되어 옥문을 나섰구나.[29]

---

27 유병석, 앞의 글 34면.

28 김준엽·김창순『한국공산주의운동사 1』청계연구소 1986, 176, 241, 377면. 민족해방을 최우선의 과제로 삼았던 몽양은 당시 소련측이 평가했듯이 진보적인 민족주의자 또는 민족주의적 성격이 강한 사회주의자에 근사할 것이다.

29『전집 1』61~62면.

"교수대 곁에서 목숨을 생으로 말리고 있"는 첫번째 박은 아마도 박열 (朴烈, 본명은 준식準植, 1902~74)일 터인데, 경성고보 사범과 출신의 박열은 3·1운동 직후 학교를 중퇴하고 일본으로 건너가 무정부주의운동에 투신하던 중 1923년 대역죄로 체포되어 당시 무기수로 복역 중이었다.[30] "또한 사람의 박"이 바로 박헌영이다. 경성고보 졸업 후 1920년경 상하이로 건너가 1921년에는 이르꾸쯔끄파 공산당 상하이지부에 가입하여 정식으로 공산주의운동에 투신한 그는 1922년에는 몽양과 함께 모스끄바에서 개최된 극동인민대표대회에 조선 대표로 참석하고 곧 국내로 잠입하다가 신의주에서 체포되어 1924년 출옥하였고, 1925년 조선공산당 사건으로 다시 투옥되어 1927년 광인 행세로 출옥했으니,[31] 이 시는 바로 그때의 박헌영을 노래한 것이다. 그리고 보면 심훈의 첫 장편『동방의 애인』의 주인공 박진도 박헌영을 모델로 한 것 같다. 일제의 검열로 연재 도중 중단된 이 미완의 장편은 3·1운동 후 상하이로 망명한 박진이 공산주의자로 전신하여 모스끄바의 국제당 청년대회에 참석하는 과정까지를 그리고 있는데, 박헌영의 행적과 아주 유사하다. 박진이 국내로 잠입하다가 신의주에서 검문에 걸려 탈주하는 장면도 그러하고, 박진의 애인 영숙은 박헌영이 후일 북한에서 간첩 혐의로 처형되는 빌미가 된 현앨리스를 연상시킨다. 하여튼 박헌영에 대한 심훈의 깊은 연대가 상하이 망명시절에 이루어졌다는 점을 유의할 일이다.

요컨대 심훈은 중국에서 민족주의자 이동녕과 이시영, 무정부주의자 신채호와 이회영, 공산주의자 여운형과 박헌영 등과 두루 교류하면서 사상적 모색기에 접어들었으매, 이 속에서 사회주의사상의 세례를 받았던

---

30 布施長治, 강일석(姜一錫) 옮김『박열투쟁기(朴烈闘爭記)』, 조양사출판부 1948.
31 박갑동『박헌영』, 도서출판 인간 1983.

것도 자연스럽다.

3년간의 망명생활 끝에 귀국한 그는 1924년『동아일보』에 입사하였다.[32] 자치론을 내세워 거센 지탄을 받아오던『동아일보』는 박춘금 사건의 여파로 사장 송진우(宋鎭禹)를 해임하고 허헌(許憲)을 사장 직무대행으로, 홍명희를 주필 겸 편집국장으로 초빙함으로써[33] 박헌영·임원근(林元根)·허정숙(許貞淑, 허헌의 딸이며 임원근의 아내) 등 사회주의자들이 기자로 대거 출입하게 된다. 당시 언론계는 경영진의 개량주의화에 따라 평기자 중심의 민족언론운동이 고조되었으니, 1924년 11월 각 신문사 사회부 기자들이 결성한 '철필구락부'는 대표적인 단체다. 심훈은 이 철필구락부 사건으로 1925년『동아일보』에서 퇴사한다.

1925년 (…) 철필구락부는 회원총회를 열고 사회부 기자의 급료를 최저 80원으로 인상·지급하도록 요구할 것을 결의했다. 우리나라 언론사상 최초로 기자단체에 의한 급료인상 투쟁이 시작된 것이다. (…) 철필구락부 대표단이 각사로 다니며 사장을 면담하고 급료인상을 요구했다. (…) 그러나 동아일보는 즉석에서 이를 거절해 버렸다. (…) 최후의 수단은 파업이었다. 당시 동아일보 사회부 기자는(모두 8명이었다 함) 일치하여 사에 나오지를 않았다. (…) 그러나 경영진은 협상이 아니라 강경책으로 맞섰다. (…) 파업기자 일동은 (…) 일제히 편집국으로 들어가 사표를 제출했다. (…) 타부에 있던 기자들까지 일부 합세하여 동정 퇴사를 선언했다. (…) 임원근·안석주·김동환·유완희·심대섭 등이 5월 22일자로 퇴사했고, 박헌영·허정숙은 5월 24일자로 퇴사[34]

32 유병석, 앞의 글 11면.
33 최민지(崔民之)·김민주(金民珠)『일제하 민족언론사론』, 일월서각 1978, 389~90면.
34 정진석(鄭晋錫)『일제하 한국언론투쟁사』, 정음사 1975, 174~75면.

『동아일보』시절 박헌영·임원근·허정숙 등과 함께 일하다가 철필구락부 사건으로 퇴사한 것은 심훈이 "동아일보에서 점차로 사회주의적인 분위기를 조성하기에 힘을 썼었"[35]다는 홍효민(洪曉民)의 회고와 함께 주목할 대목인데, 그 한달 전 『동아일보』편집국장에서 『시대일보』사장으로 옮아간 벽초 홍명희(1888~1968)와의 관계도 눈여겨보아야 한다. 심훈은 세 편의 장편소설 『영원의 미소』『상록수』『직녀성』을 각각 1935년, 1936년, 1937년에 간행한바, 이들 모두에 벽초가 서문을 썼다.[36] 이 돈독한 관계를 염두에 두면 심훈의 시「선생님 생각」이 누구에게 헌정된 것인가를 짐작할 수 있다.

> 날이 몹시 춥습니다
> 방 속에서 떠다놓은 숭늉이 얼구요,
> 오늘밤에 영하로도 이십도나 된답니다.
> 선생님께서는 그 속에서 오죽이나 추우시리까?
> 얼음장같이 차디찬 마루방 위에
> 담뇨자락으로 노쇠한 몸을 두르신
> 선생님의 그 모양 뵈옵는 듯합니다.[37]

1930년 1월 5일에 씌어진 이 작품의 주인공은 아마도 벽초일 듯싶다. 당시 그는 민중대회 사건(1929.12)으로 투옥 중이었다.[38] 풍산 홍씨 명문의 후손으로 맑시즘에도 깊은 이해를 지닌 그는 한편 민족주의자들과도 교분

35 홍효민「상록수와 심훈과」,『현대문학』1963년 1월호 269~70면.
36 유병석, 앞의 글 51, 61, 71면.
37 『전집 1』89면.
38 임형택(林熒澤)·강영주(姜玲珠) 엮음『벽초 홍명희 임꺽정(林巨正)의 재조명』, 사계절 1988, 83~84면.

이 두터워 『동아일보』 편집국장, 『시대일보』 사장, 오산학교 교장 등을 역임한 특이한 경력의 인물로 민족주의 좌파와 사회주의자의 협동전선체인 신간회(1927~31)의 지도자로 활약하였다. 신간회 시절, 심훈은 『조선일보』 기자로 활동하면서[39] 이 신문에 장편 『동방의 애인』과 『불사조』를 연재하였다. 당시 『조선일보』는 신간회의 기관지 역할을 했거니와, 벽초의 걸작 『임꺽정』도 1928년부터 『조선일보』에 연재되었던 것이다.

요컨대 심훈은 귀국 후 벽초의 강력한 자장 아래 놓여 있었다. 여기에 출옥 후 1933년 『조선중앙일보』 사장에 취임한 몽양이 가세했다. 이미 지적했듯이 심훈은 그의 지원으로 만년의 장편작업에 몰두하였으니, 몽양 또한 벽초와 사상적 기맥이 통하는 바가 적지 않았다. 아마도 그것은 중도좌파에 근사할 것이다.

4. 심훈과 카프

심훈은 카프의 창립회원이었음에도 불구하고 한설야·임화 등과 격렬한 토론을 벌였다. 그리고 그 영향 때문인지 심훈이 카프 창립회원이었다는 사실조차 망각되곤 한다. 왜 이런 일이 일어났을까? 여기서 우리는 심훈과 카프의 관계를 정밀히 따져볼 필요가 있다.

심훈은 1923년 '염군사(焰群社)'에 가담한다. 염군사는 1922년 송영·김두수(金斗洙)·이호(李浩)·박세영(朴世永) 등이 조직한, "무산계급 해방문화의 연구 및 운동"을 목적으로 한 계급문예 단체다. 염군사는 후일 대표적인 계급문인으로 활약한 송영·박세영이 중심이지만 사실은 문인이기보다는 초기 공산주의운동에 관여했던 김두수와 이호(이인李仁의 아우)

---

39 심훈은 1928년에 입사하여 1931년에 사직했다. 유병석, 앞의 글 13, 15면.

의 영향 아래 놓여 있었다. 김두수와 이호는 당시 공산주의운동을 양분하고 있던 '서울청년회'와 '북풍회' 가운데 후자에서 활약한 운동가인데, 1923년 김팔봉과 박영희 등이 조직한 '파스큘라'가 서울청년회의 영향력 아래 있었다면 염군사는 북풍회의 외곽 문예조직에 근사한 터다.[40] 그러나 염군사는 기관지 『염군』의 창간호와 2호가 거듭 발행금지처분을 받게 되면서 1923년 조직 확장에 들어가 이때 심훈·최승일(崔承一, 최승희의 오빠)·김영팔(金永八) 등이 새로이 가담하게 되었던 것이다.[41]

심훈이 염군사 동인으로 참여한 것은 약간 뜻밖이다. 이 단체는 주로 배재고보 출신으로 이루어졌으니, 송영·박세영·최승일이 모두 그러하기 때문이다. 여기서 우리는 심훈이 귀국 후 주로 연극인·영화인과 어울렸다는 점을 주목해야 한다. 원래 영화광이었던 그는 당시의 신극운동에 깊은 관심을 가졌다.

〔심훈은〕 토월회(土月會) 제2회 공연(1923년 9월 — 인용자)에 네흘류도프로 분(扮)한 초면의 안석주(安碩柱)에게 화환을 안겨주었다. 이 인연으로 안과는 평생의 가장 절친한 지기(知己)로 되었다.[42]

석영 안석주(1901~50)와의 인연을 통해 그는 당대의 연극인·영화인과 두루 교류하면서 1923년에는 '극문회(劇文會)'를 조직하였다. 이 단체의 회원은 고한승(高漢承)·김영보(金泳俌)·이경손(李慶孫)·이승만(李承萬)·최승일·김영팔·안석주 등 10인인데 간사는 심훈과 김영보였다.[43] 이 중

---

40 홍정선(洪廷善) 「카프와 사회주의운동단체와의 관계」, 『역사적 삶과 비평』, 문학과 지성사 1986, 73~74면.

41 권영민 「카프의 조직과 해체 1」, 『문예중앙』 1988년 봄호 281면.

42 유병석, 앞의 글 11면.

43 같은 글 23면.

최승일·고한승·김영팔은 모두 1920년 봄 토오꾜오 유학생들이 조직한 '극예술협회' 출신으로[44] 월북 극작가 김영팔과 심훈의 교분은 두터웠다.

〔심훈은〕술이 취하면 그때 작가로서 새로 등장한 김영팔 군을 자주 방문하면서 그를 극구 칭찬했던 것이다. 김영팔 군과 대작을 하면 밤새도록 술을 마시어 김영팔 군의 아내 진덕순 여사에게 미안을 끼친 적도 많았고[45]

이러한 교분 속에서 심훈은 염군사의 조직 확장기에 연극부의 회원으로 가입하게 되었으리라고 추측된다.

1925년 염군사와 파스큘라 합동으로 '조선프로예맹' 즉 카프가 결성되었다. 김팔봉의 회고에 의하면 당시 발기인은 심훈을 비롯하여 이호·송영·최승일·안석주·김영팔·박영희·김기진·이익상 등인데,[46] 이 중 염군사 동인이 다수를 차지하고 있다. 그런데 최근 권영민이 찾아낸 신문자료, 1926년 12월 24일에 개최된 카프임시총회를 거쳐 발표된 보도자료에 의하면 그 맹원에 심훈의 이름이 보이지 않는다. 참고로 당시의 맹원 모두를 소개하면 다음과 같다.

이기영·김영팔·이량(李亮)·조명희·홍기문(洪起文)·김경태(金京泰)·임정재·양명(梁明)·이호·김강(金鋼)·박용대(朴容大)·권구현(權九玄)·이적효(李赤曉)·김기진·이상화·김복진(金復鎭)·최학송(崔鶴松)·최승일·김여수(金麗水)·박영희·김동환(金東煥)·안석주[47]

---

44 이두현(李杜鉉)『한국신극사연구』, 서울대 출판부 1966, 104면.

45 홍효민, 앞의 글 270면.

46 홍정선, 앞의 책 79면.

47 권영민「카프의 조직과 해체 2」,『문예중앙』1988년 여름호 324~25면.

이 명단에서 또 하나 흥미로운 것은 카프 창립발기인이었던 송영의 이름도 보이지 않는 점이다. 카프가 일정한 체계를 갖춘 1926년 말에 분명히 심훈과 송영은 이탈한 것이다. 송영은 아마도 파스큘라계의 김팔봉과 박영희가 주도하는 카프에 대한 반발이 원인일 듯한데, 심훈의 경우는 달랐지 싶다. 심훈은 김팔봉과 아주 가까웠다.

> 〔팔봉은〕훈과는 특별히 가까워 그가 재혼할 때는 그 들러리를 섰으며 훈이 사망했을 때는 장지까지 따라가는 등, 마지막까지 그를 보살폈다. 특히 그의 이론, 즉 프로문학은 그 목적을 교묘히 행하는 수단으로써 대중에게 재미있게 받아들여져야 한다는 이론은 훈에게 깊이 공감되는 바 있어 (…) 훈의 문학은 시종 김기진의 이 이론에 바탕을 두었다고 말해져도 좋을 것이다.[48]

그러니까 심훈의 이탈은 카프를 주도했던 인물에 대한 반발은 아니었다. 당시 맹원의 면모를 살펴보면 김팔봉을 비롯하여 심훈의 친한 벗들 ── 김영팔·최학송〔曙海〕·최승일·김여수〔朴八陽〕·안석주 등이 대거 참여하고 있었기 때문이다. 당시 심훈은 개인적으로 매우 복잡했다. 1924년 아내와 이혼하고 다음해에는 철필구락부 사건으로 『동아일보』에서 퇴사했으며 1926년에는 근육염으로 8개월이나 병원 신세를 졌고, 무엇보다 이수일 대역으로 영화에 출연한 1925년 이후 영화에 완전히 빠져버렸다. 급기야 1927년 봄에는 영화를 공부하기 위해서 일본으로 건너간다. 물론 이것으로 심훈의 카프 이탈이 온전히 설명되는 것은 아니다. 그는 왜 정작 카프에는 참여하지 않았는가? 당시 그의 평론에 해답이 있을 것이다.

---

48 신경림 편저, 앞의 책 60~61면.

5. 심훈의 문학예술관

심훈의 평론「1932년의 문단전망」을 먼저 검토하자. 당시 문단을 양분하고 있던 민족주의문학과 프로문학 양측에 대해 그는 먼저 전자를 비판한다. "음풍영월식이요 사군자 되풀이"의 시조나 짓고 "역사를 들추어 새삼스러이 위인걸사(偉人傑士)를 재현"하는 역사소설이나 창작하는 민족주의문학에 대해서, "우리가 눈앞에 당하고 있는 좀더 생생한 사실과 인물을 그려서 대중의 가슴에 실감과 감격을 아울러 못박아 줄" 엄숙한 리얼리즘에 입각할 것을 요구하는데, 만약 이를 감당하지 못할 때 민족주의문학은 "가난한 집 사당의 말라빠진 위패만도 못할 것"이라고 신랄히 경고한다. 후자에 대한 비판 역시 날카롭다. 주도권을 둘러싼 카프의 내부분열을 "병통 중에도 가장 큰 것"이라고 지적하면서, 대외적으로는 "새로운 동지를 포섭해 들일 아량이 적"은 부락적 폐쇄성을 비판한다. 그리고 프로문학이 그 구호와는 달리 무산계급과 유리되어 있는 점을 뼈아프게 가리켰다.

농민 노동자의 옹호자 같은 구문(口吻)으로 일을 삼으나 그 자신이 결코 프롤레타리아는 아니외다. (…) 염천에 용광로 앞에서 부삽을 쥔 노동자의 땀에 젖은 수기가 보고 싶습니다. 젊은 소작인이 흙벽에다가 연필로 찍찍 갈겨쓴 단 몇줄의 생활기록이 읽고 싶습니다. 이상과 실제의 현격, 신념과 생활의 모순은 인텔리로는 누구나 통감하는 묵직한 양심의 가주(可誅)나 더욱이 프로작가로서는 너무나 뚜렷한 이중생활을 자기자책치 않으면 모든 것이 허위요 위선일 것입니다.[49]

---

49 『전집 3』 567~68면.

이처럼 양측을 모두 비판하는 심훈은 그러면 절충파인가? 「우리 민중은 어떠한 영화를 요구하는가」(1928)에서 그는 다음과 같이 자기 입장을 밝힌다.

우리가 현단계에 처해서 영화가 참다운 의의와 가치가 있는 영화가 되려면는 물론 프롤레타리아의 영화가 아니면 안 될 것이다. 왜 그러냐 하면 프롤레타리아만이 사회구성의 진정한 자태를 볼 줄 알고 가장 합리적인 이론을 가지고 또한 그를 수행하고야 말 역사적 사명을 띠고 있음이 분명한 까닭이다.[50]

카프에서 이탈했지만 원칙적으로 프로문학을 지지하고 있다. 그럼에도 그는 이곳이 "자본주의의 난숙이 극에 도달한 아메리카합중국도 아니요 (⋯) 영화 문제를 토의하기 위하여 전국의 공산당대회가 임시로 소집되는" 소련도 아닌 식민지 조선이라는 현실을 상기시키면서, 영세한 자본과 "문예작품보다도 몇곱이나 지독한 검열제도 밑에서 (⋯) 순정 맑스파의 영화를 제작하지 않는다고 높이 앉아 꾸지람만 하는 것은 (⋯) 망상자의 잠꼬대"라고 반박한다.

실천할 가능성을 띠지 못한 공론은 너저분하게 벌려놓아도 헛문서에 그치고 말 것이니 칼 맑스의 망령을 불러오고 레닌을 붙잡아다가 서울 종로 한복판에다 세워놓고 물어보라! 먼저 활동사진을 찍어가지고 싸우러 나가자! 하지는 않을 것이다.[51]

---

50 『전집 3』 534면.
51 『전집 3』 535~36면.

문예가 투쟁의 무기라는 점을 승인하면서도 "문예가 천지를 뒤흔들 만한 힘을 가졌다고 믿지 말라"고 경고했던 루쉰의 의젓함이 당시 우리 프로문학에는 확실히 부족했으니, 조급하기로 유명했던 일본 좌익의 영향이 없지 않다.

　이어서 심훈은 당시 조선영화의 현실을 흥미롭게 분석하였다. 그는 영화 관중의 대부분이 학생을 중심으로 한 소시민들, 즉 "가정에서 위안을 받지 못하고 사회에서 재미있는 일이라고는 구경도 못 하며 술집밖에 오락기관이라고는 하나도 없는 이 땅에서 생활에 들볶이는 일그러진 영혼들"임을 상기시키고, 그들의 관람 동기가 오락과 위안에 있음을 지적한다. 그리하여 그는 "어느 시기까지는 한가지 주의의 선전도구로 이용할 공상을 버리고 온전히 대중의 위로품으로서 영화의 제작가치를 삼자"고 제안한다. 현실 관중 또는 현실 독자의 요구를 깊이 감싸안으면서 자연스럽게 사회적 각성으로 들어올리려는 전술, 즉 프로문학의 대중적 회로를 개척하기 위해 고투하였으니,[52] 『동방의 애인』에서 『상록수』에 이르는 그의 30년대 장편작업은 그 문학적 실천이었다. 그의 문학을 재평가할 필요가 절실하다.

---

[52] 심훈의 논리는 김팔봉의 예술대중화론과 호응한다. 1927년경부터 팔봉은 대중화론을 자기 비평의 중심으로 삼았는데, 팔봉이 카프의 안에서 집중적으로 사유한 대중화 문제를 심훈은 카프의 밖에서 제기하였던 것이다.

서구 근대소설 대 동아시아 서사*

◆

『직녀성』의 계보

1. 로맨스/노블 양분법

한국 근대소설 연구에서 로맨스(romance)/노블(novel) 양분법은 하나의 기준점이 되어왔다. 우리는 그동안 대체로, 중세적 지배체제의 수호라는 메시지를 끊임없이 발신하는, 아이디얼리즘에 입각한 로맨스가 근대 시민혁명을 전후하여 '시민계급의 서사시' 곧 리얼리즘의 노블로 발전했다는 서구 기원의 도식에 근거해 한국소설사의 단계들을 재단했다. 가령 주인공이 위기에 빠질 때마다 나타나는 초월적 구원자는 사라졌는가, 소설 속의 시간을 연대기적으로 짜나가는 설화적 평면성으로부터 벗어나 구성적 시간에 얼마나 접근하고 있는가, 시적 정의(poetic justice)의 구태의연한 구현인 '행복한 끝내기'(happy ending)는 파괴되었는가, 재자가인형 주인공과 반(反)재자가인형 적대자를 기본으로 삼는 인물형상의 단

---

* 이 글은 원래 '동아시아서사학 국제학술회의'(성균관대 동아시아학술원 2001.10.26)에 제출된 발제문이다. 『대동문화연구』 40집(2002)에 게재됐다.

순대립은 얼마나 해체되었는가 등등이 우리가 소설작품의 근대성 정도를 판정하는 통상적 세목들이다. 요컨대 '현실'에 대한 아주 완강한 속류 유물론적 파악에 의거하여 소설 안의 서사적 질서에 개입하는 '환상적' 또는 '우연적' 세계의 축소 여부를 서사의 풍요성 위에, 거의 올림포스적 위치에 두었던 것이다.

과연 로맨스 취향의 한국 구소설[1]은 아시아적 낙후성의 징표인가? 여전히 구소설과 강한 유대를 맺고 있는 3·1운동 이전의 신소설은 단지 '유치한 거울'(임화)에 지나지 않는 것일까? 서구의 노블과, 그를 모델로 성립한 일본 근대의 쇼오세쯔(小說)의 영향을 받았음에도 신소설과 결별하기보다는 그 계몽주의를 새로운 층위에서 완성한 춘원 이광수의 초기 장편은 덜떨어진 근대소설인가? 이 지점에서 발터 베냐민의 노블에 관한 지적에 유의할 필요가 있다.

그 종국이 이야기하기의 쇠퇴를 초래할 과정의 가장 이른 징후는 근대 초기, 노블의 발흥이다. 노블을 이야기로부터(그리고 더 좁혀서 서사시로부터) 구별 짓는 것은 책에 대한 본질적 의존이다. 노블의 보급은 오로지 인쇄술의 발명을 통해서 가능하게 되었다. (······) 이야기꾼은 이야깃거리를 그 자신 또는 다른 이들이 보고한 경험으로부터 가져온다. 그러곤 이번에

---

1 구소설은 대체로 통속 로맨스 취향이다. 그런데 우리 구소설의 고전들은 노블적 맹아를 풍부히 내장하고 있다. 예컨대 최초의 한글소설인 교산(蛟山) 허균(許筠, 1569~1618)의 『홍길동전(洪吉童傳)』은 조선의 신분제도를 부정하고 활빈당(活貧黨)을 조직한 '문제아적 주인공'의 반체제활동을 환상적으로 그리고 있다. 노블적 주제를 로맨스적으로 처리한 구소설이 적지 않다는 점 때문에 서구 근대소설 도래 이전의 한국 구소설사를 단순한 로맨스의 역사로 제한할 수는 없다. 정통 로맨스의 경우에도 간단치 않다. 가령 서포(西浦) 김만중(金萬重, 1637~92)의 『구운몽(九雲夢)』을 보자. 표면적으로 보면 귀족 영웅 양소유(楊少游)의 무훈과 연애의 화려한 편력을 그린 로맨스지만, 이는 어디까지나 수도승 성진(性眞)의 꿈이다. 양소유 서사를 감싸고 있는 성진의 눈이 이 로맨스를 내부에서 균열시키고 있다는 점에 유의해야 한다.

는 그것을 그의 이야기를 경청하는 사람들의 경험으로 만든다. 노블리스트는 사회로부터 고립되어왔다. 노블의 산실은 고독한 개인인데, 그는 그의 가장 중요한 관심사의 예들을 전하는 방법으로 자신을 더이상 표현할 수 없고, 남으로부터 조언받지도 못하고, 남에게 조언할 수도 없다.[2]

책의 형태로 상품교환의 관계 속에 들어섬으로써 노블이 이야기의 집단적 기억 또는 서사시의 에포스(epos)를 상실하게 되었다는 그의 견해는 노블을 서사시와 비연속적 연속 속에 파악한 루카치의 관점과 미묘한 대척점에 놓이는 것인데, 한편 예술적 고립의 극한으로 추락해가는 20세기 서구예술에 대한 묵시록적 판단을 머금은 터다. '맑시즘의 길에 들어선 현대판 랍비' 또는 '위장한 신학자'로 일컬어지기도 하는 베냐민의 사유에는 "유대교의 전통, 특히 카발라의 신비주의적 전통"이 저류로 깔려있다는 점[3]을 감안해야 함에도, 경험과 지혜를 나누는 이야기의 전통과 날카롭게 단절되면서 노블이 탄생했다는 그의 통찰은 노블의 바깥을 사유하는 데 종요로운 조망점을 제공해준다.

그런데 자본주의 시장의 확산과 함께 노블이 번영한 이후에도 로맨스가 그대로 소멸한 것은 아니라는 점에도 주목해야 한다. 로맨스는 서구 대중문화의 중추적 구성원리로 지금도 살아 있다. 중세 지배체제의 옹호에서 자본의 지배를 찬미하는, 요컨대 섬겨야 할 주인을 바꾼 채, 로맨스는 민중의 아편으로 대중문화 속에 편재(遍在)한다. 그럼에도 때로 로맨스는 대중의 숨은 넋에서 부상하여 본격소설에서도 채용되곤 한다. 기본적으로 사실주의적 기율에 기초한 노블의 길로부터 의식적으로 이탈한

---

2 Walter Benjamin, "The Storyteller," *Illuminations*, trans. Harry Zohn, New York: Schocken Books 1969, 87면. 번역은 반성완(潘星完)의 독어역 「이야기꾼과 소설가」(『발터 벤야민의 문예이론』, 민음사 1983, 170면)를 참고하여 영역에서 다듬었다.
3 반성완 「발터 벤야민의 비평개념과 예술개념」, 같은 책 387면.

중남미의 마술적 리얼리즘은 차치하고라도, 구미 근대소설의 고전들 가운데는 로맨스적인 작품이 적지 않다. 예컨대 아예 부제를 'A Romance'로 단 호손(N. Hawthorne)의 『주홍글자』(*The Scarlet Letter*, 1850)는 대표적이다. 이미 로런스가 지적했듯이, 이 로맨스는 "비가 와도 당신의 재킷을 적시지 않고 각다귀들이 당신의 코를 물지도 않는" 그런 세상의 "유쾌하고 예쁜 로맨스"가 아니라 "지옥의 의미를 지닌 지상의 이야기"[4]이니, 노블이 원래 지향하는 바를 비(非)노블적 형식으로 성취했던 것이다. 이 점에서 한국 근대소설에 드러난 로맨스적 요소를 척결해야 마땅한 중세적 잔재로 눈에 불을 켜고 적발하는 우리 연구자들의 근대주의적 사고는 반성의 대상이 되지 않으면 아니된다.

그렇다고 이 양분법을 무조건 폐기하자는 것은 아니다. 한국 근대소설은 분명히 노블의 이식 또는 '번역' 과정을 거쳐 성립한 측면이 없지 않기 때문에 이 도식의 일정한 유용성도 인정된다. 가령 구전에 기초했으면서도 노블적 징후를 새로운 단계에서 보여준 18세기의 판소리계 소설들도 끝내는 로맨스/노블의 양면성을 극복하지 못한바, 천민 출신의 숙녀라는 모순적 존재조건 속에서 신분해방의 염원을 양반 남성과의 결혼에 성공하는 신분상승으로 표출한 『춘향전』은 전형적이다. 노블적 맹아를 풍부히 내장하고 있으면서도 구소설의 태반에서 근대소설의 한국적 양식을 만들어내는 데 그다지 성공적이지 못했던 것이다. 요컨대 로맨스와 노블을 단순 대립의 단계로 절단하는 것이 아니라 소통적 대립의 관계 속에 파악하는 관점의 조정이 요구된다.

로맨스/노블 양분법의 유연화와 함께 서구의 노블을 이념형으로 설정하는 리얼리즘소설론과 서구의 모더니즘(또는 포스트모더니즘)소설을 새로운 전범으로 삼는 탈리얼리즘소설론을 넘어서 동아시아서사론을 재

---

4 D. H. Lawrence, *Studies in Classic American Literature*, Penguin Books 1983, 89면.

구축할 시점이다. 동아시아서사론이 구소설의 어떤 낙후성까지 동아시아의 이름으로 찬미하는 종작없는 논의로 떨어지는 것을 경계하면서, 우선 노블의 이식과정 속에서도 구전 이야기를 비롯한 다양한 전통 서사체들과 소통하며 독자적 근대소설의 모형을 창출한 드문 경험들을 새로이 음미하는 구체적 작업들이 지금 절실히 요구될 것이다.

2. 심훈은 통속작가인가

한국인에게 심훈은 무엇보다 「그날이 오면」(1930)의 시인이다.

> 그날이 오면 그날이 오며는
> 三角山이 일어나 더덩실 춤이라도 추고
> 漢江물이 뒤집혀 용솟음 칠 그날이,
> 이 목숨이 끊지기 전에 와주기만 하량이면,
> 나는 밤하늘에 날으는 까마귀와 같이
> 鐘路의 인경(人磬)을 머리로 들이받아 울리오리다,
> 두개골(頭蓋骨)은 깨어져 散散조각이 나도
> 기뻐서 죽사오매 오히려 무슨 恨이 남으오리까
>
> 그날이 와서 오오 그날이 와서
> 六曹앞 넓은 길을 울며 뛰며 딩굴어도
> 그래도 넘치는 기쁨에 가슴이 미어질 듯하거든
> 드는 칼로 이몸의 가죽이라도 벗겨서
> 커다란 북(鼓)을 만들어 둘쳐메고는
> 여러분의 行列에 앞장을 서오리다,

우렁찬 그 소리를 한번이라도 듣기만 하면

그 자리에 꺼꾸러져도 눈을 감겠소이다[5]

마침내 맞이할 해방의 대합창이 폭발하는 '그날'을, 보러(C. M. Bowra)
의 표현을 빌리면 "견딜 수 없을 만치 격렬한 기쁨 속에 자신이 죽어 없어
지는 듯한 황홀의 순간"[6]으로 선취한 이 시는 한국 국민시를 대표한다.

또한 한국인에게 심훈은 『상록수』[7]의 작가다. 작가가 낙향해서 이 작품
집필에 몰두했던 충남 당진에는 '상록초등학교'에, 그리고 여주인공의 모
델 최용신(崔容信)이 활동했던 경기도 안산에는 '상록수역(驛)'에 그 흔
적을 남기고 있을 정도로 이 작품은 국민적 전설이다. 농민 속으로 들어
가 민중적 기초 위에서 민족해방의 길을 모색하는 사회주의자 박동혁(朴
東赫)과 기독교사회주의자 채영신(蔡永信), 두 남녀 주인공의 투쟁과 연애
를 그린 이 장편은 이광수의 『흙』(1932)과 함께 한동안 한국지식청년들의
교과서였다.

이 두 작품의 광범한 대중성과는 대조적으로 정작 심훈과 그의 문학은
기이하게도 걸맞은 문학적 평가를 제대로 받았다고 보기 어렵다. 당대에
나 사후에나 문단 또는 학계에서 그는 거의 간과된다. 아니, 그는 이미 당
대에 통속소설가로 낙인찍혔다. 임화는 「통속소설론」(1938)에서 말한다.

---

5 심훈 『그날이 오면』, 한성도서주식회사 1949, 49~50면. 이 책은 그의 시가와 수필을 모
  은 『심훈전집』 제7권으로 간행된 것이다. 중형(仲兄) 설송(雪松)의 서문에 의하면 이
  책의 시가편은 1933년에 간행하려고 했으나 일제의 검열로 좌절되었다(1면). 작품 끝
  에 창작시기를 밝혔는데 1930년 3월 1일, 그 자신이 참여했던 3·1운동 11주년 날이다.
6 세실 M. 바우라 「한국저항시의 특성: 슈타이너와 심훈」, 『문학사상』 창간호(1972.10)
  282면.
7 이 작품은 『동아일보』 창간 15주년 현상모집 당선작으로 1935년 9월 10일부터 이듬
  해 2월 15일까지 이 신문에 연재되었고, 한성도서주식회사에서 1936년 출간되었다.

우리는 김씨(金末峯―인용자) 이전의 가장 이런 성질의 작가로 심훈씨를 기억하지 않을 수가 없다. 중앙일보(조선중앙일보―인용자)에 실린 소설 두 편(『영원의 미소』와 『직녀성』―인용자)과 동아일보에 당선된 『상록수』는 김말봉씨에 선행하여 예술소설의 불행을 통속소설 발전의 계기로 전화시킨 일인자다. 심씨의 인기라는 것은 전혀 이런 곳에서 유래한 것이며(김씨의 인기도 亦!) 다른 작가들이 신문소설에서 이 작가들과 어깨를 겨눌 수가 없이 된 것도 이 때문이고, 그이들이 일조(一朝)에 유명해진 비밀도 다 같이 이 곳에 있었다.[8]

심훈에 대한 임화의 평가는 야박하기 짝이 없다. 예술소설의 퇴화가 아니라 처음부터 대놓고 통속을 선언했던 김말봉의 대두가 "성격의 고독한 내성(內省)으로 수하(垂下)"한 이상(李箱)적 경향과 "환경의 대로상(大路上)을 유람자동차처럼 편력"하는 박태원적 경향, 즉 30년대 모더니즘 소설의 분열에 말미암은 점을 날카롭게 지적한 이 글에서 임화는 김말봉의 선행자로 심훈을 지목했으니 말이다. 과연 심훈은 김말봉류(流)의 통속소설가인가? 임화의 비판에는 심훈과 카프 사이의 불화도 일정하게 개재된 터인데,[9] 이는 당대 문학에 대한 심훈의 미묘한 태도가 자초한 것이기도 하다.

심훈은 1920년대 당대 문학운동들에 대해 비판적이었다. 계몽주의의 총결산으로서 3·1운동이 폭발한 이후 환멸 속에 출범한 20년대 신문학운동은 계몽주의와 결별하고 낭만주의와 자연주의를 바탕으로 문학적 근대성에 한결 다가선다. 그런데 새로운 단계의 이 근대적 기획이 대중과 끊

---

8 임화 『문학의 논리』, 학예사 1940, 399면.
9 임화는 이전에도 심훈의 영화 「먼동이 틀 때」에 대해서 한설야와 함께 소시민적 반동이라고 혹독하게 비판하였다. 졸고 「심훈 연구 서설」(1990), 『한국근대문학을 찾아서』, 인하대 출판부 1999, 239면.

임없이 소통하려 한 계몽주의와 달리 일종의 예술적 고립의 효시라는 점에 주목해야 한다.[10] 고보 학생으로 3·1운동에 참여했다가 영어 생활을 겪고 출옥한 심훈은 신문학운동이 막 출범한 직후 중국에 망명했다(1920). 민족주의자·무정부주의자·사회주의자 등 망명한 혁명가들과 광범한 교유를 맺고 1923년 귀국한 그는 문단 바깥에서 연극과 영화에 열중하였다. 이 소통의 장르들에 대한 그의 열정에는 고립의 길을 걷고 있던 당시 문단에 대한 비판이 함축된바, 3·1운동의 아들로서 운동 이후 망각을 촉진하는 안팎의 조건들에 저항하면서 그는 그 기억의 전승을 위해 투쟁했다. 문학은 그에게 일종의 기억학(記憶學)이니, 그의 문학 전체가 3·1운동의 함성에 바쳐진 경의라고 해도 지나친 말은 아니다.

20년대 신문학운동은 중반에 이르러 카프가 결성되면서 국민문학파와 절충파의 출현으로 바야흐로 3파 정립의 시대로 들어섰다. 심훈은 선구적인 사회주의자다. 그럼에도 국민문학파는 물론 카프에도 비판적이다. 프로문학을 원칙적으로 지지하지만 민중과 유리한 부락적 폐쇄성과 식민지라는 조건에 대한 절실한 고려가 부족한 교조주의에 빠진 카프의 관념성을 날카롭게 지적하였다.[11] 일본유학생들이 주도하는 카프의 급진주의와 중국망명 체험을 간직한 채 좌우합작을 꿈꾸는 독특한 사회주의자 심훈 사이에는 깊은 골이 가로놓여 있었던 것이다.

20년대 문단과 불화하면서 연극과 영화에 몰두하던 심훈은 1930년대에 들어서 드디어 소설 창작에 힘써, 단편 창작에는 거의 무심한 채,『동방의 애인』을 필두로 최후작『상록수』에 이르기까지 6년 사이에 총 5편의 장편을 초인적인 열정으로 집필하였다. 1930년대에 한국소설은 새로운 난관에 부딪혔다. 대공황이 혁명의 고조가 아니라 천황제 파시즘의 대두로 귀

---

10 졸고 「야누스의 두 얼굴, 일본과 한국의 근대: 카라따니 코오진의 『일본근대문학의 기원』을 읽고」(1998),『문학의 귀환』, 창작과비평사 2001, 142~43면.
11 졸저『한국근대문학을 찾아서』253~60면.

결된 30년대의 식민지 조선에 자본의 새로운 물결이 엄습했다. 이 물결 속에 카프가 급속히 힘을 잃으면서 그와 대치했던 국민문학파와 절충파도 해소되었다. 중반 이후 내내 격렬한 논쟁에 휩싸였던 20년대 문학의 이념적 정향이 빠르게 해체되는 미묘한 잿빛의 때에 '낡은' 논쟁을 조롱하며 모더니즘이 도착하였다. 채 19세기적 노블을 완성하지도 못한 우리 소설은 내성적인 것과 세태적인 것으로 분열하면서 노블의 해체를 향해 움직이기 시작한바, 20년대 문학의 '촌티'를 걷어내고자 한 모더니즘의 기획은 20년대 초기 문학의 예술적 고립을 새로운 수준에서 심화시키는 과정이기도 했으니, 이제 문단은 내적 활기에도 불구하고 탈사회적 이탈자들의 비밀결사로 국척(跼蹐)하였다. 카프의 후예들은 모더니즘의 해체서사에 대해 경고를 발하며 그 극복을 주창했지만, 확전의 길을 캐터필러처럼 밟아나가는 천황제 파시즘의 진군 앞에서 서서히 피로에 휩싸여갔다. 심훈은 소통을 포기한 모더니즘소설과 소통을 추구하되 그럼에도 민중회로밖에 머물렀던 카프 후예들의 리얼리즘소설을 가로질러 구소설/신소설/신파소설/노블을 넘나드는 매우 독특한 소설작업을 밀어나갔으니, 『직녀성』[12]은 그 대표적 작품이다.

---

12 이 장편은 『조선중앙일보』에 1934년 3월 24일부터 1935년 2월 26일까지 연재되었다. 상하이에서 체포되어 복역 후 출옥한 몽양 여운형이 1933년 2월 사장에 취임하면서 이 신문은 면모를 일신하였다(최준崔埈 『한국신문사』, 일조각, 1982, 295~96면). 중국 망명 시절(1920~23) 몽양과 각별한 교분을 맺은 심훈은 몽양의 배려 속에 이 신문을 무대로 활발한 창작활동을 하였으니, 『직녀성』 이전에도 『영원의 미소』를 1933년 7월 10일부터 1934년 1월 10일까지 연재한 바 있다. 『직녀성』은 한성도서주식회사에서 1937년에 간행되었다. 이 글에서 인용하는 텍스트는 『심훈문학전집 2』(탐구당 1966)에 실린 것이다.

3. 왜 『직녀성』인가

이 장편은 대서사(大敍事)를 지향한다. 갑오년(1894) 이후 다른 세상의 충격적 도래를 직감하고 과천(果川)으로 낙향한 수구파 양반의 고명딸로 태어나, 수구파로되 시세와 타협한 친일귀족의 며느리로 들어간 여주인 공 이인숙(李仁淑)의 파란만장한 일대기를 축으로 1930년대에 이르기까지 압축근대의 시간층을 갈피갈피 드러낸 이 작품은 그야말로 정통 장편이다.

자기 안에 한국소설의 모든 계보를 거느린 이 작품은 먼저 3·1운동 이전 즉 계몽주의 시대(1894~1919)[13]의 신소설을 비판적으로 머금고 있다. 신소설은 근대에 직면한 양반층의 붕괴라는 문제와 최초로 씨름한 장르였으니, 대체로 개화파 양반의 딸이 수구파 양반의 아들과 결혼하면서 겪게 되는 수난을 그린 작가들, 친일계몽주의자 국초 이인직과, 특히 애국계몽주의자 동농 이해조의 계보로 거슬러올라간다.[14] 이 작품이 많은 신소설이 그렇듯 갑오년 즉 1894년으로부터 시작된다는 것이야말로 흥미롭다. 청일전쟁으로 유구한 중화(中華)체제의 바깥으로 탈각하면서, 갑오농민전쟁(또는 동학농민혁명)과 갑오경장으로 근대로 가는 아래로부터의 코스와 위로부터의 코스가 제기된 1894년은 정녕 한국적 근대의 기원이 아

---

13 나는 종래 '개화기'로 통칭되던 이 시기를 '계몽주의 시대'로 다시 명명하고 3단계로 나누었다. 유길준(兪吉濬)의 국한문혼용체 계몽주의와 서재필(徐載弼)의 한글체 계몽주의로 대표되는 제1기(1894~1905), 이해조로 대표되는 애국계몽주의와 이인직으로 대변되는 친일계몽주의가 각축한 제2기(1905~10), 그리고 친일계몽주의가 전면에 부상하면서 신파소설을 거쳐 이광수의 초기 장편이 출현한 제3기(1910~19). 이에 대한 자세한 논의는 졸고 「1910년대 친일문학과 근대성」, 『민족문학사연구』 14호(1999) 172~81면; 「한국문학의 안과 밖」, 『문학의 귀환』 104~06면을 참고할 것.

14 이해조가 대표하는 애국계몽문학과 이인직으로 대변되는 친일계몽문학의 차별은 졸저 『한국근대소설사론』(창작사 1986)에 실린 「이해조 문학 연구」와 「애국계몽기의 친일문학」을 참고할 것.

닐 수 없다. 작가는 고현학에 빠진 30년대 문학의 흐름을 역류하여 일종의 고고학적 상상력으로 근대의 기원을 생생히 고구함으로써 신소설을 새로운 차원에서 계승하였다. 그런데 개화파의 궁극적 승리라는 아이디얼리즘에 지핀 신소설의 개화파/수구파 이항대립을 분해하면서, 이인숙의 친정 이한림 가문과 그녀의 시집 윤자작 가문의 붕괴, 즉 식민지 근대와 부딪쳐 파열하는 중세 지배체제의 말로를 그 어떤 애도 없이 냉엄하게 추적함으로써 이 장편은 신소설 이후 망각된 중세와의 대결을 새로운 차원에서 성취하였던 것이다.

1920년대 이후 우리 소설에 양반층의 해체 문제를 정면으로 다룬 작품이 영성(零星)함에 비할 때 『직녀성』이 신소설을 이어 근대에 직면한 양반층의 붕괴를 새로이 파악한 점이 중요롭다. 노블의 길을 연 『돈 끼호떼』(Don Quixote)가 로맨스의 형식을 빌린 로맨스에 대한 부정에서 솟아올랐음을 상기컨대, 양반층의 해체 곧 구소설의 해체 문제를 괄호 쳐서는 진정한 한국형 근대소설이 탄생하기는 어렵기 때문이다. 이로써 더욱 벽초 홍명희의 『임꺽정』(林巨正, 1928~40)이 주목될바, 그 양반사회가 근대와 부딪치기 이전의 모습일 뿐이긴 해도[15] 심훈이 각별히 존경한 벽초의 작업이 『직녀성』에 일정한 자극을 주었으리란 점은 짐작할 수 있겠다.[16]

---

15 그렇다고 벽초의 작업이 중요하지 않다는 얘기는 물론 아니다. 이 역사소설은 동아시아서사학의 핵심적 탐구과제의 하나다. 벽초의 역사소설은 위인전류(類)나 궁중권력투쟁사로 떨어진 한국의 여타 '역사소설 아닌 역사소설'과 달리 한 시대의 상층과 하층을 함께 보여줌으로써 단연 우뚝하다. 그럼에도 그의 역사소설은 루카치의 역사소설론과는 일정한 차이를 드러낸다. '중도적 주인공'(the middle-of-the-road hero)이라는 허구적 주인공을 내세우는 서구의 역사소설과 달리 실존의 역사적 인물들을 주인공으로 삼아 두터운 역사의식을 성취하는 데 성공하기 때문이다. 이는 한국 야담의 전통과 중국의 『삼국지(三國志)』와 『수호지(水滸志)』 모델과 관련되는데, 이는 우리가 앞으로 해결해야 할 도전적 과제의 하나다.

16 심훈은 홍명희의 아들 홍기문의 '죽마우(竹馬友)'이며 홍명희의 "동생과 같은 친구"였다. 홍명희는 심훈의 장편소설 『영원의 미소』 『상록수』 『직녀성』 모두에 서문을 썼

말하자면 이 장편에서 심훈은 『임꺽정』의 양반편 속편을 잇던 것이다.

이 작품이 구소설을 반추하고 있는 점이 그래서 더욱이 뜻깊다. 이 소설의 인상적인 서두를 보자. "갑오년 이후 이 땅을 뒤덮는 풍운이 점점 험악해 가는 것을 보자 불원간 세상이 바뀔 것을 짐작한 인숙이 아버지 이한림은 선영(先塋)이 있는 과천땅으로 낙향을 하였다."[17] 작가는 이 서두에서, 노블의 영향으로 약간은 선정적인 또는 인상적인 장면을 돌출적으로 제시하곤 하는 신소설 이후 한국 근대소설의 구성적 시간표를 짐짓 벗어나 구소설의 순한 연대기적 시간표로 회귀하였다. 이야기(또는 서사시) 지향을 또렷이 하는 이 서두는 노블의 문법으로부터 탈각하여 모더니즘의 분열과 독특하게 대결하려는 의미심장한 의도를 내장한바, 여주인공은 구소설의 시간을 충실히 살아낸다. 특히 조혼한 여주인공의 시집살이에 대한 정밀한 묘사는 압권이다. 집권양반층 생활의 실상을 내재적으로 파악해들어간 이 풍요로운 화폭은 구소설의 고전들, 특히 서포 김만중과 소통한다. 『구운몽』의 안이야기[內話]를 이루는 양소유의 화려한 로맨스는 이인숙이라는 여성의 눈으로 재파악됨으로써 철저히 전복되고, 가족 내부의 생활을 통해 양반지배체제의 위기를 다루었지만 끝내는 시적 정의의 구현으로 마감한 『사씨남정기(謝氏南征記)』의 아이디얼리즘도 근대 식민지체제와 조우하면서 그 베일을 걷고 마는 것이다.

구소설과 신소설을 반추하면서 해체한 이 작품은 1910년대에 정착한 일본 기원의 신파소설마저 접수한다. 그것은 특히 이인숙의 시누이 윤봉희(尹鳳姬)의 이야기를 통해 집중적으로 변형 복제되거니와, 몰락의 도정에서 한참판 가문의 장애인 아들과의 결혼을 강요받는 그녀가 평민 출신의 사회주의자 애인 박세철(朴世哲)과의 사랑을 쟁취하는 분기점은 '돈

다. 강영주 『벽초 홍명희연구』, 창작과비평사 1999, 296~99면.
17 『심훈문학전집 2』 13면. 이하 본문의 인용은 면수만 표기.

이냐 사랑이냐'라는 전형적인 신파조 문제제기를 포용한 것인데, 여기서도 작가는 신파를 전복적으로 재창안하는 길을 선택한다.[18] 신파와의 결별 속에 새로운 근대성을 성취하려 한 1920년대 신문학의 주류와 달리 그의 문학이 드물게 서구적 자연주의의 번역을 넘어서는 형질을 획득하게 된 것도 신파문학의 계보에 걸쳐 있기 때문일지도 모르거니와, 1910년대를 풍미했던 신파소설 또는 신파극은 구소설·신소설과 함께 『무정』(1917)의 출현을 고비로, 특히 3·1운동 이후 전개된 신문학운동으로 문학사의 주류에서 탈락, 대중문화의 영역으로 이행한다. 그럼에도 대중과 고립됐던 20년대 이후 신문학과 달리 신파는 통속적일망정 대중과의 소통을 끊임없이 모색했다는 점에서 주목되어야 할 터인데, 심훈은 일찍이 이 고리의 중요성을 인식했던 것이다.

이 작품은 또한 지배층뿐 아니라 민중 영역도 포용한다. 그 고리에 이인숙이 자리한다. 이인숙을 구소설의 시간 밖으로 불러내는 데 결정적 역할을 한 사회주의자 박복순은 인숙의 시어머니 친정 여종의 사생아요, 윤봉희와 결혼하는 박세철은 박복순의 동지다. 지배층의 일원이로되 가문 내부에서는 하층에 위치하는 여주인공의 경계성(境界性)으로 말미암아 소설은 당대 민중의 또다른 세상으로 개방됨으로써 지배계급을 피지배계급의 눈으로 보고 피지배계급을 지배계급의 눈으로 보는 중층적 교차 시각을 획득하게 되는데, 3·1운동 이후 최고의 문제로 떠오른 사회주의를 심훈만큼 일관된 주제로 다룬 작가는 드물다. 그럼에도 이 작품에서 작가는 좌우합작을 내다보며 지역 근거지에 기초한 민중적 토대에서 운동을 재건하고자 한 전언을 당당히 논쟁적으로 내세우며 카프소설 또는 당대

---

18 여기서 심우섭(필명은 천풍)이 그의 형이라는 점에 유의해야 한다. 심천풍은 1910년대의 대표적인 신파소설가로서 춘원의 『무정』에 등장하는 신우선이란 인물의 모델이기도 하였다. 또한 심훈 자신도 신파와 유관하다. 1925년, 그는 대표적인 신파영화 「장한몽」의 남주인공 이수일 역으로 출연하기도 하였다.

공산주의운동의 주류를 패러디한다. 혁명의 지평을 내다보되 혁명에 도취하지 않는 작가의 중도성(中道性)이 노블과 대결하는 문학적 작업과 일정한 호응을 이루고 있던 것이다.

그렇다고 이 작품이 단지 모더니즘 이전의 여러 경향들과만 관여하고 있다는 것은 아니다. 심훈은 영화배우요 시나리오작가요 영화감독 노릇을 한 영화광이었다. 재현의 길로부터 구성의 방법으로 서구예술의 전환을 야기한 영화적 언어가 심훈 문학에 어떻게 관여하고 있는지 유의할 때 전통과 서구를 동시에 거머쥐고 고투했던 심훈 문학의 독특한 성격이 드러날 것인데, 이 장편이 입센(Henrik Ibsen)의 『인형의 집』(*Et dukkehjem*)과 상호텍스트성을 맺고 있는 점도 시야에 넣을 필요가 있다. 다만 이상주의의 대합창으로 마감하는 마무리가 『무정』의 끝을 연상시키는 데서 전형적으로 드러나듯, 물론 단순 복제가 아니라 전복적 재창안이긴 해도 모더니즘의 균열로부터 거의 안전한, 너무나 건강한 심훈의 소설적 체질이 눈에 밟히긴 한다.

근대에 직면한 양반 가문의 해체와 그 폐허에서 솟아난 새로운 생명력을 기리는 『직녀성』은 서구주의 또는 근대주의에 함몰된 1930년대 문학의 일반적 경향을 거슬러 구소설과 신소설과 신파소설의 이야기 전통에 기반하되 그 경향과도 독특하게 싸우면서 일궈낸 심훈 서사의 핵심이다. 중세와 근대와 탈근대가 비동시적 동시성으로 병존한 식민지 조선의 현실을 착종된 근대성으로 파악해간 심훈을 또 하나의 축으로 삼아 한국 근대소설사의 새로운 계보를 들어올릴 때에야 한국 근대문학사를 서구주의 번역의 계보와 그에 대항해 서사의 귀환을 모색한 계보의 상호침투적 대립 속에 입체적으로 기술하는 것이 가능할 터이니, 근대주의와 탈근대주의의 내적 긴장을 견디며 동아시아서사학의 길을 모색하는 복안(複眼)의 시각이 관건이다.

『인간문제』, 사회주의리얼리즘의 성과와 한계*

1. 소문의 벽

문화관광부가 강경애(姜敬愛, 1906~44)를 2005년 3월의 문화인물로 선정하면서 그녀에 대한 시비가 비등했다. 반대하는 측 주장의 요지는 그녀가 하얼빈 일본영사관 경찰부의 회유 아래 김좌진(金佐鎭, 1889~1930) 암살에 관여한 공범이라는 것이다. 표면으로는 친일 논란이지만 속종으로는 좌익 작가를 기리는 데 대한 보수적 이념공세의 일환인 이 주장을 반박하면서 그녀를 구원하려는 논변 또한 강력히 제기되었다. 반론의 핵은 그 사건에 대한 그녀의 부재증명 제출이다. 논쟁의 경과를 지켜보건대, 현재로서는 그녀를 일제의 숨은 협력자로 간주할 증거가 부족하다는 판단이다.[1]

---

* 이 글은『인간문제』(문학과지성사 2006)의 해설이다.

1 최학송에 의하면, 장하일(張河一)과 간도로 가기(1931.6) 전 1926년에 강경애는 황해도 장연에서 북만주 닝구타(寧古塔, 닝안寧安)로 이주, 유치원 교사로 일하다가 김봉환(金奉煥)을 만나 동거한바, 하얼빈 일본영사관에 체포되는 사건을 겪은 뒤 1928년

그런데 이 논란의 귀추가 강경애의 문학적 평가를 결정할 수 없다는 점을 확인하고 싶다. 식민지시대의 문인들, 특히 좌익 작가들에 대한 일제의 시선이 어떻게 집요했던가를 상기할 때, 민족적 양심에 대한 전면적 헌신을 지금 이 자리에서 요구하는 것은 자기를 통과하지 않은 반쪽 진실일지도 모른다. 일시적 협력이 사실로 드러날 경우, 물론 우리의 실망은 적지 않을 것이지만, 그것이 강경애 문학의 부정으로 질주하는 것을 허용해서는 곤란하다. 일제시대는 메피스토펠레스와의 계약이 거의 일상화한 시대다. 일제의 덫에 치여 영혼을 판 우리 작가 또는 지식인 들을 오로지 타자로만 조정하려는 욕망을 여의고, 그들이 걸었던 형극의 길을 "오류 속에 있는 진리를 떠올릴 수 있는 기회"[2]로 삼음으로써 분별 끝에 간신히 열릴 구원의 실마리를 함께 찾는 것이 중요롭다.

강경애의 생애는 결코 행복하지 않았다. 일찍이 아버지를 여의고 재혼한 어머니를 따라 황해도 장연(長淵)에서 유년기를 보낸 그녀는 일생 운명처럼 가난과 홀대를 살았다. 장연과 만주를 오가며 창작에 힘쓰던 작가는 마침내 30대, 한창 나이에 해방을 보지 못한 채 장연에서 눈을 감는다. 민촌 이기영 등이 1949년 장연 두견산 등성이에 세운 묘비에는 강경애가 "병석에서 지은 마지막 시" 「산딸기」가 새겨져 있다고 한다. "몸은 꼬치꼬치/댓가지요//잎은 쇠잔하여 반백이지만/님 향한 이 맘만은 붉게 타지요." 정몽주(鄭夢周)의 「단심가(丹心歌)」를 연상케 하는 이 절명시는 육체의 조락에도 불구하고 타오르는 붉은 마음을 표백한 그 순절로 아처롭다.

그녀는 일생 서울 문단과는 멀찍했다. 양주동이 문단을 잇는 끈이었지

홀로 고향 장연으로 귀향한다(「강경애 소설의 주제와 변모양상 연구」, 인하대 박사논문 2009, 139~53면). 1930년 1월 북만주 하이린(海林)에서 발생한 김좌진 암살 사건은 여전히 미궁이다. 설령 그 배후로 김봉환이 지목되더라도 그때는 강경애가 닝구타나 하이린을 떠났다.

2 쓰루미 슌스께(鶴見俊輔), 최영호(崔永鎬) 옮김 『전향』, 논형 2005, 35면.

만 사회주의로 기울면서 헤어진 뒤 문단 바깥을 떠돌았다. 그녀는 카프에 가입하지 않았다. 그 때문에 동반자작가로 치부되곤 했다. 만약 카프와 조직적으로 결합하지 않아서라면 일리가 없지 않지만, 사상적 머뭇거림으로 그녀를 동반자로 본다면 적실하지 않다. 그녀는 누구보다도 열렬한 사회주의자였기 때문이다. 왜 카프에 가입하지 않았을까? 절명시에 나온 대로 그녀는 일생 "산골 색씨"로 살아갔다. 이 인간적 소외가 그녀의 문학으로까지 연장된다. 특히 사회주의 신념을 가장 대담하게 표백한 장편『인간문제』(1934년『동아일보』연재)는 해방 이후 오랫동안 유령 신세를 면치 못했다. 남한에서 출간된『인간문제』도 텍스트가 훼손되기 일쑤였다.[3] 이 장편에 일찍이 주목한 북한은 1949년『인간문제』를 출판한다. 신문연재본과 북한본을 비교한 이상경에 의하면, "적게는 어휘를 수정한 것으로부터 많게는 검열에 의해 삭제된 부분을 복원하거나 장황하게 묘사된 특정 부분을 삭제한 경우도 있다. 전반적으로 문장의 연결을 자연스럽게 하고 계급의식을 뚜렷하게 드러내는 방향으로 첨삭이 가해졌다."[4] 해방 후 북에서 (재)출간된 일제시대 작품들의 관행을 염두에 두건대 이런 첨삭이 작가의 퇴고를 반영했다고 단정하기는 어렵다. 북에서도 이 텍스트는 유동적이었던 것이다.

나에게 강경애는 무엇보다 「지하촌」(1936)의 작가다. 어린 시절 이 단편을 읽다가 아이의 머리에서 구더기 끓는 장면에 이르러 그만 책을 덮은 적이 있다. 강경애와 닮은 바 없지 않다. 그녀는 추문이 아니다. 추문에 대한 반동으로 그녀를 차별 없이 옹호하는 것도 또다른 의미의 소문임을 새

---

3 해방 이전에 이 장편이 출간되었지만(태양사 1938), 현재 확인이 가능하지 않은 상태다. 1970년 이후 몇번 남한에서 출간되었으나 '믿을 만한 텍스트'에는 미치지 못했다. 창비교양문고의『인간문제』(창작과비평사 1992)는 기존의 훼손된 텍스트를『동아일보』연재본에 의거하여 복원한 최초의 본격적 시도로 기록될 것이다.
4 이상경 엮음『강경애전집』, 소명출판 1999, 5면.

기며, 그녀의 실상으로 귀환하는 작업이 우선이다. 우리 근대문학유산의 가난함을 가난하지 않게 포용할 이런 눈과 이런 마음으로『인간문제』를 다시 읽는다.[5]

2. 정치성과 당대성

『인간문제』는 산등에서 중심 공간의 하나인 용연(龍淵) 동네[6]를 부감 (俯瞰)하면서 시작된다. "저기 우뚝 솟은 양기와집이 바로 이 앞벌농장 주 인인 정덕호 집이며, 그 다음 이편으로 썩 나와서 양철집이 면역소며, 그 다음으로 같은 양철집이 주재소며, 그 주위를 싸고 컴컴히 돌아앉은 것 이 모두 농가들이다."(1장) 일종의 지리정치적 배치다. 이 공간은 "우뚝 솟 은" 지주의 집을 중심에 두고 주변에 "컴컴히 돌아앉은" 농가들, 즉 소작 인의 집을 기본 축으로 구성된다. 민족 내부의 계급적 경계를 따라 양분 된 이 지도에 지주집 옆으로 면역소와 주재소가 위치한다. 면역소(面役所) 는 면사무소요 주재소(駐在所)는 순사가 지키는 파출소다. 전자가 식민통 치의 행정을 맡은 실핏줄이라면 후자는 그를 보호하는 폭력기구, 일제 경 찰력의 말단이다. 식민지통치를 강력히 환기하는 두 기구가 지주집과 나 란히 위치한다는 이 배치는 민족 내부의 대립이 식민주의와 제휴하고 있 는 양상을 단적으로 드러낸다. 다시 말하면 면역소와 주재소가 지주를 보

---

5 텍스트는『동아일보』연재본(1934.8.1.~12.22)이다. 연재본을 바탕으로 텍스트를 새로 만드는 작업을 꼼꼼히 수행한 인하대 대학원 국문과의 박성란 군에게 감사한다.

6 이 용연 동네는 어느 곳일까? 북한 지도를 보면 황해남도에 몽금포와 장산곶으로 유 명한 용연군(龍淵郡)이 있다. 그런데 용연군은 1952년 12월 행정구역 개편 때 장연군 (長淵郡)에서 갈라져 새로 생긴 군이다. 그러니까 일제시대에는 장연군의 용연면이었 던 것이다. 작가는 용연을 클로즈업함으로써 장연을 숨기는 수법으로 소설적 자유를 행사한다.

호하고 또 지주는 그 댓가로 식민통치를 지지하는 구도가 이 간단한 약도를 통해서 전달되던 것이다.

작가는 이 약도의 정치성을 더욱 강하게 부각하기 위해 동네 아래 '원소(怨沼)'라는 못을 둔다. 이름부터 예사롭지 않은 이 못에는 전설이 서려 있다. 원래 이 터에는 장자(長者) 첨지가 살았다. 잇따른 흉년에도 불구하고 구휼을 외면하는 인색한 장자의 처사에 분노한 동네 사람들이 밤중에 작당해 장자의 집을 습격한다. 이에 장자가 농민들을 관가에 고발한다. 관의 탄압으로 가족을 잃은 유족들이 장자 첨지의 마당에서 통곡을 그치지 않아 그 눈물에 "마침내는 장자 첨지네 고래잔등 같은 기와집이 하룻밤새에 큰 못으로 변하였다는 것이다." 동네 농민들의 큰 기도처가 된 이 푸른 못이 바로 원소다(1장).

소설 모두에 작품세계를 강렬하게 환기하는 전설 또는 우화를 두는 수법의 효시가 바로 이 작품이다.[7] 그런데 원소 전설을 가만히 살피면 왠지 부자연스럽다. 이 이야기는 우리나라뿐만 아니라 세계적으로 널리 분포된 '장자못 전설'에 토대를 두고 있다. 실제로 장연 또는 용연에 전해지는 용소(龍沼) 전설은 바로 전형적인 장자못 이야기다. 대강을 추리면 다음과 같다. 용소는 원래 인색한 부자의 집터였다. 불타산의 중이 이 소문을 듣고 부잣집에 탁발을 왔다가 봉변을 당하고 물러날 때 마음씨 고운 며느리가 사죄하며 쌀을 시주한다. 중은 이 집에 재앙이 내릴 것이니 피하라고 일러주는데, 과연 며느리가 집을 나서자 벼락이 내려 집이 큰 못으로 변하고 며느리는 뒤를 돌아보지 말라는 금기를 어겨 그 자리에서 바위로 변했다는 것이다. 이곳에는 용소 전설이 하나 더 있다.

---

7 이후 김동리의 「황토기」(1939), 장용학(張龍鶴)의 「요한시집」(1955), 그리고 황석영의 『장길산』(1974~84) 등에서 이 수법이 사용된 바다.

황해도 장연군에 가면 용연면 용정리라는 곳이 있다. (…) 옛날 이 지역에 활을 잘 쏘는 김씨가 있었는데 어느 날 꿈에 황룡이 나타나 자기가 살고 있는 연못을 젊고 힘이 센 청룡이 뺏으려고 하니 도와 달라는 것이었다. 꿈에서 깬 청년이 연못으로 갔더니 한참 후 과연 갑자기 물이 용솟음치면서 청룡과 황룡이 뒤엉켜 싸우는 것이 보였다. 그러나 청년은 무서워 활을 쏘지 못했다. 황룡은 또 꿈에 나타나 같은 부탁을 한다. 다음 날 김씨는 드디어 청룡을 쏘아 죽인다. 그날 밤 황룡은 다시 꿈에 나타나 은혜를 갚겠다면서 물을 대줄 테니 논을 만들라고 한다. 그후 황무지는 기름진 논이 되었다. 용소(龍沼) 용못(龍淵) 용샘마을(龍井里)이라는 이름이 그때부터 생겨났다는 것이다.[8]

이 이야기는 논농사 개척 전설이다. 젊은 청룡으로 상징되는 파괴적인 자연과 황룡으로 환기되는 은혜로운 자연 사이에서 인간이 후자의 편에서 문명을 여는 기원을 서사한 이 전설은 장자못 이야기와 판이 다르다. 강경애의 원소 전설은 청룡·황룡 이야기보다는 장자못 이야기와 연락된다. 이 전설을 작가는 지주에 대한 농민들의 계급투쟁서사로 다시 쓴바, 이상경의 지적대로 "장자못 전설을 합리적으로 재해석한 것"[9]이다. 그런데 이 '다시 쓰기'는 그다지 성공적이라고 판단되지 않는다. 작가의 의도를 명쾌히 하는 데는 기여하고 있지만, 근원설화의 자연스런 흐름에 균열을 냄으로써 원소 전설을 앙상한 정치적 우화로 떨어뜨린 측면이 없지 않기 때문이다.

이 직접적 정치성은 놀라운 당대성과 호응한다. 이 작품의 시간적 배경을 알 수 있는 정보는 인천의 대동방적이다. 대동방적은 혁명적 노동운동

---

8 조현설 「우리 신화의 수수께끼 23」, 『한겨레』 2005.4.29.
9 이상경 『강경애』, 건국대 출판부 1997, 118면.

에 투신하기 위해 인천으로 온 경성제대생 유신철이 등장하는 82장에 처음 나온다. "천석정(千石町)에는 대동방적공장을 새로 건축하므로 하루에 노동자를 사오백 명을 부린다고 하였다." 다시 여주인공 선비와 그녀의 친구 간난이가 취직을 의논하는 90장에서 언급되는데, 그때 공장은 이미 완공된 상태였다. "지금 인천서는 (…) 아조 큰 방적공장이 낙성되었는데 그곳에는 (…) 여직공을 많이 쓴다누나." 대동방적공장의 모델이 바로 만석정(萬石町, 현 만석동)에 건립된 동양방적 인천공장이다. 1933년 말에 완공, 이듬해부터 조업을 시작했다.[10] 1882년 일본 근대산업의 아버지로 일컬어지는 시부사와 에이이찌(澁澤榮一)에 의해 창립된 오오사까방적을 모체로 하는 동양방적은 만주사변(1931) 이후 일본 독점자본의 식민지 진출 물결 속에 인천공장을 신축한바, 주로 군복을 비롯한 군수품과 관수용품(官需用品) 공급을 겨냥한 저급 면직물의 대량공급에 이바지했다. 해방 이후에도 한국의 대표적인 방직공장으로 자리 잡았으니, 1978년 노조탄압을 둘러싼 여공들의 투쟁으로 유명한 동일방직이 그 후신이다. 강경애는 이 공장을 『인간문제』 후반부의 중심 무대로 선택했으니, 이 장편이 연재된 1934년 하반기는 바로 동양방적이 조업을 시작한 시점이었다. 놀라운 당대성이 아닐 수 없다.

소설 속의 대동방적이 동양방적이라는 가정 아래 이 작품의 시간대를 가늠해보자. 소설은 어느 해 봄에 시작된다(1장). 그런데 7장에서 그때 여주인공 선비의 나이가 열다섯살임을 알게 된다. "지금으로부터 팔 년 전 겨울이었다. 바로 선비가 일곱 살 잡히던 때였다."(7장) 12장의 첫 문장은 "삼 년이란 세월은 흘렀다"이다. 따라서 1장에서 11장까지는 선비 15세 때의 일이 된다. 37장의 "가을철 들면서부터"와 53장의 "함박눈이 소리없이 푹푹 내리는 12월 25일 아침"을 참조하면 12장에서 56장까지는 같은

---

10 같은 책 122면.

해에 해당한다. 선비 나이로 치면 18세 때의 일이다. 57장부터는 그다음 해인데, 75장의 "여름철"과 91장의 "벌써 가을철"로 미루어 이 부분의 시간대가 같은 해로 짐작되매, 바로 여기가 대동방적이 낙성을 보아 선비가 이 공장에 취직한 해, 즉 1934년 여름이 될 것이다. 소설은 그다음 해에 끝난다(106장의 "봄소식"). 그리고 선비 또한 그 봄, 스무살 꽃다운 나이에 폐병으로 죽는다.[11] 즉자적 농촌 여성에서 강렬한 노동계급의 전사로 전신한 여주인공 선비의 5년간의 삶(15~20세)을 일본 독점자본의 대규모 진출 속에 새로이 형성되기 시작한 조선 노동자계급의 동학(動學) 속에서 파악한 이 장편은 선구적 노동문학으로서도 뜻깊다.

3. 공간구성과 인물배치

농촌을 무대로 하는 전반(56장)과 도시를 배경으로 하는 후반(64장)으로 짜인 이 장편은 총 120장이다. 그런데 전반이 용연을 하나의 축으로 삼는데 대해 후반은 다시 서울과 인천으로 나뉘니까 이 장편은 결국 3개의 공간으로 분할된다. 1장에서 56장까지는 용연, 57장에서 68장까지는 서울, 69장에서 76장까지는 다시 용연, 77장에서 81장까지는 다시 서울, 82장에서 89장까지는 인천, 90장에서 91장까지는 서울, 92장에서 111장까지는 인천, 112장에서 115장까지는 서울, 그리고 116장에서 120장까지는 인천. 농촌 용연에서 식민지 수부 서울로, 다시 노동자의 도시 인천으로 이동하는 것이 이 소설의 기본 동선이다. 이 점에서 머슴의 딸 선비가 지주 정덕호

---

11 이렇게 계산하면 선비는 1935년에 죽은 것으로 되는데 연재가 1934년 12월 하순에 종료된 것을 감안할 때 시간 착오일 가능성이 높다. 아마도 꽃 피는 봄에 선비의 주검을 봉헌함으로써 죽음과 부활의 드라마를 연출하고자 했던 작가의 의도 때문에 그리되었을 터다.

에게 강간당하는 데서 마감되는 56장까지 용연을 중심 무대로 하는 1부, 선비가 결국 용연을 떠나는 과정과 지식인 유신철이 노동운동에 투신하기 위해 인천으로 떠나기까지의 계단, 즉 57장에서 81장까지 서울을 중심 무대로 삼는 2부, 선비와 신철이 인천에서 노동운동을 통해 다시 만나 결국 선비는 죽고 신철은 운동으로부터 이탈하고 용연의 소작농 출신 노동자 첫째가 선비를 계승하는 결말에 이르는 82장에서 120장까지 인천을 핵심으로 전개되는 3부로 조정할 수 있겠다. 이를 도시하면 다음과 같다.

1부 용연편(56장): 용연 1~56장
2부 서울편(25장): 서울 57~68장
　　　　　　　　　용연 69~76장
　　　　　　　　　서울 77~81장
3부 인천편(39장): 인천 82~89장
　　　　　　　　　서울 90~91장
　　　　　　　　　인천 92~111장
　　　　　　　　　서울 112~115장
　　　　　　　　　인천 116~120장

용연(총 64장)이 이 서사의 기원지라면 서울(총 23장)은 용연과 인천을 매개하는 곳이요 인천(총 33장)은 용연과 서울의 서사들이 총결집하는 핵심적 용광로다. 다시 말하면 이 작품은 용연의 농민들이 인천에서 노동자로 재탄생하는 한국 노동계급의 형성과정을 축도적으로 형상화한 전형적인 사회주의리얼리즘 소설인 것이다. 이런 이념적 구도에 따라 각 공간의 성격도 규정된다. 민중의 입장에서 세 공간을 살피건대, 계급의식이 자연발생적으로 맹아했지만 여전히 농민적 즉자성의 틀 안에 갇힌 곳이 용연이고, 농촌적 생활양식으로부터 탈각하여 존재전이의 결정적 기회를 준비하는 곳이 서울이라면, 대공장 노동자로서 대자적(對自的) 계급의식을 획득하게 되는 장소가 인천이다.

이 작품은 이러한 공간의 규정성에 대한 엄격한 대응 관계 속에 전개된다. 용연의 농민들은 이미 지적한 대로 일제가 보호하는 지주 정덕호에게 꼼짝없이 포박되어 있다. 특히 아비 김민수가 정덕호에게 겹쳐 일찍이 죽음에 이르고 어미 역시 병치레로 세상을 떴어도 지주의 호의를 순진하게 믿었다가 강간당하는 곤경에 빠진 여주인공 선비를 비롯해, 쫓겨난 첩 신천댁과 신천댁 다음의 첩으로 또 내침을 당한 선비의 친구 간난이 등 이 모든 농촌 여성들은 지주의 시선 안으로만 감도는 것이다. 이 점에서 오히려 남주인공 첫째의 가족이 흥미롭다. 김유정의 농촌소설에 흔히 등장하는 여자들을 닮은 그의 어미, 그런 어미를 부끄러워하며 술 잘 먹고 사람 치기로 유명짜한 왈패로 노는 첫째, 그리고 그 어미에게 순정을 바치는 거렁뱅이 이서방, 이들은 일종의 경계인이다. 그럼에도 이 마을에 계급적 갈등이 잠복적 형태로만 존재하는 것은 아니다. 추수 장면에서 드러나듯이 용연의 소작인들도 지주의 수탈에 자연발생적 항의에 돌입한다. 그러나 이 저항은 주재소의 개입 속에 허망하게 붕괴되고 농민들은 오히려 항의를 주도한 첫째를 원망한다. 농민의 정당한 분노가 법의 이름으로 억압되는 이 사태 앞에서 첫째는 원초적 질문을 던진다. "법이 뭐냐? 아니 왜 법이라고 있지, 왜?"(51장) 이 풀리지 않는 의문 속에 그는 도시의 공장을 찾아 마을을 떠난다(52장). 첫째에 이어, 덕호의 성적 착취와 덕호 처의 구박을 피해 선비도 마을을 이탈한다(76장). 그런데 그 탈출의 숨은 안내자가 바로 간난이다. 그녀는 덕호에게 쫓겨난 뒤 서울로 이주했으니, 선비는 그 서울 주소를 지표로 삼았다. 작가는 지주에게 받은 깊은 상처로부터 자기구제의 형태로 마을에서 탈출한 3인을 새로운 가능성으로 선택한다. 요컨대 용연은 즉자적 의식의 깊은 잠 속에서 꿈틀거리는 자연발생적 각성의 가능성을 품은 큰 연못이다. 용연을 탈출한 자들만이 진정한 각성에 이른다는 점이야말로 주목할 일인데, 이는 농민을 스스로 각성할 수 없는 존재로 부정하는 당대 좌파의 견해가 반영된 것이라고 보아도 좋겠다.

서울편의 중심인물은 이미 용연편에서 소개된 유신철이다. 서울에서 어학교에 다니는 덕호의 딸 옥점이가 방학 귀향길에 만난 스승의 아들로서 용연에 출현한 경성제대생 신철은 식민지 엘리트다. 그는 옥점의 구애와 덕호 가족의 환대에도 불구하고 선비에게 끌린다. 민중에 대한 동정과 지배계급에 대한 귀속감 사이에서, 즉 지주와 농민 사이에서 동요하는 그의 모습은 전형적인 소시민 지식인의 초상이 아닐 수 없다. 그런데 용연 농민들에 대한 그의 영향이 전무하다는 게 흥미롭다. 지주의 딸과 함께 이 마을에 출현한 그의 존재 자체가 이미 피안이기 때문일까? 거꾸로 용연이 그에게 영향을 미친다. 도시에서 자란 경성제대생 신철은 처음으로 식민지 농민의 처지를 엿보게 되면서 사회주의에 한 걸음 더 다가서게 된다. 그는 독서회 회원이다. 독서회가 당시 맑스주의 서클을 지칭하는 것을 염두에 둔다면 그는 용연에 출현하기 전부터 이미 경향성을 띤 지식인이었던바, 옥점이가 본격적으로 유혹하면서 그의 고민은 깊어진다. 더구나 박봉의 아버지가 옥점과의 결혼을 종용하는 것이 아닌가? 한때 감옥생활까지 했노라고 고백하면서 아들의 경향성에 대한 이해를 표명하는 듯 설득하는 교사 아버지의 권면 앞에 그는 결국 가출을 단행, 혁명적 노동운동에 투신하기 위해 밤송이 동무의 지도로 인천으로 내려간다.

인천편은 노동자의 도시 인천에 대한 인상적인 묘사로 시작된다. "각반을 치고 목에 타월을 건 노동자들이 제각기 일터를 찾아가느라 분주하였다. 그리고 타월을 귀밑까지 눌러쓴 부인들은 벤또를 들고 전등불 아래로 희미하게 꼬리를 물고 나타나고 또 나타난다."(82장) 노동복으로 갈아입은 신철의 눈에 비친 인천의 새벽은 "노동자의 인천"이었던 것이다. "조선의 심장지대"(85장)라고 지칭한 데서 단적으로 드러나듯이 1930년대 인천의 모습은 그 어느 곳보다도 역동적이다. 식민지 지주제의 구도에 빈틈없이 포박되어 늪처럼 가라앉은 용연과 달리, 그리고 번민 속에 타락으로 가는 길이 항시 열린 화려한 소비도시 서울의 부박과 달리, 인천은 생산과 혁명의 거점으로서 조선의 선취된 미래를 상징한다. 대공장이 속속 들어서면서 부두를 중심으로 한 기존의 자유노동시장보다 한결 조직적인 노동운동이 발전할 계기가 마련되는데, 마치 1980년대의 인천처럼 혁명을 꿈꾸는 지식인들이 노동자들과 직접 결합함으로써 아래로부터 노동운동이 힘차게 전개되는 파노라마가 생생하기 짝이 없다. 쫓겨난 첩에서 이미 혁명적 노동자로 개조된 간난이, 지식인에서 노동자로 자기개조를 시도하는 신철, 부두노동을 통해 진정한 노동자로 거듭난 첫째, 그리고 이들과의 자연스러운 호흡 속에 대공장 노동자로 전신하는 데 성공한 선비가 함께 조직적인 노동운동을 벌이는 과정이 대동방적공장의 안과 밖에 대한 리얼한 재현을 통해 핍진하게 제시되고 있다. 그리하여 작품은 절망과 희망이 제휴한 극적인 결말에 이른다. 신철이 전향하고 선비는 첫째의 비통 속에 폐병으로 죽는다. 그 죽음을 통해 그녀는 조선 노동자의 꽃다운 넋으로 부상하는 것이다.

이 소설은 필경 누구의 이야기인가? 우선 선비를 인물의 초점으로 둘 수 있다. 그녀는 용연-서울-인천, 이 소설의 기본 동선에 모두 참여한다. 아니, 그녀의 동선을 따라 이 소설이 전개된다고 해도 지나친 말이 아닐 정도로 부동의 주인공이다. 그녀의 짝은 누구인가? 3명의 남성 덕호, 신철, 첫째가 둘러싸고 있다. 그중 덕호만이 '연애 아닌 연애'에 성공하고, 신철과 첫째는 짝사랑을 면치 못한다. 이 소설에서 연애는 끝까지 지연된다. 선비만큼 이 소설의 모든 동선에 등장하는 인물이 신철이다. 신철을 인물의 초점으로 두면 옥점이와 선비 사이에서 갈등하는 것이 구성의 초점이라고 할 수 있다. 이 점에서 김중배와 이수일 사이에서 갈등하는 심순애를 그린 『장한몽』(1913~15)의 패러디이기도 한데, 끝내 그를 전향시킴으로써 그의 연애도 불발로 그친다. 그럼 이 작품은 첫째의 이야기인가?

서울을 제외하고 용연과 인천이라는 핵심적 장소에서 선비와 함께하는 첫째야말로 이 장편의 진정한 주인공인지도 모른다. 이 작품은 선비에게 바치는 첫째의 순애보다. 육체적 교섭은 고사하고 선비에게 끝내 사랑을 고백하지도 못한 첫째는 그녀를 우상으로 섬김으로써 그 사랑의 순도(純度)를 최고로 유지하는데, 좌파 금욕주의가 기실 정신주의와 상통하고 있다는 점이야말로 반어적이다. 이는 신철에게도 해당된다. 인천에서 우연히 선비와 마주친 그는 그녀에 대한 욕망을 애써 부정한다. "나는 이젠 노동자다! 입으로만 떠드는 그러한 인텔리가 아니다. 더구나 여자 꽁무니를 따라 헤맬 자신이 아니라는 것을 그는 있는 용기를 다하여 부인하여 보았다."(82장) 이 작품에서 지주와 그의 딸 옥점이만 육체적 욕망에 충실하다는 점을 상기하면 육체성을 악으로 여기는 작가의 생각이 은연중에 뚜렷하다.

이것이 이 뛰어난 장편의 한계다. 사실 이 작품은 너무나 평면적이다. 지주와 그 가족은 반동이고, 소시민은 배반하고, 오로지 탈향한 농민만이 진정한 노동자로 전신할 가능성을 가지고 있다는 관념이 그대로 관철되고 있다. 혁명운동에 투신하고 그로부터 이탈하는 신철의 동기가 안이하게 설정된 것도 그렇고, 노동자들이 타락을 모르는 이념형으로만 제시되는 점도 추상적이고, 전반의 지주 가족이 인천을 무대로 한 후반에서는 완전히 사라진 것도 허점이다. 이 평면성은 구성의 순차성과 호응한다. 용연에서 서울을 거쳐 인천에서 마감되는 순차적 흐름이 아니라 인천을 중심으로 대담하게 재구성하는 입체적 구성을 취했더라면 하는 아쉬움이 적지 않다. 그리고 보면 인천이 오로지 낙관적으로만 제시된 것도 문제가 없지 않다. 현덕의 「남생이」(1938)와 이태준의 「밤길」(1940)이 보여준 아득함이 너무나 결여되었다. 혹시 이 낙관주의가 그 외재성에서 말미암는 것은 아닐까? 일본 독점자본의 앞잡이들과 서울에서 잠입한 사회주의자들, 이들 외래신(外來神)들의 활기찬 투쟁이 전경화하자 토착신은 침묵한다.

이 대단한 장편도 끝내 추상적 이상주의로 귀결된 사회주의리얼리즘의
무거운 틀로부터 자유로울 수 없었던 것이다.

모더니즘 시대의 이야기꾼[*]

◆

김유정의 재발견을 위하여

1. 이야기꾼의 귀환

나는 예전에 '김유정을 다시 읽자!'(1994)라는 제(題)의 짧은 글을 통해 그의 독특한 문학적 자질에 대한 새로운 자각을 다짐한 바 있다. 요지를 추리면, 1930년대의 참담한 민족현실 또는 민중생활과 격절된 철부지 목가(牧歌)로 보는 관점과, 작품을 감싸는 해학적 소란함을 사회학의 언어로 번역하려는 또다른 관점, 김유정(金裕貞, 1908~37)을 보는 이 두 관점이 다 적실하지 않다는 것이다.[1] 물론 그때도 두 관점을 가로지르는 새로운 독법을 찾아낸 바는 아니었거니와, 그럼에도 무언가 제3의 방법이 요구된다는 감각만은 절실했다고 하겠다.

그러다 그만 잡답(雜沓) 속에 김유정과 그의 문학으로 가는 새로운 길을 찾는 작업에 나태했다. 전신재(全信宰) 선생이 묵은 약속을 환기하는

---

[*] 이 글은 원래 김유정문학촌이 주최한 심포지엄(춘천박물관 2010.4.23)의 발제문이다. 그뒤 『민족문학사연구』 43호(2010)에 게재했고 이번에 퇴고하면서 개세했다.

[1] 졸저 『한국근대문학을 찾아서』, 인하대 출판부 1999, 261면.

머리에, 다시금 유정과 마주하게 되었다. 그 사이 그가 심혈을 기울여 펴낸 원본 전집을 서안(書案)에 두고 매일 숙제하듯이 김유정의 단편들을 읽었다. 처음엔 숙제로 여겼지만 첫 단편 「산꼴나그네」(1933)를 읽어나가면서 이미 그것은 그윽한 기쁨을 주는 즐거운 공부로 되었다. 대체로 연구실에서 퇴근하기 직전에 이 일을 하곤 했는데, 너무 재미있어서 그 시간이 어서 오기를 기다릴 지경이 되었던 것이다.

그런데 「심청」(1936)을 읽고 나서 가벼운 실망을 맛보았다. 이 원본 전집은 발표연대순으로 배열되었으니, 「심청」은 13번째다.[2] 농촌에서 취재한 앞의 작품들과 달리 도시를 배경으로 한바, 이 단편 이후 도시에서 소재를 취한 작품들 또한 「땡볕」(1937)을 제외하곤 대체로 범작에 가깝다고 해도 지나친 말은 아니다. 꼭 도시소설만 그런 게 아니라 득의의 영역인 농촌소설에서도 그렇다. 「동백꽃」(1936) 같은 가작이 거의 예외라고 할 정도로, 「심청」을 고비로 전반적 하강화가 두드러지던 것이다.

도대체 무슨 일이 있었을까? 그해의 연보를 보자.

1936(28세) 폐결핵과 치질이 악화됨. 서울 정릉 골짜기의 암자, 신당동에서 셋방살이하는 형수댁 등을 비롯해 여러 곳을 전전하며 투병. 박봉자(朴鳳子)에게 열렬히 구애했으나 거절당함. 김문집(金文輯)이 병고작가 원조 운동을 벌여 모금을 해줌.[3]

병고와 가난이 더욱 가혹해진 점이 눈에 띄지만 이는 그의 문학적 삶에

---

2 이 작품은 1932년에 탈고한 것이니 발표 연대와 차이가 크다. 그런데 전신재의 지적대로 "습작기의 작품으로 처녀작이라고 하기에 부족"한 단편을 그대로 발표한 것을 보면 김유정의 하강을 표시하는 기점일 수 있다. 전신재 엮음 『원본 김유정 전집』, 개정판, 강 2007, 180면.
3 같은 책 717면. 이하 본문의 인용은 면수만 표기.

서 새삼스러울 게 없다. 처녀작 「산꼴나그네」를 발표한 1933년은 바로 폐결핵이 발병한 해다(717면). 춘천 실레[甑里] 마을의 청풍(淸風) 김씨 지주댁 막내도련님으로 운니동(雲泥洞) 서울 집에서 태어났으되,[4] 가세가 기울어 살림을 줄이는 이사를 거듭하기 시작한 게 재동(齋洞)보통학교를 졸업하고 휘문고보에 입학한 15세(1923) 때인데, 급기야 20세(1928) 즈음에는 형이 서울 살림을 거두고 낙향하는 바람에 죽을 때까지 이어진 더부살이 신세로 전락한 터다(716면). 따라서 병고와 가난은 유정 문학의 숙명이라고 해도 지나친 말이 아니다.

이 점에서 박봉자에 주목할 필요가 있다. 그녀는 박용철(朴龍喆, 1904~38)의 누이다. 김유정의 유명짜한 짝사랑은 명창 박녹주(朴綠珠, 1906~79)가 널리 알려졌지만 이는 21세(1929)에 시작하여 23세(1931)에 끝난 등단 이전의 일이다. 연상의 기생 박녹주에 이어 그는 생애의 마지막을 이화여전 출신의 신여성 박봉자에 대한 연모에 골몰하였다. 김문집(金文輯, 1907~?)은 그 전말을 이렇게 전한다.

문단서는 아직까지 김유정을 단순히 폐병으로 죽은 줄 알고 있다. 죽기까지는 나도 그렇게 알고 있었다. 그러나 그의 부고를 받은 수일 후 나는 춘원 선생댁에서 이런 저런 이야기를 하는 동안에 유정의 죽음에 숨은 로맨스가 엉키어 있었음을 직감하였다. (…) ○○와 ○군과의 약혼을 어느 잡

---

[4] "金裕貞: 1908년 1월 11일 서울 진골(종로구 운니동)에서 출생. 김유정의 출생지는 지금까지 강원도 춘성군 신동면 증리 427번지로 알려졌다. (…) 생존하는 마을 사람 누구도 김유정이 춘천에서 태어났다고 주장하지 못했을 뿐더러 김유정의 셋째 누나 유경의 주장에 일리가 있다고 생각한다. (…) 춘천 의병이 봉기하던 (…) 뒤숭숭한 세상에 춘천 실레 부자가 신상에 어떤 위험을 느껴 서울에 집을 마련해 식솔들을 옮겨 갔을 가능성이 높은 것이다. 어쩌면 이미 그 이전부터 대부분의 식솔들이 서울 생활을 하고 있었는지도 모른다." 전상국(全商國) 『유정의 사랑』, 고려원 1993, 14면.

지 소식란에서 안 유정은 그날부터 공중에 쌓은 연애를 일조에 파괴하는 동시에 생명을 조각한 예의 그 편지(유정은 그녀에게 31통의 편지를 썼다—인용자)를 중지했다 함은 말할 필요도 없거니와 (…) 그날부터 (…) 유정은 술로써 이내 청춘을 불사르기 시작했다는 것이다. (…) 박○○양과 모군(某君)과의 결혼식이 시내 모 예배당에서 거행되던 날 낙백(落魄)의 예술가 김유정 군은 결핵성 치질을 겸한 폐병 제3기의 중환(重患)을 충신정(忠信町, 오늘의 충신동) 어느 셋방에 혼자 앓고 있었다.[5]

여기서 '모군'이란 평론가 김환태(金煥泰)인데, 결혼은 1936년 6월 1일의 일[6]로 김유정과 함께 구인회(1933년 결성) 후기 동인으로 참여한 사이인지라 아마도 더 큰 충격이었을 것으로 짐작된다. 그렇다고 김문집의 허풍을 그대로 수용할 일은 물론 아니다. 김유정을 빙자한 그녀에 대한 과잉공격은 30년대 비평의 신예로 떠오른 김환태에 대한 견제심리의 발동이란 측면도 없지 않기 때문이다. 그나저나 이 사건이 그의 꺼져가는 육체적 생명의 종언을 재촉했을 것은 분명하거니와, 이 와중에 문학적 목숨 또한 빈빈(彬彬)하기 어려움은 당연한 일일지도 모른다. 다시 생각하건대 「심청」이전과 이후를 나누는 일도 작위적이다. 29세로 요절한 그가 작품활동을 한 시기란 1933년부터 고작 4년에 지나지 않는다. 이 짧은 기간에 문자 그대로 자신의 고통을 먹이로 영롱하기 짝이 없는 명편들을 생산했음을 생각할 때, 가장 비천한 현실로부터 가장 고귀한 인간적 진실을 길어올린 김유정이야말로 모더니즘의 도래 속에서 씨가 말라가던 이야기꾼의 전승을 새로이 이은 문학사적 사건이라고 해도 지나친 말은 아닐 것이다.

---

5 김문집 「김유정의 비련(悲戀)을 공개 비판함」, 『여성』 1939.8; 『김유정전집』, 현대문학사 1968, 469면.
6 「연보」, 『김환태전집』, 문학사상사 1988, 427면.

2. '개체향'의 안팎

김문집은 김유정에 관해 3편의 글을 남겼다. 김유정의 가치를 누구보다 앞서 발견(?)했다고 떠벌리지만, 실제를 들여다보면 공치사와 자기자랑으로 범벅된 잡문 따위다. 그 가운데 앞에서 인용한 글은 그야말로 가십에 지나지 않으매, 그래도 좀 나은 두 글을 잠깐 보자. 첫번째 글은 「병고 작가 원조운동의 변(辯)」(『조선문학』 1937.1)으로서 자신의 평론집에 수록할 때는 '김유정'으로 제목을 바꿨다. 이 글은 이렇게 시작된다.

유정 김군은 조선문단서 내가 자신을 가지고 추상(推賞)할 수 있는 유일의 신진작가다. 조선에 돌아와서 한글예술을 감상하기 시작하야 제일 먼저 내 눈에 띠이는 작품 하나가 있었으니 그가 곧 「안해」라는 단편이요 이 「안해」의 작자가 미지의 신진 김유정군이었다.[7]

참으로 가관이다. 도시인이 시골 사람 내려다보듯, 조선문학을 대하는 우스꽝스런 오만함이 물씬한 어조다. 이런 알아줌은 웬지 불길한 것인데, 이어지는 대목이 과연 그렇다.

「안해」의 작자는 소위 문호를 꿈꿀 작가는 못 된다. 그러나 농후한 독자성을 향유한 희귀한 존재로서의 그의 앞길을 축복할 수는 있다. 이 작품 하나로서 추측컨대 군은 깊은 문학적 교양이라거나 장구한 작가수업을 축적한 친구는 아니다. 그에게는 스케-ㄹ의 큼도 없고 근대적 지성의 풍족을 들 수도 없고 제작상의 골(骨, コツ, 요령―인용자)도 아직 체득치 못한 작가로 관찰되어 따라서 명공(名工)의 계획을 세워서 그를 조종하는 기능을 발견

---

7 김문집 『비평문학』, 청색지사(靑色紙社) 1938, 403면.

하기도 아직은 어려운 작가다. 그러나 일반 조선문학에 있어서 가장 내가 부족을 느끼는 '모찌미'(持味 — 체취 또는 개체향個體香)를 고맙게도 이 작가는 넘칠 만큼 가지고 있다. 그의 전통적 조선어휘의 풍부와 언어구사의 개인적 묘미와는 소위 조선의 중견, 대가들이라도 따를 수 없는 성질의 그것(403~04면)

일종의 오리엔탈리즘이다. 식민지 조선문학은 제국의 문학, 그 일각에 겸허히 자리하여 특수한 향토성을 발휘하면 족하다는 투가 아닐 수 없다. 알아본 것이 오히려 그를 욕보인 격이다. 아니, 김유정만이 아니라 조선문학 전체를 모욕한 것이다. 조선문학은 김유정처럼 '모찌미'에 힘쓰라는 그의 주문이란 식민지문학은 되지 못하게 제국문학을 흉내내는 헛된 노력을 방기하고 주제에 맞게 개체향, 달리 말하면 토속성을 잘 개발하라는 주문이기 때문이다. "조선작가는 왜 이처럼 빈궁한가? (…) 문화사업에 유의(有意)한 자산가로서 문학과 문단의 인식이 그처럼 부족하다면 그러면 문단 내부에서의 상호부조의 정신까지도 과연 이 따 서울바닥에는 전연 없는가?"(409면)라고 호통치며 그가 벌인 김유정 모금운동조차도 곱게 보이지 않는다. 이 점에서 이상의 「날개」(1936)에 대한 그의 어처구니없는 독설에 유의할 필요가 있다. "이 정도의 작품은 지금으로부터 7, 8년 전 신심리주의의 문학이 극성한 토오꾜오문단의 신인작단에 있어서는 여름의 맥간모자(麥稈帽子, 밀짚모자 — 인용자)와 같이 흔했다는 사실이다."[8] '내지(內地)'에서는 이미 익숙한 신심리주의가 식민지에서는 첨단으로 행세하는 것에 대한 비아냥을 머금은 이런 발언의 저의 또한 고약한 것이다. 김문집은 조선인이 오히려 일본인을 연기(演技)함으로써 조선에서 평론 권력으로 행세한 골계적 예를 대표할 터인데, 이런 자에게 포획된 김유정이

8 김문집 「「날개」의 시학적 재비판」, 같은 책 39~40면.

가엾다.

  도대체 「안해」(1935)는 어떤 작품이기에 김문집에게 이런 모욕적 칭찬을 받은 것인가? "가진 땅 없"(169면)는 주인공이 "나무장사"(173면)로 생애하는 겨우살이를 배경으로, 들병이로 나서려는 아내를 부추기다가 뭉태와 술 먹는 장면을 목격하곤 생각을 바꾸는 것으로 마감하는 이 단편은 겉보기에는 순진한 농촌이야기 같다. 그런데 이렇게만 보면 작가에게 당한 것이다. 김문집은 바보다. 표면적인 순진성을 둥그렇게 감싸고 있는 작가의 눈을 잊은 채 주인공 '나'를 김유정으로 착각하고 있기 때문이다. 「안해」의 문체를 염상섭과 비교한 대목을 먼저 보자. "그의 전통언어미학의 범람성은 염상섭과 호일대(好一對)이나 염씨의 언어가 순서울 중류문화계급의 말인 데 대해서 김군은 병문말에 가까운 순서울 토종말을 득의로 한다."[9] 횡보 염상섭의 서울말이 중류계급의 말, 즉 경아리말이라면 유정의 토종말은 병문말이라는 지적이 흥미롭다. 병문(屛門)이란 '골목 어귀의 길가'니 주로 지게꾼이나 인력거꾼 같은 막벌이 노동자들이 손님을 기다리며 노드락거리는 곳이다. 병문말이란 따라서 서울의 하층언어라는 뜻일 터인데, 사실 이 지적도 탓을 하자면 할 수 있다. 지게꾼으로 살아가는 「땡볕」의 주인공 덕순이만 해도 "시골서 올라온 지 얼마 안 되"(326면)니, 덕순이가 구사하는 서울 병문말이란 과연 토종말일까? 유정의 대표작 「동백꽃」의 동백꽃이 겨울에 피는 붉은 동백꽃이 아니라 봄에 노랗게 피는 강원도 동백꽃, 즉 생강나무꽃이라는 데에서 짐작되듯이, 유정의 언어는 강원도 농민의 사투리가 그 육체이기 때문이다. 그런데 횡보의 「청춘항로」(靑春航路, 1935)와 유정의 「안해」에서 한 대목씩을 뽑아 나열하고 덧붙인 논평이 더 큰 문제다. "정련된 점에 있어서는 역시 대선배에게 일시

---

9 김문집 「김유정의 예술과 그의 인간비밀」, 『조광』 1937.5; 『김유정전집』 443면. 원제는 '고 김유정군의…'였으나 이 전집에 수록될 때 '고'가 빠졌다.

(一時)를 양(讓)치 아니치 못하지만 순진성에 있어서는 우리의 신진군(新進君)이 승점(勝點)을 취할 것 같다."[10] 횡보의 언어는 정련되고 유정의 그것은 순진하다고 지적한 그는 작중인물과 작가를 혼동하곤 하는 아마추어 독자에 가깝다. 순진한 것은 김유정이 아니라 그에게 당한 김문집이다. 「안해」의 순진은 사실 극화된 순진이다. 시점(point of view)에 주목할 필요가 있다. 1인칭인데, 남편인 '나'의 이야기인가, '나'가 관찰하는 아내의 이야기인가에 따라서 1인칭주인공(I as protagonist)시점으로도, 1인칭관찰자(I as witness)시점으로도 볼 수 있는 복합성이 흥미롭다. 그런데 '나'의 구어적 고백체가 시종일관 작품 전체에 견지된다는 점이야말로 이 단편의 묘미다.

> 우리 마누라는 누가 보던지 뭐 이쁘다고는 안 할 것이다. 바루 게집에 환장된 놈이 있다면 모르거니와. 나도 일상 같이 지내긴 하나 아무리 잘 고처 보아도 요만치도 이쁘지 않다. 허지만 게집이 낯짝이 이뻐 맛이냐. 제기할 황소 같은 아들만 줄대 잘 빠처놓으면 고만이지.(169면)

우리 소설사에서 이런 실험으로 이름난 단편은 채만식의 「치숙」(痴叔, 1938)인데, 「안해」는 그보다 앞서니 이런 실험의 효시라고 하겠다. 그러고 보면 「봄·봄」(1935)과 「동백꽃」(1936)도 이 문체를 실험한 작품들이거니와, 그중에서도 가난한 강원도 농민의 말투에 자신을 철저히 밀착함으로써 획득되는 말잔치가 놀라운 「안해」가 제일 강렬하다.

이 점에서 "이야기를 하는 동안 자신이 작가라는 사실을 완전히 잊어버리는 상태"[11]로 자연스럽게 이행하는 희귀한 능력을 지닌 김유정 소설의 내부 풍경에 대한 전상국의 통찰은 시사적이다. 유정은 소설의 진정한 고

---

10 같은 글, 『김유정전집』 443~44면.

수다. 그럼에도 나는 이를 "무아의 신명"[12]으로만 해석하는 데에는 주저한다. 지적 훈련의 반복이 신명으로 이동하는 것을 용이히 촉진할진대, 과연 유정의 인물은 순진하기만 한가? "가면 쓰고 능청부리기"[13]는 작가만이 아니라 그가 창조한 인물들에 두루 적용된다. 유정의 인물들, 특히 이 계열의 실험작들에서 그들은 만만치가 않다. 순진으로만 접근했다가는 큰코다친다. 겉보기와는 달리 치밀한 운산이 촘촘히 작용하고 있으매 뜻밖에 지적 실험의 성격이 짙다.

우선 「안해」를 좀 따져보자. 이 작품의 화자 '나'는 허풍선이다. 무식하고 가난하지만 남자를 크게 내세워 아내를 마구 내리본다. 그런데 흥미로운 것은 아내가 아들 똘똘이를 낳고부터 남편에게 지지 않는 것이다. "그때부터 내가 이년, 하면 저는 이놈, 하고 대들기로 무언중 계약되었지."(171면) 매일의 일과처럼 치러지는 부부싸움이 그럼에도 끔찍하기는커녕 정겹기조차 하다. 왜 그럴까? 그가 허풍선이만이 아니기 때문이다. "농사는 지어도 남는 것이 없고 빚에는 몰리고, 게다가 집에 들어서면 자식놈 킹킹거려, 년은 옷이 없으니 떨고 있어 이러한 때 그냥 백일수야 있느냐."(171~72면) 가난이 못난 부부싸움을 충동이는 딱한 현실을 그도 알지만 그만두지 못한다. 아내도 안다. 그래서 겉으로는 앙숙 같은 이 부부가 속살로는 금슬이 나쁘지 않다. 그래서 그는 장담한다. "우리가 원수같이 늘 싸운다고 정이 없느냐 하면 그건 잘못이다."(171면) 쳇바퀴처럼 반복되는 이 지옥으로부터 벗어나는 방책으로 아내가 "우리 들병이로 나가자"(174면)고 제안한다. 이 단편의 중심은 바로 남편이 아내에게 소리를 가르치는 희극적 삽화들의 축조다. 소리 연습이 진행될수록 아내의 주동성

---

11 전상국 「김유정소설의 언어와 문체」, 전신재 엮음 『김유정문학의 전통성과 근대성』, 한림대 출판부 1997, 297면.
12 같은 곳.
13 같은 글 296면.

또한 강화된다. 야학에도 다니더니 급기야 뭉태의 꼬드김으로 술집에서 술을 먹다가 '나'에게 들키는 대목에서 단편은 절정에 오른다. 이름처럼 의뭉한 뭉태는 「총각과 맹꽁이」(1933)에 "뚝건달"[14](31면)로 처음 선뵌 이래 「솟」(1935) 「봄·봄」 그리고 「안해」에 연속 출연하다가 이후 사라진 인물인데, 잠깐잠깐 나와도 잊을 수 없는 인상을 각인하는, 그야말로 '평면적 인물'(flat character)을 대표하는 김유정 소설 최고의 조연이다. 이 인물이 이 단편의 절정에서 메다꽂음을 당하고 '나'는 들병이로 보내려는 계획을 작파하고 아내를 집 안에 들어앉히기로 결심한다. 눈이 푹푹 쌓인 추운 겨울밤 아내를 업고 집으로 돌아오니, "빈방에는 똘똘이가 혼자 에미를 부르고 울고 된통 법석"(179면)이다. 그리하여 단편은 이렇게 맺는다.

너는 들병이로 돈 벌 생각도 말고 그저 집 안에 가만히 앉았는 것이 옳겠다. 구구루 주는 밥이나 얻어먹고 몸 성히 있다가 연해 자식이나 쏟아라. 뭐 많이도 말고 굴때[15] 같은 아들로만 한 열다섯이면 족하지. 가만있자. 한놈이 일년에 벼 열섬씩만 번다면 열다썸이니까 일백 오십섬, 한섬에 더도 말고 십원 한 장식만 받는다면 죄다 일천오백원이지. 일천오백원, 일천오백원, 사실 일천오백원이면 어이구 이건 참 너무 많구나. 그런 줄 몰랐더니 이년이 배 속에 일천오백원을 지니고 있으니까 아무렇게 따져도 나보담은 났지 않은가.(179면)

난감한 현실 앞에서 부풀어오른 '나'의 공상이란 억지위안에 가깝다. 이 단편 또한 해학 속에 찌르는 듯한 비애가 숨쉰다. 자기최면 속에서 암담한 현실을 수락할 수밖에 없는 허풍선이 가장의 마지막 독백에서 진전

---

14 "늘 건달 노릇을 하는 사람", 임무출 엮음 『김유정 어휘 사전』, 박이정 2001, 207면.
15 "키가 크고 몸이 남달리 굵은 사람", 같은 책 67면.

이 있다면, 그것은 작품의 첫머리와는 반대로 아내가 '나'보다 낫다고 인정한 점이다. 아내를 들병이로 내놓지 않고 보통 가족처럼 살겠다는 남편의 다짐은 그래서 더욱이 아름답다. 처녀작 「산골나그네」(1933)로부터 「소낙비」(1935) 「솟」(1935) 그리고 「가을」(1936)에 이르기까지 유정의 단편은 아내의 매춘을 부추기거나 묵인하는 남편들의 이야기가 대부분임을 상기할 때 이 결말은 여러모로 이채롭다. 과연 남편의 다짐이 잘 지켜질지 조금도 낙관할 수 없음에도 남편의 결단은 다시 비애를 뚫고 솟아오른 진정한 해학으로서 종요롭다.

나는 앞에서 이 작품이 1인칭주인공시점과 1인칭관찰자시점을 겸하고 있다고 지적한바, 양자 가운데 하나를 택한다면 전자로 보는 게 좋겠다. 제목은 '안해'지만 결국은 '나'의 이야기이기 때문이다. 아내와 자식을 제대로 부양하지 못하는 남편의 비애가 중심 주제다. 이 비애를 감추기 위해 '나'는 더욱더 떠벌이가 되는 것이다. 그래서 이 단편은 이야기하기(telling)를 끝까지 밀어붙인다. 알다시피 현대소설은 소설의 태반인 이야기하기보다 보여주기(showing)를 예술성의 징표인 양 힘써온 데 반해, 김유정은 정반대의 길을 갔다. 그럼 이 방향은 쉬운 반동의 길인가? 아니다. 1인칭 독백체, 그것도 농민의 언어를 그대로 재현한 이런 문체를 시종일관 견지한다는 것은 이야기하기의 극한을 추구하는 실험적 수법이라고 하겠다. 사실 이 독백체는 일찍이 제임스 조이스(James Joyce)가 실험한 내적 독백(interior monologue), 그중에서도 자유직접화법(free direct narration)과 일정한 연관을 보이기 때문이다. 이 점에서 김유정이 이 단편에서 실험한 문체는 농민판 '내적 독백'이라고 해도 그리 지나친 말은 아닐 터이다.

이 단편은 결코 단순치 않다. 모리스 슈로더(Maurice Z. Shroder)는 "알아차리지도 못한 채 산초는 돈 끼호떼의 알라존(alazon, 자기기만자)에 대해 에이론(eiron, 자기비하자)을 연기하고 있다"[16]고 지적한바, 알라존과 에 이론은 아리스토텔레스(Aristoteles)가 설정한 범주다. 전자가 "세상 사람들에게 존중되는 것들을 사실은 지니고 있지 않으면서 지닌 체하며, 또 실지로 자기가 지니고 있는 이상으로 지닌 체하는 경향이 있는 사람" 즉 '허풍선이'라면, 후자는 "자기가 지니고 있는 것을 숫제 부인하거나 혹은 낮추어 말하는 경향이 있는 사람" 즉 '비꼬기를 잘하는 사람'이다.[17] 이 단편에서는 남편이 끊임없이 허풍을 치는 알라존이요, 남편의 허풍을 간단없이 깨는 아내가 에이론인 셈이다. 그런데 눈에 보이는 아내보다 눈에 보이지 않는 에이론에 주목해야 한다. 그 에이론이 바로 작가다. 다시 슈로더를 빌리면, "소설가가 에이론인 데 반해 그의 주인공(…)은, 환멸을 통해서, 결국 그가 영웅이 아니라는 것을 배우는 알라존이다."[18] 이 단편의 '나'는 작가와 불일치하는 극화된 화자(dramatized narrator)다. 유정은 '나'의 뒤에 철저히 숨어서 '나'의 고통스러운 학습과정을 독자들에게 전달하는 내포작가(implied author)의 역할을 놀라운 자제력으로 수행하였다. 아마도 손톱을 깎는 냉담한 태도와는 거리가 먼, 에이론 아닌 에이론이 바로 「안해」의 작가 김유정이다. 이상의 성근 분석을 통해서도 김유정의 작품이 얼마나 정교한 기계장치를 내장했는지 짐작할 것이다. 김유정의 겉만 보고 지성의 결핍 운운한 김문집이야말로 엉터리 알라존이 아닌가.

3. '소설 이전적 소설'?

김문집은 이 평론의 말미에 또 허풍을 친다.

---

16 Maurice Z. Shroder, "The Novel as a Genre," *The Theory of the Novel*, ed. Philip Stevick, New York: The Free Press 1968, 19면.
17 아리스토텔레스, 최명관(崔明官) 옮김 『니코마코스윤리학』, 을유문화사 1966, 262면.
18 Maurice Z. Shroder, 앞의 글 24면.

군의 작품 중 나는 「산골」을 가장 높이 평가한다. 작년 8월호 『조선문단』 지에 발표된 것이다. 예와 같이 이 작품은 구성요소로 프롯트도 계획도 없는 소설 이전적 소설이다. 그러면서도 「산골」 이외의 예술적 흥취를 느끼게 하는 작품을 나는 아직 조선문학에서 찾지 못한 자이다.

이 비논리적인 논리에 사실인즉 김군의 천분(天分)이 있는 동시에 그의 위기가 내포되어 있기는 하다. (⋯) 군은 어느 때까지 이 소설 이전적 미묘 소설을 계속할 것인가 하는 점이다.[19]

'소설 이전적 소설', 용어로서는 모처럼 근사하지만 과연 김유정 소설에 이런 딱지를 붙여도 되는 것인가? 「안해」처럼 「산골」(1935)도 한번 따져보자. 이 단편은 확실히 근대소설(novel) 이전 로맨스의 풍모를 짙게 보이고 있다. 소설을 구성하는 각 장에 '산' '마을' '돌' '물' '길'과 같은 시적 제목을 달고 1장, 2장의 서두와 4장, 5장의 서두와 말미는 시처럼 행갈이한 문장들을 배치한, 김유정의 작품 가운데서도 특이한 단편이다. 작가는 왜 이 작품에서 이런 몽환적 장치를 베풀었을까? 이 작품이 『춘향전』의 패러디라는 점에 주목할 필요가 있다. 여주인공 '이뿐이'는 종이다. 그 어머니도 이 집안의 씨종이니 대물림한 노비다. 노비제도는 이미 갑오경장(1894)으로 혁파되었지만 강원도 산촌에서는 여전히 현실이었다. 이뿐이는 도련님의 유혹에 넘어가 산에서 정분을 맺고 "앙큼스러운 생각"(125면) 즉 "저 도련님의 아씨"(126면)가 될 꿈을 꾸게 된바, 이를 눈치챈 마님은 구박이 자심하다. "노나리와 은근히 배가 맞았으나 몇달이 못 가서 노마님이 이걸 아시고"(127면) 파경을 맞은 그녀의 어머니 또한 자신의 경험에서 우러난 지혜로 이뿐이를 말린다. "종은 상전과 못 사

---

19 김문집 「김유정의 예술과 그의 인간비밀」, 『김유정전집』 444~45면.

는 법"(127면)이라고 그녀를 좋아하는 동네 총각 석숭이와 결혼하라고 은 근히 딸을 단속하던 것이다. 그런데 결정적인 것은 서울로 유학 간 도련 님이 "돌도 넘었으련만 (…) 이렇다 소식하나 전할 줄조차 모"(124면)른다 는 점이다. 도련님이 탈이 났다. "서울 가 어여쁜 아씨와 다시 정분이 났 다"(131면)는 소문이다.

작품은 이뿐이가 산에서 서울로 간 도련님을 하염없이 기다리는 데서 시작된다. 1장 '산'의 중심은 도련님과 맺어진 장면의 회상이다. 2장 '마을'에서도 그녀는 산에 있다. 산에서 마님과 어머니의 닦달에 시달리는 장면을 되짚는다. 산의 로맨스를 마을이 부정하는 형국이니, 산이 꿈이라면 마을은 현실이다. 3장 '돌'은 2장의 연장이다. 2장 후반에 등장한 석숭이를 수수밭 속으로 끌고 들어가 돌로 후려치며 다투는 장면인데, 그녀는 여전히 산에 있다. 석숭이는 일종의 훼방꾼이다. 『춘향전』으로 말하면 변사또다. 그런데 도련님만 아니었으면 그녀를 아내로 맞이할 수도 있었을 것을 상기컨대, 훼방꾼은 석숭이가 아니라 도련님이기도 하다. 그나저나 이 다툼에서 유의할 점은 이뿐이가 변사또에 항거하는 춘향이처럼 매우 강한 성격이라는 점이다. 이뿐이 역시 사내를 꼼짝 못 하게 찍어누르는 「동백꽃」의 점순이 계보에 속하는 인물이다. 4장 '물'에서도 그녀는 아직 산에 있다. 이 장의 핵은 "험악한 석벽틈에 (…) 웅성깊이 충충 고"(131면) 인 맑은 물이다. 그녀는 도련님이 들려준 전설을 회상한다.

옛날에 이 산속에 한 장사가 있었고 나라에서는 그를 잡고자 사방팔면 에 군사를 놓았다. 그렇지마는 장사에게는 비호같이 날랜 날개가 돋힌 법 이니 공중을 홀홀 나르는 그를 잡을 길 없고 머리만 앓든 중 하루는 그예 이 물에서 목욕을 하고 있는 것을 사로잡았다는 것이로되 왜 그러냐 하면 하누님이 잡수시는 깨끗한 이 물을 몸으로 흐렸으니 누구라고 천벌을 아니 입을 리 없고 몸에 물이 닷자 돋혔든 날개가 흐시부시 녹아버린 까닭(132면)

아기장수 이야기는 민중영웅의 봉기와 좌절을 반영한다. 대체로 영웅의 부모가 후환이 두려워 날개를 처리하는 경우가 많은데 이 이야기는 새로운 형이다. 이 이야기 속의 물은 영웅의 날개를 녹인다. 그로써 영웅이 죽음에 이르니 여기서 물은 곧 죽음이다. 『심청전』의 인당수(印塘水)가 그러하듯 물은 죽음과 부활의 원형(archetype)인 데 반해, 이 이야기 속의 물은 부활 없는 죽음일 뿐이다. 아기장수의 비극을 환기하는 물을 중심에 둔 4장은 이 로맨스의 결말을 강력히 암시하는 복선이다. 5장 '길'에서 이뿐이는 없다. 그 대신 석숭이가 산에서 이뿐이를 기다린다. "올 가을이 얼른 되어 새곡식을 걷으면 이뿐이에게로 장가를 들게"(133면) 된 석숭이는 이뿐이 부탁으로 서울 도련님에게 부칠 편지까지 써주면서 결혼 약속을 받았으니 느긋하게 그녀가 산에 오기만 기다리는 것이다. 그런데 이 장은

> 모든 새들은 어제와 같이 노래를 부르고 날도 맑으련만
> 오늘은 웬일인지
> 이뿐이는 아직도 올라오질 않는다.(133면)

라는 적막한 문장으로 시작되어,

> 그러나
> 오늘은 웬일인지
> 어제와 같이 날도 맑고 산의 새들은 노래를 부르련만
> 이뿐이는 아직도 나올 줄을 모른다.(135면)

라는 서두를 변주한, 그래서 더욱 적막한 문장으로 맺어진다. 마치 소월의 「산유화」(山有花, 1925)를 연상시키는 이 적요함은 무엇을 가리키는 것일

까? 서울로 편지를 부치고 "속달게 체부 오기를 기다"(135면)리는 이뿐이는 왜 아직도 모습을 나타내지 않을까? 이 장의 제목이 '길'이라는 점까지 감안하면 그녀는 죽음의 길을 떠났기 십상이다.

이 단편은 『춘향전』에 대한 현실적 해석을 담고 있다. 오리정에서 춘향이와 이도령이 이별하는 대목이 현실 또는 노블이라면 춘향이 이도령의 정실로 출세하는 결말은 꿈 또는 로맨스다. 이 단편은 이별 이후를 다시 쓰고 있다. 변심한 도련님을 기다리다 죽어가는 이뿐이 이야기를 통해 『춘향전』 뒷과정의 로맨스를 해체하고 있는 셈이다. 사실 이뿐이에게 다른 선택지들도 없지 않았다. 첫째는 『춘향전』의 어느 이본처럼 도련님의 첩이 되는 길이다. 그러나 당시 여건상 이는 아내 되기보다 더 어려울지 모르니 오히려 비현실적이다. 이보다 현실적인 것은 도련님을 잊고 석숭이의 아내가 되는 길이다. 그 이름이 암시하듯이 석숭이는 가난한 집 총각은 아니다.[20] "즈아버지 장사하는 원두막"(128면)이나 "제 밭은 안 매고"(129면)나 "읍의 장에 가서 세마리 닭을 팔아"(133면)나 "올 가을이 되어 새곡식을 걷으면 이뿐이에게로 장가를 들게"(133면)나, 그리고 "꼬박이 이틀밤을 새이고"일망정 이뿐이 편지를 대필한 것(134면) 등으로 미루건대, 자작농 이상은 되는 듯싶다. 그러니 이 길이 가장 현실적이라고 할 수 있다. 사실 그럴 맘이 없지도 않다. 석숭이가 대필 편지를 가지고 와서

"이 편지 써왔으니깐 너 나구 꼭 살아야 한다" 하고 크게 얼른 것이 좀 잘못이라 하드라도 이뿐이가 고개를 푹 숙이고 있다가
"그래" 하고 눈에 눈물을 보이며(134면)

수긍한 바다.

---

20 석숭(石崇)은 중국 서진(西晉)의 유명한 부호.

그런데 그녀는 굳이 다른 길을 간다. 마님의 반대, 석숭이를 택하라는 어머니의 권유, 그리고 도련님의 변심에도 불구하고 그녀는 '도련님의 아씨'가 되고픈 욕망에서 헤어나지 못한다. 그 가망 없음을 알면서도, 아니, 그 장애 때문에 한번 일어난 욕망의 불길은 더욱 거세게 내연(內燃)하는 것이다. 냉정히 살피면 아씨가 되기도 어렵지만 된들 행복해질지 의문이다. 도련님이란 게 정말 철딱서니에 지나지 않기 때문이다. 그럼에도 이 가짜 욕망에 지핀 그녀는 하냥 외곬으로만 달려간다, 그 끝이 자기파멸일지라도.

그럼 이 소설은 김문집의 말대로 '소설 이전적 소설', 다시 말하면 로맨스인가? 이미 지적했듯이 「산골」이 패러디한 『춘향전』 또한 단지 로맨스만은 아니다. 신분을 넘은 결혼을 욕망하는 춘향이는 조숙한 근대인이다. 『춘향전』은 노블적 주제를 로맨스적으로 해결한 복합소설인 것이다. 「산골」도 복합적인가? 이뿐이와 도련님의 연애가 파경으로 귀결된다는 점에서는 로맨스가 아니지만, 그녀가 끝내 가짜 욕망으로부터 깨어나지 못한다는 점이 착잡하다. 도련님과의 정분을 계기로 로맨스에 중독된 것이다. 산문적 근대사회에서 로맨스 중독자가 조만간 맞이할 파멸을 묘파한 이 단편은 로맨스를 빌려 로맨스를 부정한 소설, 즉 안티-로맨스다.

'소설 이전적 소설'이기는커녕 '소설 이후적 소설'에 가깝다. 이 단편은 3인칭시점인데 통상의 전지적 관점이 아니다. 작가 또는 내포작가는 이뿐이와 석숭이 뒤에 완벽히 몸을 감추고 있을 뿐만 아니라, 의식의 흐름(stream of consciousness) 수법을 능란하게 구사하고 있기 때문이다. 앞의 인용문에서도 짐작되듯이 외부 현실과 내면 풍경이 무매개적으로 혼용된다. 마지막 장에 나오는 이뿐이의 '내적 독백'을 잠깐 보자.

이뿐이는 다 읽은 뒤 그걸 받아서 피봉에 도로 넣고 그리고 나물 보구니 속에 감추고는 그대루 덤덤이 산을 내려온다. 산기슭으로 나리니 앞에 큰

내가 놓여 있고 골고루도 널려박인 험상궂은 웅퉁바위 틈으로 물은 우람스리 부다치며 콸콸 흘러나리매 정신이 다 아찔하야 이뿐이는 조심스리 바위를 골라딛으며 이쪽으로 건너왔으나 아무리 생각하여도 가치 멀리 도망가자든 도련님이 저 서울로 혼자만 삐쭉 다라난 것은 그 속이 알 수 없고 사나히 맘이 설사 변한다 하드라도 잣나무 밑에서 그다지 눈물까지 머금고 조르시든 그 도련님이 이제 와 싹도 없이 변하신다니 이야 신의 조화가 아니면 안 될 것이다. 이뿐이는 산처럼 잎이 퍼드러진 호양나무 밑에 와 발을 멈추며 한손으로 보구니의 편지를 끄내어 행주치마 속에 감추어들고 석숭이가 쓴 편지도 잘 찾어갈런지 미심도 하거니와 또한 도련님 앞으로 잘 간다 하면 이걸 보고 도련님이 끔뻑하야 뛰어올겐지 아닌지 그것조차 장담 못 할 일이었마는 아니, 오신다 이 옷고름을 두고 가시든 도련님이어늘 설마 이 편지에도 안 오실리 없으리라고 혼자 서서 우기며 해가 기우는 먼 고개를 바라보며 체부 오기를 기다린다. (134~35면)

대필 편지를 받아들고 산을 내려오며 그녀의 마음에 떠오르는 온갖 상념들을 그대로 재현한 이 대목은 이 단편에 감초인 수법의 지능성을 짐작게 한다. 이는 내적 독백, 그중에서도 3인칭을 이용한 자유간접화법(free indirect narration)에 근사한바, 김문집은 겉만 보고 이런 모더니즘 서사기법에도 능통한 유정의 속모습은 땅띔조차 못 한 것이다. 『춘향전』을 '내적 독백'을 활용하여 다시 쓴 「산골」을 보노라면, 『조광』의 설문조사(1937.3)에서 허균의 『홍길동전』과 제임스 조이스의 『율리시스』(Ulysses, 1922)를 가장 감명 깊은 작품으로 꼽은 김유정의 응답(485면)이 상기된다.

그런데 김유정의 『율리시스』에 대한 평가는 조금 복잡하다. 바로 그 설문이 실린 잡지에 발표된 수상 「병상의 생각」에서는 신랄하기 때문이다. 『율리시스』를 자연주의가 한번 더 퇴행한 졸라(Émile Zola)의 부속품으로 폄하하면서 서구의 신심리주의문학 전체를 '생명 대신에 기교'를 택한

탈선으로 비판한 것이다(468면). 그리하여 그는 단언한다. "쬬이스의「율리시스」보다는, 저 봉건시대의 소산이던 홍길동전이 훨적 뛰어나게 예술적 가치를 띠이고 있는 것입니다."(470면) 신심리주의가 첨단의 사조로 유행하던 시대의 흐름에 부러 어깃장을 놓는 객기에도 불구하고 김유정이 건강한 사회성을 매우 중시했다는 점은 주목할 바이거니와, 그럼에도 그의 문학이 모더니즘 바깥에만 있었다고 볼 일은 또 아니다. 앞의 예에서 보듯 그의 의식적인 부정에도 불구하고 그는 모더니즘을 예의 주목했을 뿐만 아니라 그 서사기법을 잘 활용할 줄 알았다. 『춘향전』과 『율리시스』가 공생하는 그의 문학은 이 때문에 '소설 이전' 같기도 하고 '소설 이후' 같기도 한 복합성을 오묘하게 지니게 된 것이다.

4. '위대한 사랑'의 예감

김유정의 생각은 뜻밖에도 급진적이다. "아즉은 없었는 듯합니다. 허나 앞으로 장차 노서아(露西亞)에서 우리 인류를 위하야 크게 공헌될 바 훌륭한 문화가 건설되리라 생각합니다." 이는 『조광』 1937년 2월호 설문 "세계역사상, 어느 시대, 어느 민족의 문화가 훌륭하다 보십니까"에 대한 김유정의 대답이다(480면). 당시 그는 소련의 사회주의 실험에서 인류의 미래를 보고 있었던 것이다. 그럼 그는 맑스주의자인가? 「병상의 생각」에서 그는 "크로보토킨의 상호부조론이나 맑스의 자본론이 훨신 새로운 운명을 띠"(471면)고 있다고 언급한바, 끄로뽓낀의 무정부주의와 맑스의 공산주의에 대해서도 개방적이다. 그럼에도 그가 당대의 운동에 관여한 어떤 흔적도 없다. 낙향했을 때(1931~32) 실레에서 야학을 연 게 유일한데(『원본 김유정 전집』 717면), 이는 참회귀족의 국지적 운동에 가까울 것이다. 이선영(李善榮)은 그 문학에 나타난 계급적 시각이 모호하다는 점에서 그가 후자보다는 전자에 더 친근하다고 판단한다.[21] 그런데 앞의 인용문 바로 앞에 이런 문장이 나온다. "한동안 그렇게 소란히 판을 잡았든 개인주의는 니체의 초인설 마르사스의 인구론과 더부러 머지않어 암장(暗葬)될 날이 올 겝니다."(471면) 맬서스(T. Malthus)와 니체에서 개인주의의 종언을 예감하고, 끄로뽓낀과 맑스에서 집단주의의 도래를 간취하는 김유정의 구도가 흥미롭다. 그가 꿈꾸는 대안은 무엇인가? 이 글의 말미에서 유정은 말한다.

> 그러나 그 새로운 방법이란 무엇인지 나 역 분명히 모릅니다. 다만 사랑에서 출발한 그 무엇이라는 막연한 개념이 있을 뿐입니다. (…) 다만 한 가지 믿어지는 것은 사랑이란 어느 시대, 어느 사회에 있어, 좀더 많은 대중을 우의적으로 한끈에 뀔 수 있으면 있을수록 거기에 좀더 위대한 생명을 갖게 되는 것입니다. (…) 오늘 우리의 최고이상은 그 위대한 사랑에 있는 것을 압니다. (…) 그럼 그 위대한 사랑이란 무엇일가. 이것을 바루 찾고 못 찾고에 우리 전인류의 여망(餘望)이 달려 있음을 우리가 잘 보았습니다.(471~72면)

'위대한 사랑'이 아직은 하나의 관념이라는 점을 분명히 드러내거니와, 그럼에도 "부질없이 예수를 연상하고, 또는 석가여래를 (…) 들추"(471면)지 말라고 명토박음으로써 그 사랑이 끄로뽓낀이나 맑스, 또는 소련의 실험에 더 가까움을 암시한다. 인간을 근원적으로 부패시키는 자본주의를 넘어서는 맑스의 기획을 만물은 서로 돕는다는 끄로뽓낀의 방법으로 실현하는 유토피아적 몽상이 '위대한 사랑'이 아닐까?

---

21 이선영 「김유정 소설의 민중적 성격」, 김유정, 이선영 엮음 『동백꽃』, 창작과비평사 1995, 263면.

사실 그는 당시의 좌익을 그대로 추종하지 않았다. 그의 벗 안회남(安懷南, 1909~?)은 증언한다.

"인류의 역사는 투쟁의 기록이다."
한참 좌익사상이 범람을 할 임시 누가 이런 말을 하자, 옆에 있던 유정은
"그러나 그것은 사랑의 투쟁의 기록이다."
하고 이렇게 대답한 일이 있다.[22]

그는 유토피아로 가는 계단들을 촘촘히 챙기지 않는 몽상가다. 그의 생각에서 계급 문제가 전경화한 데 비해 식민지 문제는 거의 드러나지 않은 약점도 그와 연관될 것이다. 그의 성품을 단적으로 보여주는바 "그의 집안사람들이 다 반상(班常)을 가리어 가노(家奴)를 대하기 짐승처럼 했으나 유독 그는 꼭 존경하는 말로 그들을 대했"[23]다는데, 이 드문 성품이 그의 문학과 '위대한 사랑'의 토대일 터다.

김유정은 1935년 후기 동인으로 구인회에 가입한다. 솔직히 김유정과 구인회는 맞지 않는 옷처럼 보이기도 한다. 이태준, 정지용, 김기림, 박태원, 이상 등 쟁쟁한 모더니스트들의 아지트가 구인회였기 때문이다. 소설가 이선희(李善熙, 1911~?)는 유정의 인상을 이렇게 그려낸다. "차림새로 보아 모던 뽀이와는 거리가 멉니다. 검정 두루마기에 옥양목 동정을 넓적하게 달아 입으셨더군요."[24] 영락없는 시골 사람 행색이다. 더욱이 작품도 겉으로 보기에는 구식 농촌소설 비슷해 보이지 않는가. 실제 제임스 조이

---

22 안회남 「겸허」(1939), 김재용·임규찬·임형택·정해렴·최원식 엮음 『한국현대대표소설선 3』, 창작과비평사 1996, 415~16면. 이 단편은 '김유정전'이라는 부제가 붙었듯이, 유정의 삶을 이해할 최고의 실명소설이다.
23 김영수(金永壽) 「김유정의 생애」, 『김유정전집』 408면.
24 같은 글 462면.

스를 비롯한 모더니즘을 거침없이 비판하기도 했다. 그런 그가 왜 구인회에 가입했는가?

김유정은 명백히 모더니즘보다는 리얼리즘 쪽이다. 그럼에도 프로문학을 추종하지는 않았다. 알다시피 그의 소설에 등장하는 농민들은, 「만무방」(1934)이 잘 보여주듯이, 집단적 쟁의가 아니라 개인적 일탈의 형태로 지주에 반항한다는 점에서 프로소설과 차별된다. 이런 비정규 파업은 여성인물들에게도 유사한바, 열불열(烈不烈) 설화를 재창조한 그의 단편들에 등장하는 여성들은 타락을 거듭하다 파멸하는 김동인의 「감자」와 다르고, 고통의 끝에서 방화로 종결짓는 현진건의 「불」(1925)과도 다르다. 전자의 여주인공 복녀가 자연주의풍이라면 후자의 여주인공 순이는 신경향파적인 데 비해, 유정의 여주인공들은 '도덕의 피안'에서 사는 듯 지배계급이 훈육한, 성에 대한 노예의 도덕으로부터 자유롭다. 주막집 총각의 색시 노릇을 잠깐 하고는 다시 떠돌이 남편과 천연덕스럽게 떠나버리는 「산꼴나그네」의 여주인공에게 복녀와 순이를 감싸는 어두운 그림자는 없다. 이 양명함이야말로 앞 시기와 결정적으로 구분되는 김유정 소설의 새로운 자질인데, 그 선구를 찾는다면 용한 의원 최주부에게 잠자리 시중을 들어가며 병든 남편을 살린 여인의 이야기를 다룬 현진건의 「정조와 약가(藥價)」(1929)가 있을 뿐이다. 「정조와 약가」라는 희귀한 싹을 새로운 이야기로 구축함으로써 30년대 소설의 새로운 영토를 획정한 김유정은 바로 프로문학 이후의 작가인 것이다. 요컨대 리얼리즘과 모더니즘이 기우뚱하게 혼용한 김유정은 그래서 구인회와 묘하게 어울린다고 해도 좋다.

"경험들을 나누는 능력"이 하락함에 따라 "이야기체 예술의 종언이 다가오는"[25] 시대의 표정에 주목한 발터 베냐민은 근대소설의 발흥이 그 가

25 Walter Benjamin, "The Storyteller," *Illuminations*, trans. Harry Zohn, New York: Schocken Books 1988, 83면. 반성완이 옮긴 「이야기꾼과 소설가」(『발터 벤야민의 문예이론』, 민음사 1983)도 참고했다.

장 이른 징후[26]였다고 지적한바, 근대문학의 챔피언인 근대소설이 이야기체 쇠퇴의 결정적 분기점이라는 그의 안목은 날카롭다. 고독한 소설가의 밀실에서 태어나 격리된 독자의 내실에서 소비되는 근대소설은 자신의 기원인 이야기를 지우려고 안간힘을 써왔는데, 근대소설을 다시 한번 예술화하려고 기도한 것이 모더니즘 서사임을 상기할 때, 이야기 전통의 쇠퇴에 저항한 소설가라는 김유정의 위치가 중요롭다. 그는 단지 반항인만은 아니다. 김유정은 인민에 깊이 뿌리박은 이야기꾼의 전승을 존중하되 자기 시대의 호흡인 모더니즘의 세례도 사양하지 않았으니, 모더니즘의 서사전술도 어떤 진실을 위해 때로는 채택한다. 그는 리얼리즘과 모더니즘을 결합한 신판 이야기꾼, 즉 '이야기꾼 이후의 이야기꾼'이었던 것이다.

그런데 이 실험은 앞에서 지적했듯이 도시소설에서는 농촌소설만큼 성공적이지 못하다. 생애 거의 대부분을 서울에서 살았음에도 불구하고 도시 체험을 다룬 소설들은 그다운 개체향도 뿜내지 못한 채 사건과 인물의 겉만을 따라가기 급급하다. 더욱이 자전적인 이야기들의 경우 그 경험이 너무나 악착한지라 결국 자연주의 취미로 떨어지기 일쑤였다. 농촌을 다룰 때 리얼리즘과 모더니즘을 자유로 넘나드는 활수(滑手)를 자랑하는 것과 뚜렷한 차이를 드러내매, 그에게 서울살이란 하나의 악몽에 지나지 않았던가. 도시적 삶에 대한 매혹에 기초한 모더니즘을 전유하기에 그는 너무나 순정한 인품의 시골 도련님이었다. 더구나 도시의 마성(魔性)을 휘어잡을 창조적 실험의 숙성에 허용된 시간이 얼마나 각박하게 짧았던가를 생각하면, 이야기가 쇠퇴하는 시대를 거슬러 이야기꾼의 본때를 보이기 위해 고투한 그의 순결한 영혼을 위해 오직 경의를 표할 뿐이다.

---

26 Walter Benjamin, 같은 글 87면.

정지용의 좌표[*]

◆

「장수산 1」을 중심으로

1. 지용 문제

정지용(鄭芝溶, 1902~50)은 한 시대 문단의 지도자였다. 그 권위는 그의 문학적 수월성에 기초한바, 『정지용시집』(시문학사 1935)과 『백록담』(문장사 1941)으로 우리 시단 최고의 반열에 올랐으니, 그의 시집들은 당대 시인 지망생들에게 성경이었다. 지용이 지도자로 오른 데는 『문장』의 주재자였던 점도 크게 작용했다. 우리 문단은 우여곡절 끝에 1939년 『문장』(1939~41)과 『인문평론』(1939~41) 두 잡지를 축으로 정돈된다. 이태준과 정지용이 이끈 전자가 창작 중심이라면 최재서가 주도한 후자는 비평 중심인데,[1] 천황제 파시즘의 진군 앞에서 양자는 갈라진다. 후자가 『코꾸

---

* 이 글은 졸고 「정지용의 '장수산 1'은 시로 쓴 '세한도'」(『푸른 연금술사』 2019.11/12)를 바탕으로 정지용의 삶과 시에 대한 오독들을 분석한 필자의 특강(제159차 세교포럼 2021.1.15)을 문서화한 것이다. 청사(晴簑)·경인(絅人)을 비롯한 회원들의 토론에 감사한다. 이번에 개제했다.

1 『문장』의 편집인 겸 발행인은 메이지대학 정경학부 출신의 춘산(春山) 김연만(金鍊萬)이다(김병익 『한국 문단사』, 문학과지성사 2001, 219면). 창간호(1939.2)의 「여묵(餘

민분가꾸』(國民文學, 1941~45)로 군국주의에 자발적으로 투항한 반면 전자는 폐간을 선택했다. 이로써 우리 문학의 자존심으로서『문장』의 권위는 살아서 죽은『인문평론』과 달리 해방 후 더욱 솟기 마련이었다. 조금 과장한다면, 해방 후 문단은 누가『문장』의 후계적 위치를 차지하는가라고 요약할 수도 있겠다.[2] 결론부터 말한다면 1955년 1월 석재(石齋) 조연현(趙演鉉)이 창간한『현대문학』에 그 지위가 계승되었다.[3] 1946년 김동리와 함께 조선청년문학가협회(약칭 청문협)를 결성, 용감하게 '좌익'을 공격한 그는 전후에 마침내『현대문학』이란 매체를 독점함으로써 한국문단을 장악하기에 이른 것이다.[4]

문학 외적 강제에 의해 지용의 권위가 교체되는 역설 속에서 지용에 대

墨)」에서 스스로 밝혔듯, "나와 막역한 문학인 이태준형과 뜻이 함"(영인본, 삼문사 1977, 194면)해 재정 책임을 맡은 춘산은 "문단의 한 의인"(같은 곳)이다. 실질적 편집 책임자는 상허 이태준이다. 지용은『문장』을 특징짓는 '추천작품모집'에서 시조에 가람 이병기, 소설에 상허와 함께 시 추천을 주재했다. '신추천제'에 따라 1940년 9월호부터 3인체제를 풀었지만 지용의 영향력이 종결된 것이 아니매,『문장』은 상허가 더 무거운 상허-지용 쌍두체제라고 하겠다. 이에 대해『인문평론』은 시종일관 최재서가 편집인 겸 발행인이었다.

2 해방 후『문장』을 계승한 첫 잡지는 상허가 편집인 겸 발행인을 맡아 출판한 조선문학가동맹 기관지『문학』(1947.7~48.8)일 것이다. 상허를 이어 편집인 겸 발행인으로 취임한 현덕(玄德)이 7, 8호를 내고 종간되자, 김연만과 정지용이 다시 뜻을 모아 속간호『문장』(1948.10)을 발간했다. 그러나 1948년 12월 13일 양인 모두 수도관구 경찰청에 불구속 송치되는 데 이어 잡지가 발매 금지되면서(허윤「속간호『문장』과 정지용」,『구보학보』21집, 2019, 97면), 속간호가 곧 폐간호가 되고 말았다.

3 정부 수립에 맞춰 창간된『문예』(1949.8~54.3)는『문장』을 계승하려는 우익의 첫 시도였다. 모윤숙·김동리 체제로 시작하여 모윤숙·조연현 체제로 종간된 범우파 연합의 산물인데, 석재는 모윤숙을 배제하고『현대문학』을 창간함으로써 실질적으로 최종 승리한다.

4 지용의 제자들인 청록파가『백록담』의 그림자인『청록집』(1946)을 발간해 지용의 부재를 대신한 점 또한 주목할 일이다. 청록파는 석재를 비롯한 청문협의 지용에 대한 공격을 방조함으로써 결과적으로 지용의 문학적 권위를 어부지리로 계승한바, 조지훈은 지용의 고전주의를, 박목월은 지용의 자연시와 동시를, 박두진은 지용의 종교시를 일면 이었으나, 지용은 그 합으로도 모자랄 종장(宗匠)이다.

한 공격이 간단없이 자행되었으니, '순수시인'이 해방 직후 '빨갱이'들에게 꾀어서 조선문학가동맹(약칭 동맹)에 들고 월북까지 해 시도 망치고 사람도 상했다는 소문은 그 전형적 예다. 우선 지용이 해방 전 순수시인이었다는 전제가 오류다. "나는 나라도 집도 없단다/大理石 테이블에 닷는 내뺨이 슬프구나!//오오, 異國種강아지야/내발을 빨어다오./내발을 빨어다오."[5] 데뷔작 「카페 프란스」(1926)에 나오는 이 유명한 대목이 가리키듯 지용은 그가 식민지 백성임을 한시도 잊은 적이 없다. 흔히 지용이 카프에 반대했다고 선전되지만, 그는 카프에 적대하지 않았다. 팔봉 김기진의 회고에 의하면 1926년 여름 조선지광사(朝鮮之光社)에 우연히 들렀다가 김말봉과 동행한 지용과 해후했다고 하는데,[6] 조선지광사는 카프의 준기관지라고 할 『조선지광』(1922~32)을 내던 출판사다. 알다시피 지용은 이 잡지에 시를 활발히 발표했다. 지용을 비롯한 구인회는 결코 반카프가 아니다. 그렇기는커녕 사회주의에도 깊은 관심을 가졌거니와, 다만 소련공산당을 추종하는 일본공산당, 또 일공을 추종하는 조선공산당 및 카프의 교조주의에는 동의하기 어려웠을 뿐이다. 지용 및 구인회를 반카프 순수문학으로 왜곡하기 시작한 것은 석재다. 카프를 현대의 기점으로 삼던 임화 및 백철의 맑스주의적 문학사를 전복하려는 석재의 정치적 의도 속에 갑자기 1930년대 문학이 '순수문학의 황금시대'로 찬미된바, 순수문학은 청문협 이래 석재의 비밀병기였다. 이로써 해방 이후 좌우익투쟁을 식민지시대로 소급 적용함으로써 졸지에 모더니즘은 반공순수문학으로 둔갑하던 것이다. 사실 1926년에 등단한 지용과 1925년에 출범한 카프는 동행이다. 양자는 신문학의 근대성을 현대성으로 갱신하려는 운동의 쌍생아라고 할 터인데, 카프가 공산주의현대라면 모더니즘은 비공산주의현대라

---

5 『정지용시집』, 시문학사 1935, 47면.
6 사나다 히로코 『최초의 모더니스트 정지용』, 역락 2002, 171면에서 재인용.

고 할까. 20년대 중반에 함께 태어난 카프와 모더니즘 가운데 카프가 먼저 주류를 형성했다가 안팎의 강제 속에 점차 침강하면서 모더니즘이 30년대에 주류로 부상한바, 『문장』의 위상이 그 웅변일 것이다.

지용은 왜 동맹에 참여했을까? 천황제 파시즘의 압박 속에서 모더니즘은 자기반성에 들고 카프는 자기비판에 돌입했다. 전자는 깊이 깔린 서구 추종을 반성하면서 식민지 문학의 현실성에 괄목하고, 후자는 근대를 건너뛴 사회주의현대의 불가능성에 눈뜬 것이다. 이 내적 고투들이 해방을 맞이하면서 동맹으로 수렴되기에 이르매, 조선공산당의 8월테제(1945)는 합작의 바탕으로 되었다. 핵심은 식민지시대의 사회주의혁명론을 폐기한 점이다. 해방 직후 조선혁명의 단계를 부르주아민주주의혁명으로 규정함으로써 통일민족국가의 건설 및 민족문화의 건설이 당면 과제로 도출되면서 좌우합작이 진지하게 토론되었으니, 카프는 신주단지처럼 모시던 통일전선 안의 좌익헤게모니 관철도 유보하고 지용을 비롯한 모더니스트들을 동맹의 얼굴로 맞이한다. 지용이 결코 좌익의 꼬임에 넘어간 것이 아니다. 해방 직후의 현실에 대한 통렬한 직관에 의거하여 작가의 양심에 따라 동맹에 참여했으니, 동맹은 문단판 신간회의 첫 결실이었다. 물론 안팎의 공격과 상황의 악화 속에서 동맹이 좌경하고 마침내 분단의 산개(散開) 속에 좌절되면서 지용의 역사적 실종을 빌미로 한 온갖 중상론이 난무한 비극이 연출된 것은 바이없다.[7]

와중에 석재는 「수공예술의 운명: 정지용의 위기」(『평화일보』 1948.2.18)를 발표하여 지용을 두뇌도 심장도 없는 기교주의자로 공격했다.[8] 1948년

7 지용이 평론가 김동석(金東錫)의 강요에 의해 미군 상대 영어방송에 종사하다가 북진한 미군에 의해 처형되었다는 소문 역시 지용과 함께 해방 직후 순수문학의 불순한 정치성을 날카롭게 비판한 김동석까지 청산하고 싶은 극우의 중상론이기 십상이다. 김동석은 속간 『문장』에도 참여한 지용이 아끼던 후배였다. 아마도 영어방송 운운은 그 혐의로 처형된 고려대 영문과 이인수(李仁秀) 교수의 이야기가 뒤집어씌워진 것일지도 모르겠다.

2월이면 이미 좌익의 형세는 급속히 축소된 때인데 왜 석재는 이처럼 인신공격성 비난을 가했을까? 우익의 상승세를 타고 지용의 영향력을 깨끗이 말살할 의도이거니와, 동맹 참여자들이 대거 월북한 이후에도 서울에 남은 지용은 오히려 그들에게 '골치'였던 셈이다. 지용의 영향력은 생전은 물론이고 실종 이후에도 사그라들지 않았으니, 죽은 공명이 산 중달을 쫓는 형국이었다. 그럼에도 지용에게 심심찮게 따라붙곤 하던 기교주의론을 악의적으로 재생산한 석재의 비난은 이후 지용론의 상투형으로 정착되기도 한바, 김윤식이 월북작가 해금(1988)에 즈음해 지용을 석재 비슷하게 평가한 것[9] 또한 그 대표적 예로 될 것이다.

　과연 지용은 빈 기교주의자인가? 지용은 말한다. "구극에서는 기법을 망각하라. (…) 도장에 서는 검사(劍士)는 움직이기만 하는 것이 혹은 그저 서 있는 것이 절로 기법이 되고 만다. 일일이 기법대로 움직이는 것은 초보다."[10] 검도에 비유한 이 예리한 잠언에서 기법은 홀연히 시 속으로 사라진다. "시인은 정신적인 것에 신적 광인처럼 일생을 두고 가엾이도 열렬하였다"[11]라는 언명처럼 지용의 이데아는 이만큼 돌올하다. 비평가 눈인 김환태는 촌철살인한다. 지용에 있어서는 "지성이 감각이요, 감각이 감정이요, 감정이 지성이다".[12] 이러매 "일개 표일한 생명의 검사(劍士)"[13]를 자처한 지용에게 기교주의는커녕 기교조차 설 바가 없던 것이다.

　마지막으로 가장 널리 퍼진, 일면 그럴듯한 오독은 지용이 반근대 동양론에 귀결했다는 설일 듯싶다. 가령 지용 시의 세계를 바다를 노래한 전기와 산을 노래한 후기로 나눈 뒤 각기 모더니즘과 고전주의라는 대립쌍

8 사나다 히로코, 앞의 책 225면.
9 같은 책 226면.
10 정지용 「시의 옹호」(1939), 이숭원 『시, 비평을 만나다』, 태학사 2012, 55면.
11 같은 글 53면.
12 김환태 「정지용론」(1938), 이숭원, 앞의 책 41면.
13 이숭원, 앞의 책 60면에서 재인용.

에 붙이곤 하는데, 양자의 관계가 이처럼 단순하지 않다는 점은 차치하고라도, 내 보매 후기의 산시도 바다시만큼 이미지즘의 외관을 짓기 마련이었다. 예컨대 "돌에/그늘이 차고,//따로 몰리는/소소리 바람.//앞 섰거니 하야/꼬리 치날리여 세우고,//종종 다리 깟칠한/山새 걸음거리.//여울 지여/수척한 흰 물살,//갈갈히/손가락 펴고,//멎은듯/새삼 돋는 비人낯//붉은 닢 닢/소란히 밟고 간다".("비」전문)[14] 가을 산에 갑자기 후드득 내리는 비를 날카로운 감각으로 포착한 이 시가 잘 보여주듯, 바다를 노래한 시편들과 하등 다를 바 없던 것이다. 그럼 이런 풍의 시들이 단지 이미지즘에 그칠까? "사위팔방, 철길로 뱃길로 조국산하를 두루 찾아 밟고 다니시던 아버님의 모습이 선연"[15]하다는 아드님의 회고에 의하건대, 특히 후기 산시에는 국토미의 발견이 우련하다. 그런데 여기서 그치지 않는다. 후기를 대표하는 산문시 「백록담(白鹿潭)」은 한라산 등반의 단계마다의 풍경을 점층적으로 축조하는데, 물론 그 풍경은 그대로 사의(寫意)다. 자연 경배는 신에 대한 찬미와 멀지 않다. 마침내 절정에서 간신히 백록담을 내려다보며 시인은 문득 고백한다. "나는 깨다 졸다 祈禱조차 잊었더니라"[16] 이 돌연한 마무리에서 새삼 그의 산시들이 실은 '저 하늘의 영원한 침묵'(빠스깔)에 간구하는 기도일지도 모르겠다는 생각이 번개같이 스쳤다. 그의 가톨릭은 동양으로 기울 안팎의 인연을 압박할 강력한 턱이었으니, 반근대는 더구나 터무니없던 것이다.

14 정지용 『백록담』, 백양당 1946, 28~29면. 이 본은 문장사 초판을 해방 후 다시 찍은 것이다.
15 정구관 「다시 햇빛 보게 된 아버님의 글」, 김학동 책임편집 『정지용전집 1: 시』, 민음사 2003, 6면.
16 정지용, 앞의 책 17면.

2.「장수산 1」의 뜻

고담(枯淡)한 '동양'을 노래한 산수시(山水詩)로 널리 알려진 정지용의 「장수산 1」(1939)은 두번째 시집『백록담』을 여는 시로, 바다를 재재바르게 포획한 시편들이 반짝이는『정지용시집』과 극적인 대비를 보인다. 이로써 열린 바다에서 닫힌 산으로, 또는 서구적 모더니즘으로부터 동양적 자연으로 초월했다는 통설이 정착하거니와, 1947년 서울대 문리대 강사로 초빙되었을 때 시인이 한 학기 내내『시경(詩經)』만 강의했다는 전설 또한 그 확증처럼 회자된 터다. 마침「장수산 1」은『시경』에서 출전한 "벌목정정(伐木丁丁)"으로 시작되는지라, 더욱이 통설의 결정적 예로 들린다. 먼저 시 전문을 인용한다.

長壽山 1

伐木丁丁 이랬거니   아람도리 큰솔이 베혀짐즉도 하이   골이 울어 멩아리 소리   쩌르렁   돌아옴즉도 하이   다람쥐도 좃지 않고   뫼ㅅ새도 울지 않어   깊은산 고요가 차라리 뼈를 저리우는데   눈과 밤이 조히보담 희고녀!   달도 보름을 기달려 흰 뜻은 한밤 이골을 걸음이랸다?   웃절 중이 여섯판에 여섯번 지고 웃고 올라 간뒤   조찰히 늙은 사나히의 남긴 내음새를 줏는다?   시름은 바람도 일지 않는 고요에 심히 흔들리우노니   오오 견디란다   차고 兀然히   슬픔도 꿈도 없이   長壽山속 겨울 한밤내 ─ [17]

---

17 같은 책 12면. 이 시는 원래『문장』2호(1939.3)에 실렸다. 잡지본과 시집본은 약간 다르나 생전에 시인이 마지막으로 손본 후자가 정본이다.

장수산은 황해도 재령(載寧)에 실재하는 산이다. 분단으로 막혀서 그렇지 해서(海西)의 금강으로 유명한 곳이란다. 나무리벌 넓은 평야에 불쑥 솟아 위용을 뽐내던 장수산을 와유하면서 시를 다시 보건대 띄어쓰기가 흥미롭다. 한 자를 뗀 곳들 속에 석 자를 뗀 곳들이 눈에 드는데, 후자가 새로운 행인 셈이다. 행은 /로 음보는 :로 표시해 다시 읽어보자. "伐木: 丁丁이랬거니:/아람도리: 큰솔이: 베혀짐즉도: 하이:/골이: 울어: 멩아리 소리:/쩌르렁:/돌아옴즉도: 하이:/다람쥐도: 좃지않고:/뫼ㅅ새도: 울지않어:/깊은산: 고요가: 차라리: 뼈를: 저리우는데:/눈과: 밤이: 조히보담: 희고녀!:/달도: 보름을 기달려: 흰: 뜻은: 한밤: 이골을: 걸음이랸다?:/웃절: 중이: 여섯판에: 여섯번지고: 웃고: 올라간뒤/조찰히: 늙은: 사나히의: 남긴: 내음새를: 줏는다?:/시름은: 바람도 일지않는: 고요에: 심히: 흔들리우노니:/오오: 견디랸다:/차고: 兀然히:/슬픔도: 꿈도없이:/長壽山속 :겨울: 한밤내 ─:" 시인은 왜 특이한 띄어쓰기를 실험했을까? 무엇보다 시각적 효과다. 곳곳에 석 자 띄어쓰기로 구멍을 내 시 전체가 성글매, 눈 온 겨울산의 텅 빔, 보름달 탓에 더욱 성성(醒醒)하고 형형(炯炯)한 그 적막을 그대로 베낀 폭이다. 리듬도 한몫한다. 속으로 행갈이를 베푼데다 3음보와 4음보를 축으로 소리를 조직한지라, 산문시는 포장이지 일류의 서정시라고 해도 좋다.[18]

이 시의 정교한 띄어쓰기를 지나친 후학의 무심을 자책하면서, 그 간곡한 뜻을 짐작해보자. 언제부턴가 이 시를 동양에의 귀의로 푸는 게 천편일률이다. 『백록담』 시절에 집중된 정지용의 산문시가 "극히 현대적"이라고 날카롭게 통설을 반박한 사나다 히로꼬(眞田博子)조차 「장수산」1과 2, 그리고 「인동차(忍冬茶)」 등은 "고담한 동양적 문인취미"[19]라고 인정했다.

---

18 이에 비해 모양은 같지만 리듬이나 뜻이 허술한 「장수산 2」는 그야말로 산문으로 떨어진 산문시다.

19 사나다 히로코, 앞의 책 214면.

과연 그럴까? 이 시는 결코 동양적 자유를 찬미한 시가 아니다. 먼저 어조에 주목하자. 시를 여는 첫 문장과 두번째 문장에 사용된 '~하이'라는 종결어미는 묘하다. 벌목도 메아리도 현실이 아니다. 무섭도록 적막하니까 어디 나무 찍는 소리라도 들렸으면 싶은 것이다. 상상과 현재 사이의 어긋짐이 어미에 묻어 있다. 이 소격효과는 거푸 사용된 '?'로 이어진다. "달도 보름을 기달려 흰 뜻은 한밤 이골을 걸음이란다? 웃절 중이 여섯판에 여섯번 지고 웃고 올라 간뒤 조찰히 늙은 사나히의 남긴 내음새를 줏는다?" 보름달이 겨울 산에 가득한 것과 산중에서 중과 바둑 두는 것은 전형적인 한시의 풍경인데, 시인은 '동양적 자유'를 가볍게 풍자한다. 상상(벌목)에서 현재로, 다시 좀 전의 일(바둑)에서 현재로 시인의 마음, 그 예민한 의식의 흐름을 사의한 이 시는 산수시가 아니다. 시의 마무리에 주목하자. "오오 견디란다 차고 올연히 슬픔도 꿈도 없이 장수산속 겨울 한밤내—" 패전이 아니고는 확전(擴戰)을 멈출 수 없는 일본군국주의의 창궐로 식민지 조선에 대한 압박이 더욱 침중해지는 1939년, 그 야만에 쉽게 투항하지 않겠다는 정신의 호된 단련을 다짐하는 이 올연함이 어찌 고담 따위겠는가?

시를 여는 "벌목정정"[20]이 열쇠다. '벌목 3장'은 『시경』 소아(小雅)편에 수록된바, 원문과 번역을 함께 싣는다.

伐木丁丁벌목정정 鳥鳴嚶嚶조명앵앵/出自幽谷출자유곡 遷于喬木천우교목/嚶其鳴矣앵기명의 求其友聲구기우성/相彼鳥矣상피조의 猶求友聲유구우성/矧伊人矣신이인의 不求友生불구우생/神之聽之신지청지 終和且平종화차평//伐木許許벌목호호 釃酒有藇시주유서/既有肥羜기유비저 以速諸父이속

---

20 이 시에는 딱 네군데 한자(장수산, 벌목정정, 올연, 장수산)가 노출된다. 이 한자들은 시의 뜻을 시각적으로 강조하는데, 그대로 열쇳말이기도 하다.

제부/寧適不來영적불래 微我弗顧미아불고/於粲洒埽오찬쇄소 陳饋八簋진궤
팔궤/旣有肥牡기유비모 以速諸舅이속제구/寧適不來영적불래 微我有咎미아
유구//伐木于阪벌목우판 釃酒有衍시주유연/籩豆有踐변두유천 兄弟無遠형제
무원/民之失德민지실덕 乾餱以愆건후이건/有酒湑我유주서아 無酒酤我무주
고아/坎坎鼓我감감고아 蹲蹲舞我준준무아/迨我暇矣태아가의 飮此湑矣음차
서의[21]

　　나무를 치기를 정정(丁丁)히 하거늘, 새 울음을 앵앵(嚶嚶)히 하나니/나
옴을 깊은 골로부터 하여, 높은 나무에 오르도다/앵히 그 옮이여, 그 벗을
구하는 소리로다/저 새를 보건대, 오히려 벗을 구하는 소리를 하거든/하물
며 사람이딴, 벗을 구하지 아닐 것가/귀신이 들어서, 마침내 화(和)하고 또
평(平)하나니라//나무를 치기를 호호(許許)히 하거늘, 거른 술이 아름답도
다/이미 살진 어린 양을 두어, 써 제부(성이 같은 존경할 친구)를 부르니/차라
리 맞초아 오지 아닐 뿐이언정, 나는 돌아보지 아님이 없을지니라/오홉다
깨끗이 쇄소하고, 먹일 것을 베풀음을 여덟 그릇을 하노라/이미 살진 수컷
을 두어, 써 제구(성이 다른 존경할 친구)를 부르니/차라리 맞초아 오지 아닐 뿐
이언정, 나는 허물이 있음을 없게 할지니라//나무를 언덕에서 치거늘, 거른
술이 많도다/대접시와 나무접시를 놓았으니, 형제 먼 이 없도다/백성에 덕
을 잃음은, 마른 밥으로써 허물하나니/술이 있거든 내 거르며, 술이 없거든
내 사며/ 감감(坎坎)히 내 북치며, 준준(蹲蹲)히 내 춤추어서/내의 겨를을
미쳐, 이 거른 것을 마시리라.[22]

　　이 시의 핵심이 "저 새를 보건대, 오히려 벗을 구하는 소리를 하거든/하

21　김학주(金學主) 옮김 『신완역시경(新完譯詩經)』, 명문당 1997, 265~66면.
22　『인역시전(諺譯詩傳)』, 유교경전강구소(儒敎經典講究所) 1923, 27~31면. 이 번역이
　　좋아 맞춤법에 맞춰 거의 그대로 가져왔다.

물며 사람이딴, 벗을 구하지 아닐 것가"에 있음을 짐작할 때, "붕우와 오랜 친구들을 초대해 잔치할 때 부르는 노래"[23]라는 전통적 해석이 그럼직하다. 뜻도 좋지만 도대체 활달해서 "술이 있거든 내 거르며, 술이 없거든 내 사며/감감(坎坎)히 내 북치며, 준준(蹲蹲)히 내 춤추어서/내의 겨를을 미처, 이 거른 것을 마시리라"에 이르면 '모르는 사이에 손이 춤추고 발이 움직이는(不知手之舞之足之蹈之)' 지경에 가깝다. 「장수산 1」을 여는 "벌목정정"은 이만큼 흥겹고 도탑다. 그러나 시적 현재에서는 비통하게도 봄도 벗도 미래다. 현실은 혹독한 겨울 산의 격절이다. 당장은 밤의 절정에서 무엇보다 정신의 추락을 무섭게 견디는 일만으로도 겨웁다. 이 와중에 무슨 동양일까.[24] 장대한 어둠 앞에 홀로 선 시인의 뜻이 짐짓 황홀한 「장수산 1」은 차라리 시로 쓴 「세한도(歲寒圖)」일 테다.[25]

3. 남은 생각들

누군가는 역사에서 교훈을 얻으려 하지 말라고 했지만 이는 한가한 나라의 한가한 말씀이고, 우리 경우는 백번 천번 교훈을 얻어야 할 것이다, 정지용 같은 비극이 재발하지 않도록. 앞으로는 지용에 대한 무례가 절제되어 마땅하다. 예컨대 지용의 시 「고향」(1932)에 곡을 붙인 채동선(蔡東鮮)의 가곡 「고향」(1933)이 겪은 역정은 분단의 굴곡을 그대로 보여준다. 지용

---

23 朱熹 注 『詩經』, 上海古籍出版社 1989, 70면 "此燕朋友故舊之樂歌".
24 무용가 조택원(趙澤元)이 빠리에서 보낸 편지에 "시는 동양에 있읍데다"라고 하자, 지용은 답장에 "시는 동양에도 없읍데"라고 응수했다. 바로 「장수산 1」을 발표하기 전해(1938)의 일이다. 사나다 히로코, 앞의 책 220면에서 재인용.
25 경인이 지적했듯, 이 시는 상허의 「패강랭」(1938)과 동행이다. 천황제 파시즘의 압박 속에서 변모하는 평양의 모습을 우울하게 포착한 이 단편은 곧 지식인에게 닥칠 공포의 억압을 선취한다.

의 기휘(忌諱)로 이 가곡이 금지곡이 되자 시인 박화목(朴和穆), 소프라노 이관옥(李觀玉), 그리고 시조시인 이은상이 차례로 개사한바, 개사란 엄밀히 말하면 표절에 준하는 부도덕한 행위다. 그럼에도 이 가곡을 살리려는 의도에서 나온 부득이한 조처로 이해한다손 쳐도, 지용의 해금(1988) 이후에도 원시가 아니라 여전히 개사가 나도는 것은 곤란한 일이다.

무엇보다 지용 연구가 제대로 서야 한다. 연구의 기초인 정본의 확정도 문제지만, 비교문학의 영역도 미래다. 사나다는 정지용과 키따하라 하꾸슈우(北原白秋)의 영향관계에 대한 흥미로운 분석을 가한바, 특히 "파랑병을 깨치면/금시 파랑 바다.//빨강병을 깨치면/금시 빨강 바다"라고 노래한 지용의 「병(하늘 혼자 보고)」(1926)과 "빨간 새, 작은 새,/왜 왜 빨개?/빨간 열매 먹었으니까"로 시작하는 하꾸슈우의 「빨간 새 작은 새」(1918)의 연관이 인상적이다.[26] 그런데 그 그림자는 이후에도 드리운다. 자주 감자와 하얀 감자를 노래한 권태응(權泰應)의 「감자꽃」과 박목월(朴木月)의 「산새알 물새알」은 대표적이다. 하꾸슈우보다 더 도전적인 과제는 타고르(Rabīndranāth Tagore, 1861~1941)다. 월탄의 회고에 의하면, 휘문의 선배 노작 홍사용이 정지용에게 타고르의 각종 시집을 사주면서까지 이 인도 시인을 적극 추천했다는 것이다.[27] 이 일화를 소개한 사나다는 타고르의 영향은 지용의 「풍랑몽(風浪夢) 1」(1922)에 한한다고 지적했지만,[28] 정지용의 산문시 전반을 다시 검토해야 할 듯싶다. 신문학운동 당시 자유시운동을 타고르와 연관지어 다시 볼 필요는 이미 절실하거니와, 동인지세대를 잇는 지용에까지 연장해야 할 큰 작업이다.

끝으로 지용의 한계에 대해서도 숙고할 필요가 없지 않다. 그토록 열망한 해방이 찾아왔건만, 지용 시는 거의 불모로 빠져들었다. 물론 해방 직

---

26 사나다 히로코, 앞의 책 49면.
27 같은 책 21면 참고.
28 같은 책 20면.

후 그는 경인의 지적대로 산문에서 뛰어난 성취를 보여주었다. 시민 지용이 새로운 현실에 민감하게 반응하며 전진한 증좌인데, 시인 지용은 그렇지 못했다. 이 분열은 난해하다. 그는 농촌의 아들로 태어났지만 농촌의 아들로 충성하지 않았다. 귀향의 불가능성을 누구보다 감각한 도시인이다. 도시 곧 자본주의의 악마성에 날카롭다. 그러나 그의 자본주의 비판은 근대 이후에 대한 불온한 의식에까지 미치지는 못한 듯싶다. 김수영은 일찍이 신동엽(申東曄)에 대해 "50년대에 모더니즘의 해독을 너무 안 받은 사람 중의 한 사람"[29]이라고 지적한바, 김수영을 흉내내어 감히 지용에 대해 평한다면, 맑스주의의 해독을 너무 안 받았던 것이 아닐까.

---

29 김수영 「참여시의 정리」(1967), 『김수영전집 2: 산문』, 개정판, 민음사 2003, 396면. 정확한 출처를 알려준 산화(山話)에게 감사한다.

나라 만들기, 우리 문인들의 선택[*]

◆

김광섭·유치진·마해송·박팔양·김태준의 궤적들

1. 해방의 명(明)과 암(暗)

1945년 8월 15일, 마침내 한반도는 일제의 사슬로부터 해방됐다. 그러나 그 해방이, 함석헌의 유명한 표현을 빌리면 '도둑처럼' 갑자기 찾아왔기에, 한반도 사람들은 어떤 당혹감에 빠져들었다. 이태준의 소설 「해방전후」(1946)는 이 상황을 실감나게 보여준다. 강원도 안협(安峽)으로 소가이(疏開) 갔다가 "이 역사적 '팔월십오일'을 아무것도 모르는 채 지나버"린 주인공은 "그 이튿날 아침에야 서울 친구의 다만 '급히 상경하라'는 전보로 비로소" 해방을 짐작하게 된다. 철원으로 가는 버스에서 비껴가는 운전수들의 대화를 듣고야 그는 일본의 패전을 확인하지만 버스 승객들은 오히려 더욱 웅숭그린다. 주인공은 탄식한다. "조선이 독립된다는 감격보다도 이 불행한 동포들의 얼빠진 꼴이 우선 울고 싶게 슬펐다." 그는

---

[*] 이 글은 원래 한국작가회의·대산문화재단 주최 '2005 탄생100주년문학인기념문학제'(세종문화회관 9.29)에서 총론으로 발표된 것으로 염무웅·최원식 외 『해방 전후 우리 문학의 길 찾기』(민음사 2005)에 수록되었다. 이번에 퇴고해 싣는다.

"십칠일날 새벽" 서울에 도착한다. 그런데 서울 풍경도 크게 다르지 않다. "사람들은 냉정하고 태극기조차 보기 드"문데 "총독부와 일본 군대가 여전히 조선민족을 명령하고 앉"았던 것이다. 이것이 8·15 직후 한반도의 숨김없는 풍경이었다.

왜 이처럼 기이한 풍경이 연출되었을까? 민족해방투쟁이 간단없이 봉기했음에도 조선은 미소연합군의 승리에 힘입어 해방되었다. 이 타율성이 결정적이다. 주로 중국에서 활동했던 우리 무력은 원폭 때문에 더욱 당겨진 일제의 항복에 직접적 영향력을 거의 행사하지 못했다. 광복군의 국내 진입을 고대하던 김구(金九)가 일본의 항복 소식에 낙담했다는 일화는 상징적이다. 더욱이 일제 말 국내의 혁명운동은 탄압 속에 거의 파괴되었다. 전향의 계절, 혁명은 단지 고단한 넋으로 고요히 침강하였다. 해외무력은 다만 풍문으로만 배회하고 국내운동은 오직 유령으로 떠돌던 시기, 한반도는 일제의 숨 막힐 듯한 총동원체제에 빈틈없이 포획되어 그 바깥을 거의 내다보지 못했던 것이다. 대중적 차원은 물론이고 지식인들조차 그러했다. 아니, 일본의 패배를 짐작조차 못 한 채 제국의 악몽을 선전하는 나팔수로 기꺼이 나섰던 것이다.

문단은 그 전위였다. 총독부와 식민지 민중 사이에서 일종의 정부, 즉 언어로 지은 가상정부 역할을 수행했던 조선문학은 확전을 거듭하던 일제 말, 그 자율성을 거의 상실하기에 이른다. 좌익·우익·중간파를 막론하고 식민지 문단은 총동원체제에 편입되었다. 1941년 김광섭(金珖燮, 1905~77)이 투옥되고, 이육사(李陸史)가 1944년에, 윤동주(尹東柱)는 1945년에 옥사하고, 김태준이 1944년에, 김사량은 1945년에 옌안으로 탈출하고, 그리고 소수의 문인들이 절필로 이 시대를 견뎠지만, 대부분의 문인들은 직접적으로 또는 간접적으로 '코꾸민분가꾸'에 동참하였다.

이 동참자들이 남긴 방대한 코꾸민분가꾸는 과연 단순히 외적 강제의 결과였는가? 물론 소수의 자발적 열광자들의 것을 제외하면 많은 양이 굴욕의 노예문자일 것이다. 그런데 그 노예문자들도 섬세하게 구분해 볼 필요가 없지 않다. 강제를 의식하면서 독배를 마시는 심정으로 써낸 불편한 글들이 있는가 하면, 불가피한 선택 속에 그래도 무언가 표현의 혈로(血路)를 찾는 간곡한 심정으로 써내려간 글들도 있다. 열광자들의 것도 일률적이지 않다. 자기기만의 환상 속에 시종일관 뻔뻔한 글들은 차치한다 하더라도 열광의 층위도 갈라 볼 측면이 없지 않다. 강제로 시작했다가 열광으로 전향한 자도 있고, 글쓰기의 속성에 스스로 속박되어 그 글 속에서만 열광이 전면화하는 경우도 없지 않은 것이다. 요컨대 이 시기의 코꾸민분가꾸 전체를 도덕적 판단으로만 대상화해서는 그 실상에 직핍하기 어렵다.

식민지라는 조건에 민감할 수밖에 없는 조선문학이 왜 이 시기에 자유를 집단적으로 반납하고 기이한 열광에 빠져들었을까? 다시 「해방전후」로 가보자. 이 작품에는 일제 말 서울 부민관(府民館)에서 문인보국회(文人報國會)가 주최한 문인궐기대회 장면이 나온다. "부민관인 회장의 광경은 어마어마하였다. 모두 국민복에 예장(禮章)을 찼고 총독부 무슨 각하, 조선군 무슨 각하, 예복에, 군복에 서슬이 푸르렀고 일본 작가에 누구, 만주국 작가에 누구, 조선문단 생긴 이후 첫 어마어마한 집회였다." "전쟁 도구가 못 되는 것은 아낌없이 박멸하여도 좋다"는 "무장각하(武裝閣下)들의 웅변에" 조선의 작가들은 다투어 박수갈채를 보내고 유창한 일본어로 연설한다. 1930년대 들어 더욱 문학의 사회성이 수척해지면서 소외를 실감하게 된 식민지 문인들은 이 어마어마한 집회에서 어떤 일체감, 다시 말하면 거짓 환상일망정 문학과 정치의 행복한 일치에 빠져들었을 법하다. 더구나 미국과 영국으로 대표되는 구미제국주의에 대한 아시아의 해방을 내건 천황제 파시즘의 돌격은 서구콤플렉스에 시달리던 조선 문인들에게 아편의 환각을 달콤하게 허용했던 것이다. 이 점에서 이 시기 반미에 더욱 열광했던 지식인들이 미국유학생들이라는 점은 매우 시사적이다.

2. 자기비판의 집합적 결여

8·15해방은 이 집단최면을 깨는 강렬한 각성제였다. 물론 일제가 태평양전쟁에 돌입했을 때 조선의 해방이 멀지 않다는 혜안을 지닌 문인들이 없지 않았겠지만, 그들이 조직적으로 해방을 맞이하지는 못했다. 해방 이후를 준비하는 구심이 부재한 상태에서 돌연히 무주공산(無主空山)의 새 세상 속으로 이월됐음을 깨달은 우리 문학은 곧 새로운 열광에 지핀다. 꿈에도 그리던 나라의 건설이라는 정치적·경제적 기획이 우리 문학을 순식간에 압도했던 것이다. 그런데 이를 압박으로 여기기보다는 아주 자연스럽게 문학사업으로 수용하는 의식적·무의식적 혼동이 일어났다. 물론 매우 드물지만 예외적 인물도 없지 않았다. 이 위험을 예민하게 간파한 비평가 김동석, 문학과 정치의 생산적 긴장을 옹호하면서 양자의 일정한 분리를 강조한 그는 또다시 정치가 압도하는 그 시절에 『상아탑』(1945.12.~46.6)이라는 주간잡지를 내는 반어를 실천했던 것이다. 그러나 좌우의 문학정치에 저항하던 이 순수한 역류도 곧 대세에 먹힌다. 알다시피 그는 결국 선택을 강제하는 상황의 논리 속에서 왼쪽으로 꺾어 북으로 총총히 사라졌다. 이 시기 정치는 다시 부동의 왕좌에 등극한다.

이 현상을 무조건 비판만 할 수는 없다. 나라 잃은 민족이 나라를 되찾고, 그 기회가 당도했을 때 새 나라를 건설하기 위해 노력을 경주하는 것은 당연한 일이다. 그런데 새 나라 건설의 구상에 대한 민주적 토론의 기회가 식민지시대 내내 엄격히 금지되었다는 점을 기억해야 한다. 이 봉쇄 속에서 문학이라는 장(場)을 통해 새 사회의 구도를 둘러싼 날카로운 쟁론이 제기되곤 했는데, 3·1운동으로 토론의 공간이 제한된 범위 안에서나마 허용된 1920년대의 계급문학파·국민문학파·절충파 논쟁은 대표적인 것이다. 소련으로부터 영감을 받아 식민지 조선의 당면 과제를 프롤레타리아트에 기초한 사회주의혁명으로 상정한 계급문학파의 교조주의, 이에 대한 반동으로 민족 또는 국민의 이름 아래 낡은 부르주아민주주의를 지향한 국민문학파의 보수주의, 양자를 비판하면서 일종의 좌우합작을 통한 민족해방을 꿈꾼 절충파의 현실주의가 활발한 논쟁을 벌였지만, 대세를 장악한 계급문학파는 조급했고 절충파는 외로웠으며 국민문학파는 오히려 느긋했다. 결국 천황제 파시즘의 진군이 급박해진 1930년대에 들어서 이 논쟁은 생산적인 합의에 이르기는커녕 분열을 머금은 채 급히 지하로 스며들고 말았다. 그런데 이 분열이 일제 말 코꾸민분가꾸에서 하나의 통일에 이른다는 사실이야말로 비극적 역설이 아닐 수 없다. 이 불안정한 상태에서 해방을 맞은 우리 문학은 다시 20년대 이념논쟁을 새로운 차원에서 반복하는 쳇바퀴를 면치 못했던바, 한반도가 미소 양군에 의해 분할 점령되는 조건으로 말미암아 이데올로기적 대립은 더욱 증폭되는 방향으로 치달았던 터다. 남한과 북한 각기 내부에서 진행된 좌우대립이 서서히 미군과 소련군의 현전(現前)에 힘입어 남에서 우익이, 북에선 좌익이 승리하거니와, 분단정권을 수립하는 데 성공한 세력들이 남북 모두 해외파라는 점에 유의할 필요가 있다. 미소대립에 기초한 좌우대립의 축과 함께 내외대립(국내파와 해외파의 갈등)과 남북대립이라는 다른 축이 함께 얽혀 해방 직후 한반도는 그야말로 난마(亂麻)와 같은 형국이었다고 할 수 있다. 이런 악조건에 기초한 분파주의의 극성이 열광의 일상화를 쉽게 허락했다. 식민지시대 내내 억압된 정치적 욕망이 사회적 주체로 재생할 가능성의 복잡한 결들을 따라 귀환하면서 우리 문학도 그 물결에 다시 쏠려들어갔던 것이다. 그런데 이 급격한 경사가 토론과 실천이 서로 조응하면서 합의를 단계적으로 높여가는 민주적 과정의 부족 또는 결락과 제휴한바, 문인과 문인조직 들은 좌우익을 막론하고 당의 외곽에 자리했음에도 불구하고 정작 주체의 환각에 지펴 '유사(類似) 토론'을 최고의 열정으로 섬겼던 터다.

　왜 이런 현상이 일어났을까? 좌우대립, 내외대립, 남북대립, 그리고 미소대립이라는 네 축이 복잡다기하게 얽혀 돌아가면서 종내는 1948년, 남의 대한민국과 북의 조선민주주의인민공화국이라는 분단정권들이 차례로 성립하는 시대의 가파름이 그 일차적 원인일 것이다. 더구나 해방이 당연히 민주적 통일민족국가의 건설로 모아지리라는 그 모든 이상주의를 무찌른 무서운 현실주의의 자기관철, 그리고 이 분리가 그냥 남북의 공존이 아니라 전쟁으로 치달으리라는 불길한 예감이 지배하는 시대에 적과 동지만을 가르는 소름 끼치는 단순성의 독재가 모든 층위에서 행사되었던 터다. 그런데 이를 단지 외부 탓만으로 돌리는 것은 적절하지 않다. 개인적이건 집합적이건 자기비판의 결여가 단순성의 독재에 스스로 함몰케 한 근인(根因)일 것이다. 새 나라 건설 또는 민족문학(국민문학)의 재건이라는 기획을 추진하기 위한 토론의 전제는 바로 직전에 우리 문인 거의가 동참한 코꾸민분가꾸에 대한 고발, 일찍이 1930년대에 김남천이 제기한 유다적 자기고발이다. 식민지 조선의 현실적 조건을 돌보지 않은 채 일종의 종교적 열정으로 이론의 증폭을 무한대로 확대하다 일거에 파열한 프로문학이 직면한 안팎의 난관 속에서 맑시즘을 신앙이 아니라 자기의 육체와 영혼을 통과하여 다시 점검할 것을 제안한 김남천의 고발문학론이 해방 직후에 다시금 절실히 요구되는 형국이었다. 코꾸민분가꾸에 대한 자기로부터의 점검, 그런데 아무도 코꾸민분가꾸를 고발하지 않았다. 아무도 한때의 열광을 고백하지 않았다. 아무도 그 동참을 참회하지 않았다. 코꾸민분가꾸에 대한 집단적 망각이 의식적·무의식적으로 기도되었다. 차마 다시 보고 싶지 않은 이 영혼의 흉터에 안절부절못하던 문인들에게 새 나라 건설과 연동된 민족문학의 구축이라는 지상명령은 아주 좋은 피난처였다. 흉터로부터 도망치려고 문인들은 더욱더 새 환각으로 빠져들었다. 말하자면 해방 직후의 정치폭발은 일제 말의 코꾸민분가꾸에 대한 면죄부였던 것이다. 자기비판의 집합적 결여 속에서 추억으로 가라앉은 코꾸민분가꾸는 새로운 문학정치 속에 불쑥불쑥 고개를 내밀었으니, 아주 냉정히 말하면 이 시기의 문학정치는 신판 코꾸민분가꾸일지도 모른다. 해방 후 남북한에서 각기 자리 잡은 민족문학 또는 국민문학은 코꾸민분가꾸를 철저히 해체함으로써 탄생한 신문학이 아니라 코꾸민분가꾸를 전복적으로 모방한 그 후계적 성격을 흔적으로 간직하고 있었지 싶다.

3. 분단시대의 문인들

오늘 심포지엄의 주제가 되는 1905년생 문인들은 갓 40대의 한창 나이에 해방을 맞이했기에, 대개는 새 나라 건설 또는 민족문학의 구축이라는 시대의 열광에 누구보다도 깊숙이 빠져들었다. 그런데 그들의 사업은 조건의 제약 속에서 결국 반쪽 나라 또는 반쪽 문학의 건축에 한정되고 말았다. 한반도에 대한민국과 조선민주주의인민공화국, 두 나라가 출현하고 마침내 국제적 내전을 겪으면서 분단이 고착되는 굴절 속에서, 남북 모두 민족문학의 건설을 내걸었으되 실제는 남북 두 정부에 각기 긴박된 국민문학의 구축으로 귀결되었던 것이다. 김광섭·유치진·마해송(馬海松, 1905~66)이 '한국문학'이란 이름의 국민문학을 건설하는 일에 나섰다면, 북을 선택한 박팔양(朴八陽, 1905~88)은 '조선문학'이란 이름의 국민문학 건립에 기여했다.

이산(怡山) 김광섭은 대통령 공보비서관으로 이승만정권에 직접 참여한 드문 문인이다. 좌익적 경향이 도도했던 해방 직후의 풍조 속에서 이산은 일찌감치 정치적 선택을 분명히 선언하고 문학정치에 주도적 역할을 담당했다. 1945년 9월 중앙문화협회를 창립하여 반탁운동의 선봉에 선 이산은 이듬해 3월 전조선문필가협회를 결성하여 우익 문인을 결집한다. 함경북도 경성(鏡城)을 고향으로 둔 이북 출신임에도 북이 아니라 남에 충성했다. 식민지시대에 그가 보여준 행보를 염두에 둘 때 해방 직후 그의 정치성은 일견 매우 단층적이다. 물론 그는 일제시대에도 비좌익적이었다. 와세다대 영문과 출신의 그는 이른바 해외문학파다. 외국문학을 전공한 일본유학생들이 주축이 되어『해외문학』(1927)을 발행하면서 문단에 나온 그들은 당시 문단의 격렬한 이념논쟁의 바깥에 위치했지만 대체로 온건한 서구주의 또는 근대주의의 풍모를 띠고 있었다.『해외문학』의 후신이라고 할『문예월간』(1931)과 해외문학파가 대거 참여한 극예술연구회(1931)에 참여했지만, 모교 중동학교 영어교사로 재직하며 우수(憂愁)의 사색을 나직이 읊조리는 시를 쓰는 소시민 지식인으로 생애했던 터다. 그런데 그의 평탄한 삶에 일본제국주의가 돌연 틈입한다. "1941년 2월 21일 새벽꿈도 깨기 전 (…) 운니동(雲泥洞) 46번지 1호 나의 집에는 (…) 고등경찰들이 뛰어들어"(김광섭「발문」,『마음』, 중앙문화협회 1949), 이산은 수인번호 2223번으로 3년 8개월의 긴 영어 생활에 들어갔던 것이다. 창씨개명을 반대하여 학생들에게 반일의식을 고취했다는 죄목이었다. 이 뜻밖의 사건으로 이산의 마음은 육체의 감금 속에 불타오른다. 그 경험을 노래한「벌」(罰, 1948)에서 시인은 외친다. "인권이 유린되고 자유가 처벌된/이 어둠의 보상으로/日本아 너는 물러갔느냐/나는 너의 나라를 주어도 싫다." 이 절규 속에 해방 후 이산의 정치성이 배태된다. 그런데 그는 그를 핍박한 일본제국주의를 저주하지 않는다. "잘 가거라 일본아/고달픈 옷자락에/눈물을 씻으며/영원히 물러가라/凶夢을 안고/심연에 누워/고요히 잠자거라."(「해방」, 1945) 일제를 다시는 꾸고 싶지 않은 흉몽으로 치부하고 마마 배송하듯 얼른 보내버리고 싶은 마음뿐이다. 그 누구보다도 해방 조국에 대해 당당할 수 있었던 이산마저도 일제에 대한 치열한 사유를 회피하고 있음은 주목할 일인데, 이것은 해방 후 소리 높여 일제를 저주하는 일반적 풍조와 어쩌면 짝을 이루는 것인지도 모른다. 이산은 일제를 사유하는 작업을 뒤로하고 건국의 대업을 다짐한다. "비애의 눈물을 넘어서/久遠의 나라를 세우리니"(「슬픔을 넘어서」, 1945), 나라라는 큰집이 없을 때 개인이라는 작은집이 어떻게 무참히 파괴될 수 있는가를 폭력적으로 체험한 이산에게 '구원의 나라'는 가장 절박한 과제로 떠올랐던 것이다. "民族아 살—라/살려면/살려면/나라가 있어야 한다."(「새나라!」, 1949) 그런데 그 나라는 "괴뢰에 아첨하는 자/중간에서 헤매는 자/침묵으로 말살하는 자/졸렬한 도피자들"을 배제한 "대한민국"으로 제한된다(「새나라!」). 그의 나라에서 좌파와 중도파는 배제된다. 남한 안의 좌익과 투쟁하면서 진즉에 통일정부의 건설을 포기하고 대한민국이라는 단독정부의 실현에 매진했다.

정치적 성공에도 불구하고 문학정치에서 이산은 그다지 성공적이지 못했다. 그는 한국문학가협회(약칭 문협)의 『현대문학』(1955)에 대항해 한국자유문학자협회(위원장 김광섭, 약칭 자유문협)의 기관지로 1956년 6월 『자유문학』을 창간하였다. 1949년 대한민국 문인들의 통합조직으로 출범한 문협은 50년대 중반에 이르러 다시 분열했으니, 김동리와 조연현을 비롯한 조선청년문학가협회(1946) 출신이 주도하는 문협에 대한 전조선문필가협회 계열의 반발이 주원인이었다. 『자유문학』의 발간은 지난한 일이었다. 4월혁명(1960) 이후 어용시비에 말리면서 자유문협을 해산하고 이산이 직접 인수하여 잡지 사업을 벌였지만 결국 1963년 8월호(통권 71)가 종간호가 되고 말았다. 잡지 사업의 실패가 그의 중풍의 원인이 되었다는 증언을 상기할 때, 대한민국 초대 정권과 함께 『자유문학』마저 붕괴시킨 4월혁명의 파장을 새삼 실감하게 된다.

그러나 역사의 간지(奸智)란 이루 측량할 수 없는 것이다. 1965년 야구경기를 보다가 뇌출혈로 쓰러진 이산은 기적적으로 의식을 회복한다. "그저 멍하니 창밖을 바라보는 일이 많"(김금옥 「나의 아버지」, 『대산문화』 2005년 여름호)아진 그 회복기의 텅 빈 시간 속에서 시인의 길이 새롭게 발효하고 있었던 것이다. 「산」과 「성북동 비둘기」, 1968년 그는 눈부시게 귀환하였다. 소문자 정치로부터의 자유 속에서 저절로 우러난 인간주의와 탈인간주의의 균형이 박정희 시대의 개발독재에 대한 비판마저 따뜻한 깨달음의 지혜로 녹이는 달즉한(達則閑)의 세상! 그는 마침내 반쪽 국민문학을 넘어서 큰 시인으로 부활했다.

동랑(東郞) 유치진은 이산과 달리 코꾸민분가꾸의 중심이었다. 총독부의 강력한 후원 아래 조직된 현대극장(1941)의 대표로서 제국의 충성스런 이데올로그 역할을 정력적으로 수행했다. 등단 초기 그의 활동을 상기하면 이 역전은 놀라운 일이 아닐 수 없다. 알다시피 그는 아나키스트다. 일체의 권력, 심지어 공산당의 '철의 기율'마저도 거부함으로써 '사회주의의 양심'으로 일컬어지는 아나키즘은 권력으로부터의 자유를 최고의 가치로 신앙한다. 과연 동랑은 릿꾜오대(立敎大) 영문과를 졸업한 아나키스트로 귀국해 「토막」(1931~32)을 필두로 식민지 농민의 고통에서 취재한 일련의 작품을 발표함으로써 우리 희곡을 새 단계로 들어올린 극작가로 높이 평가받았다. 동시에 극예술연구회를 결성하여 정력적인 연극운동을 펼쳐 우리 근대극을 쇄신하는 추동력의 핵심 역할을 맡았던 터다. 그런 그가 왜 코꾸민분가꾸에 충성하게 됐을까? 우리는 여기서 연극을 비롯한 공연예술 분야의 특수성을 이해할 필요가 있다. 공연 분야는 대중선전의 핵심으로 일제의 직접적 관여가 가장 혹독했다. 토착자본의 취약성으로 공연예술은 거의 항상적인 간난 상태에 있었다는 점도 고려할 때, 재정과 관객 문제가 보장된 일제 말은 무대로 먹고사는 공연 분야의 슬픈 황금시대일지도 모른다. 공연예술가 가운데 이 시기 친일에서 자유로운 이가 거의 없다는 사실은 그 가엾은 반증이 아닐까?

동랑은 해방 후에도 여전하다. 이산의 강력한 보호 덕이다. 동랑은 원래 해외문학파와 각별했다. 해외문학파는 연극운동에 깊은 관심을 가지고 있었다. 극예술연구회에 이산을 비롯한 해외문학파가 대거 참여한 것을 비롯해 현대극장에도 그 일부가 동참할 정도였다. 이런 인연에 해방 후 연극계가 좌경이라는 점도 유의해야 한다. 대한민국의 국민연극을 건설하기 위해 좌익과 대립적인 동랑의 존재는 점차 커지게 마련이었다. 과연 1950년 1월 신극단체 신협(新協)이 결성되고 그해 4월 국립극장 개관 기념으로 동랑의 장막희곡『원술랑』이 공연되면서 그는 결정적으로 복권된다. 남한의 국민연극이 옛 부민관 자리에서 태어났다는 점이 반어적이다. 동랑은 반공국책극이 전성기를 맞이한 6·25전쟁을 통과하면서 남한 연극계의 주축으로 화려하게 복귀한다. 그리고 1957년, 오랜 동지 이산이 동랑을 비판하는 사건이 터진다. 동랑의「왜 싸워」라는 희곡이 친일작품「대추나무」(1942)의 개작이라고 공격한 것이다. 일제 말의 코꾸민분가꾸와 남한 국민문학의 연속성을 보여주는 흥미로운 사례인데, 이를 충분히 숙지하고 있었음에도 동랑을 보호했던 이산이 왜 이 시기에 새삼스럽게 돌아섰을까? 아마도 이북 출신 중심의 자유문협과 이남 출신이 축이 된 문협의 대립에서 경남(慶南)생의 동랑이 후자에 기운 데 대한 노여움의 표출일지 모른다. 이후 동랑은 록펠러재단의 지원으로 드라마센터(1962)를 개관하면서 명실공히 남한 연극계의 대부로 등극한다. 그럼에도 동랑은 순결한 아나키스트로 농민극을 개척한 30년대 전반의 작품들, 대문자 정치를 꿈꾸며 소문자 정치에 저항한 그 장소에서 영원한 청춘을 누릴 것이다.

마해송(본명 湘圭)은 해방을 일본에서 맞았다. 1921년 니혼대(日本大) 예술과에 입학한 해송은 키꾸찌 칸(菊池寬, 1888~1948)의 지우(知遇)를 얻어 1924년부터 그의 사업을 돕는 협조자로서 줄곧 활약했다. 순문학으로 등단하여 대중문학으로 선회한 키꾸찌 칸은 일찍이 대중사회의 도래를 눈치챈 성공적인 기획자였다. 1923년『분게이슌쥬우(文藝春秋)』를 창간하고, 순문학에 수여하는 아꾸따가와상과 대중소설에 주어지는 나오끼상(直木賞)을 제정하였다. 두 상과 문예지가 여전히 살아 있다는 점에서 그는 일본 현대문학의 제도를 만들어낸 장본인이다. 그뒤 대중적인 오락물로『모던닛폰(モダン日本)』을 창간하였고 아울러 조선예술상을 제정했는

데, 그 사장에 마해송을 발탁했다. 키꾸찌도 물론 천황제 군국주의의 확전에 협력했다. 1943년부터 '신따이요오(新太陽)'로 제호를 바꾼『모던닛폰』역시 코꾸민분가꾸 바깥에 존재할 수는 없었을 터다. 이처럼 일본 문단의 중심부에 진입한 식민지 지식인 마해송은 국내 문단에서는 뛰어난 아동문학 작가로 활동한다.「토끼와 원숭이」(1931~47)에서 잘 드러나듯이 민족의 고난과 민중의 간난을 예민하게 의식한 비판적 동화를 창작했던 것이다. 겹치는 듯 분리되는 두 얼굴의 해송은 해방과 함께 새로운 희망 속에 귀국한다. "인생이 뜬구름이라지만 남의 나라에서 호강, 호사한 생활은 더한 뜬구름이다. 수입이 없어 의식이 불편해도 내 나라에 사는 것만도 애국하는 태도라고 생각하며 살고 있다."(마종기「아버지의 박꽃을 그리며」,『대산문화』2005년 여름호) 일본에서의 역할을 포기하고 그는 해방 조국의 아동문학가로 살아갈 것을 선택한 것이다.

그는 개성 출신이지만 서울로 귀국했다. 다시 말하면 남한을 선택한 것이다. 그렇다고 그가 이산이나 동랑처럼 대한민국에 전면적으로 충성한 것은 아니다. 해방 후에 완성한「토끼와 원숭이」에 보이듯 온건한 중도의 자세에서 남한의 현실에 비판적으로 접근했다. 그러나 6·25전쟁을 전후해서 그는 반공·반북을 명백히 선택한다. 그럼에도 당시 주류 문인들처럼 이승만정권에 대한 어용으로 달려간 것은 결코 아니다.「꽃씨와 눈사람」(1960.1)에서 우의(寓意)하고 있듯이 해송은 이승만독재를 비판함으로써 4월혁명의 예감을 은밀히 전달한바, 반공의 틀 안에서도 민족주의와 민주주의에 대한 그의 건전한 감각은 무디어지지 않았다. 그는 진정 아동문학을 통해 한국의 국민문학을 안으로부터 조용히 구축한 실다운 건축가였던 것이다.

수원 출신의 여수(麗水) 박팔양은 북으로 간 시인이다. 해방을 만주에서 맞은 그는 곧바로 평양으로 귀국하였다. 그 감격의 날을 다음과 같이 회상한다. "동북의 한낮 여름, 무더운 차안의 흥분이여/해방된 고국으로 향해 가는 차바퀴의 더딤이여/북관 신의주 차창에 춤추는 우리 기발 기발들",(「다시 맞는 영광의 날」, 1946, 『박팔양시선집』, 평양: 문학예술종합출판사 1992) 그런데 이 시에는 그가 왜 동북 즉 만주에서 해방을 맞이했는지 나타나지 않는다. 그는 1937년 『만선일보』의 기자로 만주국의 수도 신경(현 창춘長春)으로 이주했던 것이다. 그 역시 해방의 감격 속에 자기비판을 괄호 치고 있다. 알다시피 그는 카프의 맹원으로 활동한 사회주의자지만 사상적 동요를 거듭한 인물이다. 카프에서 탈퇴한 후 구인회에도 참여했으니 역시 구인회 회원이었던 동랑과 비슷한 면이 없지 않다. 카프에서 구인회로, 다시 『만선일보』를 거쳐 북으로 귀환한 여수는 과거를 만회하려는 듯 맹렬히 "부강한 인민조국 건설의 길로"(「영광찬란한 자유독립의 길로」, 1948) 매진하였다. 그런데 그 길이란 기실 남에 대립하는 분단정권 또는 분단문학 건설 사업의 다른 이름이었다. 그 헌신에도 불구하고 그는 1966년 숙청되었고, 90년대 초에 복권되었다. 끊임없는 유전 속에 마모된 그의 삶과 문학은 정치적 운명에 자신의 문학을 해소한 문학인의 가여운 넋으로 우리를 숙연케 한다.

4. 분단의 경계에서

분단시대의 남과 북에서 각 국민문학의 건설에 고투했던 이상 네분의 문인들에 비하면 천태산인 김태준은 난해하다. 남로당의 핵심으로 월북을 거절하고 가망 없는 혁명의 길에 순교한 그는 과연 어느 쪽인가? 남한 정부에 의해 사형되었어도 그는 결국 남쪽을 선택한 것일까? 아니면 남과 북, 두 분단정권을 모두 거부하고 가상의 통일정부에 자신을 봉헌한 것인가?

그는 좁은 의미의 문인이 아니다. 시를 짓지 않았고 소설을 쓰지도 않앉고 극작에 종사하지도 않았고 문학평론을 업으로 삼지도 않았다. 그는 우리 문학유산을 대상으로 문학사의 줄가리를 세우려 애쓴 국문학자였다. 경성제대 지나어문학과 졸업을 앞두고 『조선소설사』를 연재했고(『동아일보』 1930.10.31.~31.2.14), 이어 『조선한문학사』(1931)를 출간했다. 그의 나이 20대의 일이다. 문학사의 통사체계를 세우는 작업이 국민국가(nation state)를 안에서 받치는 민족문학 또는 국민문학의 건설이라는 전형적인 근대적 과제와 깊이 연동되어 있다는 것을 염두에 두면 그의 문학사 작업은 동시대 문인들의 창조 작업과 지호지간(指呼之間)일 터이다.

그럼 그는 민족주의자인가? 애초의 출발은 그렇지가 않다. 경성제대의 학풍은 일제 관학의 실증주의다. 가치중립의 자기기만 속에 실은 제국의 악몽과 제휴한 실증주의는 그럼에도 계통적 학을 구축할 때 무릅쓸 수밖에 없는 통과제의이기도 한바, 천태산인의 학문은 건조한 실증주의에서 출발한다. 이 때문에 그의 세대에 앞서 '국학'을 개척한 국학파들에게 조금도 경의를 표하지 않는다. 도저한 정신주의에 경도된 국학적 민족주의를 과학의 이름 아래 괄호 치고 천태산인은 맑스주의로 건너뛴다. 실증주의적 얼개짜기와 맑스주의적 해석이 절충된 곳에서 그의 문학사 프로젝트가 추진되었던 것이다. 그럼 그에게 민족주의는 완전히 비어 있는가? 표면적인 건조함에도 불구하고 문헌고증학은 시간의 무서운 바다를 건너 생환한 문학유산에 대한 극진한 애정에 기초하고 있음을 상기할 때, 경성제대파의 실증주의 안에 민족주의가 의식적 억압에도 불구하고 무의식으로 맥맥함을 살펴야 한다. 이뿐만이 아니다. 민족주의를 의식적으로 부정했다 하더라도 그의 작업을 전체적 시야에서 조망하면 결국 민족해방의 기획과 무관한 것이 아니다.

그럼에도 그가 꿈꾸는 새 나라는 낡은 부르주아민주주의 나라가 아니라 민중해방이 고도로 실현되는 신민주주의에 기초하고 있다는 점을 기억해야 한다. 청년학자로서 전도가 양양한 그는 서재를 나와 1940년 경성콩그룹에 투신한다. 사회주의 비전향축 최후의 보루인 경성콩그룹이 이듬해 일망타진되면서 천태산인도 투옥된다. 이 와중에 가족―어머니, 아내, 아이를 모두 잃는다. 출옥 후 재혼한 아내 박진홍(朴鎭洪)과 함께 옌안으로 탈출한 것이 1944년 11월의 일이다. 1945년 11월 서울로 귀국한 천태산인이 남로당의 핵심으로 활동한 행적은 이미 주지하는 터(박희병 「천태산인의 국문학연구(하)」, 『민족문학사연구』 4호, 1993), 사형을 선고받은 군법회의에서 공부나 실컷 하다 죽었으면 좋겠다는 요지의 최후진술을 했다고 전해진다. 무엇이 이 탁월한 학자를 서재에서 불러내 혁명의 길에 옥쇄하게 만든 것일까? 고향의 산 묘향산을 그토록 그리워한 천태산인은 왜 서울을 사수했을까? 그는 분단시대, 남과 북 양측에서 모두 금기였다. 남북의 경계에서 순절한 그의 방황하는 영혼을 천도할 지상의 양식은 무엇일까? 문학으로 초점을 맞춘다면 남북의 각 국민문학을 가로지르는 신문학의 모색이 관건이다. 그 기쁜 토론회에 역사의 차륜(車輪) 밑에 곤고했던, 그리하여 오늘 우리가 우울하게 기릴 수밖에 없었던 탄생 100주년을 맞이한 그분들을 다시 초대하고 싶다.

보유

처음 보는 이인직 글씨 한점[*]

1. 경위

『영원한 스승 길영희(吉瑛羲)』(2000)를 낼 즈음의 일이다. 이희환(李義
煥) 군의 도움으로 길영희선생기념사업회에 원고를 넘기고 오래 묵은 빚
을 갚은 듯 홀가분해하던 어느 날, 김석주(金錫周) 대선배께서 전화를 주
셨다. 은사 심재갑(沈載甲) 선생을 인연으로 이 사업회의 여러 일에 관여
했지만, 김선배께서 원고를 일독하시고 따로 만나자는 데는 약간 겁도 났
다. 모임에서는 여러 차례 뵈었어도 이렇게 호젓하게 자리한 적은 없었기
때문이다. 혹시 잘못 썼다고 꾸지람을 하시려는 것인가? 그런데 그날 아
주 즐거웠다. 청진동 감미식당에서 순두부찌개를 먹고 그 근처 찻집에서
맛있는 커피도 마셨다. 얘기 끝에 김선배께서 "이게 아마 최교수에게 더
필요할 것 같아" 하시며 내게 글씨 한점을 내밀었다. 가운데를 접은 작은
첩(帖)인데 "韓國人 李人稙"이라고 서명이 뚜렷하다. 처음 보는 자료인지

---

* 『국어교육연구』 9집(인하대 사대 국어과 2005)에 실었고 이번에 개제했다.

라 염치없지만 나는 이 선물을 감사히 받았다.

그뒤 이 첩을 학계에 공개해야지 해야지 하면서도 좀체 겨를을 낼 수 없었다. 공개하려면 원문을 독해하고 번역까지 해야 할 터인데, 내 한문 실력으로는 마음을 한번 먹어야 할 일이기 때문이었다. 마침 윤명구(尹明求) 선배의 정년기념논문집을 인하대 사대 국어과에서 준비하는지라, 여기에 공개하는 것이 여러모로 의의가 있을 듯싶어 창비 원고를 끝낸 망중한을 틈타 작업에 착수하였다. 복사본을 만들어 대강 짚은 다음, 사대 국어과의 김영(金泳) 교수에게 보였다. 김교수가 단국대 동양학연구소의 허호구(許鎬九) 연구원과 의논한 결과를 나에게 알렸다. 자료에 나오는 일본의 고유명사들을 정확히 하기 위해 문과대 일본과의 왕숙영(王淑英) 교수에게 자문하였다. 왕교수는 그뿐 아니라 독해에서도 새로운 도움을 주었다. 마지막으로 성대 한문과의 임형택(林熒澤) 선배와 짚었다. 끝내 풀리지 않는 단어도 없지 않았지만, 이제 대강의 뜻은 짐작할 수 있게 되었다.

2. 주석

여러분의 도움을 바탕으로, 그러나 최종적으로는 내 책임 아래 다음과 같이 원문을 공개하는 바이다. 원문은 죽 붙여 썼지만 여기서는 독자의 편의를 위해 의미 단위로 떼고 행갈이도 하였다.

背山流作高樓 已極畫中之景色 況有沸枷畫圖 載得天下勝景 有時披閱

左山右水 一花一竹 蘭秀菊芳 淡粧梅花 無邊月色 於焉有天下形勝無備具 吾觀夫先生之樂於 斯爲盛

余嘗以遊信州國 下伊那郡 飯田町 太田氏之家 以爲仲長統之樂志論 於太田氏可當矣

첫줄의 제3구 중 '비가(沸枷)'는 끝내 해석하지 못한 부분이다. 화집(畵集)을 놓아둔 받침대로 짐작되는데, 눈 밝은 분의 교시를 기다린다.

셋째줄의 '신슈우국(信州國)'은 오늘의 나가노현(長野縣)이다. 혼슈우(本州) 중앙 동부에 있는 내륙지방으로 '일본의 지붕'으로 불릴 만큼 경치가 좋은 곳이다. 시모이나군(下伊那郡)과 이이다마찌(飯田町)는 내가 소장한 옛 일본 지도에서 확인하였다.[1] 시모이나군은 나가노현의 남부에 위치한 군으로 아이찌현(愛知縣)과 접경한다. 이이다마찌는 시모이나군의 지방자치단체의 하나인데, 쪼오(町)는 시(市)보다는 작고 촌(村)보다는 큰 것으로 우리로 치면 읍(邑)에 해당한다. 오오따씨(太田氏)는 정확히 누구를 가리키는지 알 수 없지만 이 가문이 카마꾸라(鎌倉)시대 이래의 명문의 하나라는 점을 감안하면 될 것이다. 이로써 이 첩이 나가노현에 은거한 오오따씨의 아름다운 저택에 바쳐진 것임을 짐작하겠다.

끝으로 중장통(仲長統)의「낙지론(樂志論)」. 이 글은『고문진보(古文眞寶)』에 실려 널리 알려진 것이다. 편찬자와 성립 시기가 불명확한 이 앤솔러지는 중국의 명시와 명문을 가려뽑은 다소 대중적인 선집으로 한·중·일에 두루 유통하였다. "거(居)함에 기름진 밭과 넓은 저택, 산을 등지고 내에 임(臨)하여, 구지(溝池)[2] 빙 둘러 있고 대와 나무 두루 퍼지고, 타작마당과 채마밭은 앞에 두고 과수는 뒤에다 심는다(使居良田廣宅 背山臨流 溝池環匝 竹木周布 場圃築前 果園樹後)"[3]로 시작되는「낙지론」은 바로 국초의 이 첩에 깊이 관여한다. 이 글은 입신양명의 길을 거절하고 전원에 은거하며 도가적 자유를 구가하는 삶을 예찬한 것인데, 이 선집의 편찬자는

---

1 藤田元春『新日本圖帖』, 東京: 刀江書院 1935, 제16도 中部地方南部.
2 적이 침범하지 못하도록 성 밑에 파놓은 못.
3 『古文眞寶』後集, 세창서관 1966, 17면. 번역은 필자.

이 글의 주지를 다음과 같이 밝힌다. "후한시대의 중장통은 자가 공리로 어려서부터 공부하기를 즐겼다. 성품이 매인 데 없이 자유로워 말에 거리낌이 없고, 작은 예절을 자랑하지 않았다. 주군에서 부를 때마다 문득 병을 칭하고 나아가지 않으니, 항상 생각하되 무릇 제왕과 노니는 자는 입신양명의 욕망에 따르는 것일 뿐이라고(後漢仲長統 字公理 少好學 性倜儻敢言 不矜小節 每州郡命召 輒稱疾不就 常以爲凡游帝王者 欲以立身揚名耳)."[4] 일본의 주구로서 입신양명을 추구하던 국초의 내면에 이런 선망도 간직되고 있었다는 점이 흥미롭다. 그런데 이처럼 입신양명을 더럽게 여긴 중장통은 과연 그 생각을 끝까지 지켰던가? 그렇지가 못했다.

중장통(180~220): 동한(東漢) 산양현(山陽縣) 고평(高平) 사람이다. 자는 공리, 어려서부터 공부하기를 좋아하였고 글을 잘했다. 성품은 매인 데 없이 자유롭고 직언을 꺼리지 않아 당시 사람들이 광생(狂生)이라고 일렀다. 헌제(獻帝) 건안(建安) 11년 상서령(尙書令) 순욱(荀彧)이 천거하여 상서랑(尙書郞)이 되어 승상 조조(曹操)의 군사(軍事)에 참여하였다.[5]

중장통이 모사(謀士)로 유명한 순욱의 천거로 조조 진영에 투신한 점이 흥미롭다. 이 글은 그가 조조의 군막에 참여한 건안 11년(206) 이전 '광생' 시절에 지어진 것이다. 그럼 국초의 이 첩은 언제 나왔을까? '한국인 이인직'이 단서가 될 것이다. 국초가 스스로를 '한국인'이라고 자처했다면 이는 조선왕조가 대한제국으로 국호를 바꿔 사용한 시기일 터이다. 그때는 1897년부터 1910년까지다. 그런데 그가 일본유학을 떠난 것이 1900년이니 이 첩이 나온 것은 아마도 1900년에서 1910년 사이일 가능성이 높다.

---

4 같은 곳. 번역은 필자.
5 『中國歷代人名大辭典 上』, 上海古籍出版社 1999, 583면.

더 좁힌다면? 1904년 2월 귀국한 이후 매국활동에 분주했다는 점을 상기할 때, 나가노현 유람은 1900년에서 1903년 사이가 아닐까? 어쩌면『미야꼬신문(都新聞)』견습생 시절일지도 모르겠다.[6]

국초는 양면적이다. 매국활동을 통해 입신양명하고자 하는 일에 매진하면서도 한편으로는 이 모든 번잡으로부터 벗어나 소요유(逍遙游)하고픈 유혹에 끊임없이 시달리는 그의 착잡한 내면을 이 첩에서도 다시 확인하게 된다.

3. 번역

질정을 기다리며 원문을 다음과 같이 번역한다.

산을 등지고 내를 임하여 큰 다락을 지으니 이미 그림 속 경치를 극하였네.
더구나 천하의 좋은 경치를 실은 그림첩이 있어 때로 펼쳐보니
왼쪽에 산, 오른쪽에 물, 한송이 꽃과 한그루 대,
난의 빼어남과 국화의 향기로움, 조촐히 단장한 매화와 가없는 달빛,
어언 천하의 뛰어난 풍경을 두루 갖추었구나.
내 보매 선생의 즐거움이 이에 성대하도다.
내가 일찍이 신슈우국 시모이나군 이이다마찌 오오따씨 집에 놀새
중장통의「낙지론」이 오오따씨와 가히 합당하다고 할 만하구나.
한국인 이인직

6 졸저『한국계몽주의문학사론』, 소명출판 2002, 150면 참고.

새로 찾은 조영출의 '남사당' 연작시[*]

1. 해제

최근 이동순(李東洵)이 엮은 『조명암시전집』(도서출판 선 2003)이 출간되었다. 시인이자 대중가요 작사자로 활약하다 월북한 조명암(趙鳴岩, 1913~93)의 시·가사가 거의 완벽하게 수집된 이 전집의 출판으로 조명암의 삶과 문학이 비로소 전모를 드러내게 되었다.

그런데 그의 민속시가 누락되었다. 내게 스크랩북이 한권 있다. 하도 오래전이라 기억도 가물가물하지만, 아마도 인사동 고서점에서 구한 것 같다. 식민지시대의 신문들에 발표된 시와 평론 들을 정성스레 모은 이 스크랩북에 조영출(趙靈出)의 시가 눈에 띈다. 조영출은 조명암의 본명이다. 그는 작품을 발표할 때 본명과 필명을 번갈아 사용했는데, 여기서는 본명을 선택했다. '민속시초(民俗詩抄) 남사당편(篇)'이란 이름 아래 「남사당」「소고(小鼓)춤」「상무춤」「무등춤」「소년」「풍속」총 6편이 스크랩된

---

* 『민족문학사연구』26호(2004)에 실린 것으로, 이번에 퇴고하고 개제했다.

바, 그 제목으로 보아 규모 있는 민속시집 구상의 단서로 '남사당편'이 발표된 듯싶다. 내가 알기론 남사당을 다룬 시는 노천명(盧天命, 1911~57)의 「남(男)사당」(1940)이 유일하다. 전형적 하위자집단(subaltern)인 남사당은 그 본격적 연구가 겨우 1970년대에 들어서야 시작된다. 심우성(沈雨晟)의 『남사당패연구』(1974)는 그 효시다. 이 점에서 노천명과 조영출의 남사당 시편의 기록적 가치가 돋보이는데, 특히 남사당이 마을에 들어와서 나갈 때까지 일련의 과정을 완결적으로 보여주는 조영출의 연작시 6편은 남사당 연구에서 크게 참고할 문헌일 터다. 더구나 시의 수준이 빠지지 않는다. 대중가요 작사자로서 조영출은 걸출하다. '대중가요계의 김소월'이라고 해도 지나친 말이 결코 아니다. 이에 비해 그의 시는 대체로 범작이다. 제재와 수준, 양면에서 빼어난 이 6편은 그래서 더욱 기룹다. 안타깝게도 이 스크랩북에 출전이 빠져 있다. 전문가들의 확인을 기대한다.[1]

6편으로 구성된 '남사당편'은 일종의 연작시다. 이 연작시의 첫수가 「남사당」이다. "남사당이 노루목고개로 소문을 보내면/노루목고개로 술초롱이 넘어스면." 이 서두는 곰뱅이가 트는 상황을 생생하게 전한바, 그 과정은 다음과 같다. "마을에서 제일 잘 보일 언덕배기에서 온갖 재주를 보여주며, 한편으로는 곰뱅이쇠가 마을로 들어가 그 마을의 최고 권력자(양반)나 이장 등에게 자기들의 놀이를 보아 줄 것을 간청한다. 만약 허락이 나면 '곰뱅이(허가) 텄다'고 하면서 의기양양하게 길군악(단악가락이라고도 함)을 울리며 마을로 들어가는 것이다."[2] 이 소문에 먼저 마을 아이들이 신난다. 화자는 '나'다. 남사당이 들어온다는 소문에 "책방(冊房)을 나"선 '나'는 서당에 다니는 소년으로 짐작되매, 이 연작시 전체가 시인 자신의 유년의 기억을 재구성한 터다. '나'는 탑동(塔洞)에서 드디어 남사당패와

---

1 이번에 다행히 출전을 찾았다. 『매일신보(每日申報)』 1941.9.7.
2 심우성 『남사당패연구(男寺黨牌研究)』, 동화출판공사 1974, 46면.

부딪친다. '나'는 무엇보다 남사당의 "미동(美童)" 즉 예쁜 사내아이들에게 매혹된다. 남사당은 남색을 파는 "독신남자들만의 남색사회"다.[3] 이 연희집단에서 사내아이들을 '삐리'라고 부르는데 그들은 여장(女裝)을 한다.[4] 노천명의 시 「남사당」은 이 여장을 점묘한다. "나는 얼굴에 분(粉)을 하고/삼딴가티 머리를 따네리는 사나이//초립에 쾌자를 걸친 조라치들이/날라리를 부는 저녁이면/다홍치마를 둘르고 나는 향단(香丹)이가 된다."[5] 그런데 노천명 「남사당」의 '나'가 여장한 남사당 자신이라면 조영출 「남사당」의 '나'는 남사당을 바라보는 소년이다. 사실 전자의 '나'는 복잡하다. 여성 시인 노천명이 시 속에서 여장한 남자로 변신하니 겹겹이다. 숨기면서 드러내고 드러내면서 숨기는 예술가의 저주받은 운명을 남사당을 빌려 노래한 일종의 메타시라고 할바, 남사당을 대상으로 파악한 조영출은 대척이다. 이렇게 여장한 소년들에게 조영출의 '나'는 "포르르 날리는 귀미털 사히로 기여가는 숙성한 마음"으로 설레매, 처음부터 남색적 분위기가 아릿하다.

제2편 「소고춤」은 배경이 "솜뭉치 횃불이 텀벙텀벙/기름초롱에 머리를 감는 밤"이다. 횃불을 켜고 밤새워 노는 "서민들만의 놀이"[6] 남사당 공연의 현장을 시인은 생생히 보여준다. 그런데 '나'는 이 공연에서도 소고춤 추는 "금(金)붕어 가튼 소년만" 본다. 소년 화자는 소년 남사당의 앳된 공연에 더욱 매혹되던 것이다. 첫째편의 성적인 호기심이 증폭되는 둘째편에 이어 제3편은 열두발 상무춤을 보여준다(「상무춤」). 이 시에는 성애적 분위기가 잠시 정지된다. 상무춤은 고도의 기술이 요구되기에 삐리가 아니라 숙련된 예인이 맡게 마련이니, '나'는 상무춤의 격렬한 춤사위 자체

---

3 같은 책 35면.
4 같은 책 42면.
5 노천명 『창변(窓邊)』, 매일신보사 출판부 1945, 8면.
6 심우성, 앞의 책 35면.

에 매혹된다. "산천이 돌고/팔도 하늘이 도라" "춘하추동이 곤두"서고 급기야 "양반 상놈이 곤두"서는 상무춤의 혼돈에서 시인은 현존질서에 반역하는 하위자집단의 분노를 읽는 것이다. 상무춤에 대한 이 독특한 해석을 담은 셋째편에 이어 넷째편 「무둥춤」에서 '나'는 다시 삐리에 주목한다. 그런데 이 시에서는 성애적 분위기가 옅다. 셋째편처럼 사회성이 전경화한다. "세상이 무둥을 스고"에서 암시되듯이 지배와 피지배로 위계화한 세상에 대한 안으로 삭은 노여움 같은 것이 물씬 풍겨나는 것이다. 다섯째편 「소년」은 삐리의 남색 매춘을 아프게 노래한다. 남사당은 곰뱅이가 터도 놀이채 없이 숙식만 제공받는다. 놀이 다음날 마을을 떠날 때 마을 사람들이 자발적으로 주는 노자와 "머슴이나 한량들에게 자기 몫의 암동모를 (…) 빌려주고" 받는 허우채가 남사당의 주 수입원이었다.[7] 주로 빈한한 농가의 어린아이, 고아, 가출아 출신으로 때로는 유괴를 통해 충원되곤 하는 남사당 삐리들[8]의 서러운 매춘에 남사당 소년은 새삼 고향을 그리며 남몰래 운다. 시인은 이 시를 통해 한국 현대시에서 가장 유니크한 풍경을 제출한바, 마침내 남사당 소년은 동패와 함께 길을 떠난다(「풍속」). '나'는 "풍속이 거러간 山ㅅ길"에서 남사당 소년의 안쓰러운 운명을 경건히 전송하던 것이다.

조영출의 '남사당편'은 민속시라는 이름을 달고 있지만 단순한 민속시에 한정되지 않는다. 소년 화자가 운명에 장악된 소년 남사당을 통해 이 세상의 어둠을 깨닫는 성장의 계기를 예민하게 포착한 일종의 성장시라고 할 수도 있다. 닫힌 마을에 틈입한 남사당의 돌연한 출현 속에서 화자는 세상을 지배하는 질서의 완고함과 그럼에도 끊임없이 이루어지는 위반의 유혹에 매혹되는데, 그 매혹에는 어쩌면 숙명의 고통스러운 승인이

---

7 같은 책 44면.
8 같은 책 41면.

자리하고 있는지도 모른다. 그가 초년에 중노릇을 했다는 사실이 불현듯 떠오른다.[9]

2. 자료

내 스크랩북에 실린 시 6편을 띄어쓰기를 해 그대로 싣는다. 독자의 편의를 위해, 그리고 공부 삼아 주석을 붙였다. 그래도 모를 말들이 있다. 말뜻을 알아도 해석이 쉽지 않은 대목들도 없지 않다. 눈 밝은 이의 교시를 기다린다.

민속시초 남사당편

남사당

남사당이 노루목고개로 소문을 보내면
노루목고개로 술초롱이 넘어스면

노랑 粉板[10]이 글씨가 다리를 절엇지요
글짜가 小鼓를 들고 나섯지요

---

9 이동순 엮음『조명암시전집』, 도서출판 선 2003, 646면.
10 분을 기름에 개어 널조각에 바른 판으로 아이들의 붓글씨 연습 때 종이 대용.

286 보유

冊房을 나와 浮屠쟁이로 靑솔나무 사히를
걸어가면 거기서 塔洞, 粉蘭이 가튼 美童들을 맛나저요

五福壽 영낭[11]속의 銀錢거리 서너푼
포르르 날리는 귀미털 사히로 기여가는 숙성한 마음

그들의 行列이 내 엽흘 지날 적에
나는 일허벌인 享樂에 醉하지요

蒼天이 古色을 보낸 行裝이며
風雨가 슬픔을 색인 皮膚이며

집신
미투리
초롱꽃을 밟고 지나간 다음엔

浮屠와 碑石이 모여안즌 山허리 미테서
나는 우두머니 남사당의 碑石이 되여 하늘을 보지요

小鼓춤

솜뭉치 횃불이 텀벙텀벙
기름초롱에 머리를 감는 밤이지요

---

11 염낭, 즉 두루주머니.

열두 벙거지 구슬이 돌고
열두 小鼓 가랭이 춤을 추고

法界의 수자리¹² 燈 엽헤 살포시 안저
나는 金붕어 가튼 少年만 보고……

삼팔¹³저고리 삼팔바지 동그란 궁둥이 넘어로
검은 머리채 치렁치렁 세월이 자라
기름이 도라 粉칠한 얼골의 검정눈섭이
제법 사르르 감기면

월남 쪽기 호주머니 속의
葉錢이 새끼를 친다지요
채달린 小鼓야
꼬리 달린 小鼓야

四面八方을 때리며 五行을 휘감어돌거든
乾坤을 차저다오
陰陽을 차저다오

---

12 변경을 지키는 병사 또는 그 일.
13 삼팔주(三八紬)의 준말. 중국에서 나던 명주의 일종.

상무춤

상수[14] 털벙거지 노랑구슬이 조르르 달린 꼿헤
열두발 상무[15]가 풀리[16]면

山川이 돌고
八道하늘이 도라

별은 신코에 걸리고 신발은 北斗를 결어
삼회장[17] 저고리 홈싹 안엇든 꿈도 꿈도
무둥애 볼기짝 훔처 갈기든 꿈도 꿈도

상무가 도라 상무가 도라
三水甲山이오 멀기도 하오

돌리러 왔다
돌리고 가오

상무잽이
상무잽이

---

14 상쇠, 즉 패의 지도자.
15 상모(象毛), 농악에 쓰는 것으로 전립 꼭지에 흰 새털이나 종이오리로 꾸며 돌리게
   된 것.
16 원문에는 '러'이나 '리'의 오식일 듯.
17 삼회장(三回裝), 여성 저고리의 깃, 소맷부리, 겨드랑이에 갖추어 댄 회장.

열두발 상무끗텐
春夏秋冬이 곤두섯소
兩班 상놈이 곤두섯소

무둥춤

사람 우에 사람이 스고 사람 우에 사람이 서
아슬아슬한 꼭대기엔 노랑꼬깔이 나풀,

넘어지면 하아얀 모래알
저승길이 보이지요

날라리 겪겨울어 노랑수건에 땀이 흘러
무둥춤이 非想天[18]을 뚤타가 넘어지면 골님[19]이 귀양을 가시오리

사람 우에 코 달린 버선
코 달린 버선 우에 별 달린 하늘

세상이 무둥을 스고
相思病이 무둥을 스고

그래서 남사당이 놀고 난 밤엔

---

18 무색계(無色界)의 넷째 하늘로, 삼계제천(三界諸天) 가운데 가장 위에 있는 하늘.
19 원님.

슲은 이약이가 무둥을 슨다고

少年

峨嵋山[20]ㅅ달이 쌍窓에 어렷소
山水 屛風을 기여넘는 아주까리 기름내

少年이 울어
少年이 울어

日月이 城隍堂의 찌저진 창호지처럼 나붓기오
八道風塵이 말끗마다 알싸하오

물명주 띄를 풀어
살그머니 머리마테 노앗소

가슴을 만지면 地圖가 보히고
얼골을 만지면 고향인 山川이 보혀

다사로운 山脈을 더듬어
山神을 다스리며

紅燭을 살러 이 밤을 아쉬릿가

---

20 충남 면천(沔川)과 남포(藍浦)에 있는 산.

太古가 비인 이 팔벼개로 새벽을 멈추릿가

닭기 울어
닭기 울어

휘언한 창살에 時間이 오면
少年은 또 定處 없이 떠나갈 창연한 風俗이요

風俗

풍속이 거러간 山ㅅ길에
天下大將軍이 腫氣를 알는 山ㅅ길에

남사당을 보내고 浮屠쟁이로 올라스면
흐릿한 碑文이 안개를 둘으지요

남사당風俗은 여기 잇고

想念이 둘은 이 슬픔의 안개는
호젓한 孤獨의 粉냄새를 흐터노니

나는 紅衣를 입고 草笠을 쓰고
지나갈 길목을 직히리다

꽃과

풀이
風俗을 딸엇소

나는 하늘을 보고 땅을 보고
造物의 風俗을 배우리다

美童이여
美童이여

다시 읽은 백석의 산문시 「해빈수첩」*

　작년 말(2002.11.11) 『조선일보』에 흥미로운 발굴 기사가 실렸다. 1934년에 발표한 백석(白石, 1912~96)의 새 산문 3편을 찾았다는 것이다. 그중 한편 「개」를 전재했는데 그 솜씨가 대단했다. 경험에 의하건대 발굴작들의 수준은 대체로 실망스러운 경우가 적지 않다. 그래서 새로운 발견으로 문학사를 다시 써야 한다고 호들갑을 떠는 데 나는 무심한 편이다. 이번에는 달랐다. 나는 이 작품들을 직접 확인하고 싶었다. 창비 편집국 어린이팀의 신수진(申秀珍) 씨를 중간에 넣어 발굴자 유경환(劉庚煥) 시인께 자료를 볼 수 있겠는가 부탁했다. 유시인은 흔쾌히 소장 자료를 보내주셨다. 감사드린다.

　'해빈수첩(海濱手帖)'이라는 큰 제목 아래 「개」「가마구」「어린아이들」, 3편을 모았다. 그리고 끝에 '南伊豆柿崎海濱'(이즈반도 남쪽 카끼자끼 해변)이라 명기하여 창작 장소를 밝혔다. 일본의 가난한 갯마을을 배경으로 그 바닷가의 개들과 까마귀들과 어린애들을 사생한 이 작품들은 보통의 산문을

넘어선다. 대상에 대한 정밀한 관찰을 바탕으로 한 인상파적 터치가 박명(薄明)의 분위기 속에 저절로 명상으로 이끄는 묘한 아우라를 거느린 일류의 작품들이다.

아마 백석은 「해빈수첩」을 시로 여기지 않았는지도 모른다. 일제시대에 간행한 유일한 시집 『사슴』(1936)에도 싣지 않았다. 이 시집에는 대신 「카끼자끼(柿崎)의 바다」가 수록되었다. 이번에 함께 읽어보니 이 시보다 「해빈수첩」이 윗길이다. 「해빈수첩」이 시다. 일종의 산문시다. 작가의 의도보다 작품이 중요하다. 독자들께서 판단하시기 바란다. 그리고 「개」「가마구」「어린아이들」은 독립된 세편이라기보다는 「해빈수첩」을 구성하는 세편의 연작시로 묶는 것이 적절하겠다.

출전은 이심회(以心會)에서 발간한 『회보』 제1호(1934.3.22)다. 이심회는 『조선일보』 장학생들의 친목단체다. 알다시피 백석은 1929년 오산고보를 졸업하고 『조선일보』 장학생으로 뽑혀 토오쿄오 유학길에 올라 아오야마 학원(靑山學院)에서 영문학을 전공했다.

끝으로 이 『회보』에 실린 백석에 관한 새 정보들을 소개해둔다. 첫째, 널리 알려진 필명인 '백석(白石)' 이외에 '백석(白奭)'이란 이름이 새롭다. 「해빈수첩」을 제외하고 다른 면들에서는 '白奭'으로 등장하는데, 본명 백기행(白夔行)의 개명인지도 모르겠다. 사실 그 기(夔)가 어렵다. 둘째, 백석의 새 사진이 한매 실려 있다. 셋째, 회원 동정란에 여성에게 인기 있는 그의 면모가 소개되어 있다. 넷째, 회원 약력란에 그의 연보를 보완할 자료가 있어 그대로 전재한다.

現住 京城府 雲泥洞 19

氏名 白奭 明治45년 7월 1일생

學業 昭和 4년 3월 五山高等普通學校 졸업

　　昭和 9년 3월 東京 靑山學院 高等學部 英語師範科 졸업 예정

해빈수첩(海濱手帖)[1]

白石

개

저녁물이 끝난 개들이 하나둘 기슭으로 몰입니다. 달 아레서는 개들도 뼉다귀와 새끼뚱아리를 물고 깍지 아니합니다. 행길에서 것든 걸음걸이를 잊고 마치 밋물의 내음새를 맡는듯이 제 발자국소리를 들으랴는듯이 고개를 쑥-빼고 머리를 처들고 천천이 모래장변을 거닙니다. 그것은 멋이라 없이 칠월강변의 즐게[2]를 생각케 합니다. 해변의 개들이 이렇게 고요한 시인이 되기는 하늘에 쏘구랑별[3]들이 자리를 박구고 먼 바다에 배ㅅ불이 물길을 옮는 동안입니다.

산탁[4] 방성의 개들은 또 무엇에 놀래어 짖어내어도 이 기슭에서 잇는 개들은 세상의 일을 동딸이 짖으려하지아니합니다. 마치 고된 업고를 떠나지 못하는 족속을 어리석다는듯이 그리고 그들은 그 소리에서 무엇을 찾으랴는듯이 무엇을 생각하는듯이 웃둑 서서 고개를 들고 귀를 기울입니다. 그들은 해변의 숭엄한 철인들입니다.

밤이 들면 물속의 고기들이 숨구막질[5]을 하는 때이니 이때이면 이 기슭의 개들도 든덩[6]의 벌인 배우에서 숨구막질을 시작합니다.

---

1 모를 말들이 많다. 약간의 주석을 달았다. 일단 백석이 표기한 그대로 옮기되, 가독성을 위해 최소한의 띄어쓰기를 했다.
2 칠게. 해변가의 진흙질 바닥에 타원형의 구멍을 파고 산다.
3 잔별.
4 산기슭으로 바싹 올라붙은 땅.
5 숨바꼭질의 방언.

그들은 그들의 일이 끝나도, 언제까지나 바다가에 우둑하니 서서 즈츰걸이며 기슭을 떠나려하지아니합니다. 저 달이 제 집으로 돌아간 뒤에야 올 조금의 들물에게 무슨 이야기나 잇는듯이.

가마구

바람 부는 아츰에는 기슭에 한불[7] 가마구가 앉습니다. 그들은 먼 촌수의 큰아바지의 제사를 쓸어뫃인 가난한 일가들입니다.

겨울바다의 해가 올라와도 바람이 멎지않는 아츰과 고기ㅅ배들이 개포를 나지못하는 비바람 설레는 저녁은 가마구들이 바다의 승둥을 물려받는 때이니 그들은 이리하야 바다의 당손[8]이 됩니다.

아츰이면 밤물에 떠들어온 강아지의 송장을 놓고 욕심많은 제관인 가마구들은 고개를 주억주억 제사를 들입니다. 마치 먼 할아부지의 성묘를 하는 정성없는 자손같이.

바다사람들이 모래장변에 왕구새[9]의 자리를 펴고 참치를 말리는 시절엔 참대끝에 가마구의 송장을 매어달어 그 자리가에 세웁니다. 이는 죽엄의 사자인 가마구들에게 죽엄의 두려움을 가르치려는 어리석은 지혜입니다.

제 종족의 송장 아레서 가마구들은 썩은 송장 파든 그 쥐두미[10]를 덩싯걸이며 무서운 저주를 사특한 이웃인 이 바다사람들에게 뱉는 것입니다. 그러다도 그 넝니한 지혜가 말하기를 바다사람들의 이러한 버릇이 그들을

---

6 둔덕의 방언.
7 한 무리.
8 장손의 방언.
9 왕골의 방언.
10 주둥이의 방언.

두려워하고 위하는 표이리라고 그리하야 바다사람들은 그들의 죽은 종족을 높이 받들어 참치를 제물로 괴이고 졸곡제[11]를 지내는 것이라고하면 그때엔 바다가의 제사장인 가마구들은 제 종족의 죽엄을 우럴어받드는 이 바다사람들을 까욱까욱 축복하면서 먼 소나무가지로 날어가 앉습니다 이는 제 종족이 죽어 제사를 받는 때 그제터에 가까이하지않는 것으로 죽은 종족의 명복을 비는 그들의 녜절과 풍속을 직히는 까닭입니다.

그러나 가마구들은 바다사람들과 원수질 것을 까욱까욱 울며 맹세하엿습니다.

어느 때에 바다사람들은 대끝에 죽은 가마구 대신에 마치 닭이채[12]같이 검언 헌겊을 매어달엇습니다. 또 민지[13]없는 낙시코에 피도 같지않은 가마구의 쭉찌 하나를 꿰어달기도하엿습니다.

그뒤로 가마구들은 늙은 사공이 사랑하는 부둑 개가 기슭으로 나오면 그 모딜은 쥐두미로 개의 등어리와 엉덩이를 쿡쿡 쪼아올려놓고야맙니다. 바다사람들의 참치자리 우에 묽은 햇대똥을 찔—하고 싸갈기며 씨연하다합니다.

그리하야 이 노염많은 사자들이 농신의 사당에 부즈러니 조사를 보려나아가서는 바다사람들을 잡어오란 구신의 녕을 그렇게도 감감하니 기다리는 것입니다.

---

11 졸곡제(卒哭祭), 삼우제가 지난 뒤 첫 강일에 지내는 제사.
12 닭을 모는 채.
13 민지그물은 깔때기 모양으로 생겨서 한번 들어간 물고기는 밖으로 나오지 못하게 되어 있는 그물임을 생각할 때 민지는 그 깔때기를 가리키는 듯.

어린아이들

바다에 태어난 까닭입니다.

바다의 주는 옷과 밥으로 잔뼈가 굴른 이 바다의 아이들께는 그들의 어버이가 바다으로 나가지않는 날이 가장 행복된 때입니다. 마음놓고 모래장변으로 놀러나올 수 잇는 까닭입니다.

굴깝지우에 낡은 돗대를 들보로 세운 집을 지키며 바다를 몰으고 사는 사람들을 부러워하며 자라는 그들은 커서는 바다으로 나아가여야합니다.

바다에 태어난 까닭입니다.

흐리고 풍낭 세인 날 집안에서 여을의 노대[14]를 원망하는 어버이들은 어젯날의 배ㅅ노리를 폭이 되엇다거나 아니되엇다거나 그들에게는 이 바다에서는 서풍 끝이면 으레히 오는 소낙비가 와서 그들의 사랑하는 모래텁[15]과 아끼는 옷을 적시지만않으면 그만입니다.

×　×

밀물이 쎄는 모래장변에서 아이들은 모래성을 쌓고 바다에 싸움을 겁니다.

물결이 그들의 그 튼튼한 성을 허물지못하는 것을 보고 그들은 더욱 승승하니 그 작은 조마구[16]들로 바다에 모래를 뿌리고 조악돌을 던집니다. 바다를 씨멸식히고야 말듯이.

---

14 머리의 방언.
15 모래톱, 모래가 깔려 있는 넓고 큰 벌판.
16 주먹의 방언.

그러나 얼마아니하야 두던의 작은 노리[17]가 그들을 부르면 그들은 그렇게도 순하게 그렇게도 헐하게 성을 뷔이고 싸움을 버립니다.

해질 무리에 그들이 다시 아부지를 따러 기슭에 몽당불[18]을 놓으려 불가으로 나올 때면 들물이 성을 헐어버린 뒤이나 그때는 벌서 그들이 옛성과 옛싸움을 잊은 지 오래입니다.

× ×

바다의 아이들은 바다에 놀래이지 아니합니다.

바다가 그 무서운 혜끝으로 그들의 발끝을 핥어도 그들은 다손곤이 장변에 앉어서 꼬누[19]를 둡니다.

지렁이같이 그들은 고요이 도랑 츠고 밭 가는 역사를 합니다.

손가락으로 많은 움물을 팠다가는 발뒤축으로 모다 메워버립니다.

바다물을 손으로 움켜내어서는 맛도 보지않고 누가 바다에 소금을 두엇다고 동무를 부릅니다.

바다에 놀래이지 않는 그들인 탓에 크면은 바다로 나아가야하는 바다의 작은사람들입니다.

── 南伊豆柿崎海濱

---

17 노루의 방언.
18 모닥불.
19 고누, 전통놀이의 하나.